REBECCA MARTIN

Die geheimen Worte

Roman

Diana Verlag

Verlagsgruppe Random House FSC® N001967
Das für dieses Buch verwendete
FSC®-zertifizierte Papier *Holmen Book Cream*
liefert Holmen Paper, Hallstavik, Schweden.

Originalausgabe 04/2015
Copyright © 2015 by Diana Verlag, München,
in der Verlagsgruppe Random House GmbH
Dieses Werk wurde vermittelt durch die Literarische Agentur
Thomas Schlück GmbH, 30827 Garbsen
Redaktion | Carola Fischer
Umschlaggestaltung | t.mutzenbach design, München
Umschlagmotiv | © age fotostock/LOOK-foto; Shutterstock
Satz | Leingärtner, Nabburg
Druck und Bindung | GGP Media GmbH, Pößneck
Alle Rechte vorbehalten
Printed in Germany
ISBN 978-3-453-35755-6

www.diana-verlag.de

Erstes Kapitel

Frankfurt am Main, Mai 1923

Die Stimmen der anderen verklangen langsam in der Ferne. Marlene hatte lange überlegt, sich einfach zurückfallen zu lassen, unsicher, ob nicht irgendjemand ihr Tun bemerken musste, das dann zu unangenehmen Fragen oder Zurechtweisungen führen würde. Dann waren Mama und Tante Ottilie aber doch zu sehr in ihr Gespräch vertieft gewesen, und Papa hatte sich kurz vorher mit dem fünfzehnjährigen Gregor, ihrem jüngeren Bruder, seitwärts in die Büsche geschlagen. Wohin Marlene ihnen im Übrigen gerne gefolgt wäre, aber dazu war sie mit ihren knapp zwanzig Jahren mittlerweile ja zu alt. Sie hatte nur sehnsüchtig auf die Stimmen der beiden hören können, die in der Ferne leiser und leiser wurden.

Frei sein … Marlene blieb erstmals seit ihrer »Flucht« stehen und atmete tief durch. Seit sie Eltern, Bruder und Tante verlassen hatte, war sie nur gelaufen und gelaufen, ohne nach rechts oder links zu blicken; in Gedanken verloren an das, was die Zukunft bringen würde. Sie hatte einfach nicht anhalten können. Sie hatte weggemusst von ihrer Familie, weg von jenen, die das Morgen planten, ohne sie einmal nach ihren Wünschen zu befragen. Mit jeder Minute mehr war es Marlene enger um die Brust gewesen. Dann hatte sie es einfach nicht länger ausgehalten: die Gespräche nicht und nicht den langweiligen Spaziergang, auf dem sie sich gesittet zu verhalten hatte und es allen vollkommen gleichgültig war, wonach ihr der Sinn stand.

Als ob ich noch ein kleines Mädchen wäre ...

Tatsächlich drehte sich in letzter Zeit alles nur noch um die bevorstehende Verlobung mit Albert Schwedt. Mama redete unablässig davon, sprach darüber, was es bei der Feier zu essen geben sollte, wo das Fest stattfinden musste, welches Kleid die Tochter tragen, welche Musik gespielt, welche Gäste geladen und welche Ringe Marlene und Albert tauschen würden.

Die Hochzeit muss einfach perfekt sein.

Auch Tante Ottilie suchte die Nichte beinahe tagtäglich über deren Zukunftspläne auszuhorchen, darüber, wie viele Kinder sie sich wünschte und ob Marlene wohl gern einen großen Garten hätte.

»Dann«, sagte Tante Ottilie bedeutsam, »wirst du allerdings auch einen Gärtner bezahlen müssen. Ein großer Garten braucht ganz unbedingt einen Gärtner.«

Vater war der Einzige, der schwieg, was diesen »Weiberkram« anging, aber auch er blickte stolz drein, zufrieden über die gute Verbindung, die sich da anbahnte. Wirtschaftlich betrachtet war die Hochzeit in diesen schweren Zeiten »eine prächtige Sache«. Nur auf Marlene hörte niemand, und niemand kümmerte es, dass sie überhaupt nicht heiraten wollte.

Jetzt nicht, vielleicht nie ...

Einmal hatte sie versucht, mit Mama darüber zu sprechen.

»Aber«, hatte die geantwortet und nur den Kopf geschüttelt, »Frauen müssen heiraten – du willst doch nicht als alte Jungfer enden, Liebes. Und Albert ist doch gar kein schlechter Kerl, gut aussehend, nicht auf den Kopf gefallen, Erbe eines beträchtlichen Vermögens, das sich auch in diesen schweren Zeiten der Inflation nicht mindert.«

Nein, die Schwedts mussten sich wirklich nicht die geringsten Sorgen machen. Sie besaßen Land, Häuser, ausgedehnte Waldungen.

»Und«, endete Mama meist, »ihr habt schon als Kinder so schön miteinander gespielt.«

Marlene schüttelte ihren hellbraunen Lockenkopf, den sie heute locker im Nacken zusammengebunden hatte.

Gewiss, sie mochte Albert, aber heiraten? Sie waren Freunde. Sie hatten miteinander gespielt und waren sich nie fremd gewesen, aber man heiratete doch keinen Freund.

Oder etwa doch?

Zum ersten Mal, seit sie gedankenverloren einfach weiter gelaufen war, hob die junge Frau den Kopf und blieb gleich darauf unvermittelt stehen.

Wo bin ich?

Für die erste Wegstrecke hatte sie sich einfach in entgegengesetzter Richtung zu Eltern, Bruder und Tante bewegt. Sie hatte ja nur fortgewollt, doch als sie sich nun wieder umsah, war ihr die Umgebung vollkommen unbekannt.

Marlene legte den Kopf in den Nacken und schaute nach oben, wo sich zwischen den lichten Buchen blauer Himmel und Sonne zeigten. Aber auch so konnte sie nicht erkennen, wo sie sich befand.

Fliegen müsste man können.

Sie lachte, aber es heiterte sie nicht auf. Marlene fühlte sich mit einem Mal kläglich. Kalt wurde ihr, dann schlagartig warm. Sie fuhr sich mit dem rechten Ärmel über das Gesicht. Im Wald mochte es schattig sein, aber die Luft war stickig, und man spürte die Hitze, die wohl noch zugenommen hatte, seit sie das Ausflugsschiff verlassen hatten.

Hatte sie sich etwa verlaufen? Sie hatte nicht gedacht, dass das möglich war. Sie waren schließlich nicht zum ersten Mal hier. Vater mochte den Niederwald zwischen Assmannshausen und Rüdesheim, und eigentlich kannten sie ihn doch alle wie ihre Westentasche.

Vater kennt ihn wie seine Westentasche …

Nochmals blickte Marlene sich unruhig um, doch um sie war nur Wald, so weit sie blicken konnte: Wald, Bäume, Bäume und noch mehr Bäume, Wald, der ihr jetzt mit jedem Atemzug düsterer erschien. Warum sprach man eigentlich immer von lichten Buchenwäldern? Hier war nichts Helles, alles war dunkel, drückend und bedrohlich, und die Geräusche, ein Knacken hier, ein Rascheln dort, eben noch unbemerkt, ließen Marlene jetzt zusammenzucken.

Warum habe ich nicht besser aufgepasst?

Eine neuerliche Gänsehaut überlief ihren Körper. Wieder drehte sie sich langsam um ihre eigene Achse. Sie wusste nicht, ob sie lachen oder weinen sollte. Noch immer zeigte sich nichts Bekanntes, und inzwischen war sie sich auch unsicher, aus welcher Richtung sie eigentlich gekommen war.

Den ersten schwachen Blitz, der den Himmel über ihr durchzuckte, bemerkte Marlene kaum, erst der darauffolgende Donner ließ sie zusammenfahren. Unwillkürlich beschleunigte die junge Frau ihre Schritte. Noch regnete es nicht, aber sicherlich würde sehr bald ein heftiger Schauer niedergehen. Dunkler und dunkler wurde es, sodass sie mittlerweile schon nicht mehr sehr weit blicken konnte. Trotz der Schwüle war das Sommergewitter für sie unerwartet gekommen.

Wie spät es wohl war? Wie viel Zeit war vergangen, seit sie Eltern, Bruder und Tante verlassen hatte?

Marlene hob ihre schmale Damenarmbanduhr an die Augen, auf andere Weise konnte sie das Zifferblatt kaum erkennen. Eine knappe halbe Stunde mochte vergangen sein, seit sie festgestellt hatte, dass sie sich verlaufen hatte. Entschlossen war sie danach noch eine Weile geradeaus in eine Richtung gelaufen, voll der Hoffnung, sehr bald etwas Bekanntes zu sehen, doch sie hatte sich geirrt.

Ich erkenne immer noch nichts. Was, wenn ich in die völlig falschen Richtung unterwegs bin?

Ein neuer Blitz zuckte über den grau-schwarz dräuenden Himmel, dieses Mal so hell und kräftig, dass die junge Frau ihn auch unten im Wald gut sehen konnte. Der Donner krachte nur wenig später. Nicht zum ersten Mal zuckte Marlene zusammen. Gleich darauf ließ die Angst sie schneller laufen, dann rannte sie einige Meter und stockte erneut.

Was sollte das? Sie wusste ja gar nicht, wohin sie sich retten, wo sie Schutz finden konnte. Es war deshalb auch sinnlos, blindlings loszuhetzen wie ein Tier …

Ich muss nachdenken.

Marlene schaute sich um. Erneut krachte der Donner, und doch konnte sie nicht sagen, was sie in diesem Moment schlottern ließ, die Kälte oder die Furcht vor dem Gewitter, oder doch eine Mischung aus beidem? Sie konnte nur hoffen, dass man sie inzwischen vermisste und sich auf die Suche nach ihr gemacht hatte …

Der Gedanke daran, wie ein dummes Kind zurückgebracht zu werden, verärgerte sie allerdings bei aller Furcht. Sollte sie tatsächlich auf die anderen warten – oder doch versuchen, sich selbst zu retten? Nein, es behagte Marlene wirklich nicht, hier einfach zitternd stehen zu bleiben und sich ihrem Schicksal zu ergeben.

Ich bin nicht dumm.

Sie konnte selbst für sich sorgen, das war es ja, was sie beweisen musste und wollte. Vielleicht würden ihre Eltern dann auch einsehen, dass nur sie selbst, über ihr Leben bestimmen konnte. Heutzutage durften Frauen doch auch wählen – auch wenn Mama keinen Gebrauch davon machte, Marlene würde es tun, sobald sie alt genug war.

Heute bestimmen Frauen selbst über ihr Leben, und ich werde das auch tun.

Entschlossen schob die junge Frau das Kinn vor. Ein erneuter Blitz erhellte ihre düstere Umgebung und schälte mit einem Mal etwas aus der Dämmerung heraus, das ihr vage bekannt vorkam. Endlich erinnerte sie sich an etwas …

Marlene kniff die Augen zusammen. Da war doch diese Höhle, hier ganz in der Nähe – doch, ja, sie erkannte diesen Baum dort, dessen Stamm im unteren Bereich zweigeteilt war und weiter oben zu einem zu werden schien –, ein künstlicher Gang, der sich wie eine Schlange über den Waldboden zog, auf den sie immer kurz nach dem Aufstieg von Assmannshausen aus stießen.

Die Zauberhöhle …

Einst, vor über hundert Jahren, waren ihre Wände von glitzernden Glassteinen verziert gewesen, die Rotunde an einem Ende mit Spiegeln versehen. Gregor und sie waren natürlich wie immer sofort hindurchgelaufen. Die Mutter und Ottilie grausten sich vor den Spinnen in dem düsteren Gang und lehnten deshalb ab. Der Vater blieb als ihr Beschützer ebenfalls zurück.

War das die Möglichkeit? Hatte sie wirklich den Weg zurück gefunden?

Marlene atmete tief durch. Vielleicht konnte sie sich ja doch besinnen, vielleicht würde sie den Weg zu ihrer Familie finden, oder zumindest zu dieser Höhle – so sie sich nicht irrte – und in dem kleinen Vorraum dort Schutz vor dem Regen finden, denn das Blätterdach, unter dem sie sich befand, würde sie nicht auf Dauer schützen, inzwischen fanden immer mehr Regentropfen ihren Weg bis ganz zu ihr herunter.

In diesem Moment öffnete der Himmel endgültig seine Schleusen. Binnen Minuten war Marlene klatschnass. Das schmal und gerade geschnittene Sommerkleid mit dem auffälligen grafischen Muster in dunklem Lila klebte binnen kürzester Zeit an ihr. Besonders der lange, modische Rock verfing sich jetzt bei jedem Schritt zwischen ihren Beinen und machte es ihr schwer, nicht zu stolpern.

Obgleich Marlene das kaum für möglich gehalten hatte, wurde es noch dunkler. Entschlossen kämpfte sie sich Schritt um Schritt voran. Es war nicht mehr weit, davon war sie inzwischen überzeugt. Natürlich musste sie vorsichtig sein, damit sie sich nun in der Eile in der Finsternis nicht verletzte, aber gleich war sie ja gerettet.

Sie streckte die Hände tastend vor sich, ging Schritt um Schritt vorwärts, stolperte hie und da, fiel aber zumindest nicht zu Boden. Ab und an schrammte sie an einem Baum vorbei, dessen Abstand sie falsch eingeschätzt hatte. Immer wieder musste sie den nassen Rock von ihren Beinen lösen. Der Regen war ein dunkles, dumpfes Rauschen. Einmal peitschte ihr ein Ast ins Gesicht und hinterließ eine schmerzende Abschürfung, doch Marlene hatte keine Zeit, sich darum zu kümmern. Sie würde sich retten. Einzig das zählte.

Die kleine Rotunde tauchte so plötzlich aus der Finsternis auf, dass die junge Frau zurückschreckte. Dann musste sie lachen, ein etwas schrilles Lachen, das seltsam an diesem einsamen Ort klang und sie gleich wieder verstummen ließ.

Aber ich habe es geschafft.

Erst jetzt bemerkte Marlene, wie schwer ihre Beine von dem weiten Weg waren, wie sehr sie unter der feuchten Kleidung fror.

Geschafft, sang es trotzdem weiter in ihr, geschafft, während sie sich nun rascher dem Eingang näherte.

Sie fühlte sich sofort ruhiger, auch wenn sie jetzt schlagartig müde war und äußerst froh, sich gleich setzen zu dürfen.

Sie zitterte. Im nächsten Moment überlief die junge Frau ein solcher Schauder, dass sie stehen bleiben musste. Noch einmal löste sie den Rock von ihren Beinen, schluckte einen leisen Fluch herunter. Der feuchte Stoff fühlte sich unangenehm an. Sie biss entschlossen die Zähne aufeinander.

Wenn ich die Rotunde erreicht habe, bin ich sicher vor dem Unwetter, dann kann ich mich ausruhen.

Also stolperte sie voran, wäre kurz vor dem Ziel fast noch über eine Unebenheit gestürzt, konnte sich aber gerade noch halten.

Dann prasselte der Regen endlich nicht mehr auf ihren

Kopf. Sie hatte es geschafft. Marlene wischte sich mit beiden Händen notdürftig die Wassertropfen aus dem Gesicht, schlang die Arme um sich, im Versuch, sich selbst etwas Wärme zu geben.

Jetzt, wo sie angekommen war, fror sie noch mehr. Ihr Atem, der schnell gegangen war, beruhigte sich dagegen rasch. Ihre Augen gewöhnten sich bald an das dämmrige Licht. Marlene schaute sich nach einem Sitzplatz um. Da erregte in einer Ecke etwas ihre Aufmerksamkeit, etwas, was sich bewegte, sich aus den Schatten löste und auf sie zukam. Marlene schrie gellend auf.

»Wie konnte Marlene denn einfach verschwinden?« Karl Gellert schaute von seiner Frau Gisela zu deren Schwester Ottilie und wieder zurück, während der fünfzehnjährige Gregor das ganze Geschehen genüsslich aus einiger Entfernung beobachtete. Tatsächlich war es ihnen noch knapp vor Ausbruch des Unwetters gelungen, Schutz in der kleinen Schenke in Rüdesheim zu finden, die heute ihr Ziel war.

Dort war Marlenes Fehlen erstmals aufgefallen. Die zarte Gisela schaute ihre kräftigere Schwester Hilfe suchend an. Ottilie wiederum betrachtete die Regentropfen, die über das Glas draußen liefen, und wusste offensichtlich auch nichts zu sagen.

»Wir haben uns unterhalten«, brachte sie schließlich mit einer derart leisen Stimme hervor, dass ihre kräftige Gestalt dazu in seltsamem Widerspruch stand. »Wir haben einfach nicht bemerkt, dass sie nicht mehr da war.«

Gregor feixte und wartete gespannt auf die folgenden Entwicklungen, zuckte jedoch im nächsten Moment zusammen, als sein Vater sich ihm zuwandte und mit messerscharfer Stimme fragte: »Und du? Was hast du zu sagen?«

Karls Augenbrauen zogen sich bedrohlich über der Stirn zusammen. Gregor wich seinem festen Blick unsicher aus.

»Ich habe nicht darauf geachtet«, stotterte er. »Als wir beide in den Wald gegangen sind, war sie noch da.«

Der Vater sah ihn scharf an. »Als Mann muss man immer den Überblick bewahren. Es ist unmöglich, die Frau, die dir anvertraut ist, einfach so aus den Augen zu verlieren.«

»Aber meine Schwester …«

»Schweig, Gregor!« Karls Blick ließ den Jungen verstummen. Dann wandte er sich wieder den Frauen zu. »Und jetzt erinnert euch bitte, wo habt ihr Marlene zuletzt gesehen?«

Nur einen Moment später wurde aus dem Schemen die Gestalt eines jungen Mannes. Marlene presste die Lippen aufeinander und straffte die Schultern. Auf keinen Fall wollte sie Verunsicherung oder Angst zeigen.

»Guten Tag«, sagte sie also hoheitsvoll und ärgerte sich auch schon über ihre leise Stimme. So furchtsam hatte sie gerade nicht klingen wollen.

»Guten Tag, Fräulein!«, erwiderte der Mann. Er kam gleich noch etwas näher.

Marlene konnte nicht zurückweichen und wollte es ja auch nicht. Es war lediglich ein Impuls gewesen.

Sie straffte die Schultern und verbot sich, unruhig an dem nassen Kleid zu zupfen, während sie den Mann musterte.

Er war jung, das hatte sie gleich gemerkt, und nein, sie kannte ihn nicht, auch wenn sie das wohl insgeheim gehofft hatte. Ja, irgendwie hatte sie sich wohl eingebildet, es würde einfacher sein, wenn man sich schon irgendwo vorher begegnet war, auf dem Ausflugsschiff womöglich oder auch auf dem Weg. Eine absurde Hoffnung sicherlich und überhaupt: Was machte das denn für einen Unterschied?

»Mit wem habe ich das Vergnügen?«, wagte sie sich vor.

»Adrian.«

»Herr Adrian?« Marlene bemühte sich weiter, ihre Unsicherheit zu überspielen, auch wenn sich bei ihr der Eindruck verfestigte, dass ihr dies nicht besonders gut gelang.

»Nein, nicht Herr.« Der fremde Mann war jetzt so nahe, dass sie erstmals das Lächeln auf seinem Gesicht erkennen konnte.

Er hatte etwas längeres Haar – zu lang, wie ihr Vater sicher finden würde –, das er sich nun in einer Bewegung hinter die Ohren schob.

Und Mama würde seine Kleidung nachlässig nennen und abfällig die Stirn runzeln ...

»Mein voller Name ist Adrian Nussbaum. Und mit wem habe ich das Vergnügen, jetzt, wo Sie bereits alles über mich wissen?«

Sein Lächeln war einem neckenden Grinsen gewichen.

Marlene zögerte. Nichts wusste sie über ihn, gar nichts, aber natürlich hatte auch er ein Anrecht, ihren Namen zu erfahren. Das gebot die Höflichkeit.

»Marlene Gellert.«

Sie schaute immer noch so hochmütig sie konnte. Er verbeugte sich.

»Fräulein Gellert, sehr erfreut!«

»Herr Nussbaum!«, grüßte Marlene zurück, während die Gedanken in ihrem Kopf wirbelten. Seine Verbeugung hatte sie überrascht. Für ihre Eltern sah dieser Mann doch gewiss aus wie ein Hallodri, der sich eben nicht zu benehmen wusste – und doch hatte er sich vor ihr verbeugt ...

»Habe ich Sie durcheinandergebracht?« Adrian grinste. »Doch, ich kann mich benehmen. Sagen Sie schon, wer würde Sie eher vor mir warnen? Der Vater oder die Mutter?«

Marlene schaute ihn verwirrt an, aber er hatte recht. Sie hatte sich tatsächlich gerade genau diese Gedanken gemacht. Sie entschied sich, die Frage nicht zu beantworten.

»Nachdem wir nun unsere Namen kennen«, sagte sie stattdessen und zögerte, bevor sie ihrer Neugier nachgab: »Wo kommen Sie her, und was bringt Sie in diese Gegend? Ich für meinen Teil mache einen Ausflug mit meiner Familie.«

Sie wartete ab. Ganz sicher hatte er sich das schon ausgerechnet. Sie wollte ihm nur zeigen, dass ihr dies nichts ausmachte.

»Nun gut«, sagte er, »ich bin Adrian Nussbaum, komme aus Frankfurt am Main und nutze meinen freien Tag für einen Ausflug, nachdem ich die letzten Wochen über mehr als hart gearbeitet habe«, gab er zurück. »Darf ich Ihnen übrigens meine Jacke anbieten, Sie sind ja bis auf die Haut durchnässt!«

Aus irgendeinem Grund hoffte Marlene, dass man im schwachen Dämmerlicht nicht sah, wie sie errötete. Mit immer noch fragendem Blick überreichte er ihr eine graue Strickjacke. Sie schlüpfte schnell hinein. Die Jacke war trocken und schwer. Die Wolle kratzte durch den dünnen, nassen Stoff ihres Kleides. Für gewöhnlich hätte sie sich beschwert, doch jetzt war sie froh um jedes bisschen Wärme, wie sie feststellen musste. Sie hob den Kopf und lächelte dankbar.

»Ich bin Marlene Gellert, wie Sie ja bereits wissen, ebenfalls aus Frankfurt.«

»Ah.« Adrian Nussbaum trat wieder einen Schritt von ihr weg. Marlene fragte sich, was sie tun sollte, falls er den Abstand nicht mehr wahrte. Was, wenn er sie angelogen hatte? Was, wenn er nicht auf einem Ausflug war, sondern etwas ganz anderes im Sinn hatte? Womöglich lauerte er hier armen Wanderern auf. Sie hatte Zeitungsberichte darüber gelesen. Das Leben war heutzutage sehr gefährlich.

Aber das ist doch albern.

Marlene schluckte. »Sind Sie alleine unterwegs, Herr Nussbaum, oder haben Sie auch den Anschluss an eine Gruppe verloren?«

»Nein, ich bin alleine unterwegs.« Adrian lächelte. »An manchen Tagen ziehe ich die Einsamkeit vor, Fräulein Gellert. Nur so komme ich dazu, ungestört das zu tun, was ich möchte.«

Ungestört hörte sich gut an, das musste sie schon zugeben. Zu Hause galt es, ständig darauf bedacht zu sein, dass niemand ihr Zimmer betrat und sie bei irgendetwas erwischte.

»Und was ist das?«, erkundigte sie sich neugierig. »Was tun Sie hier?«

Er gefiel ihr immer mehr. Gleichzeitig gelang es ihr einfach nicht, die seltsamen Fantasien in ihrem Kopf abzustellen. Es hieß, wegen der schweren Zeiten nähmen die Verbrechen zu. Was, wenn er sie doch ausrauben wollte, und ihr ganz sicherlich nicht glaubte, wenn sie angab, kein Geld zu haben … Vielleicht würde er sie sogar töten …

Auch er musterte sie. Marlene kam es vor, als läse er ihre Gedanken. Sie griff suchend hinter sich, ertastete aber nur ein Stück Mauer. Der junge Mann machte eine nickende Bewegung zur Seite, wo Marlene jetzt erstmals eine Staffelei ausmachte.

»Wissen Sie, Fräulein Gellert, ich male einfach am besten alleine. Heute wurde ich leider vom Regen überrascht.«

Als wollte der Himmel sie beide darauf aufmerksam machen, dass das Unwetter noch nicht vorbei war, fuhr jetzt ein Blitz in unmittelbarer Nähe nieder, gefolgt von krachendem Donner, der die Umgebung erbeben ließ. Marlene biss sich unwillkürlich auf die Unterlippe.

»Interessant, dass wir beide aus Frankfurt stammen«, sagte sie dann im Bemühen, das Gespräch in Gang zu halten. Es fühlte sich gut an, über Belangloses zu reden. Im nächsten Moment fügte sie etwas hinzu, für das sie sich nur kurz später am liebsten geohrfeigt hätte. »Ich glaube, ich habe Sie dort noch nie gesehen.«

»Ich glaube«, erwiderte Adrian, »das liegt daran, dass wir in unterschiedlichen Kreisen verkehren.«

Marlene senkte den Kopf. Ja, er hatte recht. Sie fragte sich, ob sie ihn verärgert hatte.

»Würden«, fragte sie dann, »würden Sie mir eins ihrer Bilder zeigen?«

»Wie konnte das Kind denn nur verloren gehen?«, hörte Marlene als Erstes die Stimme ihrer Mutter.

Ich bin in Sicherheit, fuhr es der jungen Frau durch den Kopf.

Zugleich schämte sie sich dafür, dass sie Adrian Nussbaum, der doch in gewisser Weise ihr Retter war, immer noch nicht gänzlich trauen wollte. Nur wegen seiner längeren Haare, der einfachen, geflickten Kleidung? Mancher zog auf einer Wanderung eben nicht das Beste an, um die gute Kleidung zu schonen. Außerdem malte er, und die Farbe ... Ganz bestimmt wollte er seine gute Kleidung schonen.

Sie dachte an das verwirrende Bild, das er ihr gezeigt hatte: eine Straßenszene, so, wie sie sie schon oft gesehen hatte und dann wieder nicht. Die Menschen darauf hatten hässlich ausgesehen, gierig, verzweifelt, als wären sie bereits tot und wollten es nur nicht wissen.

Der Regen hatte aufgehört, und Marlene beschloss, sich zu verabschieden. Adrian Nussbaum bestand darauf, sie zu begleiten. Auch seine Strickjacke wollte er nicht zurück.

»Behalten Sie sie ruhig noch etwas. Sie sind immer noch ziemlich nass.«

Natürlich hatte er recht. Es war ihr unangenehm, dass sie sich auch jetzt noch beim Gehen immer wieder in ihrem Rock verfing, doch er sagte nichts, sondern wartete nur geduldig, bis sie den Stoff von ihren Beinen gelöst hatte.

Sie musste zugeben, dass sie erleichtert über sein Angebot war, erleichtert darüber, nicht alleine durch den Wald laufen zu müssen.

Endlich kam auch die Sonne wieder hervor. Während sie Seite an Seite gingen, und die Regentropfen hier und da in den Sonnenstrahlen glitzerten, warf Marlene ihrem Begleiter verstohlene Blicke zu. Nachdem sie sich aneinander gewöhnt hatten, musste sie zugeben, dass er ihr ziemlich gut gefiel. Vor der Tür zur Schenke, in der sie ihre Eltern vermutete, denn hier war die Familie schon oft eingekehrt und dieser Ort war auch ihr heutiges Ziel gewesen, zögerte sie. Dann nahm sie allen Mut zusammen.

»Wir werden uns wohl nicht wiedersehen?«

Adrian hob kaum merklich die Schultern und nickte mit dem Kopf zur Tür hin.

»Wollen Sie nicht zuerst einmal nach Ihren Eltern schauen?«

Marlene unterdrückte einen Seufzer, zog dann schnell die Strickjacke aus und drückte sie ihm in die Arme.

»Danke«, sagte sie leise, bevor sie hastig die Tür zur Gaststube aufstieß.

»Ich bezweifle, dass sie einfach so verloren gegangen ist«, hörte sie als Zweites die Stimme ihres Vaters. »Unser Töchterchen hat sich abgesetzt. Gibt sich wieder ihren Tagträumereien hin. Du solltest ihr diese Flausen ganz schnell austreiben, Gisela. Was wird ihr zukünftiger Ehemann dazu sagen, was ihre Schwiegereltern? Marlene ist wirklich kein kleines Mädchen mehr, sie muss lernen, wo ihr Platz ist.«

Marlene trat langsam einen Schritt vor. Gregor entdeckte sie.

»Da ist unsere Leni ja endlich, und oho, sie hat einen Mann dabei.«

Gregors Worte ließen Marlene erröten. Aber sie konnte nicht darüber nachdenken, was sie entgegnen wollte, da eilten schon Tante Ottilie und Vater auf sie zu.

»Kind, wo warst du nur?«

»Ich dachte, ich hätte ein paar reife Brombeeren gesehen und habe den Anschluss verloren.« Marlene war froh, dass ihre Stimme bei dieser Lüge nicht zitterte. »Dann fing es an zu regnen«, fuhr sie fort, bevor der Vater nachhaken konnte, »und schließlich kam noch das Gewitter hinzu. Plötzlich war alles dunkel, ich wusste nicht mehr, wo ich war, und dann bin ich eine ganze Weile allein im Wald umhergeirrt.« Sie zeigte auf Adrian. »Herr Nussbaum war so freundlich, mir aus meiner misslichen Lage zu helfen, nachdem wir bei der Zauberhöhle zufällig aufeinanderstießen.«

»Zufällig, so«, ließ sich ihr Vater hören. Marlenes Blick wanderte verunsichert zu ihm zurück, doch Karl Gellert hatte sich schon ihrem Begleiter zugewandt. »Herr Nussbaum, also.«

»Herr Nussbaum kommt aus Frankfurt. Ist das nicht überraschend?«, platzte Marlene heraus. Herr Gellert schüttelte missbilligend den Kopf.

»Ich bin mir sicher, Marlene, dass Herr Nussbaum selbst antworten kann. Ob ich deine Geschichte überraschend finde, kann ich noch nicht sagen.«

»Gewiss kann ich das«, mischte sich Adrian mit ruhiger Stimme ein, die den Vater, wie Marlene gleich bemerkte, ganz offensichtlich gegen ihn aufbrachte.

»Sie kommen also auch aus Frankfurt?« Karls Augen verengten sich, während sein Blick fragte: »Kennen wir uns?«

»Ja, ich bin auch aus Frankfurt. Ich wollte das schöne Wetter heute nutzen, um ein wenig zu malen.« Adrian drehte sich seitwärts, sodass alle auf die kleine Staffelei aufmerksam wurden, die er über der Schulter trug.

»Sie sind Maler?«, erkundigte sich der Vater, immer noch deutlich um Überlegenheit bemüht. »An der Städelschule?«

Marlene hielt den Atem an. Es gab tatsächlich nur eine Art Künstler, die ihr Vater ein wenig akzeptierte, und das waren die Schüler der Städelschule. Adrian zögerte.

»Nein«, sagte er dann, »ich bin freier Künstler.«

Karl schnaubte. Marlene fühlte, dass damit nicht nur ihr Tag verdorben war.

»Hättest du nicht höflicher zu dem jungen Mann sein können?«, ließ Gisela Gellert ihre sanfte, kultivierte Stimme hören. Karl stand am Fenster des Wintergartens der Familienvilla und starrte nach draußen. Er war froh, dass Gisela ihn niemals vor anderen maßregelte, doch abends, wenn sie zusammensaßen, ließ sie ihn stets wissen, was er falsch gemacht hatte. Und er akzeptierte ihr Urteil. Seine Gisela wusste so viel besser als er, wie man sich zu benehmen hatte. Ärgerlich war nur, dass seine Tochter nicht daran dachte, sich endlich auch ein Beispiel daran zu nehmen.

Vielleicht hätten wir sie doch auf dieses Schweizer Internat schicken sollen …

Karl atmete tief durch und drehte sich zu seiner Frau um.

»Zu einem dahergelaufenen Künstler soll ich höflich sein? Ist das dein Ernst?«

Gisela schaute ihn nur an. In ihrem Ausdruck zeigte sich jene Stärke, die man ihrer zarten Gestalt auf den ersten Blick kaum zutrauen wollte.

»Gutes Benehmen ist keine Frage des Gegenübers«, sagte sie ruhig.

Karl wollte etwas Wütendes entgegnen, konnte sich aber beherrschen. Das hatte sie ihn gelehrt, und er war ihr dankbar dafür, dass er es inzwischen beherzigen konnte. Das war nicht immer so gewesen. Inzwischen verlor er nicht mehr allzu oft die Fassung.

»Ich weiß«, sagte er. »Ich mache mir doch nur Sorgen

wegen der bevorstehenden Verlobung, der Hochzeit und ... Dieser Adrian Nussbaum ist der falsche Umgang, besonders jetzt.«

»Marlene ist ein anständiges Mädchen. Und sie ist ihm ja auch nur zufällig begegnet«, erwiderte Gisela. »Ich glaube meiner Tochter.«

Karl schaute seine Frau düster an.

»Zufall? Nun, das hoffe ich zumindest.«

»Natürlich war es Zufall. Willst du ihr denn überhaupt nicht mehr trauen, Karl?«

»Doch«, antwortete er, während in ihm die Angst brodelte.

Adrian Nussbaum war nicht einfach so in ihr Leben getreten. Karl Gellert hatte keinen Beweis, aber er wusste es. Und er kannte seine Tochter. Diese Hochzeit war wichtig. Die Zeiten waren schwer, der Aufruhr im Ruhrgebiet, die Besetzung durch belgische und französische Truppen und die von den Deutschen geleistete Gegenwehr hatten die Lage im Land dramatisch verschlechtert. Heute brauchte man, mehr denn je, Verbündete. Angestrengt lächelte Karl seine Frau an.

»Du weißt, wie wichtig diese Heirat für uns ist.«

»Ich weiß es.« Gisela sah ihn fest an. »Ich weiß es, und Marlene weiß es auch. Sie ist ein gutes Kind.«

»Kind«, mit einem tiefen Seufzer setzte sich Gisela später am Abend an der Bettseite ihrer Tochter nieder, »du musst Vater verstehen. Das Städel'sche Kunstinstitut ist eine alte und ehrwürdige Einrichtung und der einzige Ort in unserer Stadt, wo ernst zu nehmende Künstler ausgebildet werden. Vater kann nicht jedem Dahergelaufenen glauben, der sich Künstler nennt.«

Marlene drückte ihr Kopfkissen unwillkürlich fester gegen ihren Bauch.

»Künstler lassen sich nicht ausbilden.«

»Wer sagt das? Herr Nussbaum?«

Marlene gab keine Antwort.

Gisela schüttelte den Kopf. »Oh doch, auch Künstler müssen geschult werden«, fuhr sie dann fort, »und diese sogenannten freien Künstler …« Sie seufzte. »Vater hat einfach recht, das ist nichts. Das kann nichts sein.«

Marlene biss sich auf die Lippen, um nicht mit einer wütenden Entgegnung herauszuplatzen.

»Zumindest hat mir Herr Nussbaum aus einer schwierigen Lage geholfen. Das werdet ihr wohl kaum abstreiten wollen.«

»Nein, Kind, natürlich nicht. Er hat sich sehr anständig verhalten.« Vorübergehend betrachtete Gisela ihre Hände. Dann hob sie den Kopf und schaute ihre Tochter an. »Kann ich mich auf dich verlassen, Marlene?«

»Sicher, Mama.«

Marlene war froh, die Kontrolle über ihre Gesichtszüge zu behalten, bis ihre Mutter das Zimmer verließ. Dann ließ sie sich mit einem Seufzer ins Kissen sinken und dachte zurück an die Zauberhöhle und daran, was Adrian ihr auf dem Weg zur Schenke von seinem Leben erzählt hatte und damit von einer Welt, von der sie bislang nichts gewusst hatte. Tatsächlich war er ihr in dieser kurzen Zeit immer vertrauter geworden, und dann zum Abschied, als sie einander die Hand gegeben hatten …

Marlene lauschte sehr aufmerksam, öffnete dann ihre Nachttischschublade und holte das Zettelchen heraus, das er ihr gegeben hatte, als sie auseinandergegangen waren.

»Soirée«, entzifferte sie im Licht ihrer Nachttischlampe. »Bilderausstellung.« Daneben standen das Datum und eine Adresse. Marlene prägte sich sicherheitshalber alles ein, dann stand sie auf und versteckte das Zettelchen in ihrem Bücherregal in »Nesthäkchens Backfischzeit«. Zufrieden kehrte sie endlich in ihr Bett zurück und zog die weiche Decke bis an ihre Nasenspitze. Die Begegnung mit Adrian war Zufall gewesen, aber sie musste und würde ihn wiedersehen, davon war sie überzeugt.

Zweites Kapitel

Kreuznach, Juli 1855

Aus dem Casinogebäude drang Musik in die reizvolle, im abnehmenden Sonnenlicht daliegende Anlage hinaus. Auf Anne Kastners Lippen bildete sich ein unwillkürliches Lächeln. Wie sehr genoss sie es doch, endlich einmal wieder, wie früher, am Arm ihres stolzen Vaters zu einer Veranstaltung zu gehen. Wilhelm Preuße, der angesehene Arzt, war ein beliebter Gast auf den verschiedensten Festlichkeiten. Ein kurzer Blick Annes fing Wilhelms Lächeln auf, und sie erkannte, dass der Vater ihre Nähe genauso genoss wie sie die seine.

Für einen Moment schmiegte sich die sechsundzwanzigjährige Anne enger an den stattlichen, silberhaarigen Mann. Ihre Schwester, die achtzehnjährige Sophie, belegte den anderen Arm und schaute eben neugierig zum Eingang hin.

»Erinnere mich unbedingt daran«, flüsterte Wilhelm seiner Älteren augenzwinkernd zu, »deinem Mann zu danken, dass er heute erst später kommen kann. Ich habe es so vermisst, dich neben mir zu spüren.«

»Ach, Vater!« Anne schlug leicht mit dem Fächer auf Wilhelms Arm. »Das musst du nicht sagen.« Dann fügte sie scherzend hinzu. »Ich bin doch längst eine alte Frau mit Kind.«

Wilhelm schüttelte den Kopf, während er Annes ovales, von dunklem Haar umrahmtes Gesicht liebevoll betrachtete.

»Du redest einen solchen Unsinn, Kind. Du wirst niemals alt sein. Wie geht es übrigens Ada?«, erkundigte er sich dann nach seiner Enkelin.

»Gut.« Der Gedanke an ihre fünfjährige Tochter ließ ein Lächeln auf Annes Gesichtszügen aufscheinen. »Sie schreibt jeden Tag fleißig und rechnet auch schon recht sicher. Wir sind wirklich sehr zufrieden mit ihr.«

Wilhelm zögerte, fasste den Arm seiner Tochter dann kurz fester.

»Lasst ihr sie denn auch ausreichend spielen? Ich kenne meinen lieben Schwiegersohn doch. Der Herr Dr. Kastner kann ein wahrer Sklaventreiber sein. Die Kleine wird noch früh genug Unterricht erhalten und dem Ernst des Lebens begegnen.«

»Ach, Vater.«

Was die Erziehung von Kindern anging, lagen ihr Mann und ihr Vater einfach meilenweit auseinander. Wilhelm hatte mit Begeisterung »Mutter- und Koselieder« von Friedrich Fröbel gelesen, worin der Autor den Wert des kindlichen Spiels hervorhob, ihr Friedrich hingegen war dem berühmten Pädagogen nur im Namen gleich und befürwortete das stete Einüben von Buchstaben und Zahlen.

»Euch hat meine Erziehung auch nicht geschadet«, sagte Wilhelm jetzt ernst.

»Nein, bestimmt nicht, Vater.«

Anne überlegte noch, was sie weiter antworten könnte, da mischte sich ihre jüngere Schwester Sophie von der anderen Seite ein: »Nun kommt schon, ihr beiden, lasst uns schneller gehen, oder wollt ihr den Abend etwa hier draußen verbringen? Die Musik hat begonnen – hört ihr es –, und ich möchte doch so gerne tanzen!«

Die blonde Sophie machte ein paar tänzelnde Schritte, soweit es der Platz am Arm ihres Vaters erlaubte. Wilhelm und seine ältere Tochter tauschten einen belustigten Blick. Dann machte Sophie sich kurz entschlossen los und steuerte auf den Eingang des »Casino« zu, jenes in der Nähe des Binger Tors gelegenen beliebten Veranstaltungsorts.

Sophies Schritte waren in Erwartung des Ballabends höchst beschwingt. Schon den ganzen Tag über hatte es für die impulsive junge Frau kein anderes Thema gegeben als die Veranstaltung, die zum Dank für die englischen Kurgäste, die den gotischen Chor der Pauluskirche auf eigene Kosten hatten restaurieren lassen, heute hier stattfand.

Sophie, das wusste Anne, war insbesondere neugierig auf die Engländer, da sie gerade mit größtem Vergnügen »Jane Eyre«, den aus dem Englischen übersetzten Roman eines gewissen Currer Bell, las.

Nachdenklich schaute Anne der Jüngeren hinterher, die nun bereits den Eingang erreicht hatte und eben fröhlich einen Bekannten der Familie grüßte. Trotz ihrer ausladenden Krinoline drängte sie sich kurz darauf bereits geschickt weiter. Das zartblaue Abendkleid, dessen Oberteil mit einer Vielzahl kleiner rosafarbener Blüten abgesetzt war, verschwand aus Annes Blick. Die Ältere betrachtete vorübergehend das strengere Blau ihres eigenen Kleides und musste feststellen, dass die violetten Streifen darauf es nicht bunter, sondern eher noch dunkler wirken ließen. Auch war ihre eigene Krinoline weniger ausladend als die Sophies.

Insgesamt sah sie nüchterner aus, ernster, wie man es von einer verheirateten Frau wohl erwarten würde.

Anne dachte flüchtig daran, wie sie einander vor dem Aufbruch noch einmal vor dem Spiegel bewundert hatten und wie ihr Sophie plötzlich so viel erwachsener vorgekommen war. Doch jetzt, da sich die Schwester ihrem Blick entzog und im Trubel des Festes verschwand, war Sophie plötzlich wieder *ihr* kleines Mädchen. Eine seltsame Ahnung, Sophie schützen zu müssen, durchfuhr Anne kurz und schmerzhaft.

Obgleich die beiden Schwestern gut acht Jahre auseinander lagen, waren sie stets eng miteinander verbunden gewesen. Ganz gewiss lag es daran, dass Anne die Jüngere nach dem Tod der Mutter quasi mit aufgezogen hatte. So hatte sie sich stets nicht nur als Schwester gefühlt, sondern auch als Mutter, als diejenige, die die Verantwortung trug.

Es ist ein wenig so, als ob nicht Ada, sondern Sophie meine älteste Tochter ist.

»Anne, Wilhelm!«

Von der Seite tauchte Tante Eulalie auf, Vaters letzte, in Kreuznach verbliebene Schwester. Zwei Schwestern waren mit ihrer Heirat weggezogen. Man sah sich höchstens einmal alle paar Jahre. Drei waren bereits verstorben. Einst war Wilhelm der einzige Junge unter sechs Mädchen gewesen. Noch einmal war Sophie kurz in der Menge zu sehen, aber sie hörte die Begrüßung natürlich nicht mehr. Anne bekam gerade noch Eulalies missbilligenden Blick mit.

Die strenge Tante sah nicht gern, welche Freiheiten Wilhelm seinen Töchtern ließ. Mehr als einmal hatte sie verlauten lassen, dass allein sie es war, die auf den Ruf der

Preuße-Mädchen achtete. Als Anne vor sechs Jahren geheiratet hatte, war sie auch deshalb höchst erleichtert gewesen.

Dabei, so dachte Anne bei sich, kannte ich die Grenzen des weiblichen Geschlechts auch damals nur zu gut und wusste, was sich gehört – so, wie ich es immer noch weiß und mich danach richte.

Eulalie schaute sie und den Vater abwechselnd forschend an.

»Wollt ihr Sophie wirklich alleine dort hineingehen lassen? Wer weiß, auf welche Ideen das Mädchen wieder kommt!«

In ihrem dunkelgrauen, eher hochgeschlossenen Kleid mit den dicken Puffärmeln und dem schmalen Reifrock, das längst aus der Mode war, wirkte sie noch unnachgiebiger als gewöhnlich.

»Gewiss nicht«, entgegnete Anne, während sich auf dem Gesicht ihres Vaters leichter Unmut über die ungebetene Einmischung abzeichnete. Anne drückte seinen Arm, um ihn von einem Kommentar abzuhalten. »Wir sind ja schon auf dem Weg nach drinnen, Eulalie«, suchte sie die Tante zu beruhigen.

Die schüttelte den Kopf. »Dann geht rascher. Ihr wisst, dass ich nicht immer alles wiedergutmachen kann. Wenn das Kind erst in den Brunnen gefallen ist, kann man nichts mehr machen.«

Anne biss sich auf die Lippen. Von Wilhelm war ein kaum hörbares Räuspern zu vernehmen. Eulalie spielte natürlich auf ihre anhaltenden Bemühungen an, einen Ehemann auch für das jüngere Fräulein Preuße zu finden, bevor die eigensinnige Achtzehnjährige ihren Ruf *gänzlich ruiniert* hatte. Schon jetzt galt das Mädchen als eigenwillig. Auch das Wort »überspannt« war bereits gefallen, aber als

Tochter des angesehenen Arztes Wilhelm Preuße hatte Sophie zumindest ein Pfund, mit dem sich wuchern ließ.

Erneut drückte Anne Wilhelms Arm, um den Vater an einer unbedachten Äußerung zu hindern. Was das anging, konnte sich Wilhelm Preußes Impulsivität durchaus an der seiner Jüngeren messen, während Anne im Verhalten eher nach ihrer Mutter Emma kam; auch wenn es Sophie war, die der Verstorbenen wie aus dem Gesicht geschnitten war.

Sophie sieht Mama so ähnlich … Ich habe Papas dunkle Haare, und Sophie hat Mamas goldblonde Locken und ihre blauen Augen.

Anne zwang sich, ihre Tante freundlich anzulächeln.

»Das wissen wir, und wir danken dir für deine Bemühungen, aber wir achten auch auf Sophies Benehmen. Wollen wir jetzt vielleicht hineingehen?«

Eulalies Stirn legte sich in tiefe Furchen.

»Besser ist das wohl.«

War das nicht wunderbar? Indem sie den Saal betreten hatte, verflüchtigten sich Sophies Gedanken an Vater und Schwester. Hatte sie zuerst noch in Erwägung gezogen, in der Nähe des Eingangs auf die beiden zu warten, bannte sie nun der Rausch des Festes.

Das »Casino« war vor einigen Jahren als Ort der Begegnung erbaut worden und stand Alten und Jungen, Einheimischen und Fremden, sogar Frauen und Mädchen unbeschränkt offen. Es war ein Platz für leichte und auch besinnliche Unterhaltung, für Tanz und Scherz. Auf der Rückseite des »Casino« schlossen sich schöne Anlagen an, lichte Plätze, mit Kugelakazien und Rosen bepflanzt, die sich mit dunkeln Gängen abwechselten, über die wildes Gehölz seine dichten Schatten warf. Auf der Höhe eröffnete ein kleiner Pavillon die lieblichste Aussicht auf die Umgebung der Stadt.

Das Orchester spielte einen Walzer. Ein fröhliches Lächeln bildete sich auf Sophies Lippen, während ihre Füße wie von selbst erste kleine Tanzschritte machten. Sie war schon immer eine gute Tänzerin gewesen. Ihr Blick wanderte suchend über die Tanzfläche. Sie sah Meta, eine Freundin aus der Schulzeit, im Tanz mit ihrem Zukünftigen vereint, und hob grüßend die Hand. Meta grüßte vergnügt zurück.

Als ein Diener mit einem Tablett erfrischender Getränke vorüberkam, nahm Sophie sich nach kurzem Zögern eine Weinschorle. Noch war sie alleine, noch konnte niemand sie daran hindern, auch Tante Eulalie nicht. In jedem Fall gedachte Sophie, möglichst viel zu erleben, bevor die Tante sie erwischte und die Nichte unerbittlich auf den Pfad der Tugend zurückführte.

Dabei tue ich gar nichts Unrechtes. Ich weiß durchaus, was sich gehört.

Sophie nippte an der Weinschorle. Kurz dachte sie an Meta und wie gerne sie die Freundin wieder einmal besuchen würde. Dann überlegte sie, warum der Vater und seine Schwester wohl so unterschiedlicher Natur waren. Tante Eulalie konnte wirklich nur daran denken, wie man anständig und tugendhaft blieb.

Wie langweilig ...

Sophie verzog das Gesicht.

»Warum so missmutig?«, flüsterte in diesem Moment eine unbekannte Stimme dicht neben ihrem Ohr. Die junge Frau schreckte leicht zusammen und drehte dann den Kopf.

Das Erste, was ihr an dem jungen Mann auffiel, der da so unverhofft neben ihr aufgetaucht war, war dessen gutes Aussehen. Und dieser unschuldige Gedanke ließ sie sofort erröten. Wenn der Fremde es bemerkte, hatte er zumindest den Anstand, nicht darauf anzuspielen. Dass er ein guter Beobachter war, zeigte er mit dem, was er als Nächstes sagte: »Ich glaube, Sie werden gesucht, mein Fräulein.«

Er wies mit einem kaum merklichen Nicken in Richtung Eingang. Dort war eben Tante Eulalie aufgetaucht, die Sophie auch schon entdeckt hatte und nun entschlossen auf die Nichte zusteuerte. Nur die Menge minderte ihre Geschwindigkeit.

»Oh nein«, entfuhr es dem jungen Mädchen.

»Am besten«, hörte sie die Stimme des Fremden neben ihrem linken Ohr, »am besten, Sie tun so, als hätten Sie sie nicht gesehen, und verschwinden durch diese Tür dort nach draußen.«

Sophie hatte den Eindruck, als überlegte sie gar nicht, während sie schon durch den Ausgang huschte, den ihr der junge Fremde gewiesen hatte. Gleich darauf fand sie sich in der Anlage wieder. Der Garten war bereits in dämmriges Abendlicht getaucht.

Es überraschte sie nicht, dass der Mann ihr folgte. Direkt vor ihr blieb er stehen. Er trug einen dunklen Frack, der ihm überaus gut stand. Unter der ebenfalls dunklen Weste schimmerte zart das Perlmutt der weißen Hemdknöpfe hervor. Sophie straffte die Schultern. Sein Blick war ebenso entschlossen wie ihrer.

»Gehen wir ein wenig spazieren?«, fragte er.

»Wer sind Sie?«, fragte Sophie geradeheraus. Sie fand den Mann forsch, anmaßend; interessant … Seine Augen waren von einem intensiven dunklen Blau, das hatte sie drinnen schon bemerkt, hier draußen, im schwindenden Licht, wirkte es fast so dunkel wie sein schwarzes Haar. Er war eindeutig dem Anlass entsprechend gekleidet, zugleich war da etwas ... Sie konnte es nicht recht fassen. Der Anzug war neu und aus sehr gutem Stoff, aber man konnte ihm ansehen, dass er nicht zum ersten Mal getragen wurde, ganz als müsste sich dieser Mann nichts beweisen. Jetzt verbeugte er sich, auch dies mit einer Nachlässigkeit, die aufreizend wirkte.

»Ich bin James Bennett«, er lächelte, »einer der Engländer, für die man dieses Fest veranstaltet. Glaube ich.«

Sophie bemühte sich, die Kontrolle über ihre Gesichtszüge zurückzuerlangen. Daher rührte also dieser leichte Akzent, abgesehen davon sprach der junge Mann ausgezeichnet Deutsch.

»Sie sprechen gut Deutsch«, sagte sie.

»Danke, meine Mutter ist Deutsche.«

Für einen Augenblick standen sie sich schweigend gegenüber. Sophies Kopf war mit einem Mal betrüblich leer, dabei war sie sonst nicht auf den Mund gefallen. Jetzt aber konnte sie ihren neuen Bekannten nur ansehen: das Gesicht mit der schmalen, geraden Nase, die geschwungenen Lippen, die schweren Augenlider unter den ausdrucksstarken Augenbrauen. Er sprach zuerst wieder.

»Also, mein Name ist James Bennett, wie ich schon sagte. Dürfte ich um Ihren Namen bitten?«

»Sophie Preuße.«

»Preuße ...« Er lächelte wieder. »Sie scheinen mir aber weitaus liebreizender als Ihr Name zu sein.«

Für einen Moment war Sophie verwirrt, dann lächelte

sie ebenfalls. Sie musste zugeben, dass noch nie jemand einen Scherz über ihren Namen gemacht hatte.

»Und«, fragte der junge Mann weiter, »wer begleitet Sie? Die ältere Dame, die eben nach Ihnen suchte?«

»Nein, eigentlich nicht.« Sophie bemerkte, wie sie sich immer mehr entspannte. James kam ihr schon so vertraut vor, als würde sie ihn bereits seit Langem kennen und nicht erst seit ein paar Minuten. »Ich bin mit Vater und Schwester da.«

James hob die Augenbrauen. »Das dort eben war Ihre Schwester?«

»Oh nein«, Sophie hörte sich glockenhell lachen, »meine Tante. *Sie* hält sich für meine Anstandsdame.«

Der junge Mann lachte ebenfalls. »Begleiten Sie mich noch ein Stück? Es gibt sicherlich nichts Schöneres, als dieser Dame einmal zu entkommen, schätze ich?« Er bot ihr den Arm. Sophie hakte sich ein.

Das, dachte sie, konnte gewiss nichts Schlimmes sein.

Das Gespräch mit Tante Eulalie hatte sie aufgehalten, und als Anne und ihr Vater hinter der älteren Frau den Saal betraten, war von Sophie keine Spur mehr zu sehen. Mit vorwurfsvollem Blick wandte sich Tante Eulalie ihrem Bruder und ihrer Nichte zu.

»Eben habe ich sie noch dort drüben gesehen.« Eulalie streckte den Arm aus. »Und sie hat mich auch gesehen, da bin ich mir sicher, aber anstatt zu warten … Ich habe es ja gleich gesagt, das Mädchen kennt keinen Benimm. Wer sie einmal heiraten wird, steht wohl in den Sternen. Raten kann ich es jedenfalls keinem guten Mann.« Eulalie schüttelte den Kopf. »Ich sage dir das auch, Wilhelm«, setzte sie leiser, aber durch den Tonfall umso vorwurfsvoller hinzu, »weil du ganz gewiss selbst weißt, was aus Frauen wird, die ihren Platz nicht kennen.«

»Du gehst zu weit, Eulalie«, erwiderte Wilhelm scharf.

Anne erinnerte sich schwach an einen kleinen Skandal, den es mit einer seiner älteren Schwestern gegeben hatte. Eulalie behauptete heute noch hin und wieder, aus diesem Grund keinen Ehemann gefunden zu haben. Die ältere Frau gab einen undefinierbaren Laut von sich, ließ energisch den zarten Fächer aus Horn aufklappen und wedelte sich heftig Luft zu. »Ich will nur helfen.«

So schnell wie Vaters Wut gekommen war, so schnell verschwand sie wieder. Auch wenn er sich über seine Schwester ärgerte, konnte er ihr nicht wirklich böse sein. Dazu standen sie sich zu nahe. Anne wusste, dass auch Eulalie früh Verantwortung für den jüngeren Bruder hatte übernehmen müssen, so wie sie selbst für Sophie.

Anne sah sich noch einmal aufmerksam um. Plötzlich hatte sie das Gefühl, die Schwester unbedingt finden zu müssen; eine Ahnung war da, die sie schon einmal, früher an diesem Tag, überfallen hatte. Sie berührte den Arm des Vaters.

»Wartet hier. Ich suche sie.«

»Ja, mach das.« Wilhelm hob eine Augenbraue und versuchte streng zu blicken, was ihm jedoch nicht gelang. Er war immer nachgiebig zu seinen Töchtern gewesen, und Eulalie war ja gerade deswegen der festen Ansicht, dass er sie verderben müsse.

»Auf Wiedersehen, Tante Eulalie«, verabschiedete sich Anne von der älteren Frau, wusste sie doch nicht, ob sie einander später noch treffen würden. Sie hoffte nicht. Für heute hatte sie genug.

»Auf Wiedersehen, Anne«, rief Eulalie ihr hinterher, während sich die junge Frau schon entschlossen einen Weg durch die Menschenmenge bahnte. Hier und da hörte man Englisch, und Anne war froh, sogar etwas davon zu verstehen.

Seit etwa einem halben Jahr nahm sie Englischunterricht bei Pinias in der Hohen Straße. Nun musste sie feststellen, dass sie bereits mehr gelernt hatte als vermutet und war in diesem Augenblick ziemlich stolz auf ihre Fortschritte.

Sie hielt kurz an und orientierte sich neu. Ein Diener bot ihr sofort ein Glas Weißwein an, doch Anne schüttelte den Kopf. Seit der Geburt ihrer Tochter vertrug sie Alkohol nicht mehr so gut. Viel zu schnell wurde ihr taumelig zumute. Wieder schaute sie sich um. Sophie war immer noch nirgends zu sehen. Nach weiteren fünf Minuten kam Anne der Gedanke, dass die Jüngere vielleicht nach draußen gegangen war. Rasch suchte sie den nächsten Ausgang.

Auch die Anlagen waren bevölkert. Kleine Gruppen standen, in Gespräche vertieft, zusammen. Da und dort wandelten Paare in gemessenem Schritt nebeneinander her und lernten sich besser kennen. Anne tat es ihnen zuerst gleich und beschleunigte ihre Schritte dann doch. Wieder war da dieses seltsame Gefühl.

Nun sei doch nicht albern, versuchte sie sich zu beruhigen. Was soll hier schon geschehen? Wahrscheinlich war es Eulalie mit ihren düsteren Prophezeiungen wieder einmal gelungen, sie vollkommen unnötig zu beunruhigen.

Ob ich später selbst einmal so werde wie sie? Ob ich irgendwann einmal meiner kleinen Ada Vorhaltungen mache?

Anne runzelte die Stirn, aber sosehr sie sich anstrengte, die Zukunft wollte sich ihr nicht entschlüsseln.

In Gedanken vertieft lief sie weiter. Fast hätte sie Sophie übersehen. Es war die Stimme der Schwester, die sie in die Wirklichkeit zurückholte. Auf ihren Laut hin blieb Anne abrupt stehen und schaute sich suchend um. Wenig später entdeckte sie sie.

Sophie stand nur wenige Schritte entfernt, in eine angeregte Unterhaltung mit einem fremden jungen Mann vertieft.

Anne konnte nicht anders, als die beiden anzustarren. Ein Kribbeln bildete sich zuerst in ihrem Bauch, eine leichte Gänsehaut überzog Unterarme und Nacken. Eigentlich wollte sie ihre Schwester zur Rede stellen, doch nun konnte sie nur dastehen …

Wer ist das? Himmel, bin ich ein Kaninchen, das sich vor der Schlange fürchtet, oder bin ich eine erwachsene Frau?

Anne atmete tief durch und ging entschlossen auf die beiden zu.

»Sophie?«

An Sophies Stelle schaute zuerst der junge Mann zu ihr herüber.

»Sophie, da bist du ja«, wandte Anne sich noch einmal mit lauter Stimme an ihre Schwester. »Wir warten schon auf dich.«

Jetzt erst drehte die Jüngere ihr den Kopf zu. Widerstand blitzte in ihren Augen.

»Sie müssen Anne sein«, sagte der junge Mann.

Er sprach es »Änn« aus, nicht Anne.

Ein Engländer …

»Miss Preußes Schwester«, fügte er hinzu. »Sie hat mir schon von Ihnen erzählt.«

Und was hat sie Ihnen erzählt, fuhr es Anne durch den

Kopf, doch gleich darauf schämte sie sich. Was sollte das? Sophie war ihre Schwester, ihre Kleine. Ja, vielleicht war sie ein eigensinniges Mädchen, aber sie hatte das Herz doch auf dem rechten Fleck, und sie war auch keine Schwätzerin.

»James Bennett.« Der junge Mann verbeugte sich. »Meine Verehrung.«

»Anne Kastner.« Anne zögerte, dann fragte sie: »Sie sind Engländer?«

James lächelte. »Ja, aber ich glaube, das haben Sie längst erkannt.«

Anne hob die Schultern.

»Lasst uns noch eine kleine Runde gemeinsam gehen«, schlug Sophie vor. James schaute Anne fragend an. Die nickte.

Dagegen war wohl nichts einzuwenden.

Es dauerte lange, bevor Sophie an diesem Abend einschlief. Obgleich es ihr noch nie zuvor auf diese Weise ergangen war, erkannte sie sofort, dass sie sich verliebt hatte.

Und es war überwältigend. Sie hatte es nicht glauben wollen, aber so war es. Bis zu diesem Tag, bis zu diesem herrlichen Abend hatte sie sich wirklich nicht vorstellen können, dass man solche Empfindungen für einen anderen Menschen haben konnte. Dass es einen schmerzte, wenn man sich von ihm entfernte. Dass man ständig an den anderen dachte. Dass man ihm gefallen wollte, und sich ängstigte, es nicht zu tun.

Sie hatte nie gedacht, einmal so viel Gefühl für jemanden zu hegen, der nicht ihr Vater oder ihre Schwester war. Jemand, den sie eigentlich noch gar nicht richtig kannte, aber hoffte kennenzulernen.

Und es gab eine zweite Sache, die Sophie durchaus ein wenig beunruhigte: Früher hatte sie sofort alles mit ihrer Schwester und ihrem Vater geteilt – dieses Mal schwieg sie.

Sie berichtete nichts von dem, was der junge Engländer erzählt hatte, als sie alleine gewesen waren. Sie behielt es für sich, wie einen wunderbaren Schatz, und rief es sich, wie sein Aussehen und den Klang seiner Stimme, still in Erinnerung.

Sie hoffte sehr darauf, ihn wiederzusehen. Wie das gelingen konnte, wusste sie allerdings bislang nicht. Er hatte ihr nicht gesagt, wo er wohnte, nur, dass er für einige Zeit in Kreuznach war, wo die Familie seiner Mutter herstammte.

Kamilla Bennett, geborene Winges …

Mit dem Namen und den Namen seiner Verwandten hatte Sophie leider nichts anfangen können, aber es war auch schon viele Jahre her, dass Herrn Bennetts Mutter die Heimat verlassen hatte. Leider hatte er mit keinem weiteren Wort verlauten lassen, was er in den nächsten Tagen zu tun gedachte und wo er vielleicht zu finden war. Der Gedanke, dass sie ihn womöglich nie wiedersehen würde, schmerzte furchtbar.

Später am Abend – James hatte sich bald von ihnen verabschiedet – war dann noch Annes Mann Friedrich zu ihnen gestoßen, und hatte den Zauber, wie es seine Art war, sofort zerstört. Sophie hatte sich wirklich sehr über seine Bemerkungen geärgert. Impertinent hatte er den jungen Engländer Wilhelm gegenüber genannt, weil dieser, ohne um Erlaubnis zu fragen und weitaus länger, als es gebührte, mit den Schwestern spazieren gegangen war.

Wieder einmal war ihr deutlich geworden, wie schrecklich gewöhnlich Annes Mann doch war, dessen Arbeitseifer immer alle lobten. Mochte er auch eine gut gehende Praxis leiten, die er fast aus dem Nichts aufgebaut hatte, mochten ihn die Patienten in den höchsten Tönen loben, für Sophie blieb er eines: einfach und gewöhnlich. Daran würde sich nie etwas ändern, sosehr er sich auch anstrengte.

Niemand konnte über James Bennett richten. Sie alle kannten ihn nicht. Nur mit ihr hatte er länger gesprochen. Er führte nichts Böses im Schilde, und er hatte auch nichts Schlechtes getan.

Einen Mann wie Friedrich werde ich niemals heiraten, schoss es ihr durch den Kopf, lieber sterbe ich als alte Jungfer.

Ein Mann wie Friedrich konnte vielleicht für das Nötigste sorgen, so wie ein Bauer seine Kühe und Schweine mit Nahrung versorgte, aber das ganze Leben konnte man nicht mit ihm verbringen. Ganz unmöglich war das. An der Seite eines solchen Mannes war das Leben nicht lebenswert.

Zum ersten Mal tat ihre Schwester Sophie leid, und sie schämte sich dafür, sich bislang keine Gedanken um Annes Leben gemacht zu haben. Ging es ihr wirklich gut? War sie zufrieden? Sicherlich, sie führte das, was man eine gute Ehe nannte, aber war sie auch glücklich?

Erst als sie zu frösteln begann, bemerkte Anne, dass sie mit dem Waschen innegehalten hatte. Abwesend starrte sie auf die Gänsehaut, die sich auf ihren Armen bildete. Feine Härchen schimmerten im warmen Licht der Öllampe. James Bennett tauchte vor ihr auf, der Ausdruck auf Sophies Gesicht, als sie ihn zum Abschied angesehen hatte, bevor er aus ihrem Blick verschwunden war.

Die Kleine hat sich verliebt.

Dass sie in diesem Moment selbst an den jungen Mann denken musste, verwirrte sie ein wenig.

Nun, es ließ sich zumindest nicht leugnen, dass der Engländer ein schöner Mann war und dass Sophie und er ein hübsches Paar auf der Tanzfläche abgegeben hatten.

Anne war sich auch sicher, bei einem Mann noch niemals einen solchen Mund gesehen zu haben, geschwungen, irgendwie weich und lockend, aber doch der Mund eines Mannes, entschlossen im Ausdruck, einladend zum Kuss ...

Was denke ich denn da? Ich darf so etwas nicht denken.

Und sie war ja auch glücklich. Ada war ein wunderbares Kind, dem sie gerne jeden Abend Geschichten vorlas. Sie hatte einen guten Mann, Friedrich zählte stets auf ihre Meinung und ließ sie an seinem Leben teilnehmen. Vielleicht war es nicht das aufregendste Leben, vielleicht nicht das, was in manchen Büchern beschrieben wurde.

Es ist ein gutes Leben. Wäre es nicht schön, wenn Sophie auch jemanden hätte, der ihr so nahe ist?

Anne hatte den Eindruck gewonnen, dass der Engländer und sie gut zusammenpassten, aber vielleicht war es auch albern, so etwas zu denken.

Das Wasser in der Waschschüssel war inzwischen völlig erkaltet. Anne biss die Zähne zusammen, während sie endlich fortfuhr, sich zu waschen. Dann schlüpfte sie eilig in das Nachthemd.

Nur ins Bett, nur zu Friedrich ...

Als sie ins Schlafzimmer trat, schaute Friedrich sie über den Rand seiner Brille hinweg an. Er hatte sich noch einige Arbeitspapiere mit ins Bett genommen, wie er sie gewöhnlich vor dem Einschlafen studierte: Unterlagen von Patienten, neue Behandlungsmethoden. Meist sprachen sie abends auch immer über den vergangenen Tag, nur heute wusste Anne nicht, was sie sagen sollte. Nichts schien geeignet, darüber zu sprechen.

Sie schlüpfte unter die Bettdecke, schaute noch einen Moment gegen die Decke, bevor sie die Augen schloss. Sie spürte, wie Friedrich sie auf die Stirn küsste.

»Schlaf nur«, flüsterte er, »schlaf nur, es war ein anstrengender Tag.«

Doch es dauerte noch lange, bevor Anne wirklich in den Schlaf fand.

Drittes Kapitel

Kreuznach, Juli 1855

Am Morgen nach dem Fest im »Casino« schlief James lange, bevor er sich mit Henry Williams, einem Landsmann, dem er erstmals in Kreuznach begegnet war, zum Frühstück begab. Sie hatten sich Brötchen, Räucherfisch und Haferbrei schmecken lassen und auch an Milch und Kaffee nicht gespart. Ihre Wirtin, Frau Spahn, die die Pension mit den vier kleineren und den zwei größeren Zimmern in der Nähe der Salinenstraße führte, bemühte sich nach Kräften, den beiden jungen Männern auch an diesem Morgen jeden Wunsch von den Augen abzulesen.

Der knapp dreißigjährige Henry schäkerte ein wenig mit ihr, obgleich die Wirtin selbst schon gut auf die Fünfzig zuging. James verwunderte das, doch Henry lächelte nur: »Das wirst du auch noch erkennen, mein Guter. Ältere Frauen bringen manche Erfahrung mit, die man beim schönsten jungen Küken einfach vermissen muss.«

James schüttelte den Kopf. »Die Frau ist Witwe, Henry.«

»Umso besser. Dann ist kein wütender Ehemann zu fürchten.«

James hatte darauf nichts mehr gesagt und sich stattdessen dem Kaffee gewidmet. Prostituierte kamen für Henry nicht infrage, denn dort, so war er sich sicher, hatte er sich die Krankheit geholt, wegen der er hier zur Kur weilte.

James schauderte. In jedem Fall machte sich Henry offenbar keine Gedanken darum, die Syphilis an andere weiterzugeben. Kreuznach, so wusste James von ihm, wurde indes Jahr um Jahr von einer größeren Menge hoffnungsvoller, an dieser Krankheit Leidender besucht, und es hieß, die hiesige Behandlung sei von den besten Erfolgen gekrönt.

Nicht zum ersten Mal fragte James sich, in welchem Stadium der Erkrankung sich Henry wohl befand, und ob und wann sich erste unübersehbare Symptome zeigen würden: Geschwüre, Hautausschlag oder gar Haarausfall. Bislang wirkte er recht gesund. Man sah ihm jedenfalls nichts an. James wusste allerdings nicht, was sich unter der Kleidung und dem stets hochgeschlossenen Kragen fand.

»Und weswegen bist du hier?«, hatte sich Henry gleich bei ihrer ersten Begegnung offenherzig erkundigt.

»Krank am Leib bin ich jedenfalls nicht«, hatte James entgegnet und entschieden, ein leichtes Lächeln zu zeigen. Henry hob die Augenbrauen. »Das Gemüt?«

James vertiefte sein Lächeln. »Sagen wir, meine Eltern meinten, ich müsste weg, bis Gras über die Sache gewachsen ist.«

»Ein Skandal? Ein richtiger Skandal? Das macht mich jetzt aber neugierig.« Henry riss die Augen auf. »Ich nehme an, es geht um ein Mädchen? Es geht doch immer um ein Mädchen«, hatte er weiter gefragt.

James zuckte die Achseln. »Ich spreche nicht darüber.«

»Du hast sie also wirklich geliebt?«

James zuckte die Achseln. Henry sah ihn bittend an.

»Meine Lippen wären versiegelt.«

James hatte nur gelacht.

Heute hatte Henry vorgeschlagen, nach dem Frühstück

einen Spaziergang durch die Stadt zu machen und Ausschau nach hübschen Bürgerstöchtern zu halten – »vielleicht bringt dich das ja auf neue Gedanken« –, und sehr bald befanden sich die jungen Männer in dem Netz schmaler Straßen und enger, verwinkelter Gassen, die das aufstrebende Kurstädtchen Kreuznach ausmachten.

Sie kreuzten den Ellerbach, ein kleines Flüsschen, das sich durch die Neustadt seinen Weg zur Nahe bahnte, und in seinem ruhigen Lauf Mühlen antrieb. Eine achtbogige steinerne Brücke über beide Nahe-Arme verband die Alt- mit der Neustadt, während mehrere kleinere hölzerne Brücken von der Badeinsel zum altstädtischen Ufer führten. Längst war noch nicht jeder Weg gepflastert.

Die jungen Männer passierten einige Prachtbauten in der Hohen Straße, zwischen dem Binger und dem Rüdesheimer Tor gelegen, darunter das villenartige Haus des Fürsten von Anhalt-Dessau, mit dem, so behauptete Henry, sein Vater bekannt war. Darauf folgten gediegene Bürgerhäuser mit schönen Erkern, Friesen und Freskomalereien an den Fassaden, doch zu Henrys Bedauern blieben die Bürgerstöchter heute offenbar daheim.

»Warum so schweigsam?«, wandte er sich endlich an James, der nach einer ziemlich schlaflosen Nacht seinen Gedanken nachhing.

James zögerte. »Ich habe gestern zwei junge Damen kennengelernt«, sagte er endlich.

»Oho, gleich zwei!« Henry riss die Augen auf, was ihn ein wenig wie einen Frosch aussehen ließ. »Du Glückspilz. Und du denkst immer noch an das Kindchen daheim?«

James gab keine Antwort. Er war Henry auch nicht böse; der neugierige, junge Mann konnte wohl nicht anders, als immer wieder zu versuchen, in das Geheimnis seines neuen Freundes zu dringen.

Nach einigen besseren Gebäuden passierten die jungen Männer nun kleinere, vollkommen baufällige Häuschen. An dem einen oder anderen Anwesen lehnte eine niedrige Holzscheune. Nur in der Mitte der Straße, die sie nun nahmen, verlief eine schmale Reihe klobigen Kopfsteinpflasters. Vom letzten Regen hatte sich Morast links und rechts dieser Trittsteine gebildet, zwei ältere Frauen tippelten im Gänsemarsch behände über sie hinweg. Henry blieb kurz stehen und bewunderte das breite Drachenmaul am Ende einer Dachrinne, das, wie James vermutete, das Wasser bei Regen im hohen Bogen ausspie.

»Das würde meinem kleinen Neffen Stephen gefallen«, sagte er nachdenklich und im Bemühen, endlich auf andere Gedanken zu kommen. Es war seltsam, aber der gestrige Abend ließ ihn nicht los.

Henry lächelte. »Oh ja, es ist hübsch anzusehen, nicht wahr?« Dann klopfte er James auf die Schulter. »Lass uns weitergehen. Hier scheint es auch keine jungen Damen zu geben. Wo sind die nur alle? Müssen sie sich etwa von dem Ball erholen? War der denn so aufregend und war wirklich die ganze Stadt da? Ich kam ja erst zum Schluss, und da muss ich sagen ...«

»Schade, dass du so viel später aufgetaucht bist.«

»Tja«, Henry rollte mit den Augen, »seinen Besuch kann man ja nicht einfach hinauswerfen, besonders, wenn er eigens von den Eltern geschickt wurde.«

Henry hatte gestern zwei gute Bekannte aus England zu Besuch gehabt, die auf dem Weg in den Süden einen Halt in Kreuznach eingelegt hatten.

Bald darauf marschierten die beiden jungen Männer an ein paar üppig dekorierten Geschäften vorbei, registrierten prächtige Wirtshausschilder, wie das der »Krone« oder das der »Heiligen drei Könige«, ein Gasthaus, das James am Tag seiner Ankunft besucht hatte. Ein Metzger machte seinen Laden mit aufgehängten Schweinehälften kenntlich – die Tiere waren wohl kurz vorher auf offener Straße geschlachtet worden, wo ihr Blut sich nun mit dem Straßenschmutz vermengte. James trieb seinen Begleiter an, schneller zu gehen. Der Blutgeruch bereitete ihm Übelkeit. Wenig später passierten sie einen Bäcker. James bemerkte erleichtert, wie der störende Geruch in seiner Nase dem des duftenden Backwerks wich. Sein Magen knurrte, während er die Viezchen und Rosenwecken in der Auslage begutachtete. Er wählte sorgfältig. Auch Henry suchte sich etwas aus.

Die beiden jungen Männer aßen im Gehen, bewunderten dort vor einem Geschäft ein dickbauchiges Heringstönnchen und da eine Auswahl zierlicher Gussöfen. Der Betrieb nahm jetzt zu – mancher beeilte sich wohl, noch etwas fürs Mittagessen zu bekommen, andere waren bereits auf dem Weg nach Hause. Henry gab die Hoffnung nicht auf, doch noch Bekanntschaft mit einem jungen Mädchen zu machen. Mehr und mehr Pferdekutschen rollten an geschäftigen Hausfrauen und Dienstmädchen vorüber. Ab und an zwang sie ein rücksichtsloser Fahrer zum Ausweichen. Einmal hörte James Henry fluchen.

Während er ihm folgte, wanderten James' Gedanken erneut zu den beiden jungen Frauen. Schwestern und doch so unterschiedlich, die eine blond, die andere dunkel. Sie hatten ihm beide gefallen. Er hatte die Unbeschwertheit der Jüngeren genauso gemocht wie die Nachdenklichkeit der Älteren.

Vielleicht könnten sie mir helfen zu vergessen. Vielleicht könnte ich mir mit ihrer Hilfe über bestimmte Dinge klar werden.

Bedauerlicherweise wusste er nicht viel von ihnen, vor allem nicht, wo sie wohnten. Aber vielleicht konnte ihm Frau Spahn helfen, sie war hier ansässig, und sie wusste über die Stadt und ihre Bewohner bestens Bescheid.

Ja, er würde die Wirtin nach Sophie Preuße und Anne Kastner fragen und dann weitersehen.

Henrys Stimme riss ihn aus seinen Überlegungen.

»Was ist los, warum so langsam?«

»Ach, nichts, ich dachte an meine Rückkehr nach England, und was meine Eltern dann von mir erwarten.«

Henry grinste. »Ach, die lieben Eltern. Ich soll jedenfalls heiraten, so es noch geht. Wahrscheinlich fürchten sie, dass man es mir bald ansehen wird und dann ...«

Es ...

James öffnete den Mund, um etwas zu sagen, wenn er auch keine Ahnung hatte, was, doch Henry sprach weiter.

»Wenn ich nicht heirate und einen Erben vorweise, geht unser Besitz nämlich an Papas jüngeren Bruder, eine Katastrophe, die es unter allen Umständen zu vermeiden gilt. Wenn es nach meinen Eltern ...«

Henry konnte seinen Satz nicht beenden, denn just in diesem Augenblick fuhr eine Kutsche so dicht und mit solch hoher Geschwindigkeit an ihnen vorbei, dass den jungen Männern der Schreck in die Glieder fuhr. Kaum einen Atemzug später rumpelte etwas, jemand schrie schrill auf, und ein Kind begann panisch zu weinen, während die Kutsche bereits in der Ferne verschwand.

»Komm, lass uns sehen, was da los ist«, rief Henry, der sich als Erster gefangen hatte und James energisch auf die Menschenmenge zu zerrte, die sich wie aus dem Nichts gebildet hatte. Rücksichtslos drängte Henry vorwärts, James folgte.

»Der war viel zu schnell unterwegs!«, protestierte einer der Lastenträger. James' Augen hefteten sich auf den dunkel gekleideten, älteren Mann, der neben einem lauthals weinenden Jungen auf dem Boden kauerte. Die schwarze Tasche, die der Mann neben sich abgesetzt hatte, erinnerte James an die des Familienarztes daheim in London. Dann erkannte er den Mann. Es war Dr. Preuße.

»Verdammt«, entfuhr es Henry, denn jetzt heulte der kleine Junge, den Preuße eingehend untersuchte, lauter auf. Aus einer tiefen Schürfwunde am rechten Bein rann Blut. James trat zögernd näher.

»Dr. Preuße?«

Der ältere Mann hob den Kopf und sah sein Gegenüber fragend an. Dann erhellte sich sein Gesicht.

»Herr ...« Er überlegte kurz. »Herr Bennett, welche Überraschung! Entschuldigen Sie bitte, aber ich muss mich zuerst noch um meinen kleinen Patienten hier kümmern.«

»Natürlich.«

James verfolgte, wie sich Dr. Preuße wieder dem kleinen Jungen mit dem struppigen blonden Haar zuwandte, dessen Schluchzen jetzt etwas leiser geworden war. Die Tränen hatten helle Spuren in seinem schmutzigen kleinen Gesicht hinterlassen.

Ein Straßenkind, fuhr es James durch den Kopf.

Dr. Preuße lächelte den Jungen an. »Tut dir irgendetwas weh? Kannst du sagen, was geschehen ist?«

»Die Kutsche hat ihn erwischt, das ist passiert«, mischte sich einer aus der Menge ein. »Wir zählen ja nicht für die feinen Herren. Unsereins kann man gerne einmal überfahren.«

Dr. Preuße gab keine Antwort, sondern untersuchte den Kopf des Kindes, indem er ihn ganz sanft hin und her bewegte.

»Hier ist alles in Ordnung«, murmelte er halb zu sich.

Dann tastete er die Arme ab. Als er das rechte Bein des etwa Achtjährigen unterhalb der Schürfwunde berührte, heulte der erneut auf. Dr. Preuße beugte sich vor, um die Wunde und das Bein noch einmal genauer zu betrachten.

»Kannst du aufstehen?«, erkundigte er sich dann behutsam.

Der Kleine heulte, nickte aber.

»Komm«, sagte Dr. Preuße zu ihm, »wir bringen dich ins Hospital.« Er half dem Kind hoch, das sich jetzt wieder weinend auf ihn stützte. Dann schaute er sich um. »Kann ihn jemand hier ins Hospital bringen?«

Eine Frau, die die ganze Zeit in der Nähe gestanden hatte, nickte. Dr. Preuße fasste kurz ihre Hand und schaute sie eindringlich an.

»Sagen Sie, dass Dr. Preuße sie schickt. Vielleicht ist Dr. Kastner da. Fragen Sie unbedingt nach ihm. Er soll auch notieren, wo der Junge wohnt.« Er beugte sich nochmals zu dem Kind. »Ich komme dich heute Abend besuchen. In einer Woche wirst du hüpfen und springen wie eh und je.«

»Danke«, sagte die Frau und führte den humpelnden Jungen fort.

»Denken Sie, es ist etwas gebrochen?«, erkundigte sich James besorgt.

»Nein, das ist unwahrscheinlich. Er läuft ja.« Dr. Preuße lächelte. »Die Wunde sollte aber im Auge behalten werden. Schön, dass Sie sich auch um ein fremdes Kind sorgen, Herr Bennett. Manchem sind fremde Kinder ja gleichgültig, und die von der Straße noch dreimal mehr.«

»Das ist bedauerlich, Dr. Preuße.« James verbeugte sich. »Ich freue mich im Übrigen sehr, Sie so schnell wieder zu treffen.«

Wilhelm Preuße verbeugte sich ebenfalls.

»Ganz meinerseits. Aber lassen Sie sich gesagt sein, Kreuznach ist ein kleines Pflaster. Man kennt sich hier. Das werden Sie rasch merken. Wir hätten uns sicherlich bald wiedergesehen.«

Auch Henry kam jetzt näher und grüßte freundlich.

»Guten Tag, Herr Williams«, sagte der Arzt auf Englisch. »Und, folgen Sie auch getreulich den Anweisungen meines Kollegen, Dr. Böhme?«

»Das tue ich selbstverständlich, Dr. Preuße, und ich fühle auch schon eine deutliche Besserung. Vielen Dank.«

»Freut mich, freut mich sehr, Herr Williams.« Wilhelm Preuße wandte sich zurück an James. »Sie haben sich gestern also ausführlich mit meiner jüngeren Tochter unterhalten, wie sie mir heute Morgen gestanden hat.«

»Gab es denn etwas zu gestehen? Ihre Tochter ist ein bezauberndes Wesen. Sie sind sicher stolz auf sie«, versuchte James das etwaig aufkeimende Misstrauen zu überspielen. Henry war also bei einem Kollegen von Dr. Preuße in Behandlung. Ob sie sich gut kannten? »Ebenso wie auf ihre ältere Tochter.«

»Gewiss sehe ich das auch so, ich bin der Vater«, sagte Dr. Preuße und versuchte, James scharf anzusehen, was ihm aber nicht recht gelingen wollte. Zu weich waren seine Gesichtszüge, zu freundlich der Ausdruck. James lächelte ernst.

»Ich kann Ihnen jedenfalls wirklich nur zu beiden gratulieren. Auch Ihre Ältere macht einen sehr verständigen Eindruck.«

Dr. Preuße nickte und sagte dann nachdenklich: »Meine Anne musste leider früh erwachsen werden. Doch ich möchte Sie damit nicht langweilen, Herr Bennett. Ich würde mich in jedem Fall freuen, Sie bald einmal bei mir zu Hause begrüßen zu dürfen. Ich weiß doch gerne, mit wem meine Töchter zu tun haben.« Dr. Preuße lächelte entschuldigend. »Außerdem ist es wohl so: Wenn meine Kinder fern der Heimat weilten, sei diese auch so schön wie die unsere, fände ich es auch schön, man nähme sich ihrer recht freundlich an. Also, nehmen Sie meine Einladung an?«

»Mit dem größten Vergnügen, Dr. Preuße.«

»Dann wünsche ich Ihnen einen schönen Tag, meine Herren. Leider erwarten mich Patienten, sonst hätte ich gerne noch ein wenig geplaudert. Sie kommen beide aus London? Ich habe da ein paar Monate meines Medizinstudiums verbringen dürfen … Ach, wunderbare Zeiten, die niemals zurückkehren werden!«

Wilhelm Preuße grüßte noch einmal und ging dann mit festen Schritten davon. James schaute ihm hinterher. War das eben wirklich geschehen?

Henry meldete sich als Erster zu Wort.

»Er spricht Englisch, das wusste ich nicht. Und du musst einen wirklich guten Eindruck auf die Damen hinterlassen haben. Warte nur ab, noch ein paar Tage und du bist Teil der Kreuznacher Gesellschaft und wirst dich vor Einladungen nicht retten können.«

Viertes Kapitel

Kreuznach, Juli 1855

Anne blieb abrupt stehen, als sie hinter der Wohnzimmertür Stimmen hörte. Nachdem Friedrich das Haus wie immer früh verlassen hatte – zweimal in der Woche versorgte er im Hospital die Armen, gewöhnlich begleitete sie ihn, doch heute hatte sie sich dagegen entschieden –, hatte sie Ada eine schöne lange Geschichte vorgelesen und danach auch etwas Schreiben mit ihr geübt. Dann war ihre quirlige Fünfjährige mit Maja, dem Kindermädchen, zur Nahe aufgebrochen, wo die Kleine am liebsten spielte. Kurz darauf hatte sich Anne plötzlich einsam gefühlt und kurzerhand beschlossen, Schwester und Vater zu besuchen, wie sie es in den ersten Tagen ihrer Ehe noch häufig getan hatte. Die Familie Gellert war einander auch nach ihrer Hochzeit eng verbunden geblieben.

Als sie am späten Vormittag eintraf, war Dr. Preuße natürlich längst in der Behandlung, aber Sophie saß noch am Frühstückstisch und schaute verschlafen drein. Anne setzte sich zu ihr, bestrich ein Brötchen mit Butter und Marmelade und goss sich einen Becher warme Milch ein. Zu Hause hatte sie in der Früh einfach keinen Hunger verspürt.

»Hast du schlecht geschlafen?«, fragte sie ihre gähnende Schwester. Die hatte nur den Kopf geschüttelt und erneut gegähnt.

»Nein, geschlafen habe ich prächtig. Ich habe wohl zu lange gelesen.«

»Wieder diesen Currer Bell?«

»Ja.« Sophie lachte. »Übrigens steckt hinter dem Namen Currer Bell eine Frau. Charlotte Brontë heißt sie ... Ich dachte, vielleicht verstehe ich mit seiner, mit *ihrer* Hilfe besser ...«

»Was willst du besser verstehen?«

»Ach, nichts.«

»Es sind Romane, Sophie, nichts, was mit der Wirklichkeit zu tun hätte.«

Sophie zuckte nur die Achseln.

»Ach, warum musst du nur immer so ernst sein, Anne? Ich weiß selbst, dass das Romane sind.«

Anne betrachtete den immer noch leeren Teller ihrer Schwester.

»Hast du keinen Hunger, Kleines?«

»Doch.«

Anne bot Sophie die Hälfte ihres Brötchens an, so wie sie es früher oft getan hatte.

Geteiltes Brot schmeckte besser, fand Anne. Die Jüngere griff, ohne zu zögern, zu und biss auch gleich herzhaft hinein. Einen Moment lang saßen sie danach nur beieinander und aßen, und es war schön und vertraut wie damals, als sie gemeinsam hier wohnten.

Gut, dass sich das nicht ändern wird.

Dann war Sophie nach oben sich ankleiden gegangen, und danach in den Salon, um etwas Klavier zu spielen.

Die Stimmen hinter der Tür rissen Anne erneut aus den Gedanken. Noch immer erkannte sie nicht, wer die zweite männliche Stimme war. In jedem Fall war Vater während seiner kurzen Pause mit seinem Gast direkt ins Wohnzimmer gegangen, ohne bei seinen Töchtern vorbeizusehen. Ob ihn die Haushälterin, Frau Barthels, überhaupt von Annes Besuch in Kenntnis gesetzt hatte?

Ich sollte nicht hier stehen und horchen, fuhr es der jungen Frau durch den Kopf, das ist doch eine Kinderei und wirklich albern. Entschlossen drückte sie den Türgriff hinunter. Mit einem leisen Quietschen – die Scharniere mussten einmal wieder geölt werden – schwang die Tür auf.

»Ach, es mag dumm klingen, aber mir macht dieses *Ungeheuer* immer noch Angst, Wilhelm«, sagte der Besuch gerade, während Vater sich auf das Geräusch hin zur Tür drehte.

»Anne!« Sogleich kam Wilhelm mit ausgestreckten Armen auf sie zu, umarmte seine Ältere, hielt sie dann bei den Unterarmen, um sie aufmerksam zu betrachten und zog sie nochmals an sich. »Kind, was machst du hier? Und warum sagt mir niemand, dass du da bist? Wann bist du gekommen?«

»Ich wollte eigentlich nur Sophie besuchen. Johann!« Anne wandte sich jetzt dem Besucher zu, der abwartend die Begrüßung von Vater und Tochter verfolgte.

»Anne! Schön, dass ich wenigstens hier nicht vergessen wurde.« Der schmale Mann, dessen Kinn ein mächtiger Bart zierte, reichte der jungen Frau die Hand.

»Sieben Jahre ist es her, es war noch vor meiner Hochzeit, aber du hast dich kaum verändert«, sagte sie.

»Sehr schmeichelhaft«, Johann lachte, »aber ich bin zweifelsohne älter geworden.«

»Das sind wir alle. Du kennst mich ja auch nicht als Ehefrau und Mutter.«

»Nein, das stimmt.« Johann musterte sie. »Der Ehestand

scheint dir aber gut zu bekommen, und Wilhelm hat mir auch schon ausführlich von seiner bezaubernden Enkelin vorgeschwärmt.«

Annes Lächeln vertiefte sich, wie immer beim Gedanken an ihre Tochter, noch etwas.

»Nun, was soll eine Mutter darauf antworten? Natürlich finde ich, dass Ada ein ganz wunderbares Kind ist.«

»Warum hast du sie nicht mitgebracht?«, beschwerte sich Wilhelm. »Bekommt ihr Großvater sie gar nicht mehr zu sehen?«

»Ach, Vater. Sie wollte mit Maja an den Fluss, um dort ein Schiffchen schwimmen zu lassen. Du kennst sie doch. Wenn sie sich etwas in den Kopf setzt, kann sie keiner davon abbringen.«

Anne wandte sich wieder Johann zu. Von den Jugendtagen bis ins Erwachsenenalter war Johann Seipel ein guter, wenn nicht der beste Freund ihres Vaters gewesen. Wenn er zu Besuch bei ihnen weilte, hatte er oft mit Anne geredet, oder auch mit Sophie gespielt. Dann hatte er Kreuznach verlassen müssen – weswegen, hatte man Anne nie gesagt. Aber es waren die schweren Tage des Jahres 1848 gewesen.

Anne konnte sich ihren Teil denken. Sie war nicht dumm, und sie hatte die Ereignisse um das Parlament in der Paulskirche und die Aufstände, die an vielen Orten aufgeflammt waren, durchaus verfolgt. Mancher hatten in diesen Tagen die Heimat verlassen müssen. Einige hatte es sogar bis nach Amerika getrieben.

»Es ist gut, dich wiederzusehen. Ich habe dich vermisst und mich oft gefragt, was wohl aus dir geworden ist«, sagte sie fest.

»Das hört man gerne.«

Johanns Gesicht war doch faltiger geworden, stellte Anne bei sich fest. Er wirkte älter als Vater, dabei lag kaum ein Jahr zwischen den beiden. Wilhelm setzte sich wieder.

»Sophie zieht sich gerade an und möchte dann Klavier spielen«, sagte Anne. »Ich nehme mir eine Tasse Tee und bleibe bei euch, wenn das recht ist?«

Wilhelm und Johann wechselten einen kurzen Blick. Dann zuckte Johann die Achseln.

»In Ordnung«, sagte Wilhelm. »Hoffentlich langweilen wir dich nicht mit unseren Heldenerzählungen von früheren Zeiten.«

»Gewiss nicht. Ich habe euch immer gerne zugehört.«

Wilhelm sah seine Tochter nachdenklich an.

»Damals wollten wir die Welt verändern.«

Johann, der den Blick auf den Tisch gesenkt hatte und aufmerksam dessen Maserung betrachtete, hob den Kopf wieder.

»Ich will das immer noch, aber ich habe die Kraft nicht mehr. Das schmerzt.«

Wilhelm schien zu überlegen. »Ungeachtet dessen, was dir passiert ist?«, fragte er dann.

Johann nickte. »Als wir noch jung waren, blickten wir nach Frankreich, und die Revolution und die Erstürmung der Bastille schienen nicht so weit in der Vergangenheit zu liegen, dass man sich nicht mehr daran erinnern könnte, weißt du noch? Damals wollten wir *unsere* Bastille erstürmen. Damals wollten *wir* ein Zeichen setzen.«

Wieder war es für einen Moment still, danach kam das Gespräch nur schleppend in Gang, gewann aber schließlich erneut an Fahrt. Anne schien vergessen, die zwei älteren Männer versanken vollkommen in ihrer Vergangenheit.

Von welchem Ungeheuer sprachen sie eigentlich?

Ein Geräusch ließ Anne wenig später aufmerken. Johann hatte seinen Platz verlassen und lief mit schweren Schritten auf und ab.

»Gut, Johann«, war Vaters Stimme zu hören, »wir haben uns damals Sorgen gemacht, aber jetzt? Diese Entwicklung hat auch ihre Vorteile, sage ich dir. Mit der Eisenbahn, die nun auch hier endlich gebaut wird, verbreiten sich die Gedanken als hätten sie Flügel. Keine Grenze und kein Herr Zensor können sie mehr aufhalten, denn es werden zu viele sein. Wer wird sie einsperren können, sag mir das? Wer soll die Zensur aufrechterhalten, wenn die Eisenbahn doch jede Stimme und jeden Gedanken blitzschnell in die Welt hinausträgt? Jetzt sind die Gedanken wirklich frei.«

»Viel hat sich in den Jahren aber nicht geändert«, entgegnete Johann, blieb kurz stehen, nahm seinen Gang wieder auf. Immer wieder landete er dabei vor dem Fenster, verharrte für ein paar schwere Atemzüge und schaute hinaus. Wilhelm räusperte sich.

»Vielleicht änderte sich nicht so viel und so schnell, wie wir es uns wünschen, aber man sollte auch die kleinen Fortschritte nicht aus den Augen lassen. Damit fängt es doch an, oder nicht?«

Johann starrte weiter aus dem Fenster, dann drehte er sich zu Wilhelm um.

»Du bist wirklich viel ruhiger geworden, Wilhelm.«
»Du nicht?«

Johann zuckte die Achseln. »Vielleicht wird man ruhiger, wenn man die Heimat behält, wenn man seiner Familie nahe ist. Vielleicht ist das so. Ich bin viel gereist in den letzten Jahren. Ich habe so einiges gesehen. Vielleicht wäre es anders, wenn ich daheim hätte bleiben können. Wenn ich meine Kinder hätte aufwachsen sehen, und nun mit meinen Enkeln spielen könnte. Wenn ich meine Frau noch hätte. Aber solche Erfahrungen und Erinnerungen sind mir fremd. Ich habe nur die Gesichter der Bauern vor mir, für die die Eisenbahn nichts als ein Eindringling aus einer fremden, unheimlichen Welt war, und ich sehe den Jungen auf den Gleisen, dem ich nicht helfen konnte. Damals bin ich zu spät gekommen, und heute bin ich es auch …«

Johann stand reglos da. Anne griff zögernd nach dem Korb mit Stickzeug. Der Vater nahm die Kaffeekanne und schenkte Johann und sich nach.

»Setz dich, setz dich«, sagte er zu seinem Freund, der der Aufforderung folgte. »Gewiss, ich habe das damals ähnlich gesehen, und ich werde diesen Unfall nie vergessen, doch ich erkenne eben auch, was diese Maschine alles umwälzen kann«, sagte er dann. »Sie raucht und sie lärmt, aber sie ist ein Vorbote dessen, was kommt. Sie ist der Vorbote einer Zukunft, die wir nicht ändern, aber verbessern können, wenn wir daran teilhaben.«

Johann schaute ihn nachdenklich an, dann verlor sich sein Blick erneut in der Ferne. »Für viele Menschen in den Dörfern ringsum ist die Eisenbahn auch heute der Leibhaftige, der aus der Hölle gekommen ist, ein Übel unserer Zeit, wie Cholera und die Kartoffelkrankheit, verkehrte Witterung, Erdbeben und Teuerung. Ich denke manchmal, dass die Eisenbahn lediglich ein weiteres Wahrzeichen menschlicher Vermessenheit ist, mit dem wir uns gegen Gottes Naturgesetze auflehnen, wie unsere Urväter damals beim Turmbau zu Babel.« Er schüttelte den Kopf. »Und wir wissen alle, was daraus geworden ist.«

»Es ist die erste Maschine, die das Landvolk sieht. Uns hat sie anfänglich auch Angst gemacht, dabei hielt zumindest ich mich für fortschrittlich.« Der Vater trank einen tiefen Schluck von seinem Kaffee, bevor er weitersprach: »Ich denke heute jedenfalls, es war falsch, dagegen zu kämpfen. Man kann sich dem Fortschritt nicht entgegenstellen.«

»War es denn Fortschritt? War es ein Fortschritt für die Lohnkutscher? Die Gewerbefreiheit ist nicht für jeden ein Vorteil.«

»Johann, wir haben uns doch immer ein geeintes Reich gewünscht. Wer könnte diesen Traum besser erfüllen als die Eisenbahn? Mancher spricht sogar von einem Herkules in der Wiege, der die Völker erlösen wird. Mancher glaubt, nun hat es mit den Kriegen ein Ende, mit Hungersnöten und Hass, denn die Eisenbahn wird uns alle zusammenbringen.« Wilhelm lachte leise. »Und wer bringt mehr Kurfremde zu uns? Die Eisenbahn!«

Johann ließ sich auf seinen Stuhl sinken. Er wirkte plötzlich sehr erschöpft.

»Trink etwas Kaffee, nimm dir mehr Zucker dazu, das wird dich aufmuntern«, sagte Wilhelm.

»Meinst du wirklich?« Johanns Stimme verriet Zweifel.

Anne erinnerte sich langsam. Damals, als die ersten Eisenbahnen gebaut worden waren, hatte es in den verschiedensten Gegenden heftige Empörung gegen dieses »Monstrum« gegeben. Mancherorts hatte man sich sogar zusammengeschlossen, um Schienen aus dem Boden zu reißen. Wilhelm sah Johann eindringlich an.

»Johann«, sagte er mit einem Mal misstrauisch, »was hat dich wirklich hierhergebracht?«

Johann kam Anne jetzt noch müder und blasser vor. Sie

fragte sich, ob das wohl Dinge waren, von denen sie besser nichts hörte, aber sie blieb sitzen.

»Ich bin krank«, sagte Johann. »Die Schwindsucht ist's, und ich bin hierher zurückgekommen, wo ich hoffe, mich zu erholen oder endlich meinen Frieden zu finden.«

Fünftes Kapitel

Kreuznach, Juli 1855

Sophie konnte ihr Glück kaum fassen. Zum wiederholten Mal knuffte sie ihre Schwester heimlich in die Seite.

»Vater hat mir *kein* Wort gesagt. Wusstest du wirklich nicht, dass *er* heute unser Begleiter sein wird?«, fragte sie aufgeregt und nickte zu James Bennett hin, der den Schwestern an der Seite ihres Vaters etwas voraus war.

Anne schüttelte den Kopf. Vom Elisabeth-Brunnen hatten sie an diesem heißen Julitag den Weg an der Nahe entlang genommen. Hier war es unter den Bäumen schattig, und der Fluss trug kühle Luft heran, was einem bei der sommerlichen Hitze sehr zupass kam.

»Nein, mit keinem Wort, Sophie, das sagte ich doch.«

Anne überlegte. Vielleicht hatte der Vater den jungen Engländer irgendwo getroffen und ihn zu einem Spaziergang eingeladen. Dass er dabei nicht nur an seine unverheiratete Jüngste gedacht hatte, wie es manche Eltern tun mochten, wurde deutlich, als sich die Männer kurz nach der Begrüßung in ein Gespräch über London vertieften, wo Herr Bennett gewöhnlich lebte und wo Wilhelm Preuße als junger Mann einige Zeit verbracht hatte.

»Aber ich kann nicht behaupten, dass ich zu viel studiert hätte. Es gab in diesen Tagen so viel Verlockendes«, sagte Dr. Preuße jetzt, und man hörte das Lachen in seiner Stimme.

»London ist eine wunderbare Stadt«, pflichtete James dem Älteren bei. »Was hat Sie denn *abgelenkt,* wenn ich das so fragen darf?«

Wilhelm seufzte. »Sie werden es nicht glauben, wenn Sie mich heute hier sehen, aber damals war ich der Literatur verfallen. Mein Held war Lord Byron, und wie er verfolgte ich den griechischen Freiheitskampf mit größter Aufmerksamkeit.«

James lachte. »Herr Doktor, jetzt überraschen Sie mich. Sie kamen mir bislang so viel nüchterner vor. Wissen denn Ihre Töchter von dieser Leidenschaft?«

»Gott bewahre, Byron ist wohl auch kaum die rechte Lektüre für junge Damen.«

Wilhelm spielte nervös mit seinem glänzend polierten Spazierstock. Für wenige Schritte gingen die beiden Männer schweigend nebeneinander her.

»Ihre Eltern leben also ganz in London?«, erkundigte Wilhelm sich dann.

»Nein«, erwiderte James, »den Sommer verbringt Mama meist auf unserem Landsitz in Cornwall, und nur den Winter in London. Und mein Vater lebt seit einigen Jahren hauptsächlich in Indien und führt von dort aus die Geschäfte. Ich komme aus einer Familie geschickter Kaufleute, müssen Sie wissen.«

»Das klingt aufregend.«

»Der Handel?« James zuckte die Achseln. »Nun ja, es gibt Menschen, die sich dafür begeistern, habe ich gehört.«

»Nein, Indien, meinte ich …« Dr. Preuße schien noch einen Augenblick zu überlegen, wusste aber offenbar nicht, wie er seine Neugier befriedigen konnte.

James lauschte dem Tuscheln der beiden jungen Frauen in seinem Rücken.

»Nun, sag schon, wusstest du es?«, fragte Sophie die Ältere eben erneut.

»Nein, glaub mir doch. Ich hatte nicht die geringste Ahnung.«

Anne schaute ihre Schwester von der Seite an. Sophies Wangen waren immer noch von einem rosigen Hauch überzogen. Ihre Augen leuchteten, die Lippen waren kaum merklich geöffnet.

Anne spürte, wie ihr eigenes Herz schneller klopfte. Am Abend ihres Kennenlernens hatte sie noch geglaubt, den jungen Engländer sehr bald zu vergessen, nun musste sie feststellen, dass dem nicht so war. Sie lächelte Sophie an.

Sie würden ein wirklich hübsches Paar abgeben.

Anne hakte sich bei ihrer Schwester ein. Es war seltsam, so etwas zu denken. Hatte sie nicht eben noch mit Sophie Lesen geübt? Der Gedanke war fast schmerzlich, aber so war es eben, die Zeit verging. Irgendwann würde auch Sophie heiraten.

Ihr Leben liegt noch vor ihr. Sie muss nur den richtigen erwählen, jemanden wie James …

Anne fand die Vorstellung, dass der junge Mann aus einem anderen Land stammte, faszinierend. Er war zwar kein Amerikaner, aber doch jemand, der zumindest nicht in Kreuznach aufgewachsen war, sondern auf der anderen Seite des Kanals. Längst hatte sie sich alles auf der großen Landkarte in Vaters Bibliothek betrachtet. Etwas länger hatte ihr rechter Zeigefinger auf dem Fleck geruht, wo London lag.

Und er sieht wirklich gut aus.

Anne fand sogar, dass er dem Bild eines Mannes auf

einem Buch ähnlich sah, das Vater wie seinen Augapfel hütete. Wenn sie das nächste Mal zu Besuch war, musste sie unbedingt nach diesem Buch suchen, um sich zu vergewissern. Schon am ersten Abend, im »Casino«, hatte sie geahnt, dass James nicht hier war, weil er unter irgendwelchen körperlichen Gebrechen oder Krankheiten litt.

Auch schwermütig wirkt er keinesfalls.

Zu Beginn ihres Spaziergangs, noch beim Brunnen, hatte er Sophie auf ihre neugierigen Fragen hin geantwortet, dass er gerne reite, wandere und auch ein guter Schwimmer sei. Sie selbst hatte ihn geneckt, ob es nicht etwas ganz Ausgefallenes an ihm gäbe, und er hatte nach kurzem Überlegen erwidert: »Ich bin Vegetarier.«

»Was heißt das denn?«

Sophie hatte fröhlich gelacht.

»Das heißt, dass Herr Bennett kein Fleisch zu sich nimmt«, hatte sich Anne altklug sagen hören, bevor sie sich's versehen hatte.

»Warum?«, erkundigte sich die Jüngere, und Vater hatte gemeint: »Ich kann mir das für meinen Teil nicht vorstellen – einmal in der Woche brauche ich Fleisch zwischen den Zähnen. Das gehört doch einfach dazu.«

»Die Tiere, die wie wir alle Geschöpfe Gottes sind, taten mir leid. Außerdem schmeckt es mir einfach nicht«, hatte James höflich, aber bestimmt entgegnet, »also habe ich beschlossen, kein Fleisch mehr zu essen.«

»Gibt es nicht viele Menschen in Indien, die der vegetarischen Lebensweise folgen?«

»Das stimmt, Dr. Preuße.«

Anne schaute auf James' Rücken. Der junge Mann hielt sich sehr gerade.

Er ist der erste Vegetarier, den ich kenne.

Es klang so leicht, aber wenn Anne sich vorstellte, Friedrich, Vater oder Frau Barthels zu eröffnen, kein Fleisch mehr essen zu wollen ... sie musste zugeben, dass es durchaus bewundernswert war, eine solche Entscheidung zu treffen und zu ihr zu stehen.

Danach hatten sie über Musik, Kunst und Literatur gesprochen, und wenn sie das meiste auch nur kurz berührt hatten, fand Anne, dass man sich ganz wunderbar mit ihm unterhalten konnte.

Vater und der junge Engländer blieben stehen.

»Wissen Sie, die Kreuznacher lassen sich gern mit allem Zeit«, war dann Wilhelm zu hören. »Unser schönes Heilbad wurde zwar bereits 1817 gegründet, das bedeutete aber nicht, dass sogleich alle aus ihrem Dornröschenschlaf erwachten, beileibe nicht. Erst als die Gäste zahlreicher kamen, sah man beispielsweise ein, dass die Dunghaufen vor den Haustüren verschwinden mussten. Ich jedenfalls erinnere mich noch sehr gut an deren Anblick und den Geruch, als ich noch jung war. Einmal entschieden, muss ich zugeben, ging es aber mit einigem Elan voran.«

»Das Kurhaus wurde dann aber erst über zwanzig Jahre später gebaut«, mischte sich Anne ein. Ihr Vater lächelte gutmütig. »Immerhin entstanden rasch einige vornehme Villen und Hotels und änderten das Antlitz unserer lieben Stadt. Später kamen jene Parks und Promenaden hinzu, die heute Gäste und Einheimische erfreuen.«

Dr. Preuße beugte sich näher zu dem jungen Engländer hin. »Wie gefällt es Ihnen denn bislang in unserem schönen Kreuznach? Ich sage unseren Gästen ja immer, wer sich, krank oder gesund, auch nur einige Stunden lang hier aufhält, der fühlt sich gleich frischer und wie zu Hause. Vielleicht haben wir hier nicht so schöne Häuser wie anderenorts, aber ich für meinen Teil vermisse diese starre Pracht-Monotonie keinesfalls. Hier bei uns, und das ist Ihnen sicherlich bereits aufgefallen, Herr Bennett, ist die Natur immer nah. Schauen Sie sich nur um, auch jetzt ist es so.« Wilhelm streckte einen Arm aus. Auf dem Weg, der zum Salinental führte, hatten sie die Brücke über die Nahe erreicht. »Schauen Sie, man muss wirklich nur die Augen offen halten.«

Sophie hatte den Eindruck, Herr Bennett folge Vaters Hinweis in diesem Moment eher höflich. Nein, ganz sicher interessierte James sich nicht für diesen Anblick. Er stammte aus einer Metropole. Er kannte das glanzvolle und fortschrittliche, glitzernde und funkelnde, pulsierende Leben Londons. Er besuchte das Theater und nahm an Bällen teil, die weitaus großartiger waren als das prächtigste Fest in Kreuznach.

Wem er dort wohl begegnete? Musste Kreuznach, mussten sie und ihre Schwester nicht gewöhnlich auf ihn wirken?

Sophie selbst hatte sich immer gewünscht, einmal nach London zu kommen – oder nach Paris. Sie hatte sich vorgestellt, sich wie Aschenputtel auf einem der Bälle zu vergnügen und am Ende des Abends einen Prinzen zu finden. Kreuznach konnte einen Mann wie James Bennett gewiss nur langweilen. Als sich Anne nun zu Wort meldete, blies sie leider ins selbe Horn wie der Vater.

»Vater hat recht. Man fühlt sich hier nie beengt. Von wirklich jedem Punkt bietet sich eine lohnende Sicht auf die Umgebung und auf Mutter Natur, die nur darauf wartet, einen in ihre Arme zu schließen.«

Merkt sie denn gar nicht, wie albern das klingt, fuhr es

Sophie durch den Kopf. Wenn ich doch nur einmal eine wirklich große Stadt besuchen könnte.

Anne schmiegte sich derweil an den Vater.

»Wir beide stehen am liebsten hier auf dieser Brücke und schauen auf die sanfte Flut mit ihren grünenden Inselbuchten hinab. Es gibt nichts Schöneres, nicht wahr, Vater?«

Wilhelm erwiderte den Druck ihres Arms, und Anne fühlte sich für einen Moment sehr glücklich.

Vater und sie waren sich immer nah gewesen, vertraut auf eine Art, wie sie nach fast sieben Jahren Ehe fürchtete, mit ihrem Mann nie vertraut sein zu können, Friedrich war ein guter Mensch, aber er war einfach viel zu trocken. Er kannte wenig mehr als seine Arbeit, seine Patienten und die Armenfürsorge.

»Der Blick vom Mannheimer Tor aus ist in jedem Fall auch zu empfehlen«, sagte Dr. Preuße.

»Was ist eigentlich mit den umliegenden Bergen?«, erkundigte sich James. »Gibt es dort auch so malerische Ruinen wie am Rhein?«

»Oh ja, auf denen ranken sich heute Efeu und saftiges Moos«, warf Sophie ein, um auch endlich wieder einmal etwas zu sagen. »Dank der umliegenden Höhen und Täler ist Kreuznach sogar im Sommer stets von einem Lufthauch durchfächelt.«

»Sie hören es!« Dr. Preuße lachte. »Kreuznach und seine Umgebung sind wahrlich eine Idylle, die Goethes ›Hermann und Dorothea‹ – Sie kennen gewiss unseren großen Dichterfürsten – an Gemütsfrische und Lieblichkeit in jedem Vers übertrifft. Wenn man aus dem Rheingetümmel herüberkommt, muss man einfach froh sein. Hier kann der Mensch noch frei atmen.«

James nickte zustimmend. »Oh ja, ich stelle mir gerade vor, wie das wäre, auf einer kleinen Barke auf der Nahe dahinzugleiten.«

»Nicht wahr, nicht wahr? Solche Gedanken kommen einem ganz von allein.« Dr. Preuße ließ den Arm seiner Ältesten los. »Alles hier ist jungfräulich rein, unangetastet, voll sanfter Schönheit ...«

Anne errötete bei den Worten ihres Vaters, der deren Zweideutigkeit nicht bemerkt zu haben schien – oder machte sie sich zu viele Gedanken?

»Ja, mit solchen Dingen wird in den Badeorten ersten Ranges egoistischer Handel en gros und en détail getrieben. Hier bei uns aber muss man die reizvollsten Fleckchen noch nicht teuer erkaufen.« Dr. Preuße stieß den Spazierstock in den Kies und verschränkte die Arme hinter seinem breiten Rücken. »Ich hoffe sehr, dass das so bleibt. Und jetzt geht alleine weiter, die Jugend will gewiss nicht den ganzen Tag lang vom Alter begleitet werden. Geht ihr drei, und Sie, Herr Bennett, lassen sich alles von meinen Mädchen zeigen. Haben Sie keine Sorge, die Kreuznacher sind ein treuherziges Völkchen, sie geben sich dem Gast, ob krank oder gesund, mit liebevoller Teilnahme hin. Sie werden schon gemerkt haben, dass man auch bei mäßiger Geldauslage die freundlichste Fürsorge erwarten kann. Hier lechzt keiner nach Gold. Falls Sie eine Behandlung wünschen, wenden Sie sich nur an mich, und seien Sie versichert: Vonseiten des Personals herrscht in den Badelokalen die musterhafteste Sauberkeit und der bereitwilligste Fleiß.«

»Vater!«

Wilhelm lächelte verschmitzt, grüßte und entfernte sich

mit entschlossenen Schritten. Die drei jungen Leute blieben zurück. Zuerst sagte keiner etwas.

»Wollen wir vielleicht noch einmal gemeinsam zum Brunnen zurückkehren?«, schlug Anne vor, der nichts Besseres einfallen wollte.

Sophie machte sich von ihrer Schwester los. »Meinst du, das ist von Interesse für unseren Gast?«, flüsterte sie der Älteren hörbar zu und warf James gleichzeitig ein leichtes Lächeln zu. »Herr Bennett wird nicht schon wieder den Brunnen besuchen wollen.«

James erwiderte zuerst Sophies Lächeln und lächelte dann auch Anne aufmunternd zu, bevor er sich wieder beiden zugleich zuwandte.

»Sagen Sie mir doch bitte, werte Fräulein, womit vertreibt man sich hier denn am besten die Zeit?«

Anne schüttelte bedauernd den Kopf. »Ich werde heute Abend gemeinsam mit meinem Mann erwartet.«

Nur einen Augenblick später spürte sie, wie Röte in ihren Wangen aufstieg.

Oh nein, warum war sie eigentlich davon ausgegangen, dass er sie nach abendlicher Unterhaltung fragte? Womöglich erkundigte er sich ja nur nach guten Spazierwegen …

»Meine Schwester widmet sich nämlich heute, wie jede Woche, der Unterstützung der Armen«, war Sophie zu hören.

»Wie überaus ehrenwert.«

James schenkte Anne ein neues Lächeln. Sophies Gesichtsausdruck war mit einem Mal unergründlich. Ärgerte sie sich? Anne versuchte der Jüngeren einen zugleich aufmunternden als auch entschuldigenden Blick zuzuwerfen.

»Können Sie mir Näheres dazu sagen, Frau Kastner?«,

erkundigte sich James, während Anne eine ungewohnte Schüchternheit überkam.

»Ach, es handelt sich wirklich nur um einen Verein von Frauen, die sich der Unterstützung der Armen widmen.«

Gewöhnlich war die junge Frau stolz auf diese Arbeit. Heute versuchte sie, ihren Einsatz nicht allzu sehr herauszukehren. Sie bemerkte, dass Sophies Gesichtszüge immer noch ungewohnt angespannt waren. Irgendetwas stimmte die Jüngere unruhig.

Wir müssen später unbedingt miteinander reden, dachte Anne.

»Es gibt sogar zwei solcher Vereine in Kreuznach«, sagte sie dann. »Meine Schwester könnte sich dem Verein der Jungfrauen anschließen, der eigene Handarbeiten verlost und den Erlös zum Besten der Armen verwendet, aber Sophie hat keinen Sinn für Handarbeiten.«

James zwinkerte der Jüngeren zu.

»Ich fände Handarbeit auch grauenhaft langweilig«, flüsterte er ihr zu. »Wie kann man nur den ganzen Tag mit so etwas zubringen? Ich bin mehr als froh, dass man dergleichen nicht vom männlichen Geschlecht erwartet.«

Erneut stieg Verunsicherung in Anne hoch. Sie liebte es zu handarbeiten. Bedeutete das, dass auch sie grauenhaft langweilig war? Aber nein, natürlich nicht. Es war dumm, geradezu kindisch, so etwas anzunehmen.

Und was kümmert es mich überhaupt?

»Wir können jedenfalls mit Stolz sagen, dass sich die vielseitige Sorge für die Armen unserer Stadt bereits in der deutlichen Verminderung der Straßenbettelei zeigt«, sagte sie mit fester Stimme.

»Ach, sprecht doch nicht über solch traurige Dinge.«

Sophie wirkte wieder ruhiger. »Ich bin mir sicher, Herr Bennett erwartet sich Angenehmeres von seiner Zeit hier.«

»Nun«, James lächelte, »und ich bin mir sicher, es gibt viel Schönes in Ihrer Gegend zu entdecken, wenn doch schon die Kreuznacher Blumen so wunderschön sind.«

»Danke«, erwiderte Sophie keck, während Anne stumm zur Seite blickte, als habe sie dort etwas Wichtiges entdeckt.

*

Indien, 1855

An manchen Tagen auf dem Subkontinent glaubte Ralph Bennett, die Hitze nicht aushalten zu können. Genauso, wie er in den ersten Wochen in England stets unter dieser unglaublichen Kälte gelitten hatte. Sie befanden sich jetzt im Monat Juli, und in Bombay herrschte der Monsun, der weitaus gefährlicher war als die Wärme. Jeder, der hier lebte, wusste das. In den ersten Zeiten der englischen Herrschaft vor Ort war nicht grundlos eine Redensart geprägt worden, die besagte, die Lebenszeit eines Engländers umfasse in Bombay zwei Monsune.

Für einen Moment lauschte Ralph auf das Geräusch der Tropfen, die draußen auf das Vordach prasselten. Gewöhnlich dauerte die Regenzeit von Anfang Juni bis Ende September, und es regnete unablässig. Vier Monate, die ihm jedes Mal ewig vorkamen.

Wie fast jeden Vormittag saß er vor den geöffneten Verandatüren seines Salons in einem Korbstuhl. Eben war die Morgenpost gekommen. Ein Diener wartete darauf, seinem Herrn den kleinsten Wunsch zu erfüllen, ein zweiter versuchte, Ralph mit einem riesigen Fächer Luft zuzufächeln. Es half nicht wirklich etwas. Obgleich früh am Morgen, spürte Ralph, wie ihm der Schweiß bereits von Stirn und Schläfen über das Gesicht und in den Nacken und dann über den Rücken rann. Auf seinem hellen Hemd zeichneten sich bereits große Schweißflecken ab. Sehr bald würde er es wieder wechseln müssen. Die nackten Füße in den Lederschuhen fühlten sich klebrig an.

Wenn Ralph die Augen schloss und lauschte, hörte er von fern die Stimmen der Dienerinnen, die ihn an Gänsegeschnatter erinnerten. Er kannte ihre Sprache nicht. Die Frauen waren immer mit irgendetwas beschäftigt, meist wusste er noch nicht einmal, mit was. Es war auch gleichgültig, solange sie taten, was er von ihnen erwartete.

Ralph zog ein Seidentuch aus der Tasche seiner leichten Leinenhosen und betupfte sich die Stirn, bevor er es nachlässig auf den Tisch warf. Wenn er nur die richtige Bewegung machte, würde man ihm ein neues reichen. Er langweilte sich.

Verdammte Hitze, verdammter Regen …

Dies war auch keine Zeit auszugehen. Allerdings, wenn er Indien und England verglich, so würde er Indien doch immer vorziehen. Es mochte daran liegen, dass er eben hier, in Bombay, als Sohn eines reichen Händlers geboren worden war; Mitglieder seiner Familie hatten zu den ersten Engländern vor Ort gehört. Bennetts gab es hier schon seit über zweihundert Jahren. Damals erinnerte man sich noch daran, dass dieses Stück Land einst portugiesisch »Bom Bahia« genannt wurde, was in Englisch zu Bombay geworden war.

Der geschützte, natürliche Hafen war es, der die an der Westküste von Maharashtra gelegene Stadt besonders begehrt gemacht hatte, und die Engländer hatten alles getan, um ihren Außenposten nach dem Erwerb rasch zu festigen. Die ersten hatten sich in dem Gebiet niedergelassen, das heute als Fort bekannt war und vor gut einem halben Jahrhundert einem Brand zum Opfer gefallen war. Dort lag auch das Hauptquartier, das gut befestigte Bombay Castle. Die ursprünglich sieben Inseln, auf denen Bombay entstanden war, waren von 1817 an miteinander verbunden worden. Das Bombay von heute war keine europäisch geprägte Stadt, und so blieben die Europäer gerne unter sich. Vor zwei Jahren war die erste Eisenbahnlinie eröffnet worden und verband nun Bombay mit Tannah.

Ralph nahm sich ein Stück *naan* vom Teller und biss etwas von dem würzigen Brot ab. Er hatte hier eine glückliche Kindheit verbracht, bevor man ihn nach Eton geschickt hatte. Dreizehn Jahre alt war er damals gewesen. Seine Mutter hatte um ihren einzigen Sohn geweint – tagelang waren ihre Augen rot gerändert gewesen – und ihn nicht gehen lassen wollen, und er hatte so getan, als sei er ein Mann, dem ein solcher Abschied nichts ausmache.

Noch heute fühlte er das Heimweh von damals in sich, wie eine tiefe, niemals heilende Wunde. Das erste Jahr in England hatte er gehasst. Noch nicht einmal für ein paar kurze Wochen durfte er seine Eltern besuchen, und auch sie kamen nicht.

In seiner Erinnerung war Indien in dieser Zeit immer farbiger geworden, und England stetig grauer und unansehnlicher. Auf der Suche nach Freunden dachte er sich Geschichten aus, behauptete, er sei der Sohn einer indischen

Prinzessin und war dafür vor der ganzen Klasse getadelt worden. *Oh, entsetzliche Scham …*

Wenig später war John gekommen, ebenfalls aus Indien, allerdings aus Kalkutta, und endlich hatte Ralph jemanden gehabt, der ihn verstand und wusste, was er vermisste.

Und obwohl ihm Indien entsetzlich fehlte, vermied er es in den nächsten Jahren, einen Fuß dorthin zu setzen, sogar dann noch, als seine Eltern ihn wieder einluden. Gemeinsam mit John war es leichter gewesen, in England zu bleiben. Sie waren unzertrennlich. Außerdem wollte er seine Eltern bestrafen. Er hatte also die Schule besucht und abgeschlossen, und die Ferien bei entfernten Verwandten verbracht.

Zu Anfang seines Studiums lernte er Kamilla Winges kennen, eine einfache Hotelangestellte, ein Zimmermädchen nur, und bald heiratete er sie – natürlich eigenmächtig. Sie schenkte ihm einen Sohn und einige wunderbare Jahre – John sah er in dieser Zeit seltener, den Kontakt aber verlor er nie –, doch jeder Traum nahm einmal ein Ende.

Nach dem *Ereignis* war er nach Bombay zurückgekehrt. Kamilla war in London geblieben. Heute hatte sie ihm wieder einmal geschrieben. Sie schrieben sich immer noch regelmäßig. Auf eine gewisse Weise hatte sie die Entfernung einander nähergebracht.

Ralph wischte sich erneut den Schweiß von der Stirn. Anfangs hatte er mit sich gehadert. Er hatte Kamilla als seine Gefährtin vermisst, viel mehr als seinen Sohn jedenfalls, mit dem er immer wenig anzufangen gewusst hatte.

Wie man das in ihren Kreisen tat, war James von Kindermädchen versorgt worden, dann nach Eton gegangen und danach nach Oxford. Sie hatten sich an Feiertagen, zu

Weihnachten und zu Ostern getroffen und waren sich immer fremder geworden. Manchmal war er auch über Monate nicht da gewesen, hatte es vorgezogen, Familiendinge in Indien zu regeln, denn seit dem Tod seiner Eltern war er, Ralph, das Oberhaupt der Familie Bennett.

Ich weiß noch nicht einmal, was der Junge studiert hat. Dabei sagt man, er kommt nach mir, auch wenn er Kamillas dunkle Haare und ihre blauen Augen hat.

Mit einem Seufzer nahm Ralph den Brief vom Silbertablett und entfaltete ihn. Sofort erkannte er ihre klare Schrift. Nachdem er die ersten Zeilen gelesen hatte, drängte es ihn, etwas zu trinken. Er ließ sich einen Scotch bringen.

Anscheinend hatte es zu Hause einen Skandal gegeben. Ralphs Augen flogen über das Papier, um die Namen der Beteiligten zu erfahren, und er musste sagen, er war nicht überrascht. Er trank langsam, während der eine Diener weiter den Fächer bediente und der zweite reglos im Hintergrund wartete.

Was dachten diese Männer eigentlich, wenn sie da so standen? Dachten sie irgendetwas?

Ralph ließ den Bogen Papier in seinen Schoß sinken. So hatte Kamilla James also für den Sommer nach Kreuznach, in ihre alte Heimat, geschickt.

Der letzte Skandal dieser Art in ihrer Familie hatte zu ihrer Trennung geführt. Ralph musste sagen, er war einerseits nicht überrascht, seinen Sohn in so etwas verwickelt zu sehen. Andererseits probierten sich viele junge Männer aus. Er hatte das auch getan, und dann, so viele Jahre später, waren John und er einander wiederbegegnet, und kaum ein halbes Jahr darauf hatte seine Ehe keinen Sinn mehr gemacht.

Sechstes Kapitel

Frankfurt am Main, Mai 1923

Das Ende der Treppe hüllte sich in tiefes Dunkel. Marlene kniff die Augen zusammen, doch sosehr sie sich auch anstrengte: Da war nichts zu sehen, nicht der kleinste Lichtschimmer. Angestrengt horchte sie. Waren da Stimmen? Doch, manchmal hatte sie den Eindruck, Stimmengewirr zu hören, dann war es wieder still. Hatte sie sich geirrt?

Marlene horchte von Neuem. Etwas entfernt, auf dem Bürgersteig, waren sich nähernde Schritte zu hören, ein gleichmäßiges Klack, Klack, Klack. Ob es sich um einen Mann oder eine Frau handelte, konnte sie nicht ausmachen. Als sie sich umdrehte, war da nur der diffuse Schein der Straßenlaterne. Marlene stieg die Kellertreppe ein paar Stufen hinunter – keinesfalls wollte sie alleine da oben auf der Straße angetroffen werden –, dann verharrte sie wieder.

Was war das hier überhaupt? Sie musste zugeben, dass sie sich ein wenig ängstigte. Die Adresse hatte auf dem Zettelchen gestanden, das Adrian ihr heimlich in die Hand gedrückt hatte.

Tagelang hatte Marlene es sicher zwischen den Seiten von »Nesthäkchens Backfischzeit« versteckt, bevor sie es wieder hervorgeholt hatte. Anfänglich hatte sie da sogar mit dem Gedanken gespielt, den Zettel dem Herdfeuer zu übergeben und doch lieber alles zu vergessen. Vielleicht war es ja nur ein Traum gewesen, sich ein anderes Leben vorzustellen, vielleicht sollte sie mit ihren Träumen abschließen – wie Vater immer sagte – und sich in die Zukunft fügen, die ihre Eltern für sie gewählt hatten.

Aber sie hatte es einfach nicht geschafft. Jedes Mal, wenn sie mit der einen Hand und der Hilfe des Hakens die Herdplatte beiseitegeschoben hatte, hatte sich die Hand mit dem Zettel keinen Millimeter nach vorne bewegt. Schließlich hatte sie aufgegeben.

Das Geräusch der Schritte hinter ihr verstummte plötzlich. Ein Schatten schob sich vor die Laterne und eine junge Frauenstimme rief: »Na, auch zu spät? Komm, lass uns beide zusammen ankommen. Das macht es einfacher.«

Pfeifend kam die Fremde auf Marlene zu. Auf ihrem Kopf thronte ein Wikingerhelm, wie Marlene jetzt erstaunt feststellte, das lange, blonde Haar fiel ihr bis zu den Hüften herab. Dazu trug sie ein einfaches, in der Taille mit einer Kordel gegürtetes Kleid, das an den Armen und rund um den Kragen mit einem Muster aus Rechtecken abgesetzt war. Ihre Augen waren dunkel umrandet, die Lippen schimmerten tiefrot.

Von einem Moment auf den anderen kam sich Marlene nicht mehr so passend gekleidet vor, dabei hatte sie lange Zeit vor dem Kleiderschrank verbracht, um sorgfältig das auszuwählen, was sie nun trug: ein bequemes Paar Schuhe, in einem hellen Beige gehalten, wobei Ferse und Spitze in Lack abgesetzt waren und der Riemen mit der silbernen Schnalle ebenfalls; dazu ein Kleid aus glänzend schwarzem Stoff, mit einem Gürtel in einem modischen ägyptischen Muster, der ihr locker auf der Taille saß.

Zu Hause vor dem Spiegel hatte sich Marlene schön darin gefunden. Das Schwarz des Kleides ließ den Kastanienton ihres Haars deutlicher hervortreten. Sie war sich erwachsener vorgekommen und war sich fast sicher gewesen, dass dies die richtige Kleidung für eine Soirée war. Jetzt zweifelte sie wieder. Sie zwang sich, die Unsicherheit hinunterzuschlucken, und drückte das schmale Handtäschchen enger an ihren Oberkörper, bevor sie der Fremden zunickte.

»Marlene«, stellte sie sich vor.

»Freya«, antwortete die junge Frau, während sie den Blick über Marlene wandern ließ. »Schick«, befand sie dann, »ausgesprochen schick. Ist das etwa Seide? Donnerwetter!«

Marlene schaute an sich herunter.

»Kann sein. Ich habe nicht darüber nachgedacht.« Und bevor sie sich's versehen hatte, sagte sie: »Ich habe es geschenkt bekommen. Da fragt man nicht nach, oder?«

»Oho.« Freya lachte. »Nein, natürlich nicht.«

Obgleich sie geflunkert hatte, spürte Marlene, wie sie sich ein wenig entspannte. Sie hatte ja nicht gelogen. Das Kleid war ein Geschenk von Tante Ottilie. Sie konnte nichts dafür, wenn sich Freya andere Vorstellungen machte.

Inzwischen hatten sie beide die schwere Metalltür am Ende der steilen Kellertreppe erreicht. Freya drückte dagegen und schimpfte lauthals. Auf der anderen Seite wurde wenig später gezogen. Ein schmaler Mann mit glatt gelacktem dunklem Haar und einem schmalen Schnurrbart grüßte sie beide.

»Zorro«, quietschte Freya freudig, bevor sie den Mann auf beide Wangen küsste.

»Señoritas«, rief Zorro mit rollendem »r« und schaute dann auch Marlene tief in die Augen. »Mit welcher Taube habe ich es hier zu tun? Wir kennen uns nicht, oder?«

»Das ist Marlene«, erklärte Freya.

»Zu wem gehörst du?«

»Zu Adrian.«

»Zu wem?«

Marlene durchfuhr es heiß und kalt. Hatte sie sich etwa doch geirrt? Aber das konnte nicht sein. Sie hatte die Adresse auf dem Zettel mehr als einmal gelesen, und sie konnte sie jetzt noch herbeten.

»Adrian Nussbaum, ich ...«

»Ach, mach nichts«, sagte Freya. »Wir finden ihn schon. Komm einfach mit.«

Marlene kam gar nicht dazu zu überlegen, ob sie mitkommen wollte. Freya zog sie einfach hinterher.

Bald stellte sie fest, dass Freya und Zorro nicht als Einzige kostümiert gekommen waren. In dem großen Kellerraum, in dem rote Lampions ein diffuses Licht verbreiteten und der Qualm einer Vielzahl Zigaretten für eine ganz eigene Art Nebel sorgte, sah sie Prinzessinnen aus Tausendundeiner Nacht und orientalische Prinzen, noch mehr Wikinger und einige germanische Fürsten. Die Wände waren bedeckt von Kunstwerken. Hier und da tauchte eine Skulptur aus den Rauchschwaden auf. Bei manchen Gegenständen wusste Marlene nicht, ob es sich dabei um Kunst handelte oder nicht. Einige Gemälde wirkten eher schrecklich als angenehm.

Ein Mann, gekleidet wie ein Ober in einem feinen Hotel, kam auf Freya und sie zu und bot ihnen ein Tablett mit Champagnergläsern dar. Dass es sich lediglich um sehr herben Apfelwein handelte, bemerkte Marlene, nachdem sie den ersten Schluck genommen hatte. Irgendwo begann eine Frauenstimme zu singen.

Wo ist Adrian?

Sie schaute sich um, aber es waren so viele Menschen da, die Luft war so neblig, und es gab kaum Licht. Würde sie doch noch unverrichteter Dinge abziehen müssen?

Sie wusste inzwischen ohnehin nicht mehr, was sie von dieser Soirée halten sollte. Vor einem Bild stand ein Künstler und hatte seine Arme um zwei halb nackte junge Frauen gelegt. Vor einem anderen tanzte eine Frau ganz versunken mit sich selbst. Freya entdeckte einen »lieben Bekannten« und verabschiedete sich, nicht ohne halbherzig zu versprechen, bald zurückzukommen.

Marlene schlang die Arme um ihren Körper und war sich noch nie zuvor so fehl am Platz vorgekommen. Und dann sah sie ihn. Und er sie. Es war, als hätte sich in dem Moment, als sie Adrian entdeckte und er sie, ein unsichtbares Band zwischen ihnen gebildet.

»Marlene!«

»Herr Nussbaum.«

»Adrian, bitte.«

Er beugte sich vor und küsste sie auf die Wangen, als gehörte sie dazu. In Marlene stieg ein warmes Gefühl auf. Mit einem Mal fühlte sie sich sicher. Mit einem Mal wusste sie, dass es die richtige Entscheidung gewesen war, zu kommen – und zugleich die falsche, denn sie hatte eine Entscheidung getroffen, die sich nicht mehr rückgängig machen ließ. Aber darüber würde sie später nachdenken.

»Wo sind wir hier?«

»Eine alte Lagerhalle. Die Firma hat mit der Inflation

Pleite gemacht. Der alte Besitzer stellt uns den Ort für einen kleinen Obolus zur Verfügung. Außerdem ist er Kunstliebhaber.«

Marlene schaute sich um und versuchte, sich vorzustellen, wie es ausgesehen hatte, als hier noch Waren lagerten. Es fiel ihr schwer.

»Stellst du auch aus?«, erkundigte sie sich dann.

Adrian nickte und führte sie in eine Ecke, in der kleine Zeichnungen angeordnet waren, die kaum die Größe einer kräftigen Männerhand hatten. Viele Gesichter schauten ihr entgegen, verfolgten sie mit ernsten Augen, egal, aus welcher Position man sie betrachtete. Darunter hing das Bild eines Sonnenuntergangs, ein wilder Farbwirbel, der eine winzige Figur am unteren Rand fast aus dem Bildrahmen herausdrückte.

Marlene bemerkte, dass Adrian sie aufmerksam von der Seite ansah. Zum ersten Mal wurde ihr bewusst, dass durch das Oberteil des Kleids ihre nackten Oberarme herausschauten. Eine Gänsehaut überlief sie.

»Es gefällt mir.«

»Es soll nicht gefallen.«

»Nein, ich meine ...«

Adrian bot ihr den Arm an. »Holen wir uns noch etwas zu trinken und zu essen?«

Marlene dachte an den Apfelwein und wollte ablehnen. Gleichzeitig mochte sie sich keine Blöße geben.

Der Apfelwein schmeckte so herb wie beim ersten Mal. Die Brezeln waren trocken, doch Adrian hatte offenbar Hunger.

Marlene brach sich ein Stück Brezel ab und knabberte daran.

»Ich wusste nicht, dass es sich um ein Kostümfest handelt.«
Adrian lachte.

»Das ist kein Kostümfest. Wir ziehen uns nur das an, wonach uns der Sinn steht.«

Tatsächlich trug Adrian einen Pullover, der selbst gestrickt aussah, dazu eine graue Anzughose und auf dem Kopf eine Baskenmütze. Sein Haar war seit ihrem letzten Treffen ein wenig gekürzt worden. Freya lief ihnen wieder über den Weg, rief: »Ach, der Adrian, sag das doch gleich«, und schloss sich ihnen für eine Zeit an. Sie widmeten sich noch weiteren Kunstwerken, sahen einer Frau zu, die einen eigenartigen Tanz aufführte, redeten, wenn Marlene auch unsicher war, worüber.

Es war schon früher Morgen, als Adrian ihr anbot, sie ein Stück auf ihrem Nachhauseweg zu begleiten. Die Straßen der Stadt waren nicht so leer, wie Marlene erwartet hatte. Die Menschen gingen bereits wieder zur Arbeit. Aus Kellerlöchern krochen die, die keine bessere Bleibe hatten.

»Treffen wir uns wieder?«, fragte Marlene, als sie sich schon in der Nähe der elterlichen Villa befanden. Adrian schien sie für einen Moment nicht zu hören. Seine Augen schweiften über die umliegenden Villen. Er sah nachdenklich aus. »Treffen wir uns wieder?«, wiederholte Marlene.

Endlich sah er sie an. »Natürlich.« Er bewegte den Kopf, lockerte seinen Nacken. »Ich muss jetzt – die Arbeit, weißt du.«

Er zögerte, dann küsste er sie auf die rechte Wange und hatte schon einigen Abstand zwischen sie beide gebracht, als sie ihm erneut zurief: »Wo finde ich dich?«

Er blieb stehen und schaute sie jetzt noch einmal länger an, als versuchte er, sich Marlenes Gesicht einzuprägen.

»Auf dem Römer, eigentlich jeden Mittag«, antwortete er dann, drehte sich um und war schon kurz darauf nicht mehr zu erkennen.

Marlene stand erst reglos da. Ein wenig fühlte sie sich, als wäre sie eben aus einem Traum erwacht und fände sich nun, zu ihrer Überraschung, auf der Straße wieder. Dann kam sie sich vor wie eine Heldin aus einem Film, wie Pola Negri, Gloria Swanson, Louise Brooks oder Asta Nielsen, die den Hamlet gespielt hatte und deren Bubikopf seitdem der letzte Schrei war. Nachdenklich streifte Marlene über ihren langen Zopf. Vielleicht würde sie ja mit Adrian ins Kino gehen – Mama hatte es bislang nicht erlaubt –, aber nach diesem Abend schien ihr alles möglich.

Hinter dem Fenster einer nahe gelegenen Villa ging ein Licht an; sicher das Personal, das mit seiner Arbeit begann. Es war Zeit, sich zurück ins Haus zu schleichen, wollte sie nicht erwischt werden.

Marlene hielt ihre Schuhe in der Hand, während sie die Stufen der Stiege hinaufschlich. Geschickt überkletterte sie die Stufe, die knarrte, landete mit einem Sprung lautlos auf dem kalten Steinboden der Halle. Alles war noch dunkeldämmrig. Schemenhaft konnte man das schwarz-weiße Muster des Bodens erkennen. Das geschnitzte Treppengeländer warf einen undeutlichen Schatten, die Mäntel an der Garderobe hatten Marlene als kleines Kind stets erschreckt.

Alles war still. Noch nicht einmal aus der Küche war irgendein Geräusch zu hören, aber es konnte nicht mehr lange dauern. Sicherlich war die Haushälterin, Frau Riemann, schon wach, und Dorchen, das Mädchen, das ihr zur

Hand ging, beeilte sich mit der knappen morgendlichen Wäsche, um sich nicht ihren Unmut zuzuziehen.

Marlene schlich auf die Treppe zu. Dies war der schwierige Moment, wenn sie jetzt jemand sah, würde ihr kaum eine passende Erklärung einfallen. Sie sprach sich selbst stumm Mut zu. Immerhin hatte sie das Haus verlassen und war durch den Garten gehuscht, über den Kiesweg zum hinteren Gartentor, und sie war auch denselben Weg wieder zurückgekommen, ohne dass irgendjemand Alarm geschlagen hatte. Es würde schon gutgehen.

Für einen Moment dachte sie daran, wie die Fenster der elterlichen Villa dunkel im schwindenden Licht geschimmert hatten, wie hier und da noch das Rot des Sonnenuntergangs geleuchtet hatte. Mit einem Mal hatte sie den Eindruck, hinter einer dieser Scheiben beobachte sie jemand. Aber das war gewiss nur die Anspannung. Ohne dass jemand sie aufhielt, verließ sie den Garten und zog sich auf dem schmalen Weg, der hinter der elterlichen Villa entlangführte, die Schuhe an.

Es gelang ihr, die heimatliche Straße zu verlassen, ohne einem Bekannten zu begegnen. Die Bockenheimer Warte war schnell erreicht, an der Oper war sie schon etwas außer Atem gewesen. Mit den Gässchen, durch die sie danach gelaufen war, hatte sie den ihr bekannten Teil der Stadt verlassen.

Marlene erreichte den oberen Treppenabsatz und war nur noch wenige Meter von ihrer Zimmertür entfernt. Sie fühlte sich plötzlich müde. Ihre Füße schmerzten, denn für das letzte Stück Weg hatte sie die Schuhe in die Hand genommen. Auf dem Kies ließ sich schlecht laufen mit den feinen Schuhen, und im Haus hatte sie keinen unnötigen

Lärm machen wollen. Irgendwo knarrte jetzt etwas, dann waren die ersten Stimmen zu hören. Marlene hielt unwillkürlich den Atem an, während sie leise den letzten Abstand zu ihrer Zimmertür überwand, sie öffnete und hineinschlüpfte. Dass sie nicht allein war, bemerkte sie sofort.

»Hallo, Schwesterchen!«

»Gregor, was machst du hier?«

Der Fünfzehnjährige feixte überlegen. »Ich war auf Toilette und sehe da plötzlich eine Bewegung im Garten, und wie ich gerade Alarm schlagen will ...«

»Du hast doch niemandem etwas gesagt?« Marlene versuchte den Bruder streng anzusehen. Der schüttelte den Kopf, wirkte allerdings unbeeindruckt. Für einen Augenblick sagte keines der Geschwister etwas, dann räusperte sich Gregor.

»Wo warst du, Leni?«

»Geht's dich was an?«

»Na ja, Mama würde sicher überrascht sein, wenn sie erfährt, dass du diese Nacht unterwegs warst.«

»Woher willst du denn wissen ...«

Gregor schüttelte den Kopf und betrachtete sie dann grinsend von oben bis unten. »Du willst mir jetzt nicht erzählen, dass du in diesem Aufzug morgens bei Sonnenaufgang in unserem Garten spazieren gehst.«

Marlene konnte es sich nur mit ihrer Anspannung erklären, aber plötzlich musste sie lachen.

»Touché«, sagte sie dann und stellte ihre Schuhe zuunterst in den Schrank zu den anderen, dann löste sie die Schleife am Kragen ihres Kleides. »Also, was willst du wissen?«

»Wo warst du?«

»Auf einer Kunstsoirée.«

»Wer hat dich eingeladen?«

»Der Mann, der mir damals geholfen hat, als ich mich verlaufen hatte.«

Gregor runzelte die Stirn. »Herr Nussbaum?«

Sie war verwundert, dass Gregor sich Adrians Namen gemerkt hatte, das musste Marlene zugeben.

»Ja. Ich habe mir Papas Stadtplan genommen, herausgefunden, wo die Sache stattfindet – und voilà.«

»Du hast es gefunden?«

Marlene nickte. Leicht war es nicht gewesen, ganz zum Ende war sie fast überzeugt gewesen, sich verlaufen zu haben. Gregor sah sie nachdenklich an, und auch Marlene musterte ihren Bruder. Es war seltsam. Zum ersten Mal konnte sie den erwachsenen Mann in dem Jungengesicht erkennen.

»Du sagst doch nichts?«, versicherte sie sich noch einmal.

»Nein.« Gregor grinste sie an. »Aber du hältst mich auf dem Laufenden, ja?«

»Meinetwegen.«

»Wie war die Ausstellung?«

Marlene musste kurz überlegen. »Ungewohnt«, sagte sie dann. »Ich habe so etwas bestimmt noch nie zuvor gesehen.«

»Nimmst du mich einmal mit?«

»Ich denke drüber nach.«

Während sie miteinander sprachen, hatte sich Marlene das Nachthemd angezogen.

»Rück einmal«, forderte sie ihren Bruder auf, der es sich auf ihrem Bett bequem gemacht und die Beine angezogen hatte.

»Irgendwie ist es komisch, daran zu denken, dass du bald heiraten wirst«, sagte er unvermittelt. Marlene klopfte ihr Kopfkissen zurecht.

»Hm.«

»Und nächstes Jahr bist du dann volljährig und triffst deine eigenen Entscheidungen.«

Marlene klopfte weiter auf ihrem Kissen herum. Nächstes Jahr, dachte sie, bin ich eine verheiratete Schwedt; und Albert wird die Entscheidungen für mich treffen. Sie drehte sich zu ihrem Bruder.

»Ich bin müde, Gregor – lässt du mich noch etwas schlafen?«

»Klar.«

Viel zu früh klopfte das Mädchen an diesem Morgen an ihre Tür, um Marlene zu wecken. Kurz nach dem Frühstück saß sie mit ihrer Mutter im Wintergarten und setzte ihre Unterschrift unter die Einladungskarten zur Verlobungsfeier. Es fühlte sich überhaupt nicht richtig an.

Siebtes Kapitel

Kreuznach, Juli 1855

An diesem Morgen erwachte Anne später als gewohnt. Helle Sonnenflecken wanderten bereits über die Schlafzimmerdecke. An einigen Stellen auf dem Boden hatten sich Pfützen aus Licht gebildet. Friedrich war wohl schon lange aufgestanden. Die Bettstelle neben ihr war leer und deutlich abgekühlt. Für einen Moment ließ Anne sich zurück auf den Rücken sinken und fuhr fort, gegen die weiße Decke mit ihren Stuckverzierungen zu schauen, von denen einige farbig abgesetzt waren.

Sie hatte am Vorabend nur schwer in den Schlaf gefunden. Ihre Gedanken hatten sie geradezu gefangen genommen; Gedanken daran, wie ihr Leben mit Friedrich ab jetzt weiter verlaufen würde … Sie erinnerte sich, dass sie früher, vor der Hochzeit mit Friedrich, manchmal nur sehr schwer einschlafen konnte, doch als Ehefrau war ihr das nicht mehr untergekommen. Als Ehefrau hatte sie das Gefühl gehabt, angekommen zu sein.

Auch jetzt konnte sie nicht sagen, dass sie unzufrieden war mit dem, was sie hatte. Es war nur …

Ich weiß nicht, was es ist.

Anne schloss die Augen erneut. Dann öffnete sie sie wieder und richtete sich langsam auf ihrer Bettseite auf, bevor sie beide Füße gleichzeitig auf den Boden setzte.

Sie war nicht abergläubisch, aber irgendwie erschien ihr das heute sicherer.

Aus dem unteren Stockwerk erklang helles Kinderlachen. Anne lächelte unwillkürlich in sich hinein.

Ada, meine geliebte Tochter. Mein Wildfang.

Heute machte das Mädchen mit seinem Kindermädchen einen Ausflug zu jenem Tempelchen auf dem Kuhberg, das auf halbem Weg den Berg hinauf, nicht weit außerhalb der Stadt lag.

Auf den Treppenstufen hörte man im nächsten Moment wildes Getrappel. Nur wenig später flog die Tür zum elterlichen Schlafzimmer auf, und schon erklomm Ada den Schoß ihrer Mutter, legte die Arme fest um Annes Hals und drückte ihr erhitztes kleines Gesicht gegen das ihrer Mutter.

»Mama, endlich, endlich bist du wach! Maja sagt immer, ich darf dich nicht stören, aber das ist ja nicht schlimm, nicht wahr? Ich störe dich nicht, oder? Spielst du mit mir?«

Die Kleine deutete zum Fenster. Ihre Wangen waren rosig. »Heute Morgen habe ich da ein Eichhörnchen gesehen.«

Anne lachte. »Ein Eichhörnchen, wirklich?«

»Ja, auf dem alten Walnussbaum.« Ada rutschte vom Schoß ihrer Mutter auf das Bett und wippte auf und ab. »Ich bin mir sicher, es hat Nüsse herabgeworfen.«

»Gibt es denn jetzt schon Nüsse, Ada?«

Die Kleine dachte kurz nach und schaute ihre Mutter dann fragend an. Die schüttelte den Kopf.

»Später«, pflichtete Ada ihr ernst bei. »Sie kommen später. Sie fallen vom Baum, und wir sammeln sie auf.«

»Ja, im September ist das, bis in den Oktober hinein.«

»Man kriegt schwarze Finger davon. Ich mag Walnüsse.«

»Wenn man zu lange wartet, ja, dann kriegt man schwarze Finger.« Anne strich ihrer Tochter über den Kopf. »Ich mag Walnüsse auch. Wollen wir hoffen, dass das Eichhörnchen sie nicht alle isst«, fügte sie dann mit einem Lächeln hinzu.

Ada schaute sie ernst an. »Aber es soll auch nicht hungern. Vielleicht hat es Kinder.«

»Nein, das Eichhörnchen soll nicht hungern.«

Ada sprang mit einem zufriedenen Ausdruck auf dem Gesicht auf und begann fast im gleichen Augenblick zu hüpfen. Das Bett knarrte unter ihren Sprüngen. Ihre goldbraunen Locken flogen um ihren Kopf. Der Rock ihres hellen Sommerkleidchens mit dem Rüschenbesatz an den Ärmeln flatterte um ihre dünnen Beine. Schon lösten sich wieder einige Strähnen aus der Frisur, die Maja sicher vor nicht allzu langer Zeit mit einiger Mühe befestigt hatte. Ada zappelte immer so. Stets musste sie sich bewegen, und auch ihr Mundwerk stand selten still. Anne kam etwas in den Sinn. Sie sah zu der Standuhr hinüber.

»Wollten Maja und du nicht heute zur Mittagszeit auf eurem Ausflug ein Picknick machen? Komm, es ist schon spät. Maja wartet bestimmt schon auf dich.«

Ada hielt im Hüpfen inne. Anne konnte nicht anders, als ihrer Tochter sanft eine lockige Strähne aus dem Gesicht zu streifen.

»Sie hat gesagt, sie kommt mich holen«, gab die Kleine zur Antwort. Als hätte Maja ihre Worte gehört, klopfte es an der Tür. Anne gab die Erlaubnis einzutreten.

»Guten Morgen, Frau Kastner, ich wollte Ada jetzt für den Ausflug fertig machen.«

»Natürlich, es wird ja auch langsam Zeit.« Anne wandte

sich noch einmal ihrer Tochter zu. »Ich wünsche dir heute viel Vergnügen.«

»Ich bringe dir und Papa wieder Blumen mit.«

»Tu das.«

Anne freute sich darüber, dass ihre Tochter bereits erstes Interesse an der Pflanzenwelt zeigte. Anne selbst und auch Sophie waren passionierte Laienbotanikerinnen, ein Interesse, das der Vater in ihnen geweckt hatte und das sich im Preuße-Haus in einer Vielzahl gesammelter und gepresster Pflanzen zeigte.

Nachdem die Tür hinter Ada und Maja zugefallen war, ging Anne zum Fenster hinüber und sah für ein Weilchen hinaus. Die Straße lag noch ruhig da, kurz am Vormittag würde der Betrieb ein wenig zunehmen, um dann über die Mittagszeit wieder zu erliegen. Das Haus der Kastners lag in einer ruhigen Gegend, unweit des Kurhauses.

Vielleicht sollte ich auch einen Ausflug machen und so auf andere Gedanken kommen. Ja, das ist eine gute Idee.

Anne wandte sich von der Scheibe ab. Sie würde einfach Emilie besuchen. Sie hatte das schon viel zu lange nicht getan, und der Weg zu ihr brachte sie bestimmt auf andere Gedanken.

Kurz entschlossen ging die junge Frau zum Schrank hinüber, kleidete sich rasch an und stand schon wenig später in Umhang und festem Schuhwerk in der Halle. Auch Ada und Maja waren dort, bereit, ihren Ausflug anzutreten. In der Tür hielt Anne Ada noch einmal zurück, gab ihrer Tochter zwei feste Küsse auf die Wangen.

»Mama, Mama«, rief das Mädchen, »ich freu mich so! Maja hat gesagt, dass sie mir vielleicht ein echtes Pony zeigen kann! Meinst du, ich darf mal reiten?«

»Wenn es Ihnen recht ist, Frau Kastner«, erkundigte sich Maja ernst.

»Natürlich«, Anne ignorierte den ängstlichen Knoten in ihrem Bauch, »du passt mir ja gut auf meine Kleine auf, nicht wahr, Maja?«

»Das ist doch selbstverständlich, Frau Kastner.«

Ja, natürlich war es das. Anne lächelte und wusste doch, dass ihr Gesicht ängstlich aussah. Schon fiel die Haustür hinter den beiden ins Schloss. Anne verließ das Haus kurz darauf. Auf der Straße traf sie einige Nachbarn auf einem späten Morgenspaziergang. Dienstmädchen und Dienstboten eilten an ihr vorbei, denn bald musste das Mittagessen gerichtet sein.

Anne schritt entschlossen aus. Ihr Weg führte sie bald durch das Mannheimer Tor auf die Straße nach Hackenheim. Je weiter sie kam, desto weniger Leute waren unterwegs, und die junge Frau war in der Tat froh, zwischen den Hügeln mit ihren regelmäßigen Weinstöcken, Fruchtfeldern und solchen mit Futterkräutern auch niemand Bekannten zu sehen.

James war an diesem Tag so früh unterwegs gewesen, dass er die Straßen zuerst mit dem arbeitenden Volk geteilt hatte, bevor er sie für einige Zeit ganz für sich hatte. Ungewohnt für ihn, genoss er die Stille. Zum ersten Mal seit seiner Ankunft in Kreuznach hatte er einen Brief von seiner Mutter erhalten, und plötzlich hatten die Ereignisse, die zu seiner Abreise geführt hatten, wieder leuchtend klar vor seinen Augen gestanden.

Auch jetzt wieder dachte er daran, dass seine Mutter damals gesagt hatte, er ruiniere seine Zukunft, und wie gleichgültig ihm das alles gewesen war. Er wusste ja nicht, wie seine Zukunft aussah. Er hatte sich nie Gedanken darum gemacht, warum auch? Er hatte stets ein Dach über dem Kopf gehabt und genug zu essen, und wenn er Rechnungen heimbrachte, wurden diese bezahlt. Geld war für die Handelsdynastie, in die er hineingeboren worden war, nie eine Frage gewesen, und natürlich hatte er gewusst, dass er eines Tages ein Rädchen in dieser Maschine sein würde.

Aber wem sollte er nacheifern? Der Vater, in dessen Fußstapfen man ja gewöhnlich stieg, hielt sich nun schon seit Jahren ausschließlich in Indien auf und führte von dort aus die Geschäfte der Familie.

Für die sich James noch nie interessiert hatte.

Nein, er hatte Gefallen an der Malerei gefunden, der Literatur und der Musik, ganz besonders aber an der Botanik und der Zoologie. Schon als Halbwüchsiger hatte er Reiseberichte verschlungen, über die Entdeckung neuer Pflanzen und Tiere gelesen. Seit damals träumte er davon, ferne Länder zu bereisen, sich durch die Dschungel Asiens oder die Regenwälder Südamerikas zu schlagen, die höchsten Berge zu besteigen und das Meer zu besegeln. Den Bericht von Louis Antoine de Bougainvilles Weltreise und Darwins »Zoologie der Arten«, die einzigen Bücher dieser Art im elterlichen Haushalt, hatte er wieder und wieder studiert

Dafür hasste James Zahlen, er hasste es zu kaufen und zu verkaufen, und das trockene Studium der Rechtswissenschaften hatte er nur auf den Druck seiner Mutter hin begonnen und bald vernachlässigt. Zuerst hatte er sich heimlich in sogenannten Künstlerkreisen herumgetrieben. Er hatte geschrieben, gemalt, Theater gespielt, auch Stücke, über die man nur hinter vorgehaltener Hand sprach. Mehr als einmal verstieß er damals gegen die guten Sitten.

Er probierte so viel wie möglich aus, schlief wenig und trank unmäßig. Opium war ein ständiger Begleiter in diesen Tagen. Es gab keine Regeln, weder für ihn noch für seine Freunde, aber er fühlte sich erstmals wirklich zu Hause und konnte sich bald nicht vorstellen, jemals wieder in den Schoß der Familie zurückzukehren.

Doch als Mama Dinge zu Ohren gekommen waren, setzte sie alle Hebel in Bewegung und zwang ihn nach Hause.

Die ersten Tage in Cornwall brachte er im Garten und in den Gewächshäusern zu, die er in London fast vergessen hatte. Es war der Anblick der Pflanzen, der Anblick »seiner« Pflanzen, der ihn ruhiger werden ließ.

»Sie verderben sich Ihre Zukunft«, hatte seine Mutter während des Gesprächs kurz nach seiner Ankunft gesagt und ihm dann eröffnet, dass es für ihn über den Sommer nach Kreuznach gehen würde. Zuerst hatte er sich weigern wollen – was sollte er in einem deutschen, verschlafenen Kurstädtchen –, doch dann hatte er zugestimmt, denn sein bester Freund war plötzlich verreist, ohne ein Ziel zu nennen, und er, James, hatte nicht untätig zurückbleiben wollen.

James blieb an einem Brunnen stehen und schöpfte sich etwas Wasser, um den plötzlich aufgekommenen Durst zu stillen. Danach benetzte er auch noch sein Gesicht. Ihm war warm, und da es inzwischen auf Mittag zuging, brannte die Sonne vom Himmel.

Er sah sich um. Die junge Frau bemerkte er erst im letzten Moment, fast wäre sie ihm nicht aufgefallen. Nein, diese Anne Kastner war wirklich kein Mensch, der einem ins Auge fiel, und doch war da etwas an ihr, das er mochte, ja sogar anziehend fand. Er zögerte nur kurz, dann folgte er ihr.

Anne besuchte als Erstes das Grab ihrer Mutter. Auch nach achtzehn Jahren hielt Vater es tadellos. Der Grabstein mit dem zarten Engel schimmerte hell im Sonnenlicht und zeigte keine Spuren von Moos. Auf dem Grab selbst stand eine steinerne Vase. Die Sommerblumen darin waren frisch, die Vase konnte noch nicht lange dort stehen. Vater ging jeden zweiten Sonntag hierher und ließ ansonsten regelmäßig nach dem Grab schauen.

Anne hielt für einen Augenblick Zwiesprache mit ihrer Mutter, die sie, besonders an Tagen wie diesem, auch nach solch langer Zeit schmerzlich vermisste. Dann ging sie einige Grabreihen weiter. Wie erwartet sah Emilies Grab anders aus, und der trostlose Anblick versetzte ihr einen leichten Stich. Zuerst reinigte Anne den Grabstein so gut es ging, danach ließ sie sich auf die Knie nieder und befreite auch Emilies Ruhestätte sorgfältig vom Unkraut. Sie musste nicht nachdenken, um zu erkennen, dass sie wirklich lange nicht mehr hier gewesen war. Die Pflanzen hatten ungestört gewuchert. Kurz verharrte sie.

Ich werde jetzt wieder öfter kommen, sagte sie dann stumm zu dem Stein hin. Ich verspreche es, Emilie.

Sie mochte den ruhigen Charakter dieses Gartens der Toten mit seinen Bäumen, Hecken und Sträuchern. Sie hatte ihn immer gemocht. Die Gräber selbst wurden von den Angehörigen nach persönlichem Geschmack bepflanzt.

Anne war wirklich froh, hier zu sein. Die gleichmäßige,

körperliche Arbeit gab ihr die Möglichkeit, ungestört nachzudenken. Über die Schwester, über den jungen Mann, den sie beide kennengelernt hatten und von dem sie fast nichts wussten. Offenbar lebte er noch im Haus seiner Mutter und beschäftigte sich in seiner freien Zeit mit Kunst, Literatur und Musik. Ging er irgendeiner Arbeit nach? Sie wusste es nicht. Eigentlich kannte sie sonst niemanden, der nicht irgendeiner Pflicht unterworfen war.

Anne beugte sich vor und zupfte einen letzten Rest Unkraut aus. Sie musste wirklich mit Sophie sprechen, und das so rasch wie möglich. Sie musste unbedingt erfahren, was die Schwester für James empfand. War er nur ein charmanter Zeitvertreib für diesen Sommer, oder bewegte der junge, gut aussehende Mann wirklich etwas in der Tiefe ihres Herzens?

Und ich muss mir über meine eigenen Gefühle klar werden.

In nur wenigen Tagen war etwas Neues in ihr Leben getreten, etwas, das sie bislang nicht kannte und sich auch nie hätte vorstellen können.

Für eine Weile war Anne so vertieft in ihre Beschäftigung, dass sie zusammenfuhr, als sie plötzlich James' Stimme hinter sich hörte.

»Nein, welche Überraschung, Frau Kastner! Wie schön, Sie hier zu sehen! Ich hoffe, ich störe nicht?«

Anne richtete sich so schnell auf, wie es ihre Kleidung erlaubte. Für einige weitere Atemzüge brachte sie keinen Ton heraus. Natürlich wusste er nicht, wie lange sie gestern über ihn nachgedacht hatte, aber der Gedanke, er könnte es wissen, stimmte sie äußerst unruhig.

»Mr. Bennett, was tun Sie denn hier?«, brachte sie endlich heraus.

»Hatte ich Ihnen nicht gesagt, dass meine Mutter aus Kreuznach stammt?«

Anne errötete. »Oh, natürlich. Verzeihen Sie bitte.«

James lächelte. »Die Familie Winges. Ich dachte, ich finde womöglich das Grab meiner Großeltern, wenn ich ein wenig hier herumlaufe – oder irgendeinen anderen Hinweis.«

»Da sind Sie wahrscheinlich umsonst gekommen. Dieser Friedhof besteht erst seit etwa zwanzig Jahren. Wissen Sie denn, wann Ihre Großeltern gestorben sind?«

James schüttelte bedauernd den Kopf.

»Eigentlich weiß ich gar nichts über sie, außer dem Namen.« Er seufzte, während er sich noch einmal umblickte. »Es ist schön hier, aber ich bin dann wohl tatsächlich ganz umsonst gekommen.« Dann versuchte er, die Grabinschrift an Annes Schulter vorbei in den Blick zu nehmen.

»Emilie Kastner«, las er und erkundigte sich fast im gleichen Atemzug, »eine Verwandte Ihres Mannes, nehme ich an?«

»Seine jüngere Schwester.«

James studierte die Inschrift nochmals.

»Sie ist sehr jung gestorben«, stellte er fest.

»Ja.« Annes Augen weiteten sich in der Erinnerung. »Sie hatte sich gerade verlobt«, fügte sie dann hinzu und wusste gar nicht, warum sie das erzählte. Warum sollte der junge Mann derlei wissen wollen? Wie immer, wenn sie an die Ereignisse jener Tage dachte, lief ihr auch jetzt ein Schauder über den Rücken. In einem Moment erfreute man sich seines Lebens, lachte und scherzte miteinander und träumte von der Zukunft, und dann geschah etwas so Schreckliches. Tränen stiegen in Annes Augen. Sie wischte sie mit einer knappen Bewegung fort und presste die Lippen aufeinander.

»Kannten Sie sie gut?«, fragte James, während er sie aufmerksam musterte.

»Sie war meine beste Freundin.« Anne schluckte. »Ich kannte sie vor meinem Mann, aus Fräulein Wehrles Unterricht, den wir beide besuchten. Wir verbrachten viel Zeit miteinander. Wir waren Busenschwestern, Freundinnen des Herzens. Ich habe danach nie wieder …«

»Jemanden wie sie getroffen«, vervollständigte James' und in diesem Moment hatte Anne das erstaunliche Gefühl, als verstehe sie dieser fremde, junge Mann vollkommen.

Ihr Lachen klang kläglich in ihren Ohren.

Ich glaube, ich kenne sie immer noch besser als meinen Mann, fügte sie stumm hinzu. Wenn Emilie nicht gewesen wäre, hätte ich Friedrich auch nie kennengelernt. Er ist einfach kein Mensch, den man bemerkt. Sie hat ihn mir nahegebracht. Sie hat mir gezeigt, was für ein guter Mensch er ist. Niemals hätte ich diesem Mann, der doch noch nicht einmal besonders gut aussieht und auch nicht zu unterhalten weiß, meine Aufmerksamkeit geschenkt.

»Kennen Sie so etwas auch?«

»Ja.« James Antwort schwebte in der Luft, und sehr kurz hatte Anne den Eindruck, er wolle noch mehr sagen, aber dann unterließ er es.

»Was ist geschehen?«, fragte er stattdessen und lächelte sie einfühlsam an. Anne zitterte. Am liebsten hätte sie sich dem jungen Mann in die Arme geworfen, aber natürlich war das unmöglich. Sie würde sich niemanden in den Arm werfen, der nicht ihr Vater oder Ehemann war; dabei zeigten James' Lächeln und seine Worte, dass er verstand, was sie durchgemacht hatte. Und worunter sie so viele Jahre später noch litt.

Er versteht mich, dachte Anne, es war so wunderbar, jemanden zu haben, der einen über das Alltägliche hinaus verstand. Selbst Friedrich sprach nicht mehr über Emilie und gedachte ihrer nur einmal im Jahr.

»Das Leben geht weiter«, hatte er ihr einmal gesagt, »sie wird es uns nicht übelnehmen, wenn wir nicht stündlich an sie denken.«

Anne putzte sich die Nase. Dann fuhr sie sich mit dem Handrücken über die Augen. James hielt weiterhin höflich Abstand, und sie wusste plötzlich nicht, ob sie glücklich darüber war oder nicht. Der junge Engländer verwirrte sie.

»Es war ein schrecklicher Unfall«, sagte sie endlich leise, räusperte sich, bevor sie weitersprach. »Man erzählte mir später, dass Emilie wohl frühmorgens alleine in der Küche war, um im Herd Feuer anzuzünden, als das Unglück geschah. Genau weiß man es nicht. Wahrscheinlich ist ein brennendes Kohlenstück auf ihre feine Sonntagsschürze gefallen. Der zarte Stoff ging sofort in Flammen auf, und meine arme Emilie …« Anne schluckte.

Sie verbrannte bei lebendigem Leib, setzte sie stumm hinzu, aussprechen konnte sie es nicht. Es musste grauenhaft gewesen sein. Gesehen hatte sie die Freundin danach nicht mehr. Man hatte darauf verzichtet, sie aufzubahren, zu grausam die Verletzungen, hieß es. Es ist besser, sie so in Erinnerung zu behalten, wie wir sie gekannt haben, hatten nicht wenige gesagt.

Und bald kaum noch über Emilie gesprochen, als hätte es sie nie gegeben.

Nur noch Friedrich und sie selbst hatten die Erinnerung an die junge Frau länger wachgehalten, sogar ihr Verlobter hatte sich nach wenigen Monaten neu verbunden. Anne hatte ihm daraufhin die Freundschaft aufgekündigt. Friedrich war weniger streng gewesen.

»So ist das Leben«, hatte er gesagt. »Menschen sterben und werden vergessen, aber sie sind nicht wirklich vergessen, wenn sie im Herzen ihrer Freunde lebendig bleiben.«

Anne räusperte sich. »Ich verlor meine Freundin und stand in der Trauerzeit ihrem Bruder zur Seite. So kamen wir uns näher. Vielleicht war ja auch er es, der mir eine Stütze war. In jedem Fall weiß ich, dass ich mich in schweren Zeiten auf ihn verlassen kann.«

»Das ist eine wirklich ausnehmend schöne Geschichte.« James lächelte. »Ich nehme an, Ihre Liebe besiegte die Trauer irgendwann?«

»In gewisser Weise.« Anne schaute nachdenklich in die Ferne und fand, dass es doch großartiger klang, als es wirklich war. War es nicht so, dass Tante Eulalie ihr just zu jener Zeit Angst gemacht hatte, sie würde bald keinen Mann mehr finden? Zwanzig Jahre alt war sie da gewesen, und niemand hatte bislang um ihre Hand angehalten. Trotzdem war es eine schöne Geschichte.

Die Liebe besiegt die Trauer. Vielleicht sollte ich meine Ehe ab jetzt so sehen. Friedrichs und meine Liebe half uns beiden, über Emilies Tod hinwegzukommen.

Anne musste sich abrupt abwenden, weil ihr die Tränen erneut und dieses Mal heftiger in die Augen schossen. Halbblind griff sie nach der Gießkanne, um die Pflanzen zu wässern, doch ihre Hand zitterte. Es wollte nicht gelingen. James nahm ihr die Kanne aus der Hand und übernahm die Aufgabe. Anne, die ihm dabei zuschaute, bedankte sich mit rauer Stimme.

Dann nahm sie allen Mut zusammen. »Ich würde mich freuen, Sie einmal bei uns zu Hause begrüßen zu dürfen. Vielleicht am kommenden Samstag?«

James lächelte zustimmend. Nebeneinander schlenderten sie zum Eingang des Friedhofs zurück.

Ich habe es für Sophie getan, sagte Anne zu sich, für meine Schwester.

Achtes Kapitel

Kreuznach, Juli 1855

»Sie haben einen wirklich ausnehmend schönen Garten«, lobte James am Samstag darauf, während er mit einem Lächeln die Teetasse aus Sophies Hand entgegennahm. Anne entging nicht, dass die Schwester leicht bebte.

»Diese Rosen dort …« Mit einem Nicken deutete James zu einem Busch mit dicken rosafarbenen Knospen, der am Ende einer saftig grünen Rasenfläche stand. Die Kiesel, die die Wege bedeckten, glänzten silbrig weiß in der Sonne. »Oder diese wunderbar blauen Blumen, die ich gar nicht kenne.«

»Das sind Sternglockenblumen«, meldete Sophie sich zu Wort. »Im Juli blühen die ersten. Sie haben Glück, gerade jetzt hier zu sein, Herr Bennett.«

»Ein wirklich treffender Name«, bemerkte James, nachdem er eine Blüte näher betrachtet hatte. »Wissen Sie, ich interessiere mich für Pflanzen und stelle nun fest, dass es lohnenswert ist, sich auch einmal direkt vor der eigenen Haustür umzuschauen.«

»Durch ihre Verbindungen nach Indien kennen sie gewiss prächtigere exotische Pflanzen«, sagte Anne.

»Sollte man meinen.« James lächelte bedauernd. »Leider bin ich bislang nur in meinen Gedanken so weit gereist, und zu Hause gibt es einfach niemanden, der meine Leidenschaft teilt.«

»Oh, das tut mir leid.« Obwohl ihr das, was sie sagen wollte, auf der Zunge lag, suchte Anne vorübergehend nach Worten. »Meine Schwester und ich beschäftigen uns seit einigen Jahren mit der Botanik, allerdings sind wir immer noch Laien. Vielleicht fehlt uns Frauen ...«

»Sind wir nicht alle Laien?«, unterbrach James sie. Dann hob er seine Tasse. »Der Tee ist wirklich sehr schmackhaft.«

»Wir verfügen über unser eigenes, gutes Wasser«, informierte ihn Sophie eilig, die für einige Minuten sehr still gewesen war. »Daran liegt es.«

Anne bot endlich den Kuchen an, den James allerdings mit einer bedauernden Bewegung ablehnte.

»Nein, vielen Dank, Frau Kastner. Ich esse viel zu viel und zu gut in letzter Zeit.«

Er rieb sich über den Bauch, dem man ein Zuviel an Essen jedenfalls nicht ansah, wie Anne fand. Sophie zog nun ebenfalls die Hand von der Kuchenplatte zurück und verschränkte schließlich beide Hände im Schoß.

Sie trug ein neues Kleid, wie Anne feststellte. Das Oberteil war von einem kräftigen Blau, abgesetzt mit weißer Spitze, ließ Sophies Hals frei und betonte ihre schlanke Taille. Der weit ausgestellte Rock war aus demselben Stoff wie das Oberteil und wies aber noch größere hellblaue Volants auf.

Sie muss Vater zu dieser Ausgabe überredet haben, fuhr es Anne durch den Kopf. Dass Sophie sich durchgesetzt hatte, war nicht verwunderlich: Wilhelm konnte ihr von jeher wenig abschlagen.

Es klapperte, als sie den Kuchen zurück auf dem Tisch platzierte. Jetzt hatte sie auch keinen Appetit mehr auf das leckere Gebäck. Ohnehin hatte sie das Korsett gestern ein

Loch weiter schnüren müssen, und als sie sich danach im Spiegel betrachtet hatte, waren ihr ihre Wangen runder erschienen. Sie hatte eindeutig zugenommen.

Im Preuß'schen Garten war es jetzt vorübergehend ruhig. Zumindest sagte keiner etwas. Man hörte nur das Summen von Insekten. Am Rosenbusch, wie auch am Hibiskus, der näher zum Haus hin stand, sammelten sich die Bienen, und ein süßer Duft erfüllte die Luft. Die Sonne brannte heiß, während die jungen Leute glücklich unter dem Vordach der kleinen Laube saßen.

Anne fiel auf, dass die sehr helle Haut des Engländers über den Wangenknochen gerötet war. Vorübergehend war sie wie gefesselt davon, musste sich fast von dem Anblick losreißen.

»Es ist ein Vorteil, sein eigenes Wasser zu haben, wissen Sie«, sagte sie zu ihm, in dem Versuch, das Gespräch erneut in Gang zu bringen. »In der Stadt selbst gibt es zwar mehrere Brunnen, aber nicht alle sind von bester Qualität, und im Sommer mangelt es noch dazu oft an Wasser, denn so mancher Brunnen fällt trocken.«

»Man unterscheidet den Grundwasser-, den Bohr- sowie den Lauf- oder den Rohrbrunnen«, dozierte Sophie schelmisch. »Wenn Sie noch mehr über unsere heimische Brunnenwelt wissen wollen, fragen Sie unseren Vater, Herr Bennett. Das ist eins seiner Steckenpferde. Bei uns ist er der Brunnenmeister.«

James hob die Augenbrauen. »Was ist denn ein Brunnenmeister?«

Anne ergriff wieder das Wort. Sie musste zugeben, sich ein wenig über Sophie geärgert zu haben, aber sie würde das nicht zeigen.

»Jeder unserer Brunnen wird von einem eigenen Brunnenmeister betreut. Er hat die Aufgabe, für dessen Wartung und Instandhaltung zu sorgen. Die Brunnennachbarschaft wählt ihren Brunnenmeister jedes Jahr im August«, erklärte sie.

»Also nächsten Monat«, warf Sophie scherzhaft dazwischen. »In diesem Haus sind wir Weiber das Wahlvolk.«

Anne schaute ihre Schwester scharf an und wusste doch zugleich, wie übertrieben ihr eigenes Verhalten war.

»Es ist eine wichtige Aufgabe«, murmelte sie trotzdem.

»Ja, ja … Ich glaube ja nur nicht, dass es so wichtig für Herrn Bennett ist«, konterte Sophie.

»Und was glauben Sie dann, was wichtig für mich ist, Fräulein Preuße?«, warf James mit einem Lächeln ein.

Er ist uns schon so vertraut geworden, dachte Anne, in so kurzer Zeit. Er lässt mich über Dinge nachdenken, die mir eben noch fremd waren … Wir scherzen mit ihm …

Anne hatte es sich nie leicht mit Fremden gemacht, aber mit James Bennett war das anders. Er hatte etwas Leichtes an sich. Er stellte keine Forderungen und pochte nicht auf die Einhaltung von Routinen. Anne fragte sich, ob sie sich wohl noch eingehender mit ihm über Kunst oder Literatur unterhalten würden, oder über Pflanzen, wenn er diese doch so mochte …

Friedrich spricht nie über diese Dinge.

»Was für Sie wichtig ist? Ich weiß es nicht«, antwortete Sophie mit einem verschmitzten Lächeln. »In jedem Fall wären wir wohl bereit, Ihnen alles zu zeigen.«

Anne hielt unwillkürlich den Atem an. Sollte sie Sophie für ihre Offenherzigkeit rügen? Zweifelsohne war sie doch immer noch verantwortlich für die Jüngere, oder konnte man ihren unbedachten Ausspruch auch harmlos sehen?

James lachte jedenfalls.

»Ich würde mich gewiss freuen, wenn Sie beide mir Ihr Städtchen bis in den letzten Winkel zeigen würden, meine Damen. Ich könnte mir keine besseren Fremdenführer vorstellen als Sie beide.«

Als James am frühen Abend in die Pension zurückkehrte, begegnete er Frau Spahn, der Wirtin, im Hauseingang. Die Fünfzigjährige wirkte erhitzt. Ihr volles Haar, das sie, zumeist in einen Dutt frisierte, wirkte unter der Haube etwas unordentlicher als gewöhnlich. Im Abendsonnenlicht sahen die Strähnen teils grau, teils rotbraun bis golden aus. James freundlicher Gruß ließ ihre blauen Augen aufleuchten. Für ihr Alter, fiel ihm wieder einmal auf, hatte sie eine bemerkenswert schmale Taille. Die hohen Wangenknochen gaben ihrem Gesicht etwas Geheimnisvolles. In jungen Jahren musste sie eine ausgesprochen schöne Frau gewesen sein.

»Frau Spahn!«

James sprang die wenigen Stufen bis zum Eingang hinauf, damit sie die Tür nicht weiter aufhalten musste.

»Waren Sie wieder bei Preußes?«, erkundigte sich die Frau fröhlich.

»In der Tat.« James fragte nicht, woher sie das wusste. Frau Spahn hielt eben ihre Augen offen. Stellte man ihr beim Frühstück die richtigen Fragen, konnte man selbst einiges in Erfahrung bringen, zudem war Kreuznach ein wirklich kleines Nest. Inzwischen wusste James bereits recht gut Bescheid über das, was in dem Kurstädtchen vorging.

»Es ist doch schön, dass Sie die Familie Preuße kennengelernt haben. Sie haben damit gleich die richtigen Kontakte, sage ich Ihnen.« Frau Spahn nahm die Haube vom Kopf und legte sie zu den anderen auf die Garderobe. »Dr. Preuße ist ein sehr angesehener Mann. Als sein Bekannter sind Sie den Leuten hier schon gar nicht mehr so fremd. Warten Sie nur ab, bald werden Sie sich vor Einladungen nicht retten können.« Sie zwinkerte ihm zu. »Und wenn es nur aus Neugier ist. Jetzt muss ich mich aber sputen, damit sich die Mädchen ums Abendessen kümmern und hier heute niemand hungrig zu Bett geht.«

James rief ihr noch einem Gruß hinterher, bevor er die Treppe hinauf zu seinem Zimmer nahm. Ganz unten am Treppenaufgang hing ein Porträt des verstorbenen Herrn Spahn in einem hochgeschlossenen Hemdkragen, so wie er damals Mode gewesen war, gefolgt von einigen Kupferstichen von Pferden, Mädchen auf Schaukeln und Kutschen, die wohl aus dem 18. Jahrhundert stammten. James erreichte sein Stockwerk, er hätte es auch mit geschlossenen Augen an der knarrenden letzten Treppenstufe erkannt, und öffnete die Tür. Der kräftige Abendsonnenschein, der durch das Fenster schien, blendete ihn kurz. Er zog die Tür hinter sich zu, ging einen Schritt auf den Schreibtisch zu und bemerkte, dass er nicht alleine war.

»Henry!«, entfuhr es ihm, und er konnte sich zuerst einmal nicht entscheiden, ob er es dreist fand, dass der andere einfach so sein Zimmer betreten hatte, oder nicht. Womöglich machte sich Henry gar keine Gedanken um so etwas. Das war sogar gut möglich. Er war es einfach gewohnt, das zu tun, was er wollte.

Henry nahm die Füße von der gepolsterten Fußbank und

stand auf. Seine Kleidung wirkte heute äußerst nachlässig, als hätte er sie ausgezogen, sich aber keine Mühe gemacht, als er sich wieder angekleidet hatte. Das Hemd war nicht ganz geknöpft, die Weste stand offen. James vermisste einen der auffälligen goldenen Knöpfe. Er setzte sich auf den Schreibtischstuhl.

»Was tust du hier, wenn ich fragen darf?«

Henry, sich offenbar wirklich keines Fehlverhaltens bewusst, schlenderte zu ihm hinüber, lehnte sich dann neben James an die Tischplatte und schaute auf ihn herunter.

»Mich einmal mitzunehmen, daran denkst du wohl gar nicht.«

»Mitzunehmen?«, echote James. »Zu den Preußes?«

»Wohin denn sonst?«

Henry verschränkte die Arme vor der Brust.

»Aber man hat dich nicht eingeladen. Ich werde dich kaum einfach mitnehmen können.«

»Hat Dr. Preuße nicht gesagt, dass er sich freuen würde, wenn man sich seiner Kinder fern der Heimat annimmt? Bin ich kein Gast, fern der Heimat?«

James zögerte, dann schüttelte er den Kopf.

»Aber das heißt doch wohl kaum, dass ich dich einfach mitnehmen darf. Das musst du doch verstehen, Henry.«

»Nein«, sagte Henry gedehnt. »Das heißt es wohl nicht.«

James fiel ein Fleck auf Henrys Hose auf. Für einen Moment war er abgelenkt.

»Verstehen muss ich das allerdings nicht. Du wirst dir also etwas überlegen müssen«, fuhr Henry fort.

»Warum sollte ich das?« Trotz eines seltsamen, zunehmend unguten Gefühls versuchte James, seine Stimme fest klingen zu lassen.

»Vielleicht, weil ich nach London geschrieben und ein paar Erkundigungen eingeholt habe?«

James hob die Augenbrauen. Er spürte, wie sein Herz schneller schlug.

»Ich wollte einfach etwas genauer wissen, mit wem ich es hier zu tun habe«, fuhr Henry mit einem süffisanten Lächeln fort. Das Lächeln formte seinen Mund, ohne seine Augen zu erreichen. Es ließ James schaudern. Als sich Henry näher zu ihm beugte, wäre er fast unwillkürlich zurückgewichen.

»Das war ja wirklich ein richtiger *Skandal* in euren Händlerkreisen.«

James zwang sich, ebenfalls zu lächeln. Plötzlich fiel es Henry ein zu betonen, dass sie sich bis zu einem gewissen Grad in unterschiedlichen Welten bewegten. Eine Welt, in die Henry geboren worden war und die James nur wegen seines Erbes vielleicht irgendwann würde betreten können.

Alter Adel auf Henrys Seite, genügend Geld auf meiner …

»Gut, du weißt also, was geschehen ist.«

James versuchte, ungerührt dreinzuschauen.

»Ich nehme an, die Preußes sollen davon nichts erfahren?«

Henry besah sich seine Fingernägel.

»Ich kann dich nicht mitnehmen«, wiederholte James hilflos. Henrys Lächeln war kühl.

»Überleg dir was.«

Der Schlag der Uhr draußen auf dem Treppenabsatz unterbrach ihr Gespräch.

»Frau Spahn wartet unten mit dem Essen«, sagte James endlich tonlos. Henry nickte.

»Ich haben einen Bärenhunger. Wir sehen uns gleich, ja?«

Er wartete keine Antwort ab. Die Tür fiel hinter ihm zu.

James holte tief Luft und bewegte dann Arme und Schultern. Er hatte sich tatsächlich verkrampft während des Gesprächs. Langsam knöpfte er sein Hemd auf, wählte ein neues und zog das an.

Was sollte er tun? Er würde Henrys Wunsch nicht abschlagen können, aber musste er sich wirklich Sorgen machen? Nun, sollte Henry ihn begleiten, würde er ja dabei sein. Es würde also nichts passieren.

Der Gedanke ließ es James etwas leichter ums Herz werden. Plötzlich verspürte er doch Hunger und sprang nur einen Moment später die Stufen zum Speisesaal herunter. Man konnte zwar auch auf seinem Zimmer essen, aber James hatte in letzter Zeit oft gemeinsam mit Henry und Frau Spahn gegessen. Bislang war das immer sehr vergnüglich gewesen.

Heute gab es einen Krustenbraten mit Kartoffeln und Möhrengemüse. Henry aß mit gutem Appetit. James hielt sich an Kartoffeln und Möhren.

Vielleicht sehe ich die Sache ja düsterer, als sie wirklich ist? Verstohlen beobachtete er Henry. War das eben auf dem Zimmer eine Drohung gewesen, oder suchte Henry einfach verzweifelt nach Anschluss? Sicherlich war er mehr Aufmerksamkeit gewohnt.

James schob sich ein Stück Kartoffel in den Mund. Die glasierten Möhren sahen nicht nur herrlich aus, sondern schmeckten, als hätten sie in Butter gebadet. Frau Spahn war eine ausgesprochen gute Köchin.

»Schmeckt es Ihnen nicht? Sie essen so langsam heute...«, erkundigte sie sich jetzt.

»Doch, doch ... Ich musste eben an zu Hause denken, und daran, dass meine Mutter vielleicht jetzt auch gerne hier wäre.«

»Ach ja, Ihre Frau Mutter kommt ja aus dieser Gegend, nicht wahr?«

James nickte, während er auf die Brille schaute, die an einem Band um Frau Witwe Spahns Hals hing. Sie benötige sie zum Lesen, hatte sie ihm gesagt.

»Leider bin ich erst hierhergekommen, als ich meinen Mann, Gott hab ihn selig, geheiratet habe. Ich kenne Ihre Mutter also leider nicht.«

»Nun ja, so ist das eben. Man kennt sich, man kennt sich nicht«, mischte Henry sich ein. Für einen kurzen Moment kam er James wie ein kleines Kind vor, das sich zurückgesetzt fühlte.

»Noch etwas Wein?«, erkundigte sich Frau Spahn.

»Gerne«, sagte Henry mit vollem Mund und hielt ihr sein Glas hin.

»Das ist sehr freundlich«, murmelte James. Mutter wäre jetzt sehr zufrieden mit mir, fuhr es ihm durch den Kopf. Er fragte sich, was genau Henry wusste, wie er es in Erfahrung gebracht hatte, was man ihm von den Details erzählt hatte?

Die wenigsten wissen alles.

Gordons Gesicht tauchte vor seinem inneren Auge auf, klar und schön, wie das eines Renaissance-Engels mit seinen schweren Lidern, den blauen Augen, dem blonden, lockigen Haar.

»Wenn wir zusammen sind, bist du die Versuchung«, hatte er einmal gesagt, »und ich das Himmelsgeschöpf.« Dabei war es ganz anders gewesen. Gordon war immer der Führende gewesen, er, James, der Geführte.

James schob den leeren Teller etwas zurück und schüttelte den Kopf, als seine Wirtin ihm noch etwas nachgeben wollte.

»Sonst muss ich wirklich bald eine neue Garderobe in Auftrag geben.«

»Ihr jungen Menschen heute esst viel zu wenig. Ich habe gehört, mancher lässt sich seine Hose so eng schneidern, dass er darin nur stehen kann?«

»Ja, das ist so.« Henry lachte. Frau Spahn schloss sich seinem Lachen an und machte sich dann mit ihren Mädchen daran, den Speisesaal aufzuräumen. Die jungen Männer zogen sich mit Zigarren auf ein Sofa zurück. Wenig später brachte man ihnen türkischen Mokka. Henry schlug vor, noch einen kleinen Verdauungsspaziergang durch den großzügigen Garten des Hauses zu machen. James wunderte sich zwar, sah aber keinen Grund abzulehnen. Sie sprachen über Belangloses, während sie nebeneinander herliefen. An der kleinen Gartenlaube vorbei beschleunigte Henry seine Schritte. James ging etwas hinter ihm und hätte den Knopf vielleicht nicht gesehen, wenn nicht just in diesem Moment ein Sonnenstrahl darauf gefallen wäre. Er bückte sich danach, roch im gleichen Moment Wein. Henrys fehlender Westenknopf. Und offenbar war an dieser Stelle auch Wein vergossen worden. James Blick wanderte noch ein Stück weiter zu einem feinen Damentaschentuch, wie er es bei der Wirtin gesehen hatte. Er dachte an den Fleck auf Henrys Hose, an Frau Spahns unordentliches Haar. Waren die beiden hier gewesen? Was hatten sie gemacht? Henry war ihm nun ein Stück voraus, und James bemühte sich, ihm hinterherzukommen.

»Warst du heute schon einmal im Garten?«

Henry drehte sich mit einem breiten Lächeln zu ihm hin.

»Nein, warum?«

James lächelte ebenfalls. Hätte er ihm auf den Kopf zu sagen sollen, dass er nicht die Wahrheit sagte?

Henry lief weiter. James kam ihm nach. Als sie den Hauseingang erreichten, blieb Henry stehen.

»Ich hoffe, du vergisst nicht, worüber wir gesprochen haben.«

»Nein.«

»Das ist gut.«

Henry ging als Erster durch die Tür. James folgte ihm.

Neuntes Kapitel

Kreuznach, Juli 1855

»Eulalie!«

Wilhelm war erstaunt, als er die Tür an diesem späten Montagvormittag auf ein Klopfen hin selbst öffnete. Seine Schwester hatte er jedenfalls nicht erwartet, und die schien auch eher überrascht, den Bruder dort zu sehen, wo man um diese Uhrzeit gewöhnlich die Haushälterin antraf. Irritiert blickte sie an ihm vorbei.

»Wo ist Frau Barthels?«

»Ich habe ihr heute freigegeben, Eulalie; hatte ich das nicht kürzlich erwähnt? Sie besucht ihre Familie. Ihre Tochter und das Enkelkind sind wohl zu Besuch.«

»Ach, wirklich, das Enkelkind?« Eulalie wiegte den Kopf. »Wie hieß es noch einmal?«

»Elsa.«

»Elsa ...«

Eulalie dachte etwas länger nach.

»Wie war das damals? Musste die Tochter nicht ungebührlich rasch heiraten? Das Kind war eine Frühgeburt, oder? So sagte man jedenfalls. Wir alle wissen, was so etwas heißt.«

Wilhelm runzelte die Stirn.

»Ich erinnere mich nicht«, sagte er zögerlich und fügte dann knapp hinzu, »und wenn, geht es uns nichts an, liebe

Eulalie.« Er machte eine Pause, in der er seinen Ärger über das Gesagte zu bezwingen suchte, trat endlich einen Schritt zur Seite.

»Komm doch herein, liebe Schwester. Was bringt dich her?«

Eulalie folgte seiner Einladung, nestelte im Flur an den Bändern ihrer maisgelben Haube. Wilhelm war sich nicht sicher, aber sie kam ihm neu vor. Das Kleid dagegen, violett mit breiten silbergrauen Streifen, trug seine Schwester gewiss schon über fünf Jahre. Eulalie nahm das Sonnenschirmchen vom Arm und hängte es an die Garderobe.

»Ich bin im Grunde nur Sophies wegen hier. Ist sie da?«

»Nein.« Wilhelm spürte wieder Misstrauen in sich aufsteigen. War Eulalie hierhergekommen, um ihm Vorschriften zu machen? Er konnte nichts dagegen tun, aber in ihrer Anwesenheit fühlte er sich immer noch wie der kleine Junge. Außerdem war Eulalie zweifelsohne der Ansicht, dass in Wilhelms Haushalt die lenkende weibliche Hand fehlte. Sie hatte ihn immer wieder spüren lassen, dass er seine Töchter als Mann alleine nicht angemessen erziehen könne.

»Ach, sie ist wirklich nicht da?«

»Habe ich dich schon einmal belogen?«

»Nein, das meinte ich nicht. Sophie ist nur manchmal sehr eigenwillig, und …«

»Sie geht nicht ohne meine Erlaubnis.« Wilhelm lächelte seine Schwester an. »Komm mit«, forderte er sie dann auf. »Ich nehme gerade ein zweites Frühstück zu mir.«

»Sind heute gar keine Patienten da?«

»Ich habe alle Termine auf den Nachmittag verlegt, ich wollte einige Papiere durchgehen.«

Eulalie überlegte. »Aber nur auf ein Tässchen«, sagte sie dann. So etwas tat sie immer, wenn sie unterstreichen wollte, dass sie eigentlich schrecklich beschäftigt war. Wilhelm beschloss, den Ausspruch gutmütig zu ignorieren. Ihm kam in den Sinn, wie oft Eulalie nicht besonders glücklich wirkte, und wie sehr er hoffte, dass sich das einmal ändern würde. Außerdem war er sicher, dass sie nicht nur Sophies wegen hier war.

Ohne ein weiteres Wort führte er die ältere Schwester in den Salon, der an den Wintergarten grenzte. Er hatte sich gerade etwas Tee gemacht und heimlich von dem Kuchen stibitzt, der vom Besuch des Engländers vor zwei Tagen übrig geblieben war. Ein schlechtes Gewissen krabbelte in ihm hoch, wie damals, als Eulalie ihm die Mutter ersetzt hatte und auf so etwas geachtet hatte, doch die bemerkte den Kuchen, den er sich noch vor dem Mittagessen aufgetan hatte, nicht.

»Tee also?«

»Gerne.« Eulalie sah sich um. »Und wo ist Sophie?«

»Sie sind spazieren.«

»Die Mädchen?«

Wilhelm schenkte sich selbst Tee ein.

»Die Mädchen und der junge Herr Bennett«, sagte er wahrheitsgemäß und trank einen Schluck Tee. »Pfefferminz, aus unserem Garten übrigens.«

Wie er vermutet hatte, ignorierte Eulalie den Hinweis. »Deine Töchter sind schon wieder mit diesem fremden Mann unterwegs?«

»Er ist mir nicht fremd. Ich durfte ihn schon kennenlernen. Außerdem sind sie zu zweit.« Wilhelm überlegte kurz, dann fügte er hinzu: »Und Anne lernt seit einiger

Zeit Englisch, wie du ja weißt. Das ist also eine gute Gelegenheit ...«

Eulalie schüttelte den Kopf.

»Ich weiß wirklich nicht, warum sie das überhaupt tut. Sie wird es ja doch nie gebrauchen können.«

»Vielleicht habe ich ja einmal englische Patienten?«

Eulalie sah ihn ernst an. »Aber du sprichst doch selbst Englisch, Wilhelm. Anne wird dir nie helfen müssen.«

Wilhelm schwieg.

Nun, Anne wird heute zumindest auf Sophie aufpassen, dachte er stumm bei sich. Sie wird zu verhindern wissen, wenn mein jüngstes Vögelchen über die Stränge schlägt.

Wilhelm wollte seine Töchter nicht einsperren, das hatte er nie gewollt. Er hörte das leise Klirren, als Eulalie nun die leere Teetasse aufnahm und wieder absetzte. Dieses Mal fragte er nicht, bevor er ihr einschenkte.

»Du weißt schon, dass man bald über die Mädchen reden wird?«, hörte er seine Schwester sagen. »Im Moment kann ich die Sache noch lenken, aber ...«

Wilhelm schenkte sich Tee nach.

»Was gibt es denn zu reden? Anne, Sophie und Herr Bennett gehen spazieren, und sie sind dabei nie alleine. Jeder kann sie sehen, und jeder sieht, dass sie nichts Unrechtes tun.«

Eulalie betrachtete kurz ihre in ihrem Schoß ruhenden Hände.

»Darauf kommt es nicht an, und das weißt du. Ich wollte dich nur warnen. Herr Bennett zieht bereits einiges Interesse auf sich. Man ist einfach neugierig, man hat Töchter zu verheiraten. Es heißt, seine Familie sei sagenhaft reich.«

»Sagenhaft reich? Sein Vater ist Kaufmann, soweit ich weiß. Und er will sich hier erholen.«

»Ein sehr erfolgreicher Kaufmann, wie man so sagt. Nun, niemand weiß, warum Herr Bennett wirklich hier ist, Wilhelm. Krank ist er offenbar nicht, warum also dann? Nun ja, du weißt selbst, wie es ist, wenn sich die Ersten so ihre Gedanken machen.«

Wilhelm schüttelte jetzt ärgerlich den Kopf.

»Vielleicht muss er sich von London erholen? Vielleicht sucht er hier ein wenig Ruhe, die er dort nicht findet? Außerdem stammt seine Mutter aus Kreuznach, auch wenn sie schon lange von hier fort ist. Auch das mag ein Grund sein.«

»Ja, das habe ich auch schon gehört. Allerdings kenne ich keine Familie Winges.«

Kurz darauf entschied Eulalie sich endlich, das Thema zu wechseln. Nachdem sie getrunken und ihre Tasse erneut abgestellt hatte, sagte sie: »Ach, Kreuznach kann einfach nicht mithalten mit Bädern von wirklichem Rang. Es ist alles zu einfach hier. Da bedarf es noch jahrelanger Anstrengung, um mehr zu erreichen. Ich frage mich, warum Herr Bennett nicht nach Bath gefahren ist?«

Wilhelm seufzte innerlich. Offenbar hatte er sich geirrt. Eulalie dachte nicht daran, über etwas anderes zu sprechen.

»Wie schon gesagt, soweit ich weiß, ist Herrn Bennetts Mutter Deutsche und aus dieser Gegend. Im Übrigen«, Wilhelms Augenbrauen zuckten verdrießlich, »ist in den letzten Jahren viel passiert, Eulalie. Kreuznach erkämpft sich seinen Platz.«

Gleich darauf schämte er sich seiner scharfen Stimme. Eulalie meinte es gewiss nicht böse. Keiner konnte so leicht aus seiner Rolle, und sie hatte die ihre schon früh übernehmen müssen. Die ältesten Mädchen waren bereits aus dem Haus, als der kleine Bruder nachgezogen war. Ihr am nächsten war Olga, aber auch sie war bald darauf zu einer feinen Familie in Stellung gegangen, und Eulalie, selbst eine Nachzüglerin, hatte sich um Wilhelm gekümmert, den ersehnten und verhätschelten Stammhalter.

»Komm, schon«, Wilhelm lächelte seine Schwester an, »denk an die schattigen Baumgänge auf der Insel, an den freundlichen Kurplatz mit seinen stillen Ruhepunkten, an so viele sich kreuzende schöne Promenaden ... Du musst auch einsehen, dass die Zahl der Kurfremden jedes Jahr größer wird, auch die Zahl meiner Patienten hat stark zugenommen, darunter immer mehr Personen von Rang. Und wir haben inzwischen sogar einen Kursaal. Verfügt überhaupt nicht jeder Badeort von Rang über einen solchen?« Wilhelm warf seiner Schwester ein verschmitztes Lächeln zu, die ging nicht darauf ein.

»Ach, der Kursaal ...« Eulalie sah nachdenklich vor sich. »Nun, wir können wohl froh sein, dass sich wenigstens das Glücksspiel und andere Luxuslaster noch nicht bei uns durchgesetzt haben«, sagte sie dann und stellte die Tasse ab. »Man hört doch das Schlimmste von anderen Orten, wo der englische Spleen mit Guineen klimpert und sich französische Frivolität verbreitet, nicht zu vergessen die Rubelverschwendung. Dank sei dem Herrgott, dass es wenigstens so etwas hier nicht gibt. Die Spielpächter und ihre Genossen sind wahre Blutsauger, so sagt man.«

Wilhelm tätschelte seiner Schwester die Hand.

Warum kann sie nie zufrieden sein?, fuhr es ihm durch den Kopf. Sie ist so eine liebe, herzensgute Person.

»Dann ist also doch nicht alles schlecht in unserem friedlichen Städtchen?«, sagte er laut zu ihr. »Ist es nicht vielmehr so, dass Kreuznach alles aufbietet, um seinen Gästen eine wahre Mannigfaltigkeit geselligen Vergnügens aufzubringen? Vielleicht solltest du selbst einmal daran teilnehmen.«

»Und wo soll ich bitte hingehen?«

Sie sagte nicht, als alleinstehende Frau und alte Jungfer, aber er hörte es. Er fragte sich, ob sie wohl gerne geheiratet hätte.

»Geh ins Zelt von Calmus«, empfahl er in aufmunterndem Tonfall. »Besuche die Eremitage oder das Kisky-Wörth zwischen Nahe und Mühlenteich mit seinen herrlichen schattigen Anlagen. Eine feine Küche und ausgesuchte Getränke findet man dort auch.« Wilhelm rieb sich zufrieden den Bauch. »Es gibt viele Möglichkeiten.«

»Dafür ist es für mich wohl zu spät.« Eulalie streckte die Hand nach der Teetasse aus, entschied sich dann jedoch anders. »Außerdem sind und bleiben es ländliche Vergnügungen. Hier bei uns erfährt man nichts von dem, was in den Metropolen oder bei Hofe vorgeht, nichts davon, was gerade Mode ist und worüber man an wirklich wichtigen Orten spricht.«

»Ich wusste nicht, dass das wichtig für dich ist, liebste Eulalie.«

»Es hat nie jemanden gekümmert.«

Wilhelm fragte sich mit einem Mal, ob das der Grund war, warum Eulalie so streng zu ihren Nichten war. Gönnte sie ihnen einfach kein anderes Leben?

Zehntes Kapitel

Kreuznach, Juli 1855

Am folgenden Samstagnachmittag versammelte sich im Hause Preuße das, was Wilhelm scherzhaft sein Kränzchen nannte. Als Erstes kam der alte Dr. Lehmann, kurz danach fand sich auch Dr. Böhme ein. Freundliches Stimmengewirr war in der Halle zu hören, dann bewegten sich die Männer hinüber in den Salon, wo Anne noch dabei war einzudecken. Eigentlich war das Sophies Aufgabe, aber nachdem diese ausgegangen und noch nicht zurückgekehrt war, hatte Anne, die nur kurz zu Besuch vorbeigeschaut hatte, die Sache in die Hand genommen. Den Tisch für das Kränzchen einzudecken brachte liebe Erinnerungen zurück. Dr. Lehmann, der sie von Kindesbeinen an kannte, scherzte darüber, wie groß sie geworden war. Der gegenüber allen Frauen sehr schüchterne Dr. Böhme verbeugte sich stumm und lächelte ihr zu. Dann setzten sich die Männer auch schon, und der Vater war bereits wenig später bei seinem Lieblingsthema: Kreuznachs Heilquellen und ihr Einsatz in der Medizin.

Anne brachte als Letztes noch Gebäck an den Tisch, um sich dann in ihren alten Lieblingssessel zurückzuziehen und wie immer das Stickzeug zur Hand zu nehmen. Es war ihr angenehm, die Finger in Bewegung zu haben, während sie zuhörte und darauf wartete, dass Sophie zurückkehrte.

Während Anne die Nadel durch den feinen Stoff wandern ließ, lauschte sie den Gesprächen am großen Tisch. Das hatte sie schon als Kind gerne getan. Von draußen aus dem Garten hörte man Majas und Adas Lachen. Ada hatte es sich nicht nehmen lassen, ihren Großvater zu besuchen, und Maja war mitgekommen, um einen Spaziergang mit der Kleinen zu machen, sobald die bereit dazu war. Wie immer war Ada von ihrem Großvater nach Strich und Faden verwöhnt worden, hatte dicke Sahne zur Milch bekommen und sich selbst Bonbons aus dem Glas nehmen dürfen, das Wilhelm eigens für sie bereithielt. Anne seufzte. Draußen kreischte Ada: »Höher, Maja, höher!«

Offenbar schaukelte sie. Die Schaukel hatte schon an dem alten Ahorn gehangen, als Sophie klein gewesen war und sich vorgestellt hatte, den Himmel zu erreichen, wenn sie nur noch ein Stückchen höher schaukelte. Anne erinnerte sich noch gut daran, wie sie Sophie angestoßen hatte und wie ihre blonden Haare im Wind flatterten. Es waren schöne Erinnerungen.

Anne konzentrierte sich wieder auf das Gespräch der Männer. Dr. Böhme war eben auf seinen Traum zu sprechen gekommen, einen Führer über »sein liebes Kreuznach« zu verfassen. Wilhelm war begeistert von dieser Idee.

»An manchen Orten«, sagte er, »scheint das Wasser ja nur dazu dienen zu können, den Schmutz abzuspülen, nicht wahr, aber hier, in unserer lieben Stadt ...«

Dr. Lehmann pflichtete ihm entschlossen bei.

»Ja, ist es nicht unglaublich, was die Natur in ihrer geheimnisvollen Werkstatt bei uns geschaffen hat? Unser Wasser wirkt nicht nur palliativ, nein, gewisse Krankheitserscheinungen werden tatsächlich völlig entwurzelt und vernichtet. Das, Dr. Böhme, müssen Sie in jedem Fall schreiben.«

Dr. Böhme schaute etwas pikiert, aber nicht ganz ablehnend drein. Er verfolgte sein Vorhaben schon seit längerer Zeit, und Anne wusste, dass er im Kreise seiner forscheren Freunde oft fürchtete, man könne ihm das Heft ungefragt aus der Hand nehmen. Jetzt schob er den runden Kopf auf seinem Schildkrötenhals etwas vor und begann vorsichtig: »Ich sage ja immer, unsere Quellen wirken wahre Wunder. Natürlich werde ich das auch in meinem Buch schreiben.«

»Und es ist deshalb auch gar kein Wunder, dass die Zahl der Gäste stetig zunimmt«, fügte der Vater stolz hinzu.

»Nicht zu vergessen, dass jede Kur von einem erfahrenen Arzt begleitet wird«, mischte sich Dr. Lehmann ein. »Eigentlich ist es kaum zu glauben, dass unsere hiesige Sole für so lange Zeit nicht als Heilquelle genutzt wurde. Wie traurig, dass man den Reichtum der hiesigen Quellen an Jod sowie die Kenntnis von dessen ausgezeichneter Wirksamkeit so spät entdeckt hat. Es war ein solch wichtiger Schritt in der Entwicklung der rationellen Anwendung der Bäder.«

»Unsere Stadt und das Kurgeschäft haben sich darauf immerhin rasch entwickelt«, sagte Dr. Böhme.

Anne hörte erneut auf zu sticken. James kam ihr in den Sinn und diese dumme Angst, die sie nach den ersten Treffen immer stärker überfallen hatte, er müsse eigentlich alles, was sie erzählte, uninteressant finden. Warum machte sie sich überhaupt Gedanken darum? Sie war verheiratet und eine glückliche Mutter. Sie musste niemandem gefallen.

Und ich bin ja auch zufrieden. Wer könnte nicht zufrieden sein mit einem Mann wie Friedrich und einer Tochter wie Ada?

Der alte Dr. Lehmann, der wie immer etwas lauter sprach, riss sie aus den Gedanken.

»Ist es nicht so, dass schon Hippokrates die hohe Bedeutung der Lage und der klimatischen Einflüsse eines Ortes für Kranke und Krankheiten erkannte? Es darf nicht bezweifelt werden, dass eine freundliche, romantische und fruchtbare Gegend wie die unsere, mit einem Klima, in welchem Weintrauben, Mandeln, Kastanien, Feigen und vieles mehr gedeihen, den vorteilhaftesten Einfluss auf den gesunden Organismus zu äußern im Stande ist.«

»Und wie viel mehr muss eine solche Umgebung auf den kranken Organismus einwirken«, fiel der Vater ein. »Unser schönes Städtchen hat noch dazu den Vorteil, an einem Fluss zu liegen. Die Wasser fließen, befruchten und erquicken, Epidemien sind in ihrer Ausprägung meistens mild und gehen schnell vorüber.« Er lächelte Anne unvermittelt zu. »Nicht wahr, meine Liebe, so ist es doch?«

»Ja, Vater, wir leben im Paradies.«

»Erinnert ihr euch noch, als in einer Saison die edle Frau Prinzessin Carl von Preußen und Prinz Friedrich hier weilten?«, war wieder Dr. Lehmanns durchdringende Stimme zu hören. Anne stach Nadel und Faden durch den Stoff. Wie erwartet, schnaufte ihr Vater unterdrückt. Anne wusste, dass es ihn ärgerte, dass es solcher Gäste bedurfte, um dem gesellschaftlichen Leben höheren Glanz und Würde zu verleihen, aber er sagte nichts. Seine Freunde und er waren diesbezüglich nicht einer Meinung, aber Wilhelm mochte Dr. Lehmann und Dr. Böhme doch gerne und freute sich auf das zweiwöchentliche Zusammentreffen mit ihnen, also hielt er sich zurück.

»Ganz gewiss«, sagte Dr. Böhme, »wird das liebe Kreuznach sehr bald eine der ersten Stellen in der Reihe deutscher Bäder einnehmen, denn«, er überlegte, »hier vereint sich die heilende Kraft der Quelle, die milde Heiterkeit der Natur und die Vortrefflichkeit herzlicher Menschen zur herrlichen Trias.« Er machte eine Pause. »Wie findet ihr das?«, erkundigte er sich Beifall heischend. »Könnte man das so schreiben?«

»Sehr gut, sehr gut«, pflichteten Wilhelm und Dr. Lehmann bei.

Annes Gedanken wanderten wieder einmal zu dem jungen Engländer.

»Frau Kastner! Wie schön, Sie nach unseren letzten Treffen bei Ihnen zu Hause endlich einmal wiederzusehen.«

Das war doch James Bennetts Stimme. Anne drehte sich um, nahm aber im Gewirr der vielen Menschen auf dem Markt zuerst einmal niemanden wahr und fuhr zusammen, als sie den jungen Mann gleich darauf auf sich zukommen sah.

Er lächelte. War er wirklich zufällig hier? Sie musste zugeben, dass sie das nicht recht glauben konnte. Zugleich war es ihr aber ganz unmöglich, ihn zu fragen.

»Guten Tag, Herr Bennett«, stotterte sie. »Welche Überraschung.«

»Sind Sie einkaufen?«, fragte er sie, sah dann kurz an ihrer Schulter vorbei. »Wo ist denn Ihre Schwester?«

»Sophie, sie ...« Der Gedanke, alleine mit dem jungen Engländer zu sein, fesselte Anne und schien ihr geradezu die Worte aus dem Mund zu pflücken. Dann straffte sie entschlossen die Schultern. »Sophie nimmt einmal in der Woche Klavierunterricht«, vollendete sie den Satz mit fester

Stimme. »Außerdem geht sie nicht gerne einkaufen. Sie überlässt es lieber der Haushälterin unseres Vaters.«

»Überlässt man das nicht ohnehin gewöhnlich dem Personal?« James schaute sie fragend an.

»Vielleicht.« Anne errötete, dann schob sie das Kinn kaum merklich vor und sah ihr Gegenüber fest an. »Aber ich tue es gerne.«

»Das ist schön zu hören, dann weiß ich ab jetzt, wo ich Sie finden kann, wenn Sie nicht zu Hause sind.«

Anne hätte ein Lachen erwartet, aber James schaute sie erstaunlich ernst an. Nach einer Weile blickte er sich um.

»Der Markt wurde mir empfohlen, wirklich ein buntes Treiben. Allein das ganze Landvolk, das hier zusammenströmt.« James schüttelte den Kopf. »Frau Spahn war, glaube ich, die Erste, die mir gesagt hat, dass ich den Markt mindestens einmal besucht haben *muss*.«

Noch einmal ließ er den Blick kurz schweifen. Anne versuchte, den Markt mit seinen Augen zu sehen: Es war laut, wie üblich. Menschen redeten, lachten und stritten miteinander. Kinder waren mit Kreiseln, Springseilen und Bällen unterwegs, was immer wieder zu lautem Schimpfen führte. War James wirklich zufällig hier?

»Ist sie gut?«, fragte der nun.

»Was?« Anne wusste nicht, wovon er sprach.

»Ob sie gut ist?« James sah sie neugierig an. »Ob Ihre Schwester gut spielt, meine ich«, ergänzte er dann.

»Ach so, ja.«

Anne dachte daran, wie es war, im Garten zu sitzen, während Sophie drinnen im Salon ihre eigenen, wilden Melodien spielte.

»Ja«, sie nickte bekräftigend, »sie ist gut. Sie konnte immer besser spielen als ich, sogar als sie erst anfing und ich schon lange Unterricht erhielt. Es war einfach so, als hätte sie es schon immer gekonnt. Es muss ihr in die Wiege gelegt worden sein.«

James Blick wirkte vorübergehend nachdenklich, dann räusperte er sich.

»Was meinen Sie, vielleicht kann ich ihr einmal zuhören? Spielen Sie auch ein Instrument?«

Anne schüttelte den Kopf. Die Finger ihrer rechten Hand spielten mit dem Henkel des Korbes, den sie über dem Arm trug. Bisher hatte sie nur ein Dutzend Eier gekauft.

»Nein, früher Klavier, wie schon gesagt. Aber ich habe leider keinerlei Begabung in dieser Richtung. Sophie ist die Künstlerin in unserer Familie. Ob Sie ihr zuhören können? Ich denke schon.«

Es wird ihr sehr gefallen, für James zu spielen.

»Ich finde es trotzdem schön, Sie einmal alleine zu treffen«, fuhr der junge Engländer in ihre Gedanken.

Mir geht es ähnlich, hätte Anne am liebsten gesagt, aber das gehörte sich nicht.

Ich sollte mich verabschieden, Mann und Kind vorschieben, und alles so weitergehen lassen, wie es weitergehen muss.

Anne öffnete den Mund, doch nichts kam heraus. Sie konnte sich einfach nicht lösen.

»Meinen Sie, auch die Römer haben schon die Quellen dieser Gegend genutzt? In Bath muss das wohl der Fall gewesen sein«, war James zu hören. Anne blickte auf.

»Die Nutzung der Solequellen hat schon eine längere Geschichte, aber ich weiß nicht, ob sie so weit zurückgeht«, antwortete sie ernst. »Nach seinen Eroberungen schenkte

Napoleon sie übrigens seiner Schwester, der Prinzessin Borghese, für das von ihrem Gemahl erhaltene Gemälde- und Kunstkabinett zu Rom.«

»Napoleon, oho. Salinen gegen ein Gemälde- und Kunstkabinett, was für eine Vorstellung!«

»Beschäftigen Sie sich mit Kunst, Herr Bennett? Wir haben noch nicht viel darüber gesprochen, oder?«

»Wenig, muss ich zugeben. Auch wenn ich mir unkultiviert vorkomme. Es ist aber tatsächlich die Pflanzenwelt und auch die Tierwelt, die mich im tiefsten Herzen interessiert. Hier erwarte ich auch die wichtigen Entdeckungen unserer Zeit.«

»So habe ich das nie betrachtet«, sagte Anne nachdenklich.

James hob die Schultern. »Und ich habe noch mit niemandem so darüber gesprochen, wie ich es jetzt mit Ihnen tue. Ist das nicht seltsam? Irgendwie kam ich mir in allem, was ich tat, immer nur wie ein Dilettant vor. Halten Sie mich bitte nicht für einen Dilettanten.«

Anne war plötzlich verunsichert. Warum sagte er das zu ihr? Was beabsichtigte er? Sie starrte die Eier in ihrem Korb an.

»Nachdem das linke Rheinufer wieder durch Deutschland besetzt wurde, teilte man die Salinen dem Großherzog von Hessen als Domäne zu, die Landeshoheit kam an Preußen«, ergänzte sie, im Versuch, sich auf vertrautes Terrain zu retten.

James nickte. Die Nervosität in Anne nahm weiter zu. Wahrscheinlich erzählte sie jetzt Dinge, die nicht von Belang waren, aber ihr fiel nichts ein, was sie sonst erzählen könnte.

»Es dauerte also gut dreihundert Jahre, bis man die Quellen und ihre Kraft wirklich entdeckte und zu nutzen verstand«, sagte James.

»Woher wissen Sie das?«

»Ich habe Ihrem Vater zugehört. Und Ihnen auch.«

»Ach ja, Vater. Er spricht viel davon und wünscht sich sehr, dass alles einen guten Weg geht mit unserem Kurbad.«

»Ich würde mir wirklich gerne einmal die Gegend anschauen, Frau Kastner. Können Sie mir vielleicht eine lohnende Wanderung empfehlen, eine, die einem auch die heimische Botanik näherbringt?«

Anne konnte ihn nicht ansehen. Scherzte er mit ihr? Anders als Sophie, so kam es ihr manchmal vor, hatte sie nie gelernt, dies zu unterscheiden.

»Ich weiß nicht, ob ich als Frau Ihnen einen passenden Vorschlag machen kann, auch finden sich gewiss nur gewöhnliche Pflanzen bei uns«, murmelte sie.

Sie war erstaunt, wie sanft seine Stimme klang, als er ihr antwortete: »Natürlich, Sie als Frau. Und Sie als Botanikerin. Ja, vielleicht bin ich die exotischen Pflanzen in unseren Gewächshäusern gewöhnt, aber ich lerne gerade den Zauber kennen, der sich vor unserer Haustür versteckt. Was meinen Sie? Wollen Sie mir dabei helfen?«

Anne musste sich zwingen, nicht wie ein kleines Mädchen auf den Boden zu starren, um ihm auszuweichen.

Wovor habe ich nur solche Angst?

»Vielleicht machen Sie einmal einen Spaziergang zum Lohrer Tal«, sagte sie dann. Ihre Stimme klang endlich fester. »Vom Rüdesheimer Tor führt ein Spazierweg in etwa einer Viertelstunde dorthin. Bei Schweppenhausen gibt es einen ausgebrannten Vulkan, und bei Oberstein findet man die schönsten Bergkristalle. Davon haben Sie vielleicht sogar schon gehört? Oh, da fällt mir ein: Auf dem Lemberg finden sich Quecksilberbergwerke, die seit Kurzem von einer englischen Aktien-Gesellschaft betrieben werden.«

»Tatsächlich? Dann gibt es sogar die Möglichkeit, mit Landsleuten zu reden?«

»Womöglich.«

»Falls sie nicht alle in London geblieben sind, um den Lauf ihrer Aktien von dort zu beobachten.« James seufzte. »Denken Sie nicht, mich zieht es fort von hier.« Er sah sie fest an. »Aber wissen Sie, es tut einfach gut, von Zeit zu Zeit die eigene Sprache zu sprechen.«

Anne nickte. Sie verstand ihn nur zu gut.

»Aber Sie sprechen gut Deutsch«, sagte sie dann leise.

James lächelte.

»Meine Mutter bestand darauf. Als Kind hat sie mir viel vorgesungen. Vom Entlein, das den Kopf ins Wasser steckt. Vom Männlein im Walde, oder vom Hänschen, das alleine in die Welt hinausgeht, aber die meisten um mich herum sprachen nur Englisch, und so wurde dies meine erste Sprache.«

»Ich wäre glücklich, so gut Englisch zu sprechen wie Sie Deutsch.«

»Nehmen Sie denn Unterricht?«

Anne nickte. Im nächsten Augenblick streckte der junge Mann die Hand zu ihr hin.

»Bitte, wenn Sie Fragen haben, wenden Sie sich an mich. Ihre Hand darauf.«

Anne zögerte.

»Kommen Sie schon, schlagen Sie ein. Bitte!«

Immer noch zögernd griff sie zu. James umfasste ihre Finger und hielt sie fest. Dann schaute er sie eindringlich an.

»Vergessen Sie mein Angebot nicht.«

»Nein«, stotterte sie.

James sah der jungen Frau etwas länger nach, bevor er sich abwandte und den Weg zurück zur Pension nahm. Henry war heute zu seiner Erleichterung nicht aufgetaucht. Vielleicht fühlte er sich zu schlecht, oder er war anderweitig beschäftigt. James war klar, dass er die Mädchen nicht ständig im Blick halten konnte, besonders nicht, wenn sie getrennt voneinander unterwegs waren wie heute. Aber vielleicht machte er sich auch zu viele Gedanken. Gewiss war Henry nicht bösartig. Manchmal wirkte er einfach verzweifelt.

James dachte zurück an die Begegnung mit Anne. Er war lange nicht mehr so offen gegenüber einem fremden Menschen gewesen. Da war etwas, was ihn in ihrer Gegenwart vertrauensvoll machte.

Ich habe vieles ausprobiert und bin bereits gescheitert. Und jetzt bin ich hier, um mir über die Dinge klar zu werden, vielleicht bin ich nur der Sohn eines Händlers, vielleicht hat das Leben anderes mit mir vor ...

Seltsamerweise hatte er das Gefühl, dass auch Anne Kastner auf der Suche war.

James verschränkte die Arme hinter dem Rücken und gab sich den Anschein eines Flaneurs.

Er dachte an Gordon. Würden sie einander wiedersehen, wenn er nach London zurückkehrte, oder würde es seine Mutter zu verhindern wissen? *Will ich ihn wiedersehen?*

Gordon mit nacktem Oberkörper auf dem Eisbärenfell vor dem Kamin in der kleinen Londoner Wohnung kam ihm in den Sinn, die Flammen des offenen Feuers, die zuckende Muster aus Licht und Schatten auf seine helle Haut zeichneten.

James ging etwas schneller. Er wollte jetzt zurück in sein Zimmer in der Pension. Er wollte nachdenken. Vielleicht würde er Gordon endlich einen Brief schreiben. Vielleicht würde er es tun, obwohl er seiner Mutter geschworen hatte, einen Sommer lang zu warten.

»Du wirst sehen, James, dieser Junge war nur eine flüchtige Bekanntschaft, ohne Bedeutung«, hatte sie ihm zugeflüstert, als er gerade das Schiff zum Kontinent bestiegen hatte.

Damals hatte er in Erwägung gezogen, dass sie recht hatte. Jetzt war er sich dessen nicht mehr so sicher.

An diesem Abend drängte es Anne, mit Vater zu sprechen, doch als sie gerade klopfen wollte, waren von drinnen aus dem Behandlungszimmer Stimmen zu hören. Offenbar war noch eine Patientin gekommen. Abwechselnd waren eine männliche und eine aufgeregte weibliche Stimme zu hören.

»Doch, doch«, sagte der Vater nun, »ich versichere Ihnen, dass es kaum ein zweckmäßigeres Mittel als unsere Bäder mit Mutterlauge gibt. Wissen Sie, in der Hand des Arztes gleicht ihre Verwendung der einer komplizierten Maschine, deren Kraft sich durch Öffnen und Schließen von Ventilen verringern, vermehren und alternieren lässt. Dabei ist die Temperatur des Wassers ebenso streng zu beobachten, wie die Dauer des Bades oder der größere oder geringere Zusatz der Lauge …«

Die Frau musste etwas weiter von der Tür entfernt stehen, denn ihre Stimme vernahm Anne nur wie ein Murmeln.

»Oh ja, gewiss, auch eine innere Anwendung der Sole ist

möglich«, antwortete Vater wohl auf eine Frage. »Die primäre Wirkung ist diesem Fall eine Reizung, die sich durch gesteigerte Esslust, anfänglich retardierten, dann aber regelmäßigen Stuhlgang auszeichnet.« Kurz verklang auch seine Stimme, dann fragte er laut und deutlich: »Darf ich fragen, wann Sie die Symptome erstmals an sich wahrgenommen haben?«

Die Antwort der Patientin ging in einem Schluchzen unter. Als sich wenig später Schritte der Tür näherten, wich Anne hastig in die nächste Nische zurück. Eine Frau kam gleich darauf so dicht an ihrem Versteck vorbei, dass Anne kurz fürchtete, entdeckt zu werden, doch die Patientin war zu sehr in sich gekehrt, als dass sie ihre Umgebung wahrnahm. Anne wartete noch einen Moment, bevor sie die Nische verließ, an Vaters Tür klopfte und in das Behandlungszimmer trat. In der letzten Nacht, in der sie wieder sehr unruhig geschlafen hatte, so unruhig, dass Friedrich gefragt hatte, ob es ihr denn gut ginge, war ihr bereits der Gedanke gekommen, eine Wanderung mit Sophie und dem jungen Engländer zu unternehmen, und als er heute danach gefragt hatte ... War es richtig, das zu tun, was der andere unbedingt wollte?

Als sie ihrem Vater davon erzählte, nickte der sogleich zustimmend.

»Wenn Sophie das auch möchte«, er sah seine ältere Tochter an, »und wenn dein Mann nichts dagegen hat natürlich. Solltest du ihn nicht zuerst fragen?«

Anne wich Wilhelms Blick aus.

»Es ist nur, weil wir diesen Weg früher immer gemeinsam gelaufen sind. Du kannst am besten einschätzen, ob er geeignet ist, und vielleicht ist es dir ja auch nicht recht.«

»Nicht recht? Warum?«

»Es ist unser Weg.«

»Ach, Kind. Über den Rotenfels und die Ebernburg zum Rheingrafenstein und dann nach Kreuznach zurück?«

»Ja. Vielleicht möchtest du ja auch mitkommen?«

Anne musste sich zwingen, diese Frage zu stellen, und sie schämte sich deswegen.

»Nein, keine Sorge, mein Kind. Ich werde wohl ein wenig neidisch sein, dass meine Mädchen diesen Weg nun mit jüngeren Begleitern zu gehen wünschen.« Wilhelm lächelte schelmisch, dann wiederholte er: »Du solltest aber wirklich deinen Mann fragen, ob er sich anschließen möchte, sonst hat Eulalie wieder einen Grund, sich zu erregen.«

»Friedrich wandert nicht gerne und hat in letzter Zeit auch viel zu tun. Er hat inzwischen viele Patienten und ist auch sehr oft im Hospital bei der Versorgung der Armen.«

»Er ist wirklich ein guter Mann.« Wilhelm fasste nach der Hand seiner Tochter. »Stimmt auch alles zwischen euch?«

»Doch natürlich.« Anne war vorübergehend irritiert über die Frage, dann ermahnte sie sich, dass es nichts gab, weswegen man misstrauisch sein musste. »Herr Bennett hat mir auch angeboten, mein Englisch zu verbessern. Das wäre natürlich eine wunderbare Gelegenheit …«

Du lügst, schoss es ihr durch den Kopf. Wilhelm merkte ihr den inneren Kampf nicht an.

»Dann sollte einem Ausflug wirklich nichts entgegenstehen. Behalte aber bitte deine Schwester ein wenig im Auge. Vielleicht hat Eulalie doch recht, Sophie trägt das Herz manchmal auf der Zunge. Das ist nicht immer gut.«

»Ich passe auf sie auf. Das habe ich doch immer getan, Vater.«

»Ja, das hast du. Du bist ein gutes Kind.«

Wenig später, auf dem Weg nach Hause, fiel Anne endlich ein, woher sie die Frau kannte, die Vater um Rat gefragt hatte: Es war die Witwe Spahn, die Wirtin des Hauses, in dem James Bennett wohnte. Offenbar war sie erkrankt.

Elftes Kapitel

Frankfurt am Main, Juni 1923

Ein Blick auf die Uhr zeigte Marlene, dass sie nun schon seit fünf Minuten untätig vor dem Spiegel saß. Bereits seit Längerem waren unten in der Eingangshalle immer wieder Stimmen zu hören. Die Haustür öffnete sich, jemand trat ein, die Tür wurde geschlossen. Offenbar trafen eben gerade die nächsten Gäste ein, denn unten wurde es wieder lauter.

Marlene horchte, konnte aber nicht erkennen, um wen es sich handelte. Eigentlich war das auch nicht wichtig. Ihre Eltern hatten eingeladen. Sie war nicht gefragt worden, aber sie erinnerte sich, wie die Mutter und sie vor gut zwei Monaten im Wintergarten vor einem beträchtlichen Stapel Einladungskarten saßen, und Marlene unter Giselas prüfendem Blick ihren Namen unter das Geschriebene setzte.

Kurz nachdem ich Adrian kennengelernt und sich mein Leben verändert hatte ... Am Morgen nach der Kunstsoirée.

Marlene dachte an den Beginn dieses Tages, an dem sie auch ein kräftiger Kaffee kaum wach machte, und ihre Mutter von Kreislaufbeschwerden sprach, weil sie so blass war.

»Aber die Einladungen müssen jetzt verschickt werden, Liebes«, hatte sie gesagt, und Marlene hatte genickt, während in ihr eine Stimme unaufhörlich geflüstert hatte: nein, nein, nein, und nochmals nein.

In den letzten zwei Wochen waren die Vorbereitungen der heutigen Verlobungsfeier auf Hochtouren gelaufen. Die Eltern hatten sogar zusätzliches Personal angestellt, das sich ausschließlich um die Gäste kümmerte. Der Salon war von noch mehr Fremden festlich geschmückt worden, und auserlesene Erfrischungen und Häppchen – beim Gedanken daran lief Marlene jetzt doch das Wasser im Mund zusammen – warteten auf dem Büfett.

Es war unglaublich, aber sie konnte wirklich in jeder Lebenslage essen.

In jedem Fall musste alles ein Vermögen gekostet haben, besonders in diesen Zeiten. Marlene konnte sich Ausgaben in dieser Höhe nur damit erklären, dass sich auch die Eltern ihres zukünftigen Mannes an den Kosten beteiligten.

Ich müsste glücklich sein über so viel Pracht. Dankbar dafür, was meine Eltern mir ermöglichen.

Trotzdem hatte Marlene in den letzten Tagen und Wochen nichts anderes denken können, als dass es nicht richtig war.

Sie wollte nicht heiraten. Sie wollte leben. Sie wollte die Freiheit auskosten, die man Frauen heute zubilligte und mit der es doch in jedem Fall vorbei war, wenn man in den Hafen der Ehe einlief.

Vielleicht könnte ich ja auch einen Beruf ausüben, vielleicht sogar studieren, die Schule habe ich doch gerne besucht ... Vielleicht, vielleicht, vielleicht ...

Wenn Albert es dir erlaubt, stichelte eine kleine Stimme in ihr.

Marlene stellte sich vor, wie sie ihrem Vater sagte, sie wolle lieber studieren, anstatt zu heiraten, und wie er dröhnend lachte. Für ihre Eltern musste das Leben so verlaufen, wie es immer schon verlaufen war. Mama hatte keinen Beruf gelernt und natürlich nicht studiert, also würde auch Marlene heiraten und den Haushalt führen. Gregor dagegen fand in der elterlichen Textilfabrik an Vaters Seite seinen Platz. Ob ihre Mutter mit ihrem Leben zufrieden war, konnte Marlene nicht sagen, aber sie fügte sich.

Ich will mich nicht fügen.

Erneut starrte sich die junge Frau im Spiegel an. Vor drei Tagen hatte sie Adrian zum letzten Mal gesehen. Sie hatten einander endlich das Du angeboten und Brüderschaft mit diesem furchtbar herbem Apfelwein getrunken, den Adrian so gerne mochte. Seit der Soirée hatte Marlene gemeinsam mit ihm noch ein paar private Kunstausstellungen besucht und sich nach und nach an die dort dargebotenen Darstellungen gewöhnt. Zweimal war Gregor mit dabei gewesen und hatte, wie sie fand, erstaunlich kluge Fragen gestellt. Sie hatte nie gedacht, dass sich ihr kleiner Bruder für Kunst interessierte. Mit Gregor zusammen wurde das Sich-aus-dem-Haus-schleichen zu einem Abenteuer, Marlenes Unsicherheit verlor sich. Meist saßen sie an jenen Abenden zusammen in ihrem oder Gregors Zimmer, spielten ein Brettspiel oder Karten oder redeten, bis sich die Eltern in den Salon zurückzogen und der Weg frei war. Ein oder zweimal waren sie fast erwischt worden, aber sie hatten Glück. Die Eltern blieben ahnungslos.

Als Gregor einmal zu Hause geblieben war, hatten Adrian und sie sich geküsst. Marlene fand, dass einen die Übung, wie in so vielen Dingen, geschickter machte. Machte einen das Küssen zu einem Paar? Adrian hatte nichts dergleichen gesagt, und sie würde ja auch heiraten.

Ein neues Geräusch ließ sie den Kopf drehen. Die eigens engagierte Kapelle begann unten zu spielen, leise hörte man es bis hier oben. Die junge Frau ging zum Fenster, um noch besser zu hören. Aus dem Fenster des Salons, das sich schräg unter ihrem befand, drang heller Lichtschein.

Als Kind, erinnerte Marlene sich, hatte sie hier manchmal gesessen und gelauscht, wenn die Eltern eines ihrer begehrten Feste veranstalteten. Am liebsten wäre sie heute auch hier sitzen geblieben. Damals dagegen, so viele Jahre schien das jetzt her zu sein, hatte sie sich manchmal vorgestellt, sie wäre das Aschenputtel, das nicht auf das Fest durfte und doch so gerne dorthin wollte. Dann hatte sie sich ihr schönstes Kleid angezogen und war leise durch das Zimmer getanzt.

Unwillkürlich warf Marlene einen Blick zu dem Kleid hin, das das Mädchen ihr für den heutigen Abend auf das Bett gelegt hatte. Die Schnallen der Schuhe, die auf dem Boden davor standen, glitzerten. Auf dem Schminktisch lag der Schmuck, den ihr die Mutter geliehen hatte, denn alles sollte perfekt sein.

Adrian hatte gelacht, als sie ihm von den Vorbereitungen und den dazugehörigen Aufregungen berichtet hatte.

Marlene seufzte. Es wurde Zeit, sich endlich fertig zu machen, aber jetzt fürchtete sie sich doch. Sie fürchtete sich vor dem, was an diesem Abend kommen würde; davor, wie ihr Leben danach aussah. Würde ihr Albert Freiheiten lassen?

Nun, es half nichts, sie musste den nächsten Schritt tun.

Sie war kein Feigling. Sie konnte nicht weglaufen und hatte diese Lösung auch nie in Erwägung gezogen.

Mit einem Seufzer rutschte Marlene vom Fensterbrett und ging zum Bett hinüber. Das Kleid in Kopenhagener Blau war modisch, aber nicht zu aufreizend, wie ihr die Mutter erklärt hatte. Es war aus Satin-Foulard, rund um den Kragen ließ dünnerer Seidenstoff die Haut durchschimmern, nur ein wenig, nicht zu viel.

Nicht zu viel war wichtig. Vornehme Zurückhaltung nannte es die Mutter. Das Kleid war genau richtig für den Anlass.

Marlene zog es an. Dann schlüpfte sie in die Lackschuhe mit dem kleinen Absatz, die eindeutig schöner, aber auch unbequemer waren als die, die sie gewöhnlich trug.

Wieder dachte sie an Adrian und die gemeinsamen Mittagspausen auf dem Römer. Wie oft hatten sie einander jetzt schon gesehen, seit sie sich bei der Zauberhöhle zufällig begegnet waren?

Nach dem ersten Mal hatte sie nicht gedacht, ihn noch einmal zu sehen, doch er war da gewesen, so, wie sie es mit Hilfe des Zettels verabredet hatten, so, wie sie es ihren Eltern verschwiegen hatte.

Ich bin eine eigenständige Person.

Inzwischen wusste sie, dass er gezwungen war, sein Geld als Bauzeichner zu verdienen. Dass er es hasste, dass ihm aber nichts anderes übrig blieb, weil er schließlich leben wollte.

»Zumindest kann ich das noch mit meiner Hände Arbeit, da geht es mir nicht wie manch anderem. Außerdem ist es gute, vernünftige Arbeit; neue Häuser werden immer gebraucht.«

Marlene fragte ihn, ob er denn viele Bilder verkaufe. Adrian schüttelte den Kopf und sagte zuerst nichts. Die meisten, gab er ihr etwas später zur Antwort, verstehen ja nichts von Kunst. Das ist schon lange so. Vielleicht schon immer.

Marlene dachte an die Landschaftsbilder im Haus ihrer Eltern, an den röhrenden Hirsch auf der Waldlichtung, der noch von einem Großvater oder sogar Urgroßvater stammte, erzählte aber nichts davon. Irgendetwas ließ sie ahnen, dass Adrian nur abfällig darüber lachen würde, und das wollte sie nicht.

Einmal kauften sie sich beide ein paar Würstchen und Senf, und verspeisten diese am Main sitzend, was ihr großen Spaß machte. Sie war sich frei vorgekommen, fast wie ein Vogel der davonfliegen konnte, wenn er nur wollte. Zum Abschluss spendierte sie zwei Gläser Apfelwein.

Bisher war Marlene nicht bei Adrian zu Hause gewesen, doch sie hatte zufällig mitbekommen, dass er nicht allein lebte. Und sie war fest entschlossen, seine Wohnung eines Tages kennenzulernen. Nicht nur die Wohnung; nein, sie wollte seine ganze Welt kennenlernen, alles, was sie verlockte und was ihr immer noch so unbekannt war, auch noch, nachdem sie seine Freunde kennengelernt hatte und wusste, womit er seine Abende verbrachte.

Und wie willst du das tun als Frau Schwedt?

Unten trafen weitere Gäste ein, und wurden dieses Mal von Mutter begrüßt, wie deutlich zu vernehmen war. Ein Kribbeln huschte über Marlenes ganzen Körper, aber es war nicht mehr so schlimm wie gestern noch. Mit einem Seufzer kehrte sie an ihren Schminktisch zurück. Ihr Gesicht sah frisch und jung aus. Sie gab nur einen Hauch

Farbe auf Lippen und Wangen, so wenig, dass man es kaum bemerkte.

»Hallo, zukünftige Frau Schwedt«, flüsterte sie sich zu.

Als das Mädchen an der Tür klopfte, war Marlene bereit.

Im Salon angekommen, drehten sich ihr unzählige erwartungsvolle Gesichter zu. Ihr war gar nicht bewusst gewesen, unter wie viele Karten sie ihre Unterschrift gesetzt hatte. Albert, mit dem sie am Ende dieses Abends verlobt sein würde, kam auf sie zu. Er trug einen Anzug, der ihm hervorragend stand, wie Marlene zugeben musste, und ja, er war ein gut aussehender Mann mit seinem hellbraunen Haar und den grünen Augen, dem festen Kinn und der geraden Nase. Unauffällig und gut aussehend.

Marlene zuckte zusammen, als ihre Mutter wie aus dem Nichts an ihrer Seite auftauchte, dicht gefolgt vom Vater.

Jetzt war es also so weit. Jetzt würde die Entscheidung fallen. Marlene fühlte, wie sich ihr die Kehle zusammenzog. Ihr Herz klopfte schneller. Es raste. Es fühlte sich an, als würde man ihr Fesseln anlegen. Sie spürte den Schmerz an den Handgelenken und atmete schneller, und obgleich sie atmete, kam nicht genügend Luft in ihre Kehle.

»Lasst uns mit dem Wichtigen beginnen«, sagte Vater und wollte seine Tochter mit sich ziehen. Marlene bewegte sich nicht. Immer noch ging ihr Atem zu schnell. Ihr Herz trommelte. Sie hörte sich keuchen. Der Vater sah sie fragend an. Dann wurde ihr schwarz vor Augen.

Als Marlene die Augen aufschlug, lag sie in dem kleinen Nachbarzimmer auf der alten Chaiselongue, und Mama saß an ihrer Seite. Besorgt sah Gisela sie an.

»Was ist los, Marlene? Ist dir nicht gut?«

An Mamas Schulter vorbei konnte Marlene noch etwas verschwommen Papa sehen. Auch Karl sah besorgt aus. Auf seiner Stirn kerbten sich tiefe Falten. Seine Mundwinkel hingen herab.

»Täubchen«, sagte er mit bebender Stimme.

Marlene fiel es schwer nachzuvollziehen, was eben geschehen war. War sie etwa in Ohnmacht gefallen? Vor Aufregung? So etwas war ihr noch nie passiert. Deutlich hörte sie die Stimmen im Nachbarraum. Die Gäste waren noch da. Was nichts einfacher machte ...

»Wenn du willst, sagen wir das Fest ab«, sagte Papa, aber er meinte es nicht so. Das konnte Marlene aus seinen Worten heraushören.

»Nun«, sagte Mama, »wir könnten doch die Verlobung verkünden, du bleibst noch ein wenig da und ziehst dich dann zurück. Jeder würde das verstehen.«

Marlene gab immer noch keine Antwort. Ihre Eltern schauten sie abwartend an. Die junge Frau schluckte. Eben in diesem kurzen Moment, bevor sie ohnmächtig geworden war, war ihr etwas klar geworden, bemerkte sie jetzt. Sie hatte sich nie vor dem Leben mit Albert gefürchtet. Sie hatte sich davor gefürchtet, ihren Eltern zu sagen, dass sie Albert nicht heiraten konnte.

Vielleicht, dachte sie bei sich, hätte ich früher Nein sagen müssen, aber falls mir nur dieser letzte Moment bleibt, dann muss ich es eben jetzt tun ... Ich kann und will Albert nicht heiraten, ich möchte mein Leben auskosten. Ich möchte nicht das Leben meiner Mutter führen.

Marlene nahm allen Mut zusammen. Es war entschieden, sie würde das Spiel nicht länger mitspielen.

»Papa«, sagte sie, »Mama, wir können das Fest absagen, aber ich werde Albert auch nicht heiraten.«

In der Stille, die folgte, hätte man eine Stecknadel fallen hören können. Kurz hatte Marlene den Eindruck, man habe sie sogar im Nachbarzimmer belauscht. Ihre Eltern starrten sie an, sagten aber nichts. Auf ihren Gesichtern zeigte sich Erstaunen, Erschütterung, auch Ungläubigkeit über das, was sie da eben vernommen hatten.

Marlene erinnerte sich noch Tage später an das unglaublich blasse Gesicht ihrer Mutter. Dafür lief Papa tiefrot an. Einen Moment später klopfte es, und Gregor steckte den Kopf zur Tür herein.

»Ist alles in Ordnung? Braucht ihr noch lange?«

Papa atmete heftig aus.

»Oho«, entfuhr es Gregor leise, bevor er ins Zimmer kam und die Tür hinter sich schloss. »Die Schwedts …«, sagte er dann.

»Die Schwedts«, echote Papa, als werde er sich erst jetzt des ganzen Ausmaßes seiner Lage bewusst. Mama ließ sich neben ihre Tochter auf die Chaiselongue sinken.

»Wir können sagen, dass sich Marlene erst erholen muss«, sagte sie fast tonlos. »Dass wir den Arzt kommen lassen müssen und …«

Marlene schüttelte den Kopf. »Nein, das werden wir nicht.«

»Genau das werden wir tun«, entgegnete Gisela deutlich schärfer und stand auf.

Und so wurde es entschieden. Marlene musste im Nachbarzimmer bleiben, bis alle Gäste das Haus verließen. Gregor wurde beauftragt, bei ihr zu bleiben, als fürchte man, die Tochter könnte auf falsche Gedanken kommen. Als

Letztes gingen die Schwedts, nur Albert kam noch einmal zu ihr. In der Tür blieb er stehen und schaute Marlene an, die inzwischen wieder auf der Chaiselongue ruhte. Während sie hier wartete, rasten ihr die verschiedensten Gedanken durch den Kopf. Eigentlich wollte sie ihm die Wahrheit sagen, andererseits traute sie sich nicht.

Ich bin doch nicht so mutig.

»Geht es dir besser?«, fragte er besorgt.

Marlene fühlte sich schlecht. Die Angst ließ kein Wort herauskommen. Also nickte sie nur.

»Ich hoffe, es war nicht die Aussicht darauf, mit mir verheiratet zu sein, die dich ohnmächtig werden ließ?«, fragte Albert scherzhaft. Marlene spürte, wie sich ihre Wangen tiefrot färbten.

»Nein, ich denke, es war die allgemeine Aufregung«, mischte sich Gregor ein, und Marlene war ihm zum ersten Mal in ihrem Leben wirklich dankbar. War das noch der kleine Bruder, über den sie sich so oft ärgerte?

»Ich hoffe, die Leute werden nicht reden«, sagte sie und schaute Albert fest an.

»Natürlich werden sie«, antwortete er, und Marlene zollte ihm auch jetzt noch Bewunderung für seine Nonchalance. Vor ihrem geistigen Auge sah sie seine Mutter, die ihre Empörung bestimmt nicht verhehlen konnte.

Was wagt die kleine Gellert sich, stand in ihrem Gesicht geschrieben, was werden die Leute sagen!

Natürlich würden die Leute reden, jetzt noch und später noch viel mehr.

»Wir gehen dann. Erhol dich gut, Marlene«, sagte Albert, zögerte und drückte ihr dann einen freundschaftlichen Kuss auf die rechte Wange.

»Auf Wiedersehen, Albert.« Marlene versuchte zu lächeln. »Es tut mir leid.«

Sicher meinte sie es anders, als er es verstand.

Wenig später kam Dorchen, das Dienstmädchen, um ihr zu sagen, dass sie nach oben gehen solle. Auch in ihrem Zimmer konnte Marlene noch lange undeutlich die Stimmen von Mama und Papa im aufgeregten Wechsel hören. Sie saß auf ihrem Bett und wartete, bis sie begriff, dass so schnell wohl keiner zu ihr kommen würde. Also zog sie sich aus. Dann wusch sie sich und schlüpfte in das Nachthemd.

Unten war es endlich still. Marlene fragte sich, was ihre Eltern machten, und wo Gregor geblieben war. Nur ab und an hörte man Schritte. Hin und wieder wurde eine Tür geschlagen. Trotz aller Aufregung überkam Marlene mit einem Mal bleierne Müdigkeit. Gähnend schlüpfte sie unter die Decke und schlief sofort ein.

Am nächsten Tag gab der Vater ihr Stubenarrest; die Mutter zog sich mit Migräne in ein abgedunkeltes Zimmer zurück und verweigerte jeden Besuch. Erst einen Tag später ließ Gisela ihre Tochter zu sich rufen.

»Warum hast du das getan? Was hast du dir dabei gedacht?«

Marlene blickte ihre Mutter forschend an. Sie zögerte, dann fragte sie: »Weißt du es nicht?«

Ihre Mutter verzog keine Miene.

»Das tut nichts zur Sache«, antwortete sie dann.

Wenn alles zu schwierig wurde, bekam Gisela Kopfschmerzen. Es war ihre Art, sich zurückzuziehen. Schön war das allerdings nicht, denn sie konnte an diesen Tagen wirklich nichts tun, als in einem abgedunkelten Raum zu leiden.

Unaufhörlich pochte der Schmerz hinter ihren Schläfen und der Stirn, und manchmal war er so stark, dass er ihr Übelkeit verursachte. Dabei hasste Gisela es, sich zu übergeben. Es verstärkte das Gefühl der Hilflosigkeit. Allerdings ging es ihr danach auch besser, was im Weiteren bedeutete, dass sie sich dem Leben wieder stellen musste; einem Leben, das sich als unkontrollierbar herausgestellt hatte.

Gisela nippte an der Tasse Melissentee, den sie sich hatte zubereiten lassen, und betrachtete sich dann im Spiegel. Zweifelsohne war sie immer noch eine schöne Frau. Ihr Gesicht war ebenmäßig, die Haare dunkel, wenn auch hier und da von silbergrauen Strähnen durchzogen. Ihre Augen waren sehr blau.

Ungewöhnlich, sagten manche. Karl wiederholte oft, dass es ihre Augen waren, die ihm auf dem Ball, auf dem sie sich kennengelernt hatten, als Erstes aufgefallen waren.

»Wie ein tiefer See«, sagte er. Es war der einzige annähernd poetische Satz, den sie je aus seinem Mund gehört hatte. Karl war durch und durch Geschäftsmann. Ihre Aufgabe war es, für die richtigen Freundschaften und Beziehungen zu sorgen, und sie erfüllte sie gut.

Es klopfte an der Tür. Gisela drehte sich auf dem dunkelroten Sofa, zog die dünne, gehäkelte, weiße Decke um sich. Obwohl es sommerlich warm war, fror sie. Es war eine innere Kälte.

»Ja?«

Dorchen steckte den Kopf zur Tür herein.

»Ihr Besuch ist da.«

Gisela setzte sich auf. Die Aufregung ließ ihr Herz schneller schlagen. Für einen Moment hatte sie den Eindruck, sie würde gleich ohnmächtig, dann fing sie sich.

»Bitte sie herein.«

Beim Anblick der alten Frau, die durch die Tür trat, schossen Gisela die Tränen in die Augen. Sie tupfte sie rasch mit einem Taschentuch fort.

»Elsa, dass du so schnell gekommen bist.«

Elsa lächelte. »Ich bin eine alte Frau, ich habe nicht mehr viel zu tun. Natürlich komme ich, wenn mich mein Goldstück ruft.«

Gisela zögerte, dann stand sie auf und warf sich der älteren Frau in die Arme. »Ich bin so froh, dass du hier bist.«

Es tat gut loszulassen. Noch einmal drückte sie Elsa, dann gingen die beiden Frauen zum Sofa zurück und saßen dort schweigend dicht beieinander. Mit ruhigerer Stimme, als sie von sich erwartet hatte, erzählte Gisela, was geschehen war. Elsa hörte ihr zu.

»Marlene will Albert also nicht heiraten. Das ist gewiss eine unangenehme Situation, aber was macht dir solche Angst?«

Gisela überlegte. Als sie zu sprechen versuchte, fühlte sich ihre Stimme rau wie ein Reibeisen an.

»Ich habe Angst, dass sie sich verliebt hat, Elsa.«

Zwölftes Kapitel

Kreuznach, Juli 1855

An diesem Morgen stand James so früh auf wie schon lange nicht mehr, aber er tat es gerne. Heute ging es auf Wanderung. Gestern hatten ihm Sophie und Anne die entsprechende Botschaft zukommen lassen, und er hatte sich sehr über das kleine Billett gefreut, das er unter seiner Post gefunden hatte.

Wie Dr. Preuße ihm angekündigt hatte, waren ihm gegenüber inzwischen auch andere Einladungen ausgesprochen worden – man beeilte sich, schließlich wusste keiner, wie lange er noch zu bleiben gedachte –, und er hatte mehrere Kreuznacher Familien kennengelernt. James vermutete, dass manche beabsichtigten, ihm ihre Töchter vorzustellen. Andere wiederum befriedigten lediglich ihre Neugier. Er hatte seinen Spaß.

Nach einem guten Frühstück, zu dem ihn ein besser gelaunter Henry eingeladen hatte, machte James sich auf den Weg. Henry fühlte sich nicht gut und sah sich deshalb leider außerstande, ihn zu begleiten. James konnte die Erleichterung darüber kaum verhehlen.

Unwillkürlich dachte er daran, dass Frau Spahn gestern nicht an ihrem Abendessen teilgenommen hatte, wie sie es sonst immer tat. Nachdem er neulich Henrys Knopf im Garten gefunden hatte, waren keine weiteren Hinweise aufgetaucht, die für eine Annäherung zwischen Henry und der älteren Frau sprachen. Ohnehin hoffte er sehr, dass er sich alles eingebildet hatte. Unmöglich konnte der kranke Henry die Frau ins Verderben stürzen wollen, oder etwa doch?

Nach zwanzig Minuten, während denen er stramm ausschritt, erreichte James das Haus der Preußes, froh darüber, von seinen düsteren Gedanken abgelenkt zu werden.

»Ich vertraue Ihnen meine Mädchen an«, sagte Dr. Preuße wenig später mit einem Lächeln. James verbeugte sich und versprach mit fester Stimme, dass man sich auf ihn verlassen könne.

Und er meinte es ernst. Anfangs hatte er vielleicht noch alles als Spiel empfunden. Anfangs hatte er nur wissen wollen, ob es ihm gelingen würde, das Interesse dieser jungen Frauen zu fesseln. Und Sophie hatte ja auch so unglaublich liebreizend ausgesehen an jenem ersten Abend.

Vielleicht habe ich mir ja auch beweisen wollen, dass ein Leben ohne Gordon seine Reize hat. Aber ein Leben ohne ihn – will ich das wirklich?

James bemerkte, dass Anne ihn beobachtete, und zwang sich, ihr ein entspanntes Lächeln zuzuwerfen. Offensichtlich gelang es ihm, denn sie erwiderte es, und ihr Gesicht trug nicht die geringste Spur von Misstrauen oder eines Hintergedankens. Es waren gute Mädchen. Wirklich, er mochte sie.

Auf dem ersten Stück des Weges sprachen sie noch nicht viel, liefen aber zumeist zu dritt dicht beieinander. Dann erreichten sie die Nahe. Eben streckte Anne den Arm aus und machte ihn auf die Blätter des Pfeilkrauts aufmerksam, das unweit des Ufers wuchs.

James kannte es bereits, hatte ihm aber niemals größere

Aufmerksamkeit gezollt. Jetzt stellte er fest, dass die Blätter wirklich Pfeilspitzen ähnelten und die Blüten zart und weiß waren. Wenig davon entfernt ließ sich die schirmblütige Wasserviole mit ihren kräftig rosafarbenen Blüten bewundern, die auch als »Schwanenblüte« bekannt war, wie Sophie wusste.

Der Enthusiasmus der beiden wirkte durchaus mitreißend. Nein, es war wirklich nicht nötig, sich in fremden, exotischen Welten zu verlieren. Er nahm sich vor, längere Spaziergänge zu machen, wenn er wieder zu Hause war, und die Pflanzenwelt Cornwalls auf diese Weise besser kennenzulernen.

An den Gradierhäusern machte Anne ihn auf einen Löwenzahn, Sandkraut und ein Rispengras aufmerksam, die eigentlich dem Salzboden an Meeresküsten charakteristisch waren. Bald darauf führte ihr Weg den Berg hinauf. Anne lief jetzt voraus. Sophie und James folgten gemeinsam dahinter.

Wenn sie nur genau horchte, konnte Anne ihre Schritte hören und hin und wieder auch ihre Stimmen, wenn James etwas fragte und die Schwester antwortete. Nach einer Weile blieb sie stehen und schaute zurück.

Es sah schön aus, wie die beiden da so einträchtig hinter ihr herkamen.

James trug einen einfachen braunen Anzug und feste Schnürschuhe, dazu einen Sonnenhut, der momentan allerdings an einer Schnur um seinen Hals hing. Sophie hatte ein helles Sommerkleid mit Rüschen und Lochstickereien gewählt, das sie zart wie eine Elfe aussehen ließ. Sie wirkten vertraut.

Wirklich ein schönes Paar ...

Als die beiden sie kurz darauf erreichten, war Anne so in Gedanken versunken, dass James sie mehrfach ansprechen musste.

»Ihre Schwester hat mich eingeladen, einmal ihrem Klavierspiel zu lauschen. Ist das nicht schön?«

»Ja«, Annes Blick wanderte zu Sophie, »das ist in der Tat schön. Habt Ihr …« Ihr Mund war mit einem Mal trocken, sodass sie schlucken und noch einmal neu ansetzen musste. »Habt Ihr euch schon auf einen Tag geeinigt?«

»Nein«, Sophie zuckte die Achseln. »Ich werde erst Vater fragen.«

»Das ist eine gute Idee.«

»Ist das etwa ein echter Kastanienbaum?«, mischte sich James wieder in das Gespräch und streckte den Arm aus, um die Rinde des Baumes zu berühren.

»Natürlich«, rief Sophie aus. Anne fragte sich unvermittelt, ob ihre Wangen wohl immer noch so rot waren, wie es sich anfühlte. In jedem Fall hoffte sie, dass man die Röte auf diesem schattigen Waldweg nicht zu deutlich sah. Dann räusperte sie sich. Gewiss konnte sie James etwas mehr zu Kastanienbäumen sagen als Sophie.

»Die Römer haben diesen Baum zu uns gebracht«, erklärte sie nun. »Die Früchte sind sehr schmackhaft. Sie lassen sich ähnlich wie Kartoffeln zubereiten, schmecken aber süßlicher.«

»Oh, das weiß ich«, entgegnete James. »Ich kenne Maroni bereits von einer Italienreise. Auch dass das Holz dieses Baumes zum Bauen genutzt wird und dementsprechend geschätzt ist, weiß ich. So sagte man mir jedenfalls …«

»Sie waren in Italien? Wo waren Sie denn noch nicht?«

Sophie hängte sich überschwänglich an James' Arm.

Anne wollte sie im ersten Moment zurechtweisen, tat es dann aber nicht.

Als bemerke sie selbst, dass sie eine Grenze überschritten hatte, ließ die Jüngere James gleich darauf los und eilte weiter auf dem nach oben führenden Weg. Jetzt war es an Anne und James, ihr gemeinsam zu folgen.

»Sophie ist noch sehr jung«, sagte Anne zwei Wegbiegungen weiter.

»Ich weiß.«

Seien Sie gut zu ihr, wollte Anne hinzufügen, schwieg dann aber. Es war zu direkt. Es bedeutete, von Dingen auszugehen, die es womöglich nicht geben würde und die sie auch gar nichts angingen. Sie wusste weder, was er vorhatte, noch, was er dachte.

Vielleicht wird er in wenigen Wochen nach Hause zurückkehren. Vielleicht werden Sophie und ich dann nie wieder etwas von ihm hören.

Auch dieser Gedanke tat weh. Das musste sie zugeben. Sie fragte sich erstmals, ob zu Hause in England wohl eine Braut auf ihn wartete. In James Kreisen wurde die Ehe gewiss noch von den Eltern arrangiert, auch wenn Anne es nicht wirklich wusste. Aber ihn zu fragen war unmöglich.

Kurz bevor sie die Hochebene erreichten, ließ sich auch Sophie wieder zurückfallen. Sie wirkte unbeschwert, doch Anne war sich sicher, dass sie ihre wahren Gefühle verbarg. Anne war erstaunt, wie wenig man der Jüngeren heute ansehen konnte, was sie wirklich dachte. Bislang hatte man in Sophies Herzen lesen können wie in einem offenen Buch. Anne hatte stets gewusst, was sie beschäftigte, doch hier und jetzt …

Wir verlieren uns.

Dieser Gedanke war neu und ließ, so unvermittelt, wie er gekommen war, Tränen in ihr aufsteigen.

Warum denke ich so etwas?

Sie konnte es sich nicht erklären. Wie so vieles in letzter Zeit. Entschlossen beschleunigte sie ihre Schritte und erreichte das Plateau als Erste.

Das Lungenkraut, das den Arzneischatz des Vaters bereicherte, wuchs hier Seite an Seite mit lieblich duftenden Märzveilchen. Sophie bückte sich, um Immergrün zu pflücken, aus dem sie sich, wie sie bereits im Tal angekündigt hatte, einen Kranz winden wollte.

Anne war erstaunt, als James Sauerampfer ausrupfte.

»Ich kenne ihn aus unserem Garten, aber dann habe ich ihn irgendwie vergessen«, erklärte er, nachdem er die Blätter gekaut und heruntergeschluckt hatte. »Vielleicht erweckte das, was ich essen konnte, sogar zuerst meinen Sinn für die Pflanzenwelt.«

Er lachte. Als Anne sich wieder zu Sophie umdrehte, setzte die sich bereits den einfachen Kranz aus Immergrün auf das offene Haar. Vorübergehend wünschte Anne die Zeit zurück, in der sie selbst Kränze gewunden und getragen hatte. Sie hörte, wie die Jüngere James eine kräftig blaue Bergflockenblume zeigte, während sie selbst die glockenförmigen Blüten der giftigen Küchenschelle bewunderte. Etwas weiter blieb James stehen, um einige Ragwurzen zu betrachten. Anne schaute ihn fragend an, als er sich für einen Augenblick gar nicht mehr von der Stelle bewegte.

»Das sind Orchideen, nicht wahr?«, fragte er.

»Ja, soweit ich weiß, eine Bienen-Ragwurz.«

»Meine Tante Betty züchtet Orchideen«, sagte er, »sie hat ein ganzes Glashaus davon. Als Kind habe ich mich stundenlang dort aufgehalten und geträumt, ich wäre in Indien, wo, wie Sie ja beide wissen, ein Teil meiner Familie herkommt und auch heute noch lebt. Vater hat Indien wohl nie vergessen, seine Seele und sein Herz sind immer dort geblieben. Und vor einigen Jahren ist er dann endgültig zurückgekehrt. Nur meine Mutter und ich blieben in England, denn Mama hasst die Hitze.« James runzelte die Stirn. »Vielleicht will ich ihm nahe sein, indem ich mich mit der Pflanzenwelt Indiens beschäftige.«

»Sie haben in Ihrer Kindheit bestimmt ganz wunderbare Geschichten vom Zauber des Orients gehört?«, erkundigte Anne sich neugierig.

James Gesichtsausdruck hellte sich wieder auf.

»Nein, eher habe ich meinen Vater als Kind so selten gesehen, dass ich ihn heute kaum kenne. Er hat immer viel gearbeitet, und ich glaube nicht, dass er wirklich etwas mit mir anzufangen wusste. Aber ich träume trotzdem davon, eines Tages nach Bombay zu reisen. Es soll ganz prächtige Rhododendren dort geben, und vielleicht entdecke ich ja sogar eine neue Pflanze ... Das wäre wunderbar, nicht wahr?«

Er lachte unsicher. Anne konnte seinem Gesichtsausdruck deutlich ansehen, dass er selbst erstaunt über seine Offenherzigkeit war.

»Es ist traurig, dass Sie Ihren Vater kaum kennen«, mischte sich Sophie ein und streifte über James' Arm. Anne griff nach ihr. Es war warm und plötzlich waren sie alle wie ein Kreis miteinander verbunden. Irgendwo schrie ein Vogel, der Duft von Kräutern stieg auf. Ein samtiger Windhauch streifte über ihre Gesichter, dann sah Anne aus der Ferne einige Wanderer kommen, die ein Hund begleitete.

»Kommt, lasst uns weitergehen.« Sie ließ als Erste los.

»Das Innere der Ebernburg wurde vor einigen Jahren renoviert. Man verfügt dort mittlerweile über eine lobenswerte Wirtschaft.«

Die drei jungen Leute nahmen den Weg über die Dörfer Traisen und Norheim zur Ebernburg hinüber. James erfreute sich an den Weinbergen, die ihn an Italien erinnerten. In der alten Feste nahmen sie eine Erfrischung zu sich. Das Wetter war gut, die Aussicht in das Alsenz- und das Nahetal prächtig. James ließ sich vom Besitzer der Burgruine einige Stücke zeigen, die man bei Ausgrabungen gefunden hatte.

Am Nachmittag führte der Weg sie erneut ans Naheufer, hinüber ins Huttental und dann hinauf zum Rheingrafenstein, wo sie längere Rast einlegten. James lobte recht wortreich den bezaubernden Ausblick. Die jungen Leute teilten ein paar mitgebrachte Äpfel und tranken dazu Wasser, das in der Wärme zwar lauwarm geworden war, nach dem Anstieg dennoch köstlich schmeckte.

Bald schwärmten sie getrennt voneinander aus. Anne erfreute sich wie stets an den Blumen, die sich rund um den Rheingrafenstein fanden: der kleine Steinbrech mit seinen weißlichen Blütenblättern, die auf der Rückseite mit grünen Sternen durchzogen und inwendig rot punktiert waren, das schöne Johanniskraut, den Fingerhut mit seinen großen, bunten Blüten, den ährenblütigen Ehrenpreis, die Federnelke, welche mit der Schwertlilie und den goldgelben Blütensträußen des Bergsteinkrauts, dem Goldhaar und dem münzartigen, nach Zitrone duftenden Thymian die Felsen gleich einem Teppich überzogen.

Bald trafen sie wieder aufeinander. Anne und Sophie pflückten ein paar Blättchen Thymian, zerrieben diese zwischen den Händen und animierten James, es ihnen gleichzutun. Er pflichtete ihnen bei, dass der Geruch wunderbar sei.

Danach blieben sie noch einige Zeit auf der Burg und kletterten fröhlich lachend über das alte Gemäuer. Sophie pflückte noch ein paar Blumen, die sie ihrem Kranz hinzufügte. Schließlich suchten sie sich ein Plätzchen, um sich auszuruhen. In der Hitze dösten sie, lauschten mit halb geschlossenen Augen dem Summen der Insekten und labten sich am Duft des Sommers.

Sie ließen sich Zeit mit dem Rest des Weges. Anne hatte sich noch nie so vertraut gefühlt in ihrem Dreigespann, doch allmählich wurde es spät, und sie mussten den Heimweg antreten.

Sie erreichten die »Gans«, einen Aussichtspunkt, nach etwa einer halben Stunde, und Anne hielt noch einmal inne, während die anderen vorausliefen. Der Abend war warm und fast windstill. Noch hörte sie James und Sophies sich entfernende Schritte, genoss den kräftigen Geruch des rot blühenden Diptam.

Als Anne den anderen beiden erneut hinterherblickte, konnte sie sie schon nicht mehr sehen und bemühte sich, sie einzuholen. Sie lief schnell, und es dauerte nicht lange, da erblickte sie Sophie und James, zu dicht beieinander, aber vielleicht täuschte sie der Blick auch auf die Entfernung. Noch einmal beschleunigte Anne ihre Schritte. Es gab keinen anderen Grund, sich zu beeilen. Gewiss nicht. Sie hatte nur Vater versprochen, auf Sophie aufzupassen.

Sophie spähte über ihre Schulter zurück und wagte es doch, noch einmal nach James Hand zu greifen. Dicht an dicht und immer dichter waren sie nebeneinanderher gegangen.

Sie hatte noch jetzt das Gefühl, seinen Herzschlag an ihrer Haut zu spüren. Sie würde es nie vergessen. Wie köstlich war es gewesen, als Anne zurückgefallen war! Dies war endlich die Gelegenheit, James näherzukommen, auch wenn sie keine Worte für das fand, was sie spürte. Sie war sicher, dass sie bald die richtigen Worte finden würde. Sehr bald. James war kein steifer alter Knochen, wie die Herren, mit denen Tante Eulalie sie immer wieder verkuppeln wollte.

Wenn ich jemals heirate, dann wird es jemand wie James sein, jemand, der anders ist, der Sinn für Freiheit und Kunst hat und, ja, auch für Pflanzen. Jemand, mit dem ich die Welt bereise und für den ich mich nicht in ein Korsett zwängen muss.

Mit einem Mal erinnerte Sophie sich daran, wie sie Anne eben auf dem Rheingrafenstein schon einmal entkommen war, wie sie die paar Schritte bis zum Abgrund gegangen und sich weit vorgebeugt hatte, im Versuch, am Fuß der senkrechten Felswand die Nahe vorbeifließen zu sehen, die ehemalige Burg der Rheingrafen auf schwindelnder Höhe in ihrem Rücken.

Wenn ich hier den Halt verliere, bin ich tot, war ihr durch den Kopf geschossen. Fühlte sich das Leben nicht umso köstlicher an, wenn man dem Tod so nahe war? Wenn man spürte, dass man es in einem kleinen Augenblick, in einem Augenzwinkern, verlieren konnte?

»Sophie«, hatte sie in diesem Moment eine Stimme hinter sich gehört. Starke Arme umfingen sie. Sie widerstand dem Bedürfnis, sich zurückzulehnen. Noch durfte sie nicht zu viel wagen.

»James.«

»Sophie.«

Auch er bemerkte jetzt offenbar, dass sich Anne näherte.

Mit einem leisen Bedauern sorgte Sophie für mehr Abstand zwischen sich und dem jungen Mann, denn Anne hatte inzwischen ein gutes Stück wettgemacht und würde bald wieder an ihrer Seite sein.

James entschied sich, kein Licht anzumachen, nachdem er es unbemerkt in sein Zimmer geschafft hatte. Leise schlüpfte er aus seinem Rock und ging dann zum Fenster hinüber, um hinauszuschauen. Draußen war es ruhig. Lange stand er da und sah zu, wie die Dunkelheit in die Straße fiel. Dinge waren heute geschehen, die ihn überrascht hatten, Dinge, über die er sich erst klar werden musste.

*

London, 1855

Kamilla konnte ihr Erstaunen kaum verbergen, als man ihr den Besuch ankündigte. Für einen Moment spielte sie mit dem Gedanken, sich verleugnen zu lassen, so, wie man es nur tun konnte, wenn man über Personal verfügte, doch dann straffte sie den Rücken.

Ich bin noch nie vor irgendetwas oder irgendjemanden davongelaufen. Niemals. Wäre ich feige, hätte ich die Heimat damals nicht verlassen und wäre nicht nach London gekommen.

Sie wies einen Diener an, Tee und Gurkensandwiches in den kleinen Salon zu bringen. Von diesem Zimmer aus hatte man den besten Blick auf den prächtigen Garten. Sie wusste durchaus, wie man am besten zeigte, dass es der Familie Bennett gut ging.

Die Bennetts hatten genügend Geld. Sie mussten sich nicht fürchten. Vor nichts und niemandem.

Kamilla legte die Hand auf die Türklinke und drückte sie entschlossen herunter. Ihr Gast, der schon ungeduldig wartete, betrachtete gerade eines der Bilder über dem Kamin. Auf das Geräusch der Tür hin drehte er sich zu ihr um.

»Mrs. Bennett, meine Verehrung.« Der Mann verbeugte sich.

»Mr. Spencer.« Kamilla Bennett lud ihren Gast mit einer Handbewegung ein, am kleinen Tisch Platz zu nehmen. »Tee? Sandwiches? Essen Sie bitte etwas mit mir.«

Mr. Spencer setzte sich. »Ist das ein echter Holbein?«, fragte er und schaute zu dem Bild hinüber, vor dem er eben noch gestanden hatte.

Kamilla folgte seinem Blick. »In der Tat. Gefällt Ihnen das Gemälde?«

Mr. Spencer zögerte. »Wir hatten selbst einmal einen«, entgegnete er dann. »Holbein malte einen meiner Vorfahren.«

Kamilla überhörte die Vergangenheitsform nicht. Überhaupt entging ihr nichts. Sie hatte es gelernt, aufmerksam zu sein. Es war ihr in Fleisch und Blut übergegangen. Mit einem Kopfnicken bedeutete sie dem wartenden Mädchen, Tee einzuschenken.

»Also, was führt Sie zu mir, Mr. Spencer?«

»Ich wollte Sie fragen, ob Sie wissen, wo mein Sohn ist? Und ob sie mittlerweile Nachricht von Ihrem Sohn erhalten haben?«

»Nein … Woher sollte ich wissen, wo Ihr Sohn ist. Ist er denn fort?«

Mr. Spencer musterte sie. »So ist es. Ich gehe davon aus, James Bennett befindet sich noch auf dem Kontinent?«

»Ja, Mr. Spencer, und niemand weiß davon, dessen bin ich mir sehr sicher.«

»Hoffen wir es. Hoffen wir, dass Sie recht behalten, sonst sehe ich mich zu Maßnahmen gezwungen, die Ihnen kein Vergnügen bereiten werden.«

Kamilla hörte die Drohung und schauderte.

Dreizehntes Kapitel

Kreuznach, Juli 1855

»Zwar weisen unsere Solen nur einen geringen Reichtum an Kochsalz auf, doch ihr Reichtum an vielen anderen chemischen Bestandteilen bringt sie in eine Reihe mit den kräftigsten Mineralwässern. Die Temperatur der verschiedenen Quellen sowie ihr Gehalt an festen Bestandteilen ist dabei sehr unterschiedlich«, war der Vortragende zu hören. Sophie unterdrückte mühsam ein Gähnen. Dr. Böhme, einer von Papas guten Freunden, hatte sie eingeladen. Der Vortragende war einer seiner Bekannten, und der hatte befürchtet, der Saal könne leer bleiben. Ein begnadeter Redner war er jedenfalls nicht.

»Unser fetter, fruchtbarer Boden und das milde Klima unserer Gegend«, fuhr der Mann fort, »begünstigen im Weiteren die Kultur vieler ausländischer Obstsorten und Nutz- und Zierpflanzen, welche bei uns, ohne allen Nachteil, den Winter über im Freien zubringen. Zuvorderst zu nennen ist natürlich der Weinstock, dessen Frucht und das, was wir aus ihr machen, wir alle lieben. Dazu gehören aber auch Obstsorten wie Pfirsiche, Aprikosen, Pflaumen und Kirschen, Birnen und Äpfel in vielen Abarten, Mirabellen, Quitten, Mispeln und natürlich Walnüsse. Den Salinenwald ziert zudem eine Anlage von echten, meist schönen, großen Kastanien. Am meisten überrascht es unsere Besucher aber gewiss, mehrere Spielarten des gemeinen Mandelbaumes mit dem besten Erfolg in unseren Weinbergen angebaut zu sehen.«

Sophie kämpfte erneut gegen ein Gähnen an. Hinter ihr war ein Geräusch zu hören. Jemand bewegte sich. Ein Stuhl scharrte leise über den Boden. Gleich darauf flüsterte ihr jemand ins Ohr: »Ist Ihnen auch so schrecklich langweilig, Fräulein Preuße?«

James ... Als sie sich zuletzt nach der Wanderung zum Rotenfels getrennt hatten, war sie unsicher gewesen, wann sie einander wiedersehen würden. Auch deshalb hatte Sophie Vater und Schwester heute nur unwillig begleitet. James wird einen solchen Vortrag gewiss nicht besuchen, hatte sie gedacht, und ich vertue einen weiteren Tag, an dem ich ihm nicht begegne. Aber sie hatte sich geirrt – und obgleich sie sich so sehr gewünscht hatte, ihn zu sehen, war sie jetzt nicht nur überrascht, sondern auch verunsichert.

Warum hatte er sie mitten im Vortrag angesprochen? Was würde jetzt geschehen? Ob er noch daran dachte, wie sich auf der »Gans« ihre Hände berührt hatten? Hatte er das Gleiche gespürt wie sie? Diesen warmen, hitzigen Strom, der durch einen hindurchfuhr, so schrecklich und wunderbar zugleich, weil man gar nicht sagen konnte, wie einem geschah. Erinnerte er sich? War es für ihn ebenso bedeutsam gewesen, wie für sie?

»Mein Fuß schläft ein«, flüsterte James hinter ihr. »Wie wäre es, wenn wir uns absetzten und uns draußen ein wenig die Beine vertreten?«

Sophie senkte den Kopf und spähte nach rechts und nach links, wo Vater und Schwester saßen und aufmerksam lauschten. Was sollte sie tun? Was James vorschlug, klang reizvoll, und sie langweilte sich ja tatsächlich sehr. Im nächsten Moment wurde hinter ihr ein Stuhl gerückt. Ein geflüstertes »Verzeihen Sie bitte« war zu hören, das Gemurmel der anderen und weiteres Stühlerücken. Sophie wagte einen schnellen Blick über die Schulter. James hatte eben die hintere Sitzreihe verlassen und strebte dem Ausgang zu. Ihr fiel auf, dass sie ihn nicht bemerkt hatte, als sie mit Vater und Schwester gekommen war und sich gesetzt hatte – oder war der Stuhl hinter ihr zu diesem Zeitpunkt noch leer gewesen?

Soll ich ihm gleich folgen?

Nein, sie musste warten, sonst war es zu auffällig.

Der Mann vorne sprach jetzt über wild wachsende Früchten mit denen die Natur in der Umgebung freigebig umgehe, erzählte von schmackhaften Himbeeren, Brombeeren, Erdbeeren, Heidelbeeren, Sauerdorn und so vielen mehr. Sophie gab sich den Anschein, gut zuzuhören, während ihre Gedanken bereits vor die Tür flohen. Wie lange er wohl auf sie warten würde? Sie wagte einen Blick zur Seite zu ihrer Schwester hin. Die hielt den Blick konzentriert nach vorne gerichtet und schien von ihrer Umgebung nichts mitzubekommen, doch Sophie wusste, dass auch Anne fähig war, der Gegenwart zu entfliehen, ohne dass man es bemerkte. Hörte sie nun also zu, oder hing sie ihren eigenen Gedanken nach? Achtete sie gar auf ihre Schwester?

Ich muss vorsichtig sein. Anne fühlt sich immer für alles verantwortlich.

Der Redner vorne dozierte jetzt über lohnende Wanderziele, über kleine Seitentäler mit romantischen Gebirgsschluchten, reich an wild wachsenden Pflanzen ... Sophie nahm allen Mut zusammen, flüsterte ihrem Vater eine Entschuldigung zu und stand auf. Wilhelm schaute sie fragend an.

»Ist alles gut, mein Täubchen?«

»Ja, Vater, etwas Allzumenschliches«, antwortete Sophie leise und lächelte zugleich entschuldigend. Der Vater nickte wissend, während er ihr die Hand tätschelte. Sophie verließ die Stuhlreihe, dieses Mal gefolgt von Annes Blicken. Ahnte sie doch etwas? Wusste sie vielleicht, wer da hinter ihnen gesessen hatte? Es schien Sophie, als müsste sie die Luft anhalten, bis die Türen endlich leise hinter ihr zuklappten. Es blieb nicht viel Zeit, das wusste sie. Der Vater würde sie bald zurück erwarten, und sicherlich hatte auch ihre Schwester einen aufmerksamen Blick auf die Abwesenheit der Jüngeren gerichtet. Sophie holte tief Luft, um das Zittern zu bekämpfen, das sie überkommen wollte, ballte die Fäuste und eilte ein paar Schritte weiter, bevor sie stehen blieb und sich unruhig umsah.

Niemand zu sehen ... Wo war James? Nur vereinzelt und fern von ihr sah sie andere Spaziergänger. Wahrscheinlich lag es daran, dass es nach Regen aussah. Der junge Engländer tauchte so plötzlich hinter einem Baum hervor auf, dass Sophie zusammenfuhr und nur mit Mühe einen Schrei unterdrückte. Sie öffnete den Mund, um etwas zu sagen, wusste aber nicht, was.

»Sie sind gekommen«, sagte James ruhig.

»Was machen Sie hier?«

»Freuen Sie sich nicht, mich zu sehen?«

»Doch.«

»Kreuznach ist ein Nest. Man trifft sich immer wieder, nicht wahr, Fräulein Preuße? Es gibt einfach nicht so viele Möglichkeiten.«

»In London würde man sich gewiss nicht so oft über den Weg laufen ...«

Es war halb Frage, halb Feststellung. James bot ihr seinen Arm.

»Manchmal schon. Aber Sie haben natürlich recht. Kennt man ein paar Kreuznacher, scheint man sie bald alle zu kennen. Das ist in London wohl nicht so.«

Sophie zögerte, bevor sie die nächsten Worte sagte, unsicher, ob sie nicht zu harsch klang.

»Ich hasse das. Ich hasse diese Enge.«

Ihr Blick verlor sich für einen Moment in der Ferne. James umfasste ihre Rechte mit beiden Händen.

»Nein, sagen Sie so etwas nicht. Freuen Sie sich denn nicht, dass wir einander begegnet sind? In London wäre uns das womöglich nicht passiert. Vielleicht hätten wir uns schon nach dem ersten Mal nie wiedergesehen.«

Er zwinkerte ihr zu. Sie wusste nicht, ob er es ehrlich meinte.

»Doch, natürlich«, sagte sie trotzdem. »Mit wem sind Sie gekommen, Herr Bennett?«

»Mit Dr. Böhme. Ich habe ihn übrigens über Ihren Vater kennengelernt.«

Wie wir, dachte Sophie, wir sind auch auf seine Einladung hin hier.

Sie schwieg. Der junge Mann zog sie nun vorsichtig am rechten Handgelenk hinter sich her um die Hausecke herum. Sein Griff war fest und war ihr doch angenehm. Plötzlich hielt er an und drehte sich zu ihr um. Stumm standen sie voreinander und sahen sich an. Als er sich zu ihr herunterbeugte, wollte Sophie die Augen schließen, doch es gelang ihr nicht, also hielt sie sie offen, wie ein verschrecktes Kaninchen.

Was wird er jetzt tun?

Er küsste sie. Obgleich sie es sich gewünscht, obgleich sie davon geträumt hatte, regte sich Sophie nicht. Sie wusste nicht, was sie tun sollte. James küsste sie wieder. Sein Mund war fordernd, weich und zugleich fest dabei, süß und so ganz anders, wie sie sich das ausgemalt hatte. Sophie wehrte sich ein wenig, aus Angst und Unsicherheit und weil sie nicht wusste, wie ihr geschah, dann gab sie ihm nach.

Er zwang sie nicht. Sie wollte ihm nachgeben. Plötzlich wusste sie: Sie hatte den Saal verlassen, um genau das hier zu tun, um sich hinter der Hausecke in seinen Küssen zu verlieren.

Endlich konnte sie die Augen schließen. Sie atmete seinen Geruch ein, spürte die neuerliche Berührung seiner Lippen. Als sie sich voneinander lösten, zitterte sie trotzdem. Er betrachtete sie forschend, zog sie dann noch einmal an sich.

»Ist Ihnen kalt, Sophie? Ich darf doch Sophie sagen?«

»Ja ... Nein, ich bin glücklich. Ich wusste nicht ...«

»Was wussten Sie nicht?«

Sie griff nach seiner Hand und zögerte. »Ob Ihnen etwas an mir liegt.« Sie schlug die Augen nur kurz nieder, um die Lider gleich wieder zu heben. »Vielleicht bin ich Ihnen zu jung.«

»Sie sind sehr schön, Sophie.«

Sie sagte nichts. Sie wusste das natürlich, aber es war köstlich, es aus seinem Mund zu hören. Wie zu Anfang umfasste er eine ihrer Hände.

»Sie sind ein wunderbares Mädchen.«

Für einen Augenblick standen sie schweigend da, dann

fuhr Sophie aus ihren Gedanken. O Gott, sie hatte die Zeit vergessen ...

»Jetzt muss ich aber rasch zurück. Vater wird sich wundern. Ich ...« Sie wollte schon davoneilen, James hielt sie fest.

»Wann sehe ich Sie wieder?«

»James, ich ...«

Sie wollte ihm ihre Hand entziehen und dann auch wieder nicht. Sie wollte vor ihm fortlaufen, weil sie Angst hatte, was geschehen würde, wenn sie dablieb, und gleichzeitig verweilen bis ans Ende aller Zeiten.

»Ich ... Vater vermisst mich sicher.«

»Wann sehe ich Sie wieder, Sophie? Sagen Sie es – es kann so schwer nicht sein.« James drehte sie zu sich und zwang sie, in seine Augen zu blicken. Sie waren dunkelblau, wie ein schattiges Gewässer, aufmerksam, voller Begehren.

Sophie schluckte.

»Ich werde morgen um Schlag zwei Uhr hier spazieren gehen. Übermorgen auch«, hauchte sie.

Er ließ sie los. Sophie beeilte sich, zurück in den Vortragssaal zu kommen. Sie sah nicht zurück. Er folgte ihr nicht. Sie würde ihn morgen sehen, wenn ihr Plan aufging und am Tag darauf und ...

»Sophie.«

»Anne.« Die Jüngere blieb so abrupt stehen, dass sie fast ins Stolpern geriet. »Was machst du hier?«

»Ich wollte sehen, wo du so lange bleibst. Vater sagte ...«

Anne versuchte, an der Schulter ihrer Schwester vorbei zu sehen, doch offenbar gab es dort nichts zu entdecken. Sophie atmete innerlich auf.

»Vater hat dich geschickt?«

»Nein«, Anne sah ihre Schwester forschend an. »Ich glaube, er hat gar nicht bemerkt, wie lange du fort warst. Der Vortrag fesselt ihn doch sehr – es geht jetzt um die Quellen, weißt du.«

Sophie streifte über ihren Rock, froh, dass er nicht verraten konnte, was in den wenigen Minuten, die sie alleine mit James verbracht hatte, geschehen war.

»Ich hatte ein dringendes Bedürfnis«, sagte sie dann, »und danach wollte ich mir die Beine ein wenig vertreten. Ich fühlte mich plötzlich einfach sehr müde und dachte, frische Luft …«

Anne musterte sie immer noch sehr genau.

»Hast du wieder zu viel gelesen?«

»Ja.« Sophie wunderte sich, wie fest ihre Stimme klang und war zugleich froh darum. »Ja, das wird es wohl gewesen sein.«

Sie würde ab jetzt Dinge vor ihrer Familie verbergen müssen, wenn James und sie … Sie straffte die Schultern. »Gehen wir wieder hinein?«

»Fühlst du dich denn besser?«

Sophie schluckte das »Warum?« gerade noch herunter. Ihre Schwester glaubte tatsächlich, dass ihr nicht gut gewesen war. Für einen Moment schmerzte es sie, Anne angelogen zu haben, aber es gab keine andere Möglichkeit.

»Ja, ich würde allerdings doch gerne bald nach Hause gehen.«

»In Ordnung. Vater wird damit einverstanden sein, wenn ich dich begleite«, sagte Anne. Sophie spürte erneut ihren prüfenden Blick auf sich und lächelte. »Ja, bestimmt wird er das, und ich wäre auch sehr froh darum.«

Henry hörte James nach Hause kommen, doch dieses Mal stellte er ihn nicht zur Rede. Es war doch sehr deutlich, dass der Krämersohn ihn nicht ernst nahm. Was die Krankheit anging, so nahm sie keinen guten Verlauf.

Wenn er ehrlich war, so hatte er Angst. Ganz zu Anfang waren es ein paar wenige Hautknötchen gewesen. Inzwischen war sein ganzer Penis von schmerzhaften Geschwüren befallen, und das Haar fiel ihm in Büscheln aus.

In London hatte er sich am Anfang seiner Krankheit noch davon täuschen lassen, dass die ersten Symptome nach ein paar Wochen wieder abgeklungen waren. Er hatte zwar gehört, dass das der übliche Verlauf war, aber er hatte wirklich für einen lächerlichen Augenblick lang gedacht, er wäre davongekommen.

Niemand entkam dieser Krankheit, er hatte sich etwas vorgemacht. Und doch hatte er sich ein paar Tage lang eingebildet, an einer Grippe zu leiden. Dass die elende Syphilis zurückgekommen war, hatte er nicht wahrhaben wollen.

Ein Diener hatte es den Eltern weitergemeldet. Die hatten ihn nach Kreuznach geschickt, weit, weit weg, doch er wusste, dass er der Krankheit nicht entkommen würde, und nun, da man sie seinem Körper deutlich ansah, würde es für ihn auch kein normales Leben mehr geben.

Vielleicht würde er auch zu jenen gehören, denen sich das Gehirn zersetzte, wie jener Großcousin, über den man nur hinter vorgehaltener Hand redete. Seine Eltern würden sich in jedem Fall etwas einfallen lassen müssen, um sich das Erbe zu erhalten.

Wer soll mich noch heiraten? Wie soll ich für einen Erben sorgen?

Henry, der immer noch in den Schatten auf der Treppe stand, fröstelte. Dann kehrte er in sein Zimmer zurück. Er dachte an James und daran, wie glücklich er neuerdings wirkte. Wirklich, er hatte es noch nie solchermaßen gehasst, einen anderen Menschen glücklich zu sehen. Das war nicht gerecht. Er war doch auch jung. Er hatte doch nur das getan, was so viele Männer taten. Warum bestrafte man ihn?

Vierzehntes Kapitel

Kreuznach, Juli 1855

Anne spürte, wie sich ihre Brust unter schnellen, nervösen Atemzügen auf und ab bewegte. Sie war noch nicht häufig geritten, und auch der Hinweis des Mietstallbesitzers, dass es sich um ein äußerst braves Tier handele, konnte sie kaum beruhigen. Der Reitausflug war natürlich James' Idee gewesen, und Sophie hatte geradezu darauf bestanden, dass man die Einladung annehmen müsse.

»Das wird ein großes Abenteuer, Anne, endlich mal kein langweiliger Spaziergang.«

»Du hattest doch nie etwas gegen Spaziergänge.«

»Ach, Anne, stell dir nur vor, wie wir gemeinsam zur Kauzenburg hinaufreiten. Wie zwei Damen aus uralten Zeiten.«

Sophie lächelte sie liebreizend an. Anne hatte ablehnen wollen, sich jedoch nicht im Stande dazu gefühlt. Irgendwie hatte sie die Aussicht auch gereizt, und mit Friedrich würde sie einen solchen Ausflug ja doch nie unternehmen können. Ja, irgendwie hatte ihr der Gedanke an den Reitausflug das Gefühl gegeben, wieder jung zu sein und keine Matrone, deren Zukunft sich vor ihr ausbreitete wie ein gemächlicher, ruhiger und vor allem unveränderlicher Flusslauf.

Sie sah zu Sophie hinüber, die eine brave Schimmelstute gewählt hatte und erstaunlich elegant im Damensitz saß.

Für die wenigen Reitstunden, die sie beide früher einmal genommen hatten, machte zumindest die Jüngere eine sehr gute Figur. Anne dagegen kam sich auf dem Rücken ihres braunen Wallachs wenig abenteuerlich vor, sondern eher wie der sprichwörtliche Affe auf dem Schleifstein.

Und Pferde sind schreckhafte Tiere, das weiß jeder, fuhr es ihr erneut durch den Kopf. Sie musste einfach ständig daran denken. Was konnte nicht alles passieren, wenn sich eins der Pferde erschreckte? Weder Sophie noch sie waren geübte Reiterinnen. Jetzt lenkte James seinen Rappen an ihre Seite. Er hatte lange gebraucht, um das Pferd auszuwählen und sich sehr gefreut, als Sophie ihm bestätigte, wie gut das Tier zu ihm passe.

»Gefällt es Ihnen denn auch ein wenig, Frau Kastner?«

»Eigentlich sehr gut.« Anne lächelte ihn zurückhaltend an. Sie hatte das Gefühl, ihm die Wahrheit sagen zu können, ohne sich lächerlich zu machen. »Aber es ist auch aufregend. Wir reiten nicht so oft, wissen Sie.«

James musterte sie. »Dann sind Sie offenbar ein Naturtalent.«

Anne spürte Rot in ihre Wangen aufsteigen.

»Sie scherzen.«

»Gewiss nicht.«

James sah sie freundlich an. Ja, man konnte seinen Gesichtsausdruck tatsächlich nicht anders als freundlich bezeichnen.

»Jetzt sind wir schon fast da«, rief Sophie ihnen in diesem Moment von hinten zu. Tatsächlich erreichten sie die Höhe des Kauzenbergs wenig später. James schaute sich um, während er sein Pferd langsam mal hierhin, mal dorthin lenkte. Leise klapperten die Hufe seines Rappen.

»Für wen steht der Löwe?«, erkundigte er sich dann.

Anne öffnete den Mund, um zu antworten, doch Sophie kam ihr zuvor.

»Er wurde zu Ehren eines Sohnes der Stadt errichtet, Michel Mort, der seinen Herrn, den Grafen Johann von Sponheim, unter Aufopferung des eigenen Lebens in einer Schlacht aus Todesgefahr rettete«, sagte sie in übertrieben ernstem Tonfall. James betrachtete das Denkmal noch einmal eingehender, dann drehte er sich erneut zu den Schwestern hin. Annes Wallach hatte sie inzwischen mit ruckartigen Bewegungen gezwungen, die Zügel nachzugeben, und suchte den Boden nach Gras ab. »Ein Held also?«

»*Unser* Held. Der Held der Stadt.«

Sophie lachte. Anne holte tief Luft. Sie wusste nicht, warum sie jetzt weitersprechen wollte, aber es behagte ihr nicht, wie vertraut der junge Engländer und die Schwester waren.

Als gehörte ich nicht dazu.

Ich bin eifersüchtig, stellte sie erstaunt fest.

»Unsere Stadt war einst sogar spanisch besetzt«, mischte sie sich dann wieder ein. »Bei der Befreiung von den Spaniern fanden viele englische Freiwillige den Tod.«

Noch bevor sie das letzte Wort gesprochen hatte, war Anne auch schon wieder unsicher über die Wahl ihrer Geschichte. Sophie hatte behauptet, dass James sich so gar nicht für Historie begeistere, und obgleich Anne bezweifelte, dass die Jüngere das wissen konnte … James zwinkerte ihr zu: »Ist das nicht schön, von toten Engländern zu hören?«

Anne versuchte, die Kontrolle über die Zügel zurückzugewinnen. Warum machte Sophies Pferd eigentlich keine Anstalten, der Schwester das Leben schwer zu machen?

»Es tut mir leid«, stotterte Anne, »ich wollte nicht … Ich habe nicht bedacht …«

»Ach bitte, beruhigen Sie sich«, James lächelte breit, »wer weiß, vielleicht war ja sogar schon einmal jemand aus der Familie meines Vaters hier. Das waren zwar keine illustren Kämpfer, sondern alles Händler, aber auch das würde erklären, warum es mir hier so gut gefällt.«

Er sah sie fest an. Anne hielt seinem Blick stand, obgleich es ihr schwerfiel.

»Vielleicht.« Sie schluckte. »Aber Ihre Mutter stammt ja auch von hier.«

»Das stimmt natürlich.«

Anne zwang sich zu einem entspannten Lächeln, welches sie, wenn sie es hätte zugeben müssen, Sophie abgeschaut hatte. Die hielt eben die Zügel in einer Hand und zupfte mit der jeweils freien einmal an einem, dann am anderen Handschuh.

In den letzten Tagen hatte sich James' und ihr Plan eines Treffens zu zweit unerwarteter Weise nicht in die Tat umsetzen lassen, ohne sich verdächtig zu machen. Schließlich hatte er die Initiative übernommen, ihren Vater besucht und darum gebeten, mit den beiden Preuße-Mädchen zur Kauzenburg reiten zu dürfen. Vater und James hatten ein wenig über die Kreuznacher Gesellschaft gesprochen, denn James war inzwischen ein gern gesehener Gast in vielen Häusern. Sophie hatte vorsichtig gedrängelt, hatte sie selbst doch den gemeinsamen Aufbruch kaum erwarten können. Ein wenig bedauerte sie es, dass Anne mit von der Partie war, aber daran hatte sich nichts ändern lassen, ohne sich verdächtig zu machen.

»Ich glaube, die Gastfreundschaft habe ich Ihrer Bekanntschaft zu verdanken«, sagte James zum Abschied zu Dr. Preuße.

Der fühlte sich geehrt.

Wieder einmal sann Sophie darüber nach, ob und wie es gelingen konnte, den jungen Engländer für längere Zeit alleine zu treffen. Wäre es nicht wunderbar, einen Reitausflug zu zweit zu unternehmen? Sie mussten unbedingt darüber sprechen, was am Tag des Vortrags geschehen war.

Fühlte James dasselbe wie sie? Eigentlich war sie sich dessen sicher. Dass es ihr bald gelingen würde, mit ihm allein zu sein, daran zweifelte sie deshalb auch nicht, denn er wollte es ja gewiss genauso. Sie gehörten zueinander, wie Wasser und Feuer, Luft und Erde. Sie würden einander wieder küssen …

James' Stimme riss Sophie aus den Gedanken.

»Warum sind hier eigentlich nur noch Ruinen?«, erkundigte er sich.

»Weil …«, setzte Anne an.

»Die Burg wurde 1689 zerstört«, platzte Sophie dazwischen.

James schaute sich nochmals um. »Ein nicht unbedingt würdiger Anblick.«

»Warum?« Anne runzelte die Augenbrauen.

James machte eine Bewegung mit dem rechten Arm.

»Ich weiß nicht.« Er zögerte. »Vielleicht wegen der neuen Gebäude, die man einfach so auf die Ruine gesetzt hat? Es passt nicht zueinander, finde ich.«

Anne schaute nachdenklich drein, dann sagte sie, in einem unpassend beherzten Tonfall, wie Sophie fand: »Nun ja, immerhin genießt man hier eine der schönsten Aussichten über das Nahe- und das Salinental«, sie streckte den Arm aus, »sowie natürlich auf unser liebes, um den Fuß des Berges gelagertes Kreuznach selbst. Der Aufstieg lohnt sich also gewiss.«

»Dem widerspreche ich ja auch nicht.« James schaute erst die eine, dann die andere Schwester an. »Schon alleine der wunderbaren Begleitung wegen.«

Die beiden Schwestern bedankten sich, dann, wie auf einen stummen Ruf hin, sahen sie sich an. Das Lächeln, das sie einander schenkten, kam dieses Mal nur einen Hauch zu spät.

Den Berg hinab ritten James und Sophie voraus. Die Angst, eines der Pferde könne durchgehen, wie sie es ja durchaus auch schon beobachtet hatte, befiel Anne erneut mit Heftigkeit. Vielleicht war dieses Gefühl aber auch ihrer allgemeinen Nervosität geschuldet. Manchmal wirkten James und Sophie so vertraut miteinander, dass es schwer für sie zu ertragen war.

Doch auch beim Ritt durch die Stadt zurück geschah nichts. Den Pferden machten der Lärm und die plötzlichen Bewegungen um sie herum nichts aus, ganz wie es ihr Besitzer gesagt hatte.

Anne versuchte sich zu entspannen, doch das mulmige Gefühl in der Magengegend blieb. Als sie den Mietstall endlich erreichten, fiel ihr ein Stein vom Herzen.

James stieg zuerst ab, übergab die Zügel seines Rappen einem Stallknecht und ging dann zu Sophie, um ihr beim Absteigen zu helfen.

Annes Nervosität steigerte sich, als James endlich zu ihr kam. Sie wollte die Situation ebenso gut meistern, wie

Sophie es getan hatte, und spürte, dass sie sich unwillkürlich verkrampfte. Beim Versuch, den Fuß aus dem Steigbügel zu nehmen, blieb sie dann auch hängen und drohte zu stürzen. Ein Schreckensschrei entrang sich ihrer Kehle, den sie einfach nicht unterdrücken konnte. Der Wallach erschrak ebenfalls und stieg. Anne stürzte gleichzeitig seit- und rückwärts. Noch einmal schrie sie. Im nächsten Moment fing jemand sie auf.

»Frau Kastner, was tun Sie denn da?«

Anne hätte die Berührung James' starker Arme genießen können, aber sie schämte sich zu sehr. Sophie lachte. Ein Stallknecht hielt den Wallach bereits beim Zügel, der sich längst wieder beruhigt hatte. James aber hielt sie noch fest und schaute sie prüfend an: »Geht es Ihnen gut?«

»Natürlich, es war lediglich eine Ungeschicklichkeit. Wie dumm von mir.«

Anne versuchte, auch zu lachen, doch es gelang ihr nicht. Sie wandte sich ab, um den Ausdruck der Enttäuschung zu verbergen, der ihr ebenso kindisch wie unpassend erschien.

»Wie war es auf dem Kauzenberg?« Wilhelm Preuße hielt James' Hand, die er eben kräftig geschüttelt hatte, fest und zog den jungen Mann in Richtung Haustür. »Ach, kommen Sie doch noch kurz herein. Wie geht es Herrn Williams? Kommen Sie, kommen Sie schon ...«

»Ich ...« James' Gesichtsausdruck verriet Unentschiedenheit.

»Jetzt treten Sie schon ein! Auf eine Tasse Tee oder Kaffee, bevor es zurück in die Pension geht. Nein, das können Sie nicht ablehnen, Herr Bennett. Keine Widerrede.«

James nickte endlich und bekam seine Hand zurück.

»Gewiss wollte ich mich nicht weigern, Dr. Preuße. Ich will Sie nur nicht stören. Der Abend im Familienkreis ist doch heilig. Zu Hause war er das jedenfalls immer.«

Wilhelm lachte. »Natürlich ist er das auch für uns, aber ein guter Freund stört niemals. Außerdem«, James kam es vor, als musterte ihn der Ältere für einen Moment schärfer, »möchte ich doch gerne von Ihnen erfahren, wie meine Mädchen den Tag verbracht haben.«

Wilhelm sah den jungen Frauen hinterher, die bereits nach drinnen gingen, um ihre Umhänge abzulegen und die Schuhe aufzuschnüren.

»Das tue ich natürlich gern, Dr. Preuße«, sagte James.

Wilhelm zuckte die Achseln. »Schön. Haben Sie Herrn Williams in letzter Zeit gesprochen? Sie schienen mir damals bei unserer Begegnung in der Stadt doch recht gut bekannt miteinander?«

James hörte die Frage, die sich hinter den Worten verbarg. Nun, wie sollte er die Verbindung darstellen?

»Ich kenne ihn leider nicht so gut, wie Sie vielleicht vermuten, Dr. Preuße«, sagte er vorsichtig. »Es ist eine Bekanntschaft, wie man sie leicht beginnt, wenn man Landsleuten in der Fremde begegnet. Schon allein, weil sie dieselbe Sprache sprechen. Wir quartierten uns bei derselben Wirtin ein, und nun treffen wir uns ab und an. Das ist eigentlich alles. Vielleicht haben Sie solche Erfahrungen ja selbst in London gemacht?«

»Oh ja, ich weiß, was Sie meinen. Nach Ihnen, Herr Bennett.«

Einen Moment später saßen sie im trauten Kreis unter dem Laubenvordach im Garten. Sophie hatte die kurze Zeit genutzt, einige Rosen in eine Vase zu stellen, die einen feinen Duft verströmten. Die Haushälterin brachte Tee für die Damen und Kaffee für die Herren sowie einige gebutterte, mit Honig bestrichene dünne Brotscheiben. Die jungen Leute, die gar nicht bemerkt hatten, wie hungrig sie der Tag gemacht hatte, fassten zu. James lobte den würzigen Geschmack des Honigs.

»Wir kaufen ihn jedes Jahr bei demselben Imker«, sagte Dr. Preuße stolz. Dann erkundigte er sich nach dem Ausritt. Anne spürte, wie ihr warm wurde. Sie konnte ihre Ungeschicklichkeit einfach nicht vergessen.

»Es war ein großes Vergnügen, Vater«, sagte Sophie. »Ich hatte eine weiße, wirklich sehr brave Stute. Zum Schluss ist Anne dann …«

»Nichts, worüber man jetzt noch Worte verlieren müsste«, fuhr Anne dazwischen. Dr. Preuße musterte seine Ältere.

»Wirklich nicht?«

»Nein, ich blieb beim Absteigen hängen. Herr Bennett hat mir aus meiner misslichen Lage geholfen. Es ist nichts passiert.«

»Gut, gut.« Vater schaute sie noch einmal an und wusste offenbar nicht, was er von dem Ereignis halten sollte.

»Ihre Tochter war zu keiner Zeit in Gefahr«, meldete sich James zu Wort.

»Bist du früher geritten?«, erkundigte sich Sophie bei ihrem Vater.

»Ich war jedenfalls kein guter Reiter.« Dr. Preuße zwinkerte Anne zu, die sich ärgerte, obgleich er es gewiss nicht böse gemeint hatte. Vorübergehend sagte keiner etwas.

»Der Kauzenberg«, war dann wieder der Vater zu hören, »ist doch wirklich ein anmutiger Flecken, nicht wahr? Sicherlich haben Ihnen meine Töchter auch das schöne Schlösschen am westlichen Fuß des Berges gezeigt, vielleicht auch die Zypressen, die das Grabmal der ersten Gemahlin eines ehemaligen Besitzers beschatten? Zur Mandelzeit findet man auf dem Kauzenberg jedenfalls sehr schmackhafte, süße Mandeln, und aus den dort wachsenden Trauben wird ein trefflicher weißer und roter Wein gekeltert, den Sie unbedingt einmal probieren müssen, Herr Bennett. Der Kauzenberger gehört zu den besten Weinsorten des Nahegaus. Das nächste Mal können Ihnen meine Töchter dann vielleicht den sogenannten Pfalzsprung zeigen, zwei große Steine mit der Inschrift ...« Wilhelm schaute erst Anne, dann Sophie an. »Nun, wer von euch weiß noch, was darauf steht?«

Sophie lachte fröhlich, anstatt eine Antwort zu geben.

»Anne«, wandte sich Wilhelm an seine Ältere, »sag du es, du weißt es gewiss ...«

Verlegen starrte Anne ihren leeren Teller an. Vater und sie hatten sich tatsächlich immer ihre Freude an solchem Wissen gemacht, jetzt aber schämte sie sich. Sie war doch kein Papagei oder ein kleines Kind, das Wissen herplapperte, um zu gefallen.

»Vater, ich ...«

»Bitte, Anne, tu mir doch den Gefallen.«

»Ich bin kein Kind mehr, Vater.«

Wilhelm Preuße blickte erstaunt drein.

»Wer sagt denn so etwas, natürlich bist du kein Kind. Ich dachte nur ... Es hat dir doch immer solchen Spaß gemacht.«

»Vater!«

Wilhelm schwieg sichtlich betroffen. Anne schluckte und bereute sogleich ihre Schärfe. Er verstand sie nicht, das war deutlich zu sehen.

Aber ich bin kein Kind mehr, das artig Gedichte aufsagt oder sein Wissen kundtut. Er muss das verstehen.

Sophie nippte ungerührt an ihrer Tasse Tee.

»Nun kommt schon, Anne, Sophie«, versuchte es Wilhelm noch einmal, »wollt ihr unseren Gast wirklich so lange auf die Folter spannen?«

Anne verkrampfte die Hände unter der Tischplatte so fest ineinander, dass sie schmerzten. Sophie biss in ihr Brot, und würde mit vollem Mund ganz sicher nicht antworten. Aber warum auch immer, Vater würde nicht lockerlassen …

»Der Stein soll den Ort markieren, an dem der Kurfürst Friedrich IV. im Jahr 1605 mit seinem Pferd über einen siebenundzwanzig Schuh breiten Laufgraben setzte«, erklärte Anne.

Wilhelm lachte James breit an.

»Eine grandiose Leistung, nicht wahr? Man sagt, dass das unseren heutigen Reitern und Pferden gar nicht mehr möglich ist.«

»Tatsächlich.« James beugte sich nach vorne und griff nach einer weiteren Scheibe Honigbrot.

»Sollten Sie übrigens an Funden aus der Römerzeit Gefallen finden …«, sprach Wilhelm beflissen weiter, »über die Jahre sind hier bei uns römische Münzen, Reste von bronzenen Gefäßen und auch ein sehr schöner Janus-Kopf gefunden worden … Sie befinden sich wirklich in einer sehr kulturträchtigen Gegend, Herr Bennett.«

»Ach, lass unseren Gast doch damit in Ruhe. Viel lieber würde ich Herrn Bennett jetzt etwas vorspielen. Das habe ich ihm schon länger versprochen«, mischte sich Sophie ein, senkte aber den Blick, bevor sie ganz zu Ende gesprochen hatte, als fürchte sie, zu weit gegangen zu sein.

James räusperte sich.

»Ich würde Ihnen sehr gerne zuhören, Fräulein Preuße, aber lassen Sie Ihren Herrn Vater nur. Wir haben doch so viel Zeit, und was er zu berichten hat, ist nicht uninteressant. Vermutlich ist es genau das, was wir Fremden hier suchen. Und wer kann von sich schon sagen, diese Sachen aus erster Hand zu erfahren?«

Er lächelte freundlich. Sophie und Anne fragten sich gleichzeitig, ob er seine Worte ernst meinte. Im nächsten Moment räusperte Wilhelm Preuße sich energisch und stand auf. »Danke für Ihren Zuspruch, Herr Bennett, aber wir sollten Ihnen auch nicht das Vergnügen nehmen, meiner Jüngsten zuzuhören. Sie ist sehr talentiert.«

»Ach, Vater«, sagte Sophie und errötete.

Anne gelang es, James zu folgen, als der sich wenig später verabschiedete. Er ging rasch. Erst im Schutz des Gartentors holte sie ihn ein.

»Herr Bennett«, rief sie ihm leise hinterher. Sie musste die Gelegenheit ausnutzen, während Vater noch mit Sophie sprach.

»Frau Kastner!«

James sah überrascht aus. Anne räusperte sich, suchte nach Worten: »Vielen Dank, dass Sie so freundlich zu unserem Vater waren, Herr Bennett«, sagte sie dann. »Die römischen Funde in unserer Gegend sind eins seiner vielen Steckenpferde. Er würde am liebsten jedem davon berichten, und es ist eigentlich ein Wunder, dass Sie erst jetzt davon hörten.«

James neigte den Kopf. »Das ist schon in Ordnung. Freundlichkeit erleichtert das Leben, nicht wahr? Ihre Schwester spielt übrigens wirklich wunderbar. Wäre sie ein Mann, könnte sie leicht etwas aus ihrem Talent machen.«

»Ja, das ist wohl so. Manche Dinge sind leichter, wenn man ein Mann ist.«

»Nicht alles.«

»Wahrscheinlich nicht.«

James sah sie fest an. Anne war hin- und hergerissen zwischen dem Bedürfnis, seinem Blick auszuweichen und sich in ihm zu verlieren.

»Ich würde Sie gerne Anne nennen«, sagte der junge Engländer unvermittelt.

»Ich …«

»Was sagen Sie? Bitte seien Sie so freundlich und stimmen mir zu.« Er trat einen Schritt vom Tor zurück und näher zu ihr hin. »Sie kommen mir schon so vertraut vor, warum, weiß ich nicht. Bitte schlagen Sie ein.«

Anne nickte, fühlte sich verunsichert, konnte dem Gefühl aber nicht nachforschen, denn Sophie tauchte hinter ihnen auf.

»Sie wollen wirklich schon gehen, Herr Bennett? Aber Sie besuchen uns doch gewiss bald wieder?«

Anne fragte sich, ob die Jüngere wieder einmal zu forsch war, und war doch glücklich, dass Sophie fragte.

»Mit dem größten Vergnügen«, gab James zurück. »Darf

ich Sie denn Sophie nennen? Ihre Schwester hat mir eben erlaubt, sie Anne zu nennen.«

Sophie schaute Anne kurz an.

»Sehr gerne, Herr Bennett«, sagte sie fest.

In den nächsten Tagen schloss James sich einer Gruppe englischer Wanderer auf den Spuren William Turners an und bestieg die Ruine des Rheingrafenstein, die er bereits in Begleitung der beiden Schwestern besucht hatte, dieses Mal vom Alsenzer Tal her. Einer der Männer wusste zu berichten, dass seine Mutter den seligen Meister vor etwa zehn Jahren dort getroffen habe.

»Mama sagt, es sei ein besonders schöner Tag gewesen, als sie Mr. Turner, vertieft in die Verfertigung einer Skizze, angetroffen habe.«

James hörte jetzt die Stimmen derjenigen, die als Erste die Höhe erreicht hatten, und staunte selbst wenig später erneut über die Kunstfertigkeit, mit der die alten Baumeister die Burg an diesem Ort errichtet hatten.

Am nächsten Tag genossen sie die schöne Aussicht vom Rotenfels zu ihrem Wanderziel vom Vortag hinüber. Einer machte die anderen auf die höchsten Spitzen des Taunus in der Ferne aufmerksam. Beim Abstieg in Richtung Kreuznach erzählte James die Geschichte des Kastanienbaums, den die Römer in die Gegend gebracht hatten.

Ansonsten dachte er während dieser zwei Tage viel an die beiden Schwestern. Als er am zweiten Abend in der Dunkelheit sein Zimmer betrat, raschelte es unter seinen Füßen. Im Schein des rasch entzündeten Öllichts entdeckte er ein kleines Briefkuvert. Er hob es auf.

»Du hast was?«

Annes Herz schlug schneller, vor Empörung einerseits und gleichzeitig vor Freude darüber, was Sophie getan und was sie sich selbst nie gewagt hätte. Die Jüngere hob das Kinn, was ihr einen Anschein von Stolz verlieh. Ihre Augen blitzten.

»Ich habe James eine Einladung geschickt, uns zum Jahrmarkt zu begleiten.«

»Ohne Vater zu fragen?«

Sophie zuckte die Achseln. »Ich werde ihn natürlich fragen, aber er wird es mir nicht abschlagen.«

Anne sagte nichts. Sophie hatte recht. Vater schlug seiner jüngsten Tochter selten etwas ab. Trotzdem war es nicht richtig von Sophie gewesen, aber Anne würde nichts sagen. Zu köstlich war die Vorstellung, den Jahrmarkt dieses Jahr gemeinsam mit James zu besuchen und einige unbeschwerte Stunden in seiner Gesellschaft zu verbringen. Der Gedanke, dass sie nicht mit ihm allein sein würde, störte sie dabei nicht. Sie hatte ihn sehr vermisst in den letzten Tagen und hoffte jetzt nur, dass der junge Engländer an dem gemeinsamen Ausflug auch teilnehmen wollte.

Als sie an diesem späten Nachmittag nach Hause kam, begab Anne sich sofort ins Zimmer ihrer Tochter Ada. Zwar wusste sie die kleine Tochter bei ihrem Kindermädchen gut aufgehoben, aber seit der Engländer da war, hatte sie Ada, mit der sie sonst mindestens einmal am Tag gemeinsam gegessen oder gespielt hatte, doch etwas vernachlässigt. Dabei liebte sie ihre Tochter, und Ada freute sich auch stets über die Zuwendung ihrer Mutter.

»Kommst du zum Tee?«, fragte sie und deutete kindlich

aufgeregt zu der Puppenversammlung hin, die vor ihren zierlichen Tassen um den kleinen Puppentisch saßen.

»Frau Kastner!« Das Kindermädchen Maja knickste leicht, während sie die Puppenkanne, noch im Begriff auszuschenken, in einer Hand hielt.

»Danke, ich übernehme das jetzt«, sagte Anne.

»Sehr wohl, gnädige Frau.«

Anne wartete ab, bis Maja das Zimmer verließ. Dann wandte sie sich ihrer Tochter zu. Über die nächste Stunde versanken sie beide im Spiel, doch das schlechte Gewissen wollte Anne nicht ganz verlassen, und es kehrte umso stärker zurück, als es ihr abends nicht gelingen wollte, sich darauf zu konzentrieren, was Friedrich von seinem Tag berichtete. Dabei hatte sie diese gemeinsame Zeit, die manchmal auch nur eine Viertelstunde dauerte, immer sehr genossen.

»Begleitest du mich bald einmal wieder?«, fragte Friedrich jetzt und schob den geleerten Teller zurück.

»Was?« Anne hob den Kopf.

Friedrich sah sie besorgt an. »Was ist nur mit dir los, Anne?«, fragte er dann. »Du wirkst oft so abwesend in letzter Zeit. Bedrückt dich irgendetwas? Hast du überhaupt etwas von dem mitbekommen, was ich dir eben gesagt habe?«

»Natürlich«, stotterte Anne und war froh, dass ihr Mann nicht nachhakte. »Ich«, sie schluckte, »hatte nur an Sophie gedacht und …«

»Wieder einmal.« Friedrich runzelte die Stirn. »Du musst dir endlich klarmachen, dass du nicht mehr für sie verantwortlich bist. Du hast jetzt deine eigene Familie, für deren Wohlergehen du sorgen musst. Ada braucht dich. Ich brauche dich.«

Anne nickte, auch wenn sie es nicht so meinte. Friedrich verstand einfach nicht, welch enges Verhältnis Sophie und sie miteinander verband. Er würde es nie verstehen. Sie beide waren nicht nur Schwestern, sie waren mehr als das. Manchmal hatte Anne den Eindruck, dass Sophie Friedrich unheimlich war, und die Schwester hatte auch selten eine Gelegenheit ausgelassen, den manchmal etwas unbeholfenen Mann aufzuziehen. Friedrich nannte sie »die schwierige Person«. Anne verteidigte sie, wie sie es immer getan hatte. Früher hatte sie gehofft, dass Sophie und Friedrich sich eines Tages wenigstens verstehen würden, heute wusste sie, dass das niemals der Fall sein konnte. Es fiel ihr schwer, dies zu akzeptieren.

»Macht sie wieder Schwierigkeiten?«, erkundigte Friedrich sich jetzt halb besorgt, halb zufrieden in der Erwartung, in seiner Sicht auf »diese Person« recht zu behalten.

»Nei-hein.« Anne schüttelte den Kopf.

Friedrich ließ sich nicht beirren.

»Ich habe immer gesagt, dass Sophie verwöhnt wurde. Euer Vater hat die zarte Rolle eurer Mutter übernommen, und das Mädchen konnte nie lernen, was sich schickt und was nicht.«

Anne rührte nachdenklich mit dem Löffel in ihrem Suppenteller. Viel hatte sie noch nicht gegessen. Sicher war die gute Gemüsesuppe längst kalt. Dabei hatte sie Hunger gehabt, als sie sich an den Tisch gesetzt hatte. »Sophie hat ein gutes Herz, und wenn sie verwöhnt ist, dann war es gewiss auch meine Schuld«, sagte sie langsam. »Es war nicht leicht für sie, die Mutter zu entbehren.«

»Nein, Anne, du bist nicht schuld.« Friedrich stand auf und trat hinter sie. Kurz legte er ihr die Hände auf die

Schultern, für einen verwirrenden Moment hatte sie das Gefühl, dass er gleich ihren Nacken liebkosen würde, aber natürlich tat er das nicht, und es geziemte sich ja auch nicht. Der Gedanke, dass Friedrich sie heute Abend im Schlafzimmer berühren würde, war Anne plötzlich unangenehm. Aber das war ihr Mann. Sie würde es zulassen müssen.

»Dein Vater hätte dir diese Last nach dem Tod eurer Mutter nicht aufbürden dürfen«, sagte er sanft. »Das war nicht richtig. Du warst zu jung.«

»Ich war acht Jahre alt, als Mutter starb. Und Vater hat mir gewiss nichts aufgebürdet. Zuerst war das Kindermädchen da, meine Aufgaben habe ich später übernommen. Ich wollte das. Vater dachte einfach, dass es das Beste für uns ist. Er hat auch unseretwegen nicht mehr geheiratet. Er wollte keine fremde Frau ins Haus lassen. Unseretwegen.«

Anne legte den Löffel endlich auf den Tellerrand. Friedrich ging wieder an seinen Platz.

»Nun, nicht jede Stiefmutter ist eine böse Hexe.«

»Nein, das stimmt natürlich«, pflichtete Anne ihm bei.

»Begleitest du mich morgen ins Hospital?«

Anne zögerte. Vor Kurzem noch hatte sie das Hospital, eine Versorgungsanstalt für etwa fünfzig alte, arbeitsunfähige Leute und notfalls mehrere hundert Kranke, regelmäßig aufgesucht. Das Hospital besaß einen großen Garten, gutes Trinkwasser und hinreichende Gelder. Nur an Besuchern mangelte es manchem Insassen, und sie hatte diese Lücke immer mit Vergnügen ausgefüllt. Trotzdem verlockte es sie heute, Nein zu sagen, aber sie brachte das Wort einfach nicht heraus. Sicherlich wartete der alte Herr Kempf auf sie. Er hatte sie schon beim letzten Mal vermisst, wie Friedrich ihr berichtet hatte. Der Mann hatte keine Verwandten mehr und einen Narren an Frau Kastner gefressen.

»Ich komme mit«, sagte sie also.

Friedrich lächelte zufrieden.

Fünfzehntes Kapitel

Kreuznach, August 1855

Während sie sich dem Festplatz näherten, schwatzte Sophie unablässig, und Ada hüpfte um sie herum wie ein kleiner Springball. Als sie Friedrich von dem geplanten Besuch erzählt hatte, war es ihr passender erschienen, Ada mitzunehmen. Sophie wiederum hatte den Vater gefragt, und Anne schämte sich jetzt, dass sie ihn in dem Glauben gelassen hatte, er trage die volle Entscheidungsgewalt über ihren Ausflug. Aber vielleicht machte sie sich auch zu viele Gedanken. Dass Ada dabei war, gab der Verabredung doch einen harmlosen Charakter, und es wärmte ihr Herz, wie unbefangen und geschickt James mit dem kleinen Mädchen umging. Gerade trug er sie auf seinen Schultern. Ada jauchzte vor Vergnügen.

»Und da ist sie auch schon, unsere Pfingstwiese, und das ist er, unser weithin berühmter Jahrmarkt«, rief Sophie und drehte sich einmal um ihre eigene Achse. James blieb stehen und schaute sich aufmerksam um.

»Es scheint, die Damen haben nicht zu viel versprochen«, sagte er mit einem Lachen in der Stimme. »Das ist ja ein wirklich großes Fest.«

»Ich will Karussell fahren!«, rief Ada dazwischen.

»Der Jahrmarkt ist sehr bekannt«, sagte Anne zu James, obgleich der das gewiss schon wusste. Sophie hatte auf dem

Weg hierher bereits alles erzählt, was es über den Jahrmarkt zu berichten gab. Jetzt tänzelte sie aufgeregt. Sophie hatte den Jahrmarkt schon immer gerne besucht und konnte den August jedes Jahr kaum abwarten. Anne verunsicherte der Trubel eigentlich, trotzdem war sie heute gerne bereit, darüber hinwegzusehen, wenn sie nur Zeit mit James verbringen konnte.

»Gehen wir weiter«, rief Sophie jetzt, »ach bitte, bitte, lasst uns rasch weitergehen!«

Anne und James setzten sich schmunzelnd wieder in Bewegung. Auf Adas Bitte hin wieherte James und gebärdete sich wie ein tolles Pferd, was das Mädchen zu lautem Lachen verlockte.

Vom Ort der Veranstaltung her lärmte es lustig. Je näher sie kamen, desto dichter wurde die fröhlich wogende Menschenmenge. Auf dem Platz selbst drängte sich Zelt an Zelt und Bude an Bude. Sensationen wurden angepriesen. Da wartete der stärkste Mensch der Welt, dort bot eine Wahrsagerin ihre Dienste an. Ein schmaler Mann jonglierte, während er gleichzeitig einen Apfel aß. In einer Bude wurde ein offenbar lustiges Stück aufgeführt, denn man hörte lautes Lachen aus dem Gebäude. Die Besitzer von Wurfbuden, Schaukeln und Schießständen warteten auf zahlende Gäste. Es gab Weinstände, und der Duft von Bratwurst lag in der Luft.

Sophie strahlte bald über das ganze Gesicht. Sie hatte sich, wie viele andere Gäste auch, ein schönes Sonntagskleid angezogen, aus einem glänzenden dunkelgrünen Stoff, auf dessen unteren Teil hellere grüne Streifen abgesetzt waren, die wiederum zartgelbe Rosenblüten zierten. Auch Sophies Haube zierten zartgelbe Bänder. Anne hatte sich dagegen ein praktisches Kleid in Taubengrau angezogen und bedauerte es jetzt, sich nicht größere Mühe gegeben zu haben. Ada wiederum trug ein weißes Spitzenkleid, was gewiss viel zu empfindlich für den Besuch des Jahrmarkts war.

Immer wieder blieben die vier stehen und beobachteten die Scharen, die auf langen Straßen zwischen den Buden umherwanderten. Von ihrem Platz auf James' Schulter aus schaute Ada wie eine kleine Königin in die Runde.

»Ich hoffe, sie wird Ihnen nicht zu schwer«, sagte Anne zu ihm.

»Keinesfalls, das süße Ding ist eine Feder.«

»Ein Karussell, ein Karussell«, quietschte Ada in diesem Augenblick aufgeregt und zappelte, damit James sie herunterließ. Der junge Mann folgte ihrem Begehren, achtete aber darauf, dass das kleine Mädchen nicht davonlaufen konnte, wie Anne zufrieden feststellte. Er hielt Ada an der Hand, bis sie das gewünschte Ziel erreicht hatten. Oben auf dem Plateau sorgten die Karussell-Schieber mit Muskelkraft dafür, dass sich das Gefährt in Gang setzte. Als es das nächste Mal anhielt, wählte Ada aufgeregt ein wunderbar bemaltes weißes Pferdchen, das sich während der Fahrt auf und ab bewegte.

»Vater nennt es unseren neuen hölzernen Stadtteil«, sagte Sophie und vergrößerte Annes Unwohlsein durch die Erwähnung von Wilhelm erneut. Vom Karussell her winkte Ada ihr fröhlich zu, hielt sich mit der anderen Hand aber entschlossen fest.

Natürlich erbettelte sie sich eine zweite Fahrt, die James ihr bezahlte. Danach griff Sophie kurz entschlossen nach James' Arm und zog ihn lachend mit sich. Anne beeilte sich, ihnen mit Ada an der Hand zu folgen. Die Kleine murrte, weil James sie jetzt nicht mehr trug, ließ sich aber sehr bald mit süßen Mandeln ablenken. Junge Menschen vertrieben sich die Zeit mit harmlosen Spielen, aus den Zelten mischte sich klirrender Gläserklang mit lustiger Musik.

James schlug schließlich vor, etwas zu essen, und bald saßen sie gemeinsam mit vielen anderen auf Bänken um lange Tische herum. Der Lärm machte es immer wieder schwer, auch nur ein Wort zu verstehen. Sophie saß neben James. Ada verlangte, auf Annes Schoß zu sitzen. Anne konzentrierte sich auf ihr Essen.

Warum will ich ihm gefallen? Was soll daraus erwachsen? Eine Freundschaft? Nein, sie wusste nicht, was sie erwartete, oder aber sie getraute sich nicht, sich ihre tiefsten Wünsche einzugestehen. Sophies unbeschwertes Lachen schmerzte, zugleich wünschte Anne sich, dass ihr nie etwas Böses widerfahren möge. Sophie war so verletzlich, sie waren Schwestern. Sie liebten einander.

Vorübergehend war sie so in Gedanken, dass sie nicht gleich bemerkte, dass Sophie ihr mit ihrer Weinschorle zuprostete.

»Prosit, Tante Sophie«, rief Ada.
»Prosit, mein süßes Kind.«

Als sie das Zelt etwas später wieder verlassen wollten, drängte just in diesem Moment eine größere Menschenmenge herein. Sophie, die eben noch James' Hand warm in ihrer gefühlt hatte, wurde abgedrängt. James, Anne und Ada verschwanden aus ihrem Blickfeld. Vorübergehend fürchtete Sophie, sogar noch den Halt zu verlieren, da löste sich der Menschenknoten auch schon wieder auf.

Leider befand sie sich nun wieder weit hinten im Zelt und musste sich erneut daran machen, den Ausgang zu erreichen. Als ihr dies endlich gelungen war, sah sie sich um, doch auf den ersten Blick waren James, Ada und Anne nicht zu entdecken. Vielleicht waren sie davon ausgegangen, dass sie das Zelt ebenfalls verlassen hatte, und suchten sie nun draußen.

Sophie schaute sich nochmals sorgfältig um, konnte die drei aber immer noch nirgends sehen. Wohin sollte sie gehen? Die Unruhe in ihr wuchs langsam, aber stetig. Mit einem Mal war ihr der Trubel zu wild, die Menschenmenge zu dicht und zu laut. Zum ersten Mal fühlte sie sich unwohl und allein auf dem Jahrmarkt.

»Fräulein Preuße?«, hörte sie eine Stimme, aber da waren so viele Gesichter um sie, lachende, ernste, grinsende, schreiende – das musste ein Albtraum sein –, dass Sophie zuerst nicht ausmachen konnte, wer sie angesprochen hatte.

»Fräulein Preuße«, wiederholte die Stimme. »Sie kennen mich doch. Henry Williams, ein guter Bekannter von James Bennett.«

Jetzt endlich bemerkte Sophie den jungen Mann mit dem schütteren Haar, der sie freundlich anlächelte. Jetzt endlich erkannte sie den Akzent. Er sprach deutlich schlechter Deutsch als James, aber er sprach es, und sie war froh darum.

»Herr Williams«, hauchte sie. »Wie bin ich froh, Sie zu sehen.«

»Sie sind doch nicht alleine hier?«

»Oh nein, ich habe die anderen nur verloren.«

»Dann ist es ja gut, dass ich Sie gefunden habe.«

»Ja.« Sophie konnte endlich wieder lachen. Die Freude des Fests kehrte zu ihr zurück. Sie betrachtete Henry Williams und fand, dass dieser sehr freundlich aussah. Der Stein, der ihr vom Herzen fiel, war so gewaltig, dass sie sich über ein lautes Poltern nicht gewundert hätte.

»Haben Sie meine Schwester, meine Nichte und Herrn Bennett vielleicht gesehen?«, wandte sie sich vertrauensvoll an ihn.

»Nein«, Henry schüttelte bedauernd den Kopf, »aber ich helfe Ihnen gerne, sie zu suchen.«

Er bot ihr den Arm und war gerade im Begriff, sie seitlich an einer der Buden vorbeizuführen, als sie eine scharfe Stimme aufhielt.

»Henry!«

»James.« Henry Williams drehte sich um. »Und Mrs. Kastner! Ihre Schwester hat mir gerade erzählt, dass Sie sich aus den Augen verloren haben. Wir wollten sie eben suchen. Bin ich beruhigt, dass wir Sie so schnell wiedergefunden haben.«

»Ja«, sagte James, »das ist wirklich erfreulich.«

Nach zwei weiteren, viel zu kurzen Stunden, wie Ada und auch Sophie meinten, verließen sie die lärmende Pfingstwiese und gingen zum Abschluss auf der Binger Straße zur roten Lay. Sophie und Ada hatten sich kaum vom Festplatz lösen wollen, doch Anne bestand darauf und machte schließlich den Vorschlag, noch einen abschließenden Spaziergang zu machen.

Die rote Lay war ihre Idee gewesen, und sie hatte davon geschwärmt, wie man von dort oben aus die Stadt an einem heiteren Sommerabend sehen könne.

Nach einem kurzen Stück des Weges jammerte Ada über Müdigkeit, und James nahm sie auf den Arm, wo sie bald einschlief, den Kopf vertrauensvoll an seine Schulter gelehnt. Anne wurde auch etwas langsamer, während sie noch nachdachte, fasste James ihren rechten Ellenbogen mit seiner linken Hand und stützte sie.

»Sind Sie auch erschöpft, liebe Anne?«

Ich muss Abstand halten, dachte Anne, aber sie tat es nicht. Sie sagte auch nichts. Sophie lief vor ihnen her, als müsse sie immer noch überschüssige Energie abbauen.

Sie wird nicht sehen, was hinter ihr geschieht.

Auch sonst war niemand da. Für diesen Moment waren James und sie alleine. Ada schlief tief und fest. Es machte also nichts. Sie konnte diese eine kleine Berührung genießen.

Kurz bevor sie die rote Lay erreichten, ließ er sie los. Sophie gab einen leisen Ton von sich, irgendetwas zwischen Seufzen und Lachen. Dann ließen die drei jungen Leute die Augen stromaufwärts über die rebengrünen Weinhöhen schweifen und richteten den Blick dann auf die im abendlichen Licht liegende Stadt. Eine bunte Häuserdecke schmiegte sich an die kühlende Nahe, überragt von verschiedenen Kirchtürmen, zwischen denen der Paulusturm wie ein Riese hervorstach.

Für eine Weile sagte keiner etwas, dann drehte James sich südwärts, ließ die Augen über die malerische Häusergruppe der Badeinsel bis zu den dunklen Schatten dringen, wo sich die Salinen zwischen den Felsgebilden der waldigen Haardt und denen des Rheingrafensteins versteckten.

Sophie seufzte erneut. Anne wusste, dass ihre Schwester nicht unberührt von solcherlei blieb. Sie war eine zarte Seele. Das war sie immer gewesen, auch wenn eine gewisse Forschheit zuweilen darüber hinwegtäuschte. James drehte sich zu ihnen beiden um.

»Ist das dort nicht der Rheingrafenstein?«, erkundigte er sich wegen des schlafenden Kindes an seiner Schulter sehr leise und deutete auf mehrere hohe Felsstücke, auf denen im Dämmerlicht eine verfallene Burg thronte.

Anne nickte nur, denn sie traute ihrer Stimme nicht, und sie wollte diesen Augenblick nicht stören. Das letzte Flimmern der Sonne malte Luftschlösser auf die höchsten Spitzen der fernen Berge. Vielleicht würde sich bald wieder ein Ausflug arrangieren lassen, sagte eine Stimme in ihr, vielleicht zur Eremitage. Vielleicht würde der Vater irgendwann auch mitkommen wollen, aber das war nicht schlimm, solange sie mit James zusammen sein konnte …

Der gab jetzt erneut einen Laut von sich, und auch die jungen Frauen lenkten den Blick wieder auf die Stadt zu ihren Füßen, wo jetzt ein Licht nach dem anderen in der zunehmenden Dunkelheit auftauchte, bis die Häuser geradezu im Schimmer eines Feuermeers zu schwimmen schienen.

»Bist du die Landpomeranzen endlich losgeworden?«

Wie aus dem Nichts stand Henry vor James. Offenbar hatte er auf James gewartet. Dieser konnte nicht sagen, ob sein Tonfall beleidigt oder drohend war. Ohne Henry eines Grußes zu würdigen, ging er an ihm vorbei in sein Zimmer. Der folgte ihm ungefragt. Während James sich damit beschäftigte, die Öllampe zu entzünden, jagten die Gedanken durch seinen Kopf.

Vielleicht hätte ich Sophie und Anne verteidigen müssen. Gewiss sind sie keine Landpomeranzen, sondern kluge junge Frauen, mit denen ich gerne Zeit verbringe. Wäre Gordon nicht, ich würde keine Sekunde überlegen …

»Was wolltest du von Fräulein Preuße?«

»Was glaubst du denn?« Henry bleckte höhnisch die Zähne. »Nichts.«

Ein Geräusch ließ James zum Fenster blicken, wo nun kleine Regentropfen gegen die Scheibe trommelten.

»Davon hat sie gesprochen«, sagte er nachdenklich.

»Wovon?«

»Mrs. Kastner sagte, mit dem Jahrmarkt würde der Sommer enden, und jetzt regnet es tatsächlich.«

James sah Henry ins Gesicht. Plötzlich musste er an die Spaziergänge denken, die sie gemeinsam auf die Badeinsel im Salinental, zwischen den beiden Nahearmen, unternommen hatten, wo man Fremde wie Einheimische traf und manches gute Gespräch führen konnte.

James räusperte sich.

»Du hast auf mich gewartet?«

»Nun«, Henry verschränkte die Arme vor der Brust, »ich warte einfach immer noch darauf, den jungen Damen richtig vorgestellt zu werden.«

James wandte den Blick wieder ab, starrte in das Licht der Öllampe, drehte es abwesend ein wenig größer und dann wieder kleiner.

»Du warst ein paar Tage fort«, sagte er dann. »Ich wusste nicht, dass du wieder da bist.«

»Ich habe eine Fahrt nach Mainz gemacht und dann Freunde in Frankfurt besucht. Ich musste hier raus. Du solltest auch einmal wieder fort von hier. Wird es dir nicht langsam langweilig? Aber nein, du bekommst ja Einladungen, nicht wahr? Ich glaube, das Land kriecht dir bereits in alle Poren. Man mag kaum glauben, dass du aus London kommst.«

»Es geht mir gut, ja.« James nahm die Finger von der Öllampe und verschränkte nun ebenfalls die Arme. »Ich unterhalte mich prächtig.«

Henry legte den Kopf schief. »Also, wann stellst du mich Dr. Preußes Töchtern richtig vor?«

»Du bist nicht der richtige Umgang für die Mädchen.«

»Bin ich das nicht? Der Sohn des ehrenwerten Mr. Williams soll nicht der richtige Umgang für zwei einfache Arzttöchter sein?« Henry hob die Augenbrauen und lachte. Es klang blechern. »Du weißt, dass du sie niemals wirklich schützen kannst«, fügte er dann hinzu.

James entschied, aus seinem Rock zu schlüpfen und ihn über die Lehne des Schreibtischstuhls zu legen. Henry verschränkte seine Hände hinter seinem Rücken. Das sonst sorgsam geknüpfte Tuch um seinen Hals verrutschte. James meinte schaudernd eines jener Geschwüre zu sehen, die ein Zeichen von Henrys Krankheit waren, aber er konnte sich irren.

»Man redet übrigens bereits, mein Lieber«, sagte Henry. »Denkst du, sie halten hier nicht die Augen offen? Es ist eine Kleinstadt, da redet jeder mit jedem und über jeden.«

»Aber es gibt nichts zu reden.«

James sah Henry kopfschüttelnd an.

Man redete also. Worüber redete man? Lud man ihn ein in Salons und Wohnzimmer und zu Vorträgen, servierte ihm Tee und plauderte mit ihm, um sich danach das Maul zu zerreißen? Und wenn es nichts zu erfahren gab, reimte man sich dann etwas zusammen?

Er kannte die Mechanismen. Sollten sie nur reden. Das würde man nie verhindern können. Schwätzer gab es immer. Er hatte sich nichts vorzuwerfen, und doch war da mit einem Mal eine Ahnung der Stimmung, die ihn überkommen hatte, als man ihn zwang, den Kontakt zu Gordon abzubrechen, und er sich nicht anders zu helfen gewusst hatte, als den Wünschen seiner Mutter Folge zu leisten.

Bin ich feige?

Für einen Moment verlor sich James' Blick in der Dunkelheit draußen. Der Regen trommelte an das Fenster.

»Machen wir einen Spaziergang?«, fragte er.

»Jetzt? Es regnet.«

»Warum nicht? Es ist nicht viel. Wir sind Engländer.«

»Gut.«

Er ließ Henry zuerst vor die Tür treten. Sie liefen die Treppe hinunter. Frau Kuhn, die Schwester von Frau Spahn, spähte aus der Küchentür und zog sich wieder zurück. Sie zeigte wenig Interesse am Gespräch mit ihren Gästen. In jedem Fall war sie ruhiger, ein Mensch, der weniger fröhlich wirkte als ihre hübschere Schwester. Wie es Frau Spahn wohl ging?

Ohne sich miteinander abzusprechen, wählten die beiden jungen Männer den Weg zur Nahe. James dachte daran, wie erleichternd es trotz allem war, einmal wieder die Muttersprache zu nutzen. Die Gedanken ließen sich so besser ordnen.

Sie gingen zum Fluss, wo sich noch einige Spaziergänger fanden, die ihre abendliche Runde trotz des Regens auf den beschatteten Fußweg durch das Tal ausgedehnt hatten. Jetzt, da James darauf achtete, fiel ihm ab und an ein versteckter Blick auf. Zwei alte Herren steckten die Köpfe zueinander. Also wurde über ihn geredet, und er hatte es nicht gemerkt.

War es nicht unglaublich, dass Mama ihn wegen des Geredes auf den Kontinent geschickt hatte, und nun das?

Während James sich in Gedanken verlor, lauschte er mit halbem Ohr Henrys Berichten über rauschende Feste und leichte Mädchen in der fernen Großstadt Frankfurt. Es war, als versuche der andere die alte »Freundschaft« wiederaufleben zu lassen, aber James war vorsichtig, er wusste inzwischen, wozu Henry fähig war. Dass er nichts mehr zu verlieren hatte, machte ihn gefährlich und gebot Vorsicht.

Sie erreichten die Karlshalle auf dem rechten Naheufer, um von dort über die Brücke zur Theodorshalle auf dem gegenüberliegenden Ufer zu gelangen. An beiden Salinen hatten die beiden jungen Männer schon die Trinkbrunnen und auch die Badeeinrichtungen genutzt. Die Theodorshalle bot zusätzlich ein Restaurant und einen Kurgarten, in dem öfter Musik gespielt wurde.

James blieb stehen. Henry bemerkte erst einen Moment später, dass sein Begleiter zurückgeblieben war, und kehrte ebenfalls um. Für einen Moment genossen sie von der Brücke beide schweigend die Aussicht über die Stadt. Der Regen hatte aufgehört.

»Was hast du eigentlich mit ihnen vor?«, fragte Henry dann unvermittelt, aber mit gesenkter Stimme.

James benötigte einen Moment, um die Frage zu verstehen.

»Was soll ich mit ihnen vorhaben? Wir unterhalten uns gut. Sie zeigen mir die Umgebung.«

Ich werde dir als Letztem sagen, was ich fühle, fuhr es ihm durch den Kopf.

»Soll heißen, du willst wirklich nicht mehr?«

James starrte auf den Fluss hinaus. Er dachte darüber

nach, was nach diesem Sommer sein sollte, und ja, vielleicht genoss er auch deshalb jeden einzelnen Tag, den er mit Anne und Sophie verbrachte. Sie machten seine Gedanken leichter. Sie ließen ihn die Entscheidungen vergessen, die er würde treffen müssen.

»Nein, eigentlich nicht.«

Aber stimmte das, fragte eine kleine Stimme in ihm. Sophie hatte einen sehr eigenen Kopf, aber auch in Anne schlummerte ein leidenschaftlicher Geist. Man – er – konnte es in ihren Augen sehen, manchmal auch in ihren Bewegungen. Ja, sie war verheiratet und Mutter, aber sie hatte entdeckt, dass ihr das nicht genügte, auch wenn sie sich das noch nicht eingestand. Doch er konnte es sehen. Er erkannte verwandte Seelen, wo sie ihm begegneten.

Anne ist eine mir verwandte Seele, deshalb traue ich ihr, deshalb kann ich ihr Dinge sagen, die ich sonst keinem sagen kann.

Henry setzte sich wieder in Bewegung, James folgte ihm. Er bemerkte, dass Henry aufgehört hatte zu reden, und weckte dessen Redefluss mit einigen gezielten Fragen. Henry wirkte zuerst noch etwas zögerlich, ließ sich aber nicht lange bitten. Er hörte sich einfach zu gerne selbst reden. Auch Henry dachte an das Ende des Sommers, das wurde jetzt deutlich.

»Dann ist es vorbei mit der Freiheit«, seufzte er. »Dann werde ich für einen Erben sorgen müssen.«

James fragte nicht, wie das zu erreichen sein sollte. Welche junge Frau aus guter Familie würde ihn heiraten wollen – oder würde man seinen Zustand geheim halten, bis die Ehe vollzogen war? Er schauderte.

Ihr Rückweg führte sie über die Salinenstraße am Oranier-Hotel vorüber und dann entlang einer Reihe neuer

Badehäuser und Anlagen. Die Kurstadt strebte aufwärts, das war nicht zu übersehen. Als Henry ihn einlud, ein gemeinsames Essen mit ihm einzunehmen, nahm James dankend an. Es schien ihm weiterhin ratsam, Henry im Auge zu behalten.

*

Mein lieber Sohn,
nach langer Zeit schreibe ich nun wieder. Unser Abschied war nicht leicht, aber Du musst dir stets ins Bewusstsein rufen, dass jede meiner Entscheidungen zu Deinem Besten ist. Ich habe Vater geschrieben, und er hat mir zugestimmt, Dir einen Posten im Geschäft zu verschaffen, sobald Du Dich ausreichend erholt hast.

Ich hoffe, die Gegend, die Natur und die freundlichen Menschen, an die ich nur die besten Erinnerungen habe, tragen zu Deiner Genesung bei. Ich weiß, mein Sohn, dass die Wunden des Herzens und der Seele die des Körpers, wenn sie auch nicht sichtbar sind, bei Weitem übertreffen. Ich hätte Dich gerne glücklich gesehen. Du magst es jetzt nicht sein, aber du wirst es wieder sein. Irgendwann.

Weshalb ich schreibe: Gordon Spencers Vater hat mich besucht und darüber in Kenntnis gesetzt, dass sein Sohn zu einer ausgedehnten Reise auf den Kontinent aufgebrochen ist. Es ist zu befürchten, dass er beabsichtigt, Dich aufzusuchen. Bitte denke daran, was Du verlieren kannst. Manche Fehler werden nicht verziehen.

Ich küsse Dich und verbleibe
Deine Dich auf ewig liebende Mutter
  Kamilla

Sechzehntes Kapitel

Frankfurt am Main, Juni 1923

Marlene dachte viel an Adrian in diesen Tagen. Anfangs hatte sie fasziniert, dass er so anders war. Doch da war noch etwas, etwas, was sie in Aufregung versetzte, wenn sie sich sein Gesicht vor Augen rief, etwas, was sie noch nie gegenüber einer anderen Person gespürt hatte, und was sie verwirrte.

Wir haben uns geküsst. Das muss auch etwas zu bedeuten haben.

Ab und an kam Gregor in ihr Zimmer. Er erzählte von Elsas Besuch – Elsa war Mamas altes Kindermädchen, sie kam auch heute noch, wenn Gisela nicht weiterwusste –, davon, dass Papa mit den Schwedts geredet hatte, um sich danach stundenlang in seinem Arbeitszimmer einzuschließen.

Dann hatte der Vater den Stubenarrest aufgehoben, und Marlene war spazieren gegangen. Was sollten die Eltern auch tun? Sie konnten die Tochter nicht auf ewig einsperren. In etwas über einem halben Jahr war sie volljährig.

Die ersten paar Male – Marlene hatte geahnt, dass man ihr jemanden hinterherschicken würde, und recht behalten – hatte sie sich in den Günthersburgpark begeben. In Gedanken verloren, war sie die Wege entlanggelaufen. Andere Passanten waren ihr begegnet. Sie hatte Kindermädchen zugesehen, die die Sprösslinge ihrer Herrschaften ausführten, und daran gedacht, dass Gisela öfter von Elsa als von ihrer Mutter erzählte.

Wobei Mama allgemein wenig von zu Hause sprach.

Vielleicht würde ich das auch, wenn Großmama die Mutterpflichten übernommen hätte. Mamas eigene Mutter war früh verstorben.

Abends saß Marlene jetzt oft mit Gregor zusammen. Etwas hatte sich geändert zwischen ihnen an jenem Abend, als sie von der Soirée zurückgekehrt war und Gregor in ihrem Zimmer vorgefunden hatte. Wie er ihr am Tag der Verlobung zur Seite gestanden hatte, würde sie nie vergessen.

»Du willst wirklich nicht heiraten?«, fragte Gregor eben, der sich auf Marlenes Bett lümmelte, während Marlene unkonzentriert ihren Schreibtisch aufräumte.

»Nein.«

»Albert ist ein netter Kerl.«

»Mag sein, aber das reicht nicht.«

Marlene legte die Stifte auf die vorgesehene Ablage, nahm dann einen Stapel Papier auf und legte ihn in die Schublade. Dann schaute sie ihren Bruder an.

»Und, was ist mit dir? Freust du dich darauf, in Papas Firma mitzuarbeiten?«

Gregor zuckte die Achseln. Marlene dachte unwillkürlich daran, wie sie sich als kleines Mädchen stundenlang mit den Stoffmustern in Papas Büro beschäftigt hatte. Zweimal im Jahr, zu ihrem Geburtstag und zu Weihnachten, hatte sie aus den Mustern Stoffe für neue Puppenkleidung aussuchen dürfen.

Diese Tage waren ein Geschenk für sie gewesen: An Papas großem, schwerem Schreibtisch mit den schönen

Schnitzereien zu sitzen, die Stoffe zu fühlen, sich in ihren Mustern zu verlieren und Mama danach dabei zuzusehen, wie sie Kleidchen, Mäntelchen und einmal sogar einen Badeanzug nähte.

Sie schaute Gregor an. Sie hatte immer gedacht, der Bruder würde sich auf die Arbeit in der väterlichen Firma freuen. Sie hatte ihn sogar darum beneidet. Jetzt zeigte sich ein anderes Bild.

»Würdest du gerne etwas anderes machen?«

»Ich weiß nicht, was ich gerne machen würde. Ich wusste ja immer, dass ich in Papas Firma gehe, ich habe also nie darüber nachgedacht, aber jetzt …«

Marlene lächelte.

»Dann ist unsere Lage wohl ähnlicher, als ich gedacht habe.«

»Offenbar.« Gregor grinste sie an.

»Ich mag dich, Bruder.«

»Ich dich auch, Schwester.«

Marlene holte den Geheimvorrat an Karamellen aus ihrer Schublade und bot Gregor davon an. Der griff zu. Marlene fragte sich, ob Adrian sie wohl vermisste.

Als sie einige Tage später keinen Verfolger mehr ausmachen konnte – Vater hatte den kleinen Laufburschen seiner Firma dafür abgestellt, was zeigte, wie wichtig ihm die Sache war –, ging sie erstmals wieder zum Römer. Irgendwann würde sie Adrian dort während seiner Mittagspause antreffen. Marlene stellte sich auf eine längere Wartezeit ein, doch er war gleich am zweiten Tag da.

»Mutig«, sagte er, als sie ihm erzählte, was geschehen war. Sein Gesichtsausdruck aber verunsicherte sie; es war, als meinte er seine Worte nicht ganz ernst. Da war etwas zwischen seiner Welt und der ihren – und das fiel ihr jetzt immer stärker auf –, das ihn auf ihre herabblicken ließ.

»Warum hast du die Verlobung abgesagt? Weil dir der Sinn nach etwas anderem stand?«, fragte er darauf.

Marlenes Verwirrung steigerte sich.

»Nein, weil ich ihn nicht heiraten will und ...«

»Du willst nicht? Du willst also Entscheidungen über dein Leben treffen? Und das Büfett, von dem du erzählt hast, der Wein, der Champagner, die Musiker ... Die meisten Menschen können noch nicht einmal von so etwas träumen, so fern ist es ihrer Welt.«

»Ja, natürlich ...«

»Die meisten Menschen, die ich kenne, kämpfen auf ihre Art ums Überleben, und manche ackern und rackern und kommen doch nie auf einen grünen Zweig.«

»Aber das ist doch nicht meine Schuld«, stotterte Marlene hilflos. Adrians Gesichtszüge wurden wieder sanfter.

»Nein, wahrscheinlich nicht.«

»Wahrscheinlich?«

Marlene blickte ihn ärgerlich an. Der seufzte.

»Entschuldige, da sind so viele Familien, die nach Unterkünften suchen, so viele, die abgewiesen werden ...«

»Ist das meine Schuld?«

»Nein, es tut mir leid. Manchmal weiß ich einfach nicht, wohin mit meiner Wut.«

Adrian heftete seine Augen auf das Straßenpflaster. Marlenes Blick ging an ihm vorbei zum Rathaus mit seinen Treppengiebeln. Um den Gerechtigkeitsbrunnen herum spielten ein paar Kinder jauchzend Fangen. Adrian griff unvermittelt nach Marlenes Hand.

»Komm mit.«

Marlene folgte ihm.

An ihrem gewohnten Platz saß dieses Mal eine Frau. Aber sie saß nicht nur dort, sie wartete, wie Marlene schon im Näherkommen feststellte. Als Adrian sie begrüßte, hätte sie sich dennoch gewünscht, sie wäre eine Unbekannte.

Neben dieser Frau kam sie sich vor wie eine graue Maus. Die Fremde trug recht kurz geschnittenes, rot gefärbtes Haar – unanständig würde Marlenes Mutter sagen, denn so etwas konnte man sich nur beim Herrenfrisur schneiden lassen. Zwar war der Rock knöchellang, wie es die Mode gebot, doch das Oberteil war dünn und die Träger umso dünner. Dazu lachte die Frau laut und heiser, sodass es alle hören konnten, und mancher, wie Marlene bemerkte, drehte sich nach ihr um.

Marlene fand sie sehr schön, mit ihren großen, schwarzen, irgendwie hungrigen Augen, die sie dunkel umrandet hatte, und dem auffälligen, breiten, rot geschminkten Mund. Adrian trat neben die Fremde.

»Darf ich dir meine Freundin Nora Adler vorstellen?«

Er prüft mich, dachte Marlene. Sie reichte Nora hoheitsvoll die Hand.

»Freut mich, dich kennenzulernen, Nora.«

Es war deutlich, dass auch Marlene einen gewissen Eindruck auf die Rothaarige machte, denn die musterte sie knapp und wandte den Kopf dann Adrian zu.

»Was für ein wohlerzogenes Mädchen.«

Marlene hob die Augenbrauen. »Erziehung hat noch keinem geschadet. Im Übrigen bin ich kein Mädchen.«

»Oho, und angriffslustig ist sie auch.« Nora hob die fein

gezupften Augenbrauen. »Welches Internat für Höhere Töchter hat dich denn ausgespuckt?«

Marlene gab dieses Mal keine Erwiderung, ließ Nora aber nicht aus dem Blick. Offenbar hatte die es sich einfacher ausgemalt, Adrians neue Bekannte verbal außer Gefecht zu setzen, denn sie wirkte nicht zufrieden. Adrian schien sich zu besinnen.

»Hört auf, ihr beiden. Marlene und ich sind uns im Niederwald begegnet, Nora, damals, als ich malen war. Sie hatte ihre Eltern verloren.«

Nora überlegte kurz, dann schenkte sie Marlene ein unverhofftes Lächeln. »Absichtlich verloren?«

Marlene schaute sie fest an. »Natürlich absichtlich.« Sie lächelte. »Leider habe ich mich danach wirklich verlaufen, und dann ging auch noch ein heftiges Gewitter los«, fügte sie hinzu.

Die Scheu hatte sich verflüchtigt. Die Neugier auf die andere Frau wurde stärker. Nora lachte und streckte Marlene die zuerst verweigerte Hand hin.

»Nora Adler, Ausdruckstänzerin.«

»Lass dich nicht täuschen«, flüsterte Adrian kaum einen Hauch später in Marlenes Ohr. »Sie kommt aus ebenso gutem Haus wie du.«

Noras Gesichtsausdruck wirkte vorübergehend empört. »Ich habe das alles hinter mir gelassen, das weißt du. Außerdem bin ich ein Bauernkind.«

»Ein Großbauernkind.« Adrian glitt blitzschnell an ihre Seite. »Gewiss doch, meine Liebe.«

Marlene hörte nur mit halbem Ohr hin. Ein Gedanke war ihr gekommen, der in diesem Moment keinen anderen mehr zuließ. Waren Nora und Adrian ein Paar? Hatte

Adrian sie deshalb miteinander bekannt gemacht? Sollte sie fragen?

Marlene holte tief Luft, aber sie traute sich nicht.

»Ich würde gerne einmal sehen, wo ihr beiden wohnt«, hörte sie sich stattdessen sagen. Plötzlich war sie sicher, dass es Nora war, mit der Adrian die Wohnung teilte.

Vielleicht kann ich das Geheimnis so lüften.

Adrian und Nora wechselten einen Blick, dann schüttelte Nora den Kopf.

»Das willst du nicht wirklich.«

»Doch«, Marlene schaute sie fest an, »genau das will ich.«

Adrian lachte. »Gut, morgen, am Sonntag. Heute müssen Nora und ich nämlich arbeiten.«

Als Marlene einen Tag später über enge, verschmutzte Stiegen bis in das fünfte Stockwerk eines Mietshauses im Frankfurter Norden hinaufstieg, war sie sich kurzzeitig tatsächlich nicht mehr sicher, ob sie das auch wirklich wollte. Schon hinter der schweren Eingangstür hatte es unangenehm und dumpf nach Essen gerochen. Hinter einer Tür im dritten Stock stritten ein Mann und eine Frau so heftig, dass die junge Frau fürchtete, es werde gleich zu Handgreiflichkeiten kommen. Im vierten Stock darüber wurde lautstark »Liebe gemacht«, wie Adrian ihr auf ihren irritierten Blick hin beschied.

Als sie den fünften Stock erreichten, war Marlene nahe daran, einfach kehrtzumachen und wieder nach unten zu laufen. Sich unbeeindruckt zu zeigen kostete sie mehr Kraft, als sie sich vorgestellt hatte. Aber sie konnte ihren Gedanken nicht zu Ende führen, denn Adrian, der sie auf dem Römer alleine in Empfang genommen hatte, schloss die Tür bereits auf.

Nora erwartete sie, gekleidet wie ein orientalischer Prinz samt Turban und schimmernder Haremshose. Dazu trug sie einen kaftanartigen Mantel und bestickte Pantoffeln. Noch eine weitere Frau befand sich in der sehr kleinen Wohnung, wie Marlene gleich darauf feststellte: blond, verlebt und zu stark geschminkt.

Wohnte sie etwa auch hier? Marlene schaute sich verstohlen um, konnte aber in dem allgemeinen Durcheinander keine Hinweise finden. Nora grüßte Marlene herzlich, fast schon wie eine alte Freundin, und zog sie dann mit sich.

»Marlene, darf ich vorstellen: Katharina, ein immer wieder lieber und gern gesehener Gast.«

Katharina kam auf Marlene zu. Sie roch nach Alkohol und Tabak. Ihre Finger waren gelb vom Nikotin.

Ihr Alter war schwer zu schätzen. Marlene kostete es Überwindung, die Hand der Blonden zu ergreifen. Dann schüttelten sie einander die Hände. Katharina lächelte sie müde, aber freundlich an. Ein zartes Schreien zeigte Marlene im nächsten Moment, dass da noch jemand war.

Nora holte einen Säugling aus dem Wäschekorb, der ihm offenbar als provisorisches Bett diente, und überreichte ihn Katharina, die ihn ungerührt der Anwesenden an die Brust legte.

»Der arme Kerl musste wieder warten«, sagte sie.

»Es ist gut, wenn die Kinder warten lernen«, versuchte Adrian sie zu beruhigen.

Katharina schaute auf das Kind herunter, das hungrig zu saugen begann und bald hörbar schluckte.

»Ich weiß, was die Ärzte sagen, aber wenn man so ein Würmchen schreien hört ...« Sie schüttelte den Kopf, dann räusperte sie sich heftig: »Danke, dass du auf ihn aufgepasst hast, Nora. Ich wüsste wirklich nicht, was ich ohne euch beide machen würde.«

Sie sah auf das Kind herunter, das immer noch entschlossen trank, die Augen auf seine Mutter gerichtet, die winzigen Finger zu Fäusten geballt. Endlich schlief es ein. Für einen kurzen Moment war es still, dann löste Katharina das Kind von ihrer Brust, was kurzen Protest hervorrief.

»Jetzt muss ich aber. Den anderen Blagen knurrt sicher schon der Magen. Nochmals danke.«

Adrian klopfte Katharina sanft auf eine Schulter.

»Geh nur. Du musst dich nicht bedanken, Katharina. Du ziehst die Kinder auf, die unser Land braucht, aber wenn du Hilfe brauchst, bist du verloren. So ist es doch.«

Er sah jetzt wütend aus. Katharina sah kurz zu Boden, den Säugling gegen ihre Schulter geborgen. Das Kind war wieder eingeschlafen.

»Ja, das ist wohl so«, sagte sie leise. »Aber was will man machen. Die da oben denken nicht an uns da unten.«

»Das sollten sie aber, Katharina, das sollten sie.«

In Adrians Stimme schwebte wieder diese Wut.

Kurz später klappte die Tür hinter Katharina zu. Nora machte sich daran, einen Tee zu kochen. Marlene, die es sich auf einem schäbigen Sofa gemütlich gemacht hatte, beobachtete die junge Frau verstohlen. Nora goss den Tee in eine fremdartige silberne Kanne und stellte kleine Gläser mit Goldrand und eine Silberschale mit Zucker bereit. Marlene fragte sich unwillkürlich, ob es sich dabei um echtes Silber handelte. Der Tee verströmte einen angenehm blumigen Geruch.

»Jasmintee«, erwiderte Nora auf ihre Nachfrage und lud sie dann ein, sich zu ihr auf den flauschigen Teppich mit dem orientalischen Muster zu setzen. Schon nach kurzer Zeit kämpfte Marlene um eine bequemere Sitzhaltung. Adrian schien es gewohnt zu sein, auf dem Boden zu sitzen. Er saß ganz still.

»Der Tee schmeckt gut, Nora«, sagte Marlene einen Moment später in die Stille hinein, die ihr immer unangenehmer wurde, je länger sie dauerte.

»Nenn mich Jussuf.« Nora legte die Fingerspitzen gegeneinander und neigte den Kopf ganz leicht. »Hier drinnen bin ich ab heute Prinz Jussuf.«

»Gut«, erwiderte Marlene, doch offenbar hörte man die Ratlosigkeit in ihrer Stimme, denn Adrian fühlte sich bemüßigt, eine Erklärung hinzuzusetzen.

»Nora und ein paar Freunde proben ein neues Theaterstück.«

»Ah.« Marlene verstand immer noch nicht wirklich.

»Du solltest Prinz Jussuf unbedingt einmal tanzen sehen«, fügte Adrian mit einem verschmitzten Lächeln hinzu.

Nora setzte sich gerade auf. »Ja, wir würden uns freuen. Ich möchte wirklich gerne wissen, wie es dir gefällt. Ich habe mir nämlich einen neuen Tanz ausgedacht. Etwas ganz Besonderes.«

Marlene nickte. Sie fragte sich, was Nora wohl mit »etwas Besonderes« meinte und ob sie zuschauen konnte, ohne dabei vor Scham im Erdboden zu versinken. Dann nahm sie allen Mut zusammen. »Du wolltest mir doch auch ein paar von deinen Bildern zeigen. Jetzt bin ich hier – wie wäre es, wenn du heute ...«

»Später.« Adrian schaute sie ernst an. »Du bist noch nicht bereit dafür.«

Marlene nippte an ihrem Tee, um ihr rotes Gesicht zu verbergen. Dann schaute sie sich wieder verstohlen um. Sie konnte einfach nicht einschätzen, ob Adrian und Nora ein Paar waren, oder nicht.

Es dämmerte schon, als Adrian Marlene nach Hause brachte. Sie hatte ablehnen wollen, genoss den gemeinsamen Spaziergang dann aber doch. Anfangs gingen sie schweigend nebeneinander her.

»Wo habt ihr Katharina kennengelernt? Sie ist doch keine ...« Marlene suchte nach Worten, aber es wollte ihr nichts Rechtes einfallen. »Sie ist doch keine von euch ...«, endete sie dann und spürte zu ihrem Ärger sofort die Hitze in ihren Wangen. Adrian unterdrückte prustend ein Lachen.

»Keine von uns? Nein, das ist sie nicht. Sie ist eine wie es Hunderttausende gibt in Frankfurt und Köln und Berlin und Leipzig. Nora hat sie in einer Suppenküche getroffen, wo sie gemeinsam mit ihren fünf Kindern die erste warme Mahlzeit des Tages aß.«

»Fünf?«, wiederholte Marlene ungläubig. Adrian sah jetzt wieder ernst aus. Er überlegte.

»Du hast recht. Vier waren es damals. Da waren Theo, Hans, Gunter, Klaus. Der kleine Lucian war noch nicht geboren.«

»Lucian? Sie hat eines ihrer Kinder Lucian genannt?«

»Nora durfte den Namen aussuchen. Sie liebt schöne Namen.«

Marlene überlegte. »Er ist in jedem Fall ungewöhnlich«, sagte sie dann. Sie gingen ein paar Schritte weiter, bevor Marlene die nächste Frage stellte. »Was macht Katharinas Mann?«

Von der Seite konnte sie sehen, dass sich Adrians Gesichtsausdruck schlagartig verdüsterte. »Der hat sie verlassen, der Feigling.«

»Das muss schwer sein.«

»Ein Verlust ist es, weiß Gott, nicht.« Adrian schüttelte heftig den Kopf. »Sie ist besser dran ohne ihn. Er hat sie geschlagen. Ganz schlimm war es, als Lucian sich ankündigte. Er wollte nicht noch ein Kind, hat ihr unterstellt, dass der Kleine von einem Freier ist. Sie sollte ihn wegmachen, einfach so.«

»Sie ist also wirklich eine ...« Zu ihrem Ärger stotterte Marlene. »Sie ist ...«

»Eine Prostituierte?« Adrian blieb stehen und drehte sich zu ihr hin. »Ja, das ist sie, wie vielleicht auch Maria Magdalena und andere, und ihr Mann hatte nichts dagegen, bis sich ein neues Kindlein ankündigte.«

»Das ist ...« Marlene suchte nach Worten. »Furchtbar.«

Adrian hob die Augenbrauen. Der Ausdruck auf seinem Gesicht ließ neuen Abstand zwischen ihnen entstehen. Marlene fragte sich, was falsch an dem war, was sie gesagt hatte.

»Furchtbar, ja? Für sein eigenes Überleben zu sorgen, findest du also furchtbar? Was sollte daran furchtbar sein?«

»So meinte ich das nicht.«

»Und wie dann?«

Adrians Stimme klang scharf. Marlene dachte nach. Hatte

er recht? Sie konnte sich nicht vorstellen, so zu handeln, aber war Katharina etwas anderes übrig geblieben? Sie musste ihre Kinder versorgen. Wer gab ihnen sonst Essen und Kleidung?

»Wann werde ich Nora tanzen sehen?«, wechselte sie das Thema.

Adrian grinste. »Na, ob das Tanzlokal der richtige Ort für dich ist, wenn du dich schon vor Katharina fürchtest?«

Marlene kam nicht dazu, eine Antwort zu geben, denn in diesem Moment hüpfte ein Einbeiniger auf sie zu und hielt ihnen eine verkrüppelte Hand zum Betteln hin. Noch schlimmer aber war das Gesicht des Mannes, aus dem ein einzelnes Auge über einen krummen Mund starrte. Der letzte Krieg mochte zu Ende sein, aber er war auf seine Weise immer noch da. Unwillkürlich schauderte Marlene und ärgerte sich gleich darauf über Adrians neuerlichen, prüfenden Blick. Sie straffte die Schultern.

»Es ist nur menschlich«, sagte sie und ärgerte sich über ihre zitternde Stimme, »solch einen Anblick nicht mit vollkommenem Gleichmut zu ertragen.«

Adrian lachte. »Gut pariert«, sagte er dann.

Sie schluckte. War das jetzt der Moment, ihn zu fragen? Gleich würden sie sich trennen müssen. Marlene nahm allen Mut zusammen.

»Nora und du ...«

»Nora und ich?«

»Seid ihr ein Paar?«

»Nein, das sind wir nicht.« Adrian schaute sie fragend an. Marlene hatte ihre Antwort und wusste nicht, was sie damit anfangen sollte.

Gisela konnte nicht sagen, wie lange sie schon an dem Fenster stand, das die Sicht auf den Weg entlang bis zum Tor und dann auch noch auf ein Stück der Straße ermöglichte. Wer auch immer erwartet wurde, ließ sich von dieser Stelle aus als Erstes ausmachen. In früheren Jahren, als junge Ehefrau, hatte sie hier manchmal auf ihren Mann gewartet. Rechts vom Eingang zur Villa stand eine Platane, deren Blattwerk zu dieser Zeit Sonnenstrahlen zu einem Muster zerschnitt. Der helle Kiesweg glitzerte teils im sommerlichen Abendsonnenlicht, teils tanzten darauf schon die Schatten der kommenden Nacht. Die Buchsbäume wirkten fast schwarz.

Gisela bewegte Schultern und Nacken, die über das lange Warten steif geworden waren. Irgendwann heute Nachmittag hatte sie sich plötzlich gefragt, ob Marlene eigentlich immer so lange spazieren gegangen war, und ob sie nicht etwas übersah. Sie hatte auf die Standuhr im Salon geschaut, auf jenes kleine Gebilde aus Marmor, das einen griechischen Tempel nachahmte, mit seinem goldenen Zifferblatt in Form einer Sonne, und überlegt.

Jetzt musste sie natürlich wieder daran denken, dass die Uhr auf dem Klavier stand, das Mama damals mit in die Ehe gebracht hatte; ein altes Klavier, schon lange im Familienbesitz. Gisela wusste das. Ebenso wie sie wusste, dass Mama nie darauf gespielt hatte.

Und auch Großmama konnte nicht Klavier spielen, und Gisela hatte es ebenfalls nie gelernt. Großmama hatte es nicht gewollt. Manchmal, wenn sie nicht da gewesen war, hatte Gisela den Klavierdeckel aufgeklappt und ihre Finger über die Tasten gleiten lassen. Schön hatte es sich nach so langer Zeit natürlich nicht mehr angehört. Inzwischen konnte man das Klavier nicht mehr spielen. Nach Großmamas Tod hatte Gisela das Klavier geerbt, und sie hatte es in ihrem Salon aufstellen lassen, wie ein Möbelstück, das eben dazugehörte.

Das leise Quietschen des Tors ließ Gisela den Kopf heben. Marlene näherte sich mit entschlossenen Schritten der Haustür. Tatsächlich, und Gisela stellte fest, dass sie der Umstand ein wenig verwirrte, war die Tochter für einen Spaziergang gekleidet, trug einen festen, schmutzunempfindlichen Rock, eine Bluse und darüber eine Jacke und sogar einen Hut.

Ihre Haltung verwunderte Gisela: die Schultern, die sie sehr gerade hielt, der stolz erhobene Kopf. Trotz ihrer passenden Kleidung sah sie nicht wie jemand aus, der gerade ein wenig umhergewandert war. Gisela war sich sicher, dass sie etwas anderes getan hatte, obgleich sie nicht sagen konnte, was.

Vielleicht bilde ich mir auch Dinge ein, vielleicht sehe ich Gespenster ...

Gisela dachte an Elsa, die abgereist war, und der sie sich in diesem Moment am liebsten in die Arme geworfen hätte. Elsa, die auf alles eine Antwort wusste. Elsa, die ihr Schutz und Stärke bot.

Marlene hatte die Haustür erreicht und klingelte. Gisela ließ sich auf die gepolsterte Bank sinken. Draußen hörte man Schritte, dann die Stimme der Haushälterin.

Meine Tochter entgleitet mir, fuhr es Gisela durch den Kopf, und ich kann nichts tun. Gewiss, Elsa hatte gesagt, dass die Zeit kam, in der die Kinder flügge wurden, dass man keine Angst haben müsse, aber sie wusste ja nicht ...

Was, wenn Marlene es von mir hat? Wenn sie sich nicht

beherrschen kann? Sie wusste nichts von den Schwächen, mit denen Gisela zeit ihres Lebens zu kämpfen gehabt hatte. Die Dinge mussten beherrschbar bleiben, oder alles war verloren. Großmama hatte das gewusst. Nie hatte man auch nur ein schlechtes Wort über sie verlieren können. Sie hatte stets ihre Pflicht getan. Und Gisela hatte ihr in allem nachgeeifert, denn dies war die einzige Möglichkeit gewesen, ihre Bewunderung zu gewinnen.

Es war unwichtig, schön auszusehen, oder ein besonderes Talent zu haben. Manchmal hatte Gisela den Eindruck gehabt, ihre Großmutter hasse es sogar aufzufallen. Sie hatte also früh gelernt, dass sie kein Lob für ein gut gemaltes Bild oder ein perfekt einstudiertes Gedicht erwarten konnte. Gelobt wurde sie für ihre Fähigkeit, sich zu fügen. Bestraft worden war sie, wenn ihr dies nicht gelungen war.

Auch heute noch, nach so langer Zeit, war die Erinnerung an Großmamas eisigen Blick wie ein schmerzhafter Stich, der einen nicht tötete, auch wenn man es sich in diesem Moment noch so sehr wünschte.

»Sie ist so still, man bemerkt sie fast gar nicht«, war ihr höchstes Lob gewesen.

Draußen in der Halle waren immer noch Marlene und die Haushälterin zu hören. Gisela wartete, bis beide wieder verstummten. Sie würde noch ein wenig länger warten und dann nach oben gehen. Sie musste mit Marlene sprechen.

Marlene hatte ihr Zimmer kaum betreten und hielt noch den Strohhut in der Hand, den sie als Schutz gegen die starke Sonne mitgenommen hatte, als es an der Tür klopfte. Einen Moment später trat Gregor ein.

»Mama kommt gleich«, sagte er, anstelle einer Begrüßung, blieb neben der Tür stehen, die noch einen Spalt offen stand und spähte hinaus. »Heute Nachmittag wollte sie übrigens auf einmal wissen, wo du bist ...«

Marlene verharrte in ihren Bewegungen.

»Und, was hast du ihr gesagt?«

»Was soll ich ihr gesagt haben? Spazieren, natürlich.« Er schaute immer noch hinaus. Dann drehte er sich zu ihr. »Oder etwa nicht?«

Marlene wich dem nunmehr belustigten Blick ihres Bruders aus. Sie hatte ihm nicht alles gesagt, aber er ahnte sicher manches. Er war nicht dumm. Ein leichter Schauder überlief sie. Er würde sie doch nicht verraten, oder etwa doch? Gregors Stimme riss sie aus den Gedanken.

»Marlene«, sagte er kopfschüttelnd, »hätte ich etwas sagen wollen, dann hätte ich es längst getan. Meinst du nicht?«

Marlene nickte langsam. Das klang einleuchtend.

Andererseits haben wir uns vor gar nicht allzu langer Zeit noch mehr gestritten, als dass wir je füreinander da gewesen wären.

Marlene hielt inne. Ja, so war es, jetzt waren sie füreinander da. Es war ein schönes Gefühl. Sie schlüpfte aus der Jacke und hängte sie in den Schrank, strich dann ihren Rock glatt und setzte sich auf den Stuhl, um ihre Schuhe aufzuschnüren.

»Meinst du, Mama weiß etwas?«, fragte sie, nachdem sie die Schuhe zur Seite gekickt hatte. Dorchen würde sie nachher wegräumen.

Gregor zuckte die Achseln. »Sie macht sich Sorgen.«

»Sie macht sich immer Sorgen, oder?« Marlene seufzte. »Wie Urgroßmutter«, sprach sie dann nachdenklich weiter.

»Erinnerst du dich noch an sie? Mama wird ihr immer ähnlicher.«

Gregor schüttelte den Kopf. »Ich erinnere mich nicht wirklich.«

»Du warst noch ziemlich klein, als sie starb«, stellte Marlene fest und schaute gedankenverloren den Hut an, den sie auf ihrem Schreibtisch abgelegt hatte. Großmama selbst, Mamas Mutter, hatten sie beide nicht kennengelernt.

Marlene dachte daran, wie ungern sie die Urgroßmutter immer besucht hatte. Während jeder Fahrt dorthin war ihr unwohl geworden, obwohl sie es sonst liebte, unterwegs zu sein.

Obgleich auch Urgroßmutter in Frankfurt lebte, sahen sie sich nur selten. Sie mochte Besuch nicht. Marlene jagte die strenge alte Frau Angst ein. Man musste immer damit rechnen, etwas falsch zu machen, und auch wenn es nur ein unpassendes Gesicht oder ein zu auffälliger Haarschmuck waren.

Urgroßmutter empfing die Familie stets in einem hohen Lehnstuhl sitzend, ganz die Patriarchin, die sie nach dem frühen Tod ihres Mannes geworden war.

Beim gemeinsamen Essen durfte niemand ein Wort sagen. Marlene kam das Klappern des Bestecks wohl deshalb stets überlaut vor. Ihr Versuch, den Blick die ganze Zeit über auf den Teller gerichtet zu halten, scheiterte zu oft an ihrer Neugier. Doch kein einziges Mal war es ihr gelungen, die Urgroßmutter heimlich zu beobachten. Immer waren ihre Augen, sobald Marlene den Kopf hob, bereits missbilligend auf sie geheftet gewesen. Marlene seufzte.

»Seit der geplatzten Verlobung komme ich mir vor, als passte ich nicht mehr hierher.«

»Das hat auf jeden Fall Eindruck hinterlassen, nachdem sich herumgesprochen hat, dass es wohl nicht nur ein Schwächeanfall war«, sagte Gregor mit einem Gesichtsausdruck, der zwischen Grinsen und Ernsthaftigkeit hin und her schwankte. Offenbar wusste er selbst nicht, wie mit der Situation umzugehen war. »Und alle waren überrascht. Von dir hätten sie so etwas nicht gedacht.«

»Ja«, Marlene stützte den Kopf in die Hände, »aber ich fürchte, irgendwann muss man damit anfangen, die richtigen Entscheidungen zu treffen.«

Siebzehntes Kapitel

Frankfurt am Main, Juni 1923

Vor einem Besuch bei Katharina, den Adrian vorschlug, schreckte Marlene dann aber doch zurück. Was, wenn sie mit dem, was sie sehen würde, nicht zurechtkam? Was, wenn sie sich lächerlich machte? Adrian hatte Andeutungen gemacht, aber Marlene wusste einfach nicht, was sie erwartete. Nachdem sie allerdings an jenem Abend vorgeprescht war, gab es bald keine Ausreden mehr. Es war unmöglich, sich zu entziehen, wenn sie zeigen wollte, dass sie kein verwöhntes Mädchen aus wohlhabendem Haus war, das nichts vom wahren Leben wusste oder wissen wollte.

Auf dem Weg zu Katharinas Heim stockte ihr immer wieder der Atem. Sie wollte sich gar nicht vorstellen, was Mama sagen würde, wenn sie wüsste, wo sich ihre Tochter befand.

Die Gegend, durch die Adrian sie führte, erschien Marlene noch weit übler als die, in der Adrians und Noras Wohnung lag. Eigentlich hatte Marlene das kaum für möglich gehalten, doch sie wurde mit jedem Schritt eines Besseren belehrt. Die Straßen waren schmutzig. Es gab offene, stinkende Kanäle. An einer Stelle befand sich etwas Schmieriges auf der Straße, sodass Marlene fast ausgeglitten wäre, hätte sie Adrian nicht mit einem Griff festgehalten.

Es schien ihm keine Mühe zu bereiten, sie zu halten. Er

war kräftiger, als es den Eindruck machte. Sie fragte sich, wie sein Körper unter der Kleidung aussah, und errötete.

»Danke«, brachte sie trotzdem hervor.

Er tippte ihr gegen die erhitzten Wangen.

»Ihr höheren Töchter regt euch aber auch über alles auf. Wärst du lieber hingefallen?«

»Nein, ich …« Marlene brach ab. Keinesfalls konnte sie ihm sagen, worüber sie eben nachgedacht hatte. Dazu war sie nun doch zu sehr »höhere Tochter«. »Danke noch einmal«, fügte sie mit festerer Stimme hinzu.

»Nichts zu danken.«

Sie gingen weiter. Adrian blieb nah bei ihr, vielleicht, um sie von weiteren Stürzen abzuhalten, vielleicht auch in der Hoffnung, sie noch einmal berühren zu können – ein Gedanke, der Marlene gefiel, aber wahrscheinlich dem Reich der Fantasie entsprang, wie sie befürchtete.

Sie richtete ihre Aufmerksamkeit auf die Umgebung, auch wenn es ihr schwerfiel. Adrian schritt so dicht neben ihr, dass Marlene seine Körperwärme spürte, und es brauchte nur wenig, um seine Hand zu berühren und seine Haut zu spüren.

Sie atmete tief durch und sah sich um. Dünne, bleiche, verdreckte Kinder vergnügten sich hier alleine vor den Häusern, einige barfuß, ein paar in Kleidungsstücken, die ihnen deutlich nicht mehr passten. Ein Mädchen mit schmutzig blondem Haar und eines mit schmerzhaft eng geflochtenen schwarzen Rattenschwänzchen spielten Hickelkästchen.

Marlene erinnerte sich unwillkürlich daran, das früher auch getan zu haben. Sogar das Klackern des Steins, der in die Kästchen gezielt wurde, war ihr noch präsent. Offenbar war sie unwillkürlich langsamer geworden, denn Adrian drehte sich jetzt zu ihr herum.

»Hast du Angst? Schaffst du es, oder möchtest du doch wieder nach Hause?«

Die Art, wie er »Angst« und »nach Hause« aussprach, reizte Marlene. Sie straffte die Schultern und beschleunigte ihren Gang.

»Natürlich schaffe ich es.« Sie nickte zu den spielenden Mädchen hin. »Ich habe mich nur gerade an früher erinnert.«

Adrian betrachtete die Mädchen, nickte dann verstehend.

»Ach das, das haben meine Schwester und ich auch gespielt.«

»Du hast eine Schwester? Lerne ich sie einmal kennen?«

»Bestimmt nicht. Sie ist tot.«

»Oh, das tut mir leid. Wie ...?«

»Diphtherie. Nichts Besonderes, aber ein wirklich elender Tod. Es war eine schwere Zeit, damals im Krieg.«

»Ja, das war es«, sagte sie leise.

»Woher willst du das wissen?«

Marlene fühlte erstmals Ärger in sich aufsteigen.

»Es war nicht leicht, für keinen von uns.« Sie dachte daran, wie es gewesen war, als man Papa eingezogen hatte, und sie mit Mama und Gregor und dem Personal allein gewesen war. Dann der Tod von Papas jüngerem Bruder, von dem niemand mehr sprach, weil es Papa zu sehr schmerzte.

»Oh ja, gewiss.« Adrian schaute sie abschätzig an. »Dein Vater war in den Schützengräben, ja? Hat man ihm auch das Leben und die Seele zerschossen?«

Marlene straffte die Schultern. »Ja, er wurde eingezogen.«

Adrian schwieg für einen Moment, dann entschuldigte er sich.

Schweigend setzten sie ihren Weg fort. Es dauerte nicht mehr lange, bis das Haus erreicht war, in dem Katharinas Wohnung lag. Auch hier ging es bis ganz hinauf unters Dach, wo sich die günstigsten Wohnungen befanden. Der Gestank der Toilette auf halber Treppe ließ Marlene würgen, aber sie konnte es verbergen. Sie wollte nicht, dass sich Adrian wieder über sie lustig machte. Manchmal fragte sie sich, aus welchem Elternhaus er kam. Sie war sicher, dass er nicht aus dieser Gegend hier stammte und auch nicht aus der, in der er jetzt mit Nora wohnte. Er war bestimmt kein Arbeiterjunge, der sich hochgeschuftet hatte. Der Sohn eines kleinen Beamten vielleicht.

Für weitere Gedanken blieb keine Zeit. Endlich standen sie vor einer schiefen Tür. Adrian klopfte. Marlene fiel auf, dass Licht durch ein paar Ritzen in der Tür fiel. Auch die Wand war sehr dünn, sie wirkte provisorisch. Anscheinend hatte sich hier, direkt unter dem Dach, anfangs keine Wohnung befunden. An heißen Sommertagen musste es hier oben nahezu unerträglich sein, im Winter dafür eisig.

Hinter der Tür wurde es kurzzeitig lauter. Helle Kinderstimmen waren zu hören, dazwischen Katharinas Stimme, die Marlene schon kannte. Ein älterer, rotblonder Junge öffnete die Tür, lachte Adrian an und betrachtete Marlene dann stumm. Adrian grüßte. Man bat ihn herein. Marlene folgte ihm unsicher.

Die Wohnung bestand nur aus zwei Räumen. Einen Korridor gab es nicht. Von draußen gelangte man direkt in die Küche, die zugleich auch die gute Stube war. Der zweite Raum, eher eine Kammer, denn viel mehr Platz war hier nicht, deutete sich durch eine weitere Tür an. Wie groß die Kammer sein mochte, konnte Marlene nicht sagen. Sie diente wohl den Kindern als Schlafraum. Die Toilette befand sich, wie schon auf dem Weg nach oben gesehen, außerhalb der Wohnung im Hausflur. Den Brunnen, an dem Katharina ihr Trinkwasser holte, hatte Adrian Marlene auf dem Weg gezeigt. In der Wohnung roch es stark nach Kartoffeln, Zwiebeln und Kohl. Katharina rührte am Herd stehend in einem Topf und lachte sie freundlich an.

»Besuch, wie schön! Kinder, grüßt Onkel Adrian.«

»Guten Tag, Onkel Adrian«, piepsten die jüngeren Kinder, während der Älteste, der ihnen die Tür geöffnet hatte, Wasser für die Gäste hinstellte.

Adrian bedankte sich, stellte die Flasche Limonade auf den Tisch, die sie auf dem Weg besorgt hatten, und setzte sich, ohne dazu aufgefordert worden zu sein. Es wirkte fast, als wäre er hier zu Hause. Marlene konnte die Kinder jauchzen hören. Die Limonade musste ein unerwartet schönes Geschenk sein.

»Und, wie geht's?«, fragte Adrian.

»Ganz gut«, gab Katharina zurück, aber es stand Müdigkeit in ihrem Gesicht. Marlene bemerkte, dass sich der ältere Junge im Hintergrund daran machte, seine jüngeren Geschwister anzukleiden. Wenig später verließen die Kinder leise hintereinander die kleine Wohnung. Draußen im Flur waren ihre durcheinanderplappernden Stimmen zu hören. Marlene sah ihnen verwirrt hinterher, wagte aber nicht zu fragen.

Vielleicht wollten die Älteren Ruhe haben, und der Junge wusste das. Sie war ja zum ersten Mal hier. Adrian nahm gerade den dünnen Kaffee entgegen, den Katharina zuerst

Marlene und dann ihm gereicht hatte. Er schmeckte scheußlich. Marlene trank höflich. Sie wusste ja, dass Katharina ihnen das Beste gab, was sie hatte.

Dann holte Adrian eine kleine Dose Kekse heraus. Marlene, die sie als eines ihrer Geschenke erkannte, schwankte nun zwischen Ärger und Verständnis. Sie hatte sich vorgestellt, die Kekse gemeinsam mit Adrian und Nora zu essen. Jetzt wurden sie zum Geschenk für Katharina, obgleich Marlene beim Aussuchen an Adrian und Nora und deren Teezeremonie gedacht hatte.

»Erwartest du heute noch jemanden?«, fragte Adrian, während er Katharina das Mitbringsel überreichte. Die dankte und bot den Inhalt der Dose gleich an. Adrian griff zu. Marlene schüttelte den Kopf. Ja, es war kleinlich und doch, sie ärgerte sich, dass Adrian so freimütig mit ihrem Geschenk umging. Sie hatte es schließlich für ihn und Nora ausgesucht.

»Kurt passt heute auf die Kleinsten auf«, sagte Katharina mit einem Ausdruck im Gesicht, als müsste sie sich rechtfertigen. »Klaus bringt sie jetzt zu ihm.«

»Hat er seine Arbeit wieder verloren?«

»Ja.« Katharina senkte beschämt den Kopf. »Er trinkt wieder, und dann wird er eben unzuverlässig, aber er kann ein guter Vater sein, wirklich.«

Adrian schüttelte den Kopf. »Mach dir nichts vor, Katharina. Ich weiß, dass du dich gut um deine Kleinen kümmerst, mir musst du nichts beweisen, und du musst dich auch nicht rechtfertigen. Aber Kurt scheren seine Kinder einen Dreck. Das war schon immer so. Was sollst du ihm denn fürs Aufpassen geben?«

Statt einer Antwort fuhr sich Katharina mit dem Ärmel

ihrer Bluse über das Gesicht. Dann wandte sie sich Marlene zu. »Danke für Ihren Besuch, Fräulein ... Hier sieht es gewiss anders aus, als Sie es gewohnt sind, oder?«

»Ich ... äh ..., Ja natürlich, aber zuerst einmal vielen Dank für den Kaffee.« Marlene streckte die Hand aus, Katharina ergriff sie. »Ich hoffe, ich bin nicht zu aufdringlich, aber Adrian ...«, sprach Marlene, die Mut gefasst hatte, weiter. »Er sagt, ich kenne das wirkliche Leben nicht.«

»Ach ja?« Katharina zwinkerte Adrian zu. »Nun ja, was ist das schon, das wirkliche Leben?«, setzte sie dann hinzu. »Für den Reichen ist sein Leben das richtige, für den Spekulanten das seine und für uns ... Wir sind eben das hier gewohnt. So ist das.«

Sie zuckte die Achseln. Adrian nahm sich noch einen Keks.

»Und so ist das nicht richtig«, mischte er sich ein. »Richtig wäre, zu erkennen, wie vielen Menschen es in diesem Land schlecht geht.«

Katharina blickte nachdenklich drein.

»Kurt schimpft immer auf die Franzosen. Ich habe dafür keine Zeit. Ich muss mich um meine Kinder kümmern.«

Marlene dachte daran, dass auch ihr Vater gerne auf die Franzosen schimpfte, darüber, dass Deutschland seit dem großen Krieg von ihnen ausgequetscht werde und dass sie jetzt noch versuchten, das Ruhrgebiet zu stehlen.

Marlene wusste nicht viel darüber. Außer dass französische und belgische Truppen seit Januar 1923 das gesamte Ruhrgebiet bis Dortmund besetzt hielten, um sich, so der Vater, den Großteil der Kohle- und Koksproduktion unter den Nagel zu reißen. Papa wurde auch nicht müde, auf den

Aufschrei nationaler Empörung hinzuweisen, den diese feindliche Vorgehensweise ausgelöst hatte. Von oberster Stelle war zu passivem Widerstand aufgerufen worden, Industrie, Verwaltung und Verkehr hatte man teilweise lahmgelegt. Dann hatte es erste Tote gegeben.

Seit Schlageters Hinrichtung achtete Papa streng darauf, gebräuchliche französische Lehnwörter durch deutsche Begriffe zu ersetzen. Nun hieß es nicht mehr Telefon, sondern Fernsprecher, nicht Trottoir, sondern Gehweg, und selbsttätig ersetzte automatisch.

»Den Krieg wollten die da oben, für den kleinen Mann ist so etwas nie ein Gewinn«, warf Adrian jetzt ein.

Marlene dachte an den letzten großen Krieg und wie sie alle gejubelt hatten in diesem heißen Sommer 1914, als es hieß, man wäre zu Weihnachten wieder zurück. Damals war sie elf Jahre alt gewesen. Dann hatte sich Papas jüngerer Bruder freiwillig gemeldet, und als er nur ein halbes Jahr später fiel, weinten Mama und Ottilie und auch Papa tagelang. Zum Schluss hin wurde dann auch Papa eingezogen, und Mama lag fast die ganze Zeit in einem abgedunkelten Raum und klagte über Migräne. Als der Krieg zu Ende ging, war viel von Verrat die Rede gewesen, von einem Dolchstoß, der Kaiser hatte abgedankt, und Deutschland war eine Demokratie.

Katharina stand auf.

»Oh, ich habe die Zeit vergessen. Es tut mir sehr leid, aber mein Besuch kommt gleich. Ich freue mich natürlich, wenn ihr später noch einmal vorbeikommt, aber ...«

»Melde dich, wenn du Hilfe brauchst, Katharina«, ging Adrian dazwischen. »Verlass dich nicht auf Kurt. Wir sind da.«

Katharina lächelte dankbar. »Ich weiß nicht, was ich ohne dich tun würde, Adrian. Dabei hast du selbst nichts.«

»Ich habe genug, Katharina, mehr als genug.« Adrian wandte sich Marlene zu. »Komm, wir gehen.«

Marlene stand auf. Sie war jetzt doch etwas verwirrt über die Hastigkeit, das musste sie zugeben, doch sie sagte nichts.

»Hoffentlich auf bald«, verabschiedete sie sich freundlich.

Katharina nickte. Adrian schob Marlene zur Tür, bevor er sich noch einmal an die ältere Frau wandte und ihr ein kleines Päckchen überreichte. Die Kekse samt der Dose waren auf dem Tisch stehen geblieben, und Marlene wagte es nicht, Adrian daran zu erinnern. Sie wollte wirklich nicht kleinlich wirken.

Endlich lief Adrian an ihr vorbei die Treppe hinunter. Marlene folgte ihm. Kurz bevor sie unten anlangten, hörte sie, wie sich die Haustür öffnete. Schwere Schritte traten in den Hausflur, dann kam jemand die Treppe hinauf.

Es wird eng werden, fuhr es Marlene durch den Kopf, da tauchte der andere schon auf: ein Mann in Hut und Mantel, gut gekleidet. Er hielt den Kopf gesenkt, als er sich an ihnen vorbeidrängte, doch als er hinter ihr war, spürte Marlene seinen prüfenden Blick in ihrem Nacken. Sie wollte sich umdrehen. Adrians Stimme lenkte sie ab, und als sie wieder hinsah, war es zu spät.

»Katharinas Kunde«, hatte Adrian geflüstert.

»Wo warst du, Liebes?«, fragte Mama in seltsamem Tonfall, als Marlene an diesem Abend ins Wohnzimmer kam, um ihren Eltern »Gute Nacht« zu wünschen.

Den ganzen Nachmittag und den frühen Abend über hatte Marlene die beiden nicht gesehen. Nachdem sie von ihrem *Spaziergang* zurückgekehrt war, hatte sie dem Mädchen gesagt, sie wolle ein wenig lesen. Gregor hatte in seinem Zimmer für die nächste Schularbeit gepaukt. Sie hatte hören können, wie er lateinische Fälle deklinierte und entschieden, ihn nicht zu stören.

»In der Schule läuft es gerade nicht so«, hatte er ihr kürzlich gesagt, und dass er den Karren aus dem Dreck ziehen wolle, bevor Papa und Mama etwas bemerkten.

Mama im Salon aufzusuchen – sie hatte kurz darüber nachgedacht – war ihr auch zu gewagt erschienen, obgleich sie das gewöhnlich früher hin und wieder getan hatte. Aber Gisela hatte sie in den letzten Tagen immer wieder genau beobachtet, und Marlene wusste nicht, ob sie ihr Geheimnis für sich würde behalten können.

Was, wenn man ihr ansehen konnte, wo sie heute gewesen war? Sie konnte nicht vergessen, was sie gesehen hatte und würde es doch nicht erklären können. Sie verstand es ja selbst nicht.

Adrian hat recht, ich bin verwöhnt.

Etwas später war Papa aus der Firma nach Hause gekommen.

Sie hatte die Eltern in der Halle sprechen hören, leider nicht deutlich genug, um etwas zu verstehen.

»Und, wo warst du, Liebes?«, schloss sich Papa jetzt an. Marlene blickte Gisela fragend an, dann huschte ihr Blick zurück zum Vater hin, der in seinem Sessel eine Pfeife rauchte, und sie streng musterte.

»Wo ich war?«, stotterte Marlene, während sie hilflos nach einer Antwort suchte. War sie etwa doch gesehen worden?

Aber von wem und wo? Sie konnte sich nicht vorstellen, dass Bekannte ihrer Eltern unterwegs waren, wo sie sich heute aufgehalten hatte.

»Nachdem Herr Rath dich heute zum zweiten Mal gesehen hat«, sagte Mama.

»Wo?«, platzte Marlene heraus.

»Das tut nichts zur Sache, Fräulein. Nachdem Herr Rath dich heute also zum zweiten Mal gemeinsam mit einem jungen Mann gesehen hat ...«

»Was hast du dir nur dabei gedacht?«, fuhr Papa wütend dazwischen. »Die abgesagte Verlobungsfeier vor wenigen Wochen ... Denkst du denn gar nicht darüber nach, was man über dich redet?«

Herr Rath ... Marlene versuchte, sich an den Mann zu erinnern. Und wo hatte er sie gesehen? Am Main? Auf dem Römer? Sie kam zu keinem Schluss. In jedem Fall war er hin und wieder zu Gast bei ihren Eltern, das wusste sie. Sie hatte nur nie viel mit ihm anfangen können. Irgendetwas stieß ihr sogar übel auf, wenn sie an ihn dachte.

Herr Rath, Herr Rath ... Fieberhaft überlegte sie weiter. Und dann erinnerte sie sich an einen Mann mit schütterem grauem Haar, das er sich quer über seinen Schädel kämmte, als könnte das über seine Glatze hinwegtäuschen. Ein massiger Mann, der immer viel schwitzte.

»Wer war der Mann in deiner Begleitung?«, fragte Papa mit schärferer Stimme.

»Adrian ...«

»Herr Nussbaum?« Mama war entsetzt. »Der Mann, den du im Niederwald getroffen hast?« Zum Ende hin wurde ihre Stimme schwächer. »Aber du hast gesagt, du kanntest ihn nicht ...«

»Ich kannte ihn ja auch nicht.«

»Nun, mit diesen Treffen ist jetzt Schluss, liebes Kind.« Papas Stimme bebte vor Empörung. Marlene schluckte. Sie hatte ihn lange nicht mehr so gehört.

»Wollt ihr mich etwa wieder einsperren?«

»Bis du zur Vernunft gekommen bist, scheint mir das doch sehr geboten«, sagte Mama entschlossen.

»Ich bin zwanzig, das könnt ihr nicht tun.«

»Dank Gott also noch nicht volljährig. Und jetzt geh nach oben.«

Marlene wandte sich ab, drehte sich dann aber noch einmal um. »Ist Herr Rath heute eigens gekommen, um euch zu sagen, wo ich gewesen bin?«

»Ja, er hat sich dafür die Zeit genommen, obgleich er mehr als genug zu tun hat.«

Marlene griff nach dem Türknauf.

»Katharina hat auch sehr viel zu tun, und dort war ich heute.«

»Wer ist Katharina?«

»Eine Frau, die sich abmüht, sich und ihre Kinder durchzubringen, während wir hier Kuchen essen und uns bedienen lassen.« Marlene straffte die Schultern.

»Ach du meine Güte«, Gisela schüttelte den Kopf, »denkst du, es würde diesen Leuten um einen Deut besser gehen, wenn wir hier kein Personal hätten oder du auf deinen Kuchen verzichtest? Papa arbeitet viel, deshalb geht es uns gut.«

»Katharina arbeitet auch sehr viel, und sie ist trotzdem gezwungen, ihren Körper zu verkaufen, um ihre Kinder durchzubringen.«

»Kind!« Gisela war entsetzt. »Wie kannst du so etwas nur sagen!«

»Glaubt ihr, ich weiß nicht, dass auch respektable Familienväter zu solchen Frauen gehen?«

»Marlene, du bist jetzt auf der Stelle still. Es geht uns nichts an, was andere in ihrer freien Zeit tun.«

»Schuld hat also Katharina, die nur versucht, die Mäuler ihrer Familie zu stopfen?«

»Mäuler stopfen«, echote Gisela. »Was ist nur mit dir geschehen, Marlene? Wo treibst du dich neuerdings herum? Was sind das für Ausdrücke? Denkst du etwa, das ist *modern?*«

»Nein, aber ich mache die Augen nicht mehr zu.«

»Jetzt ist aber genug Marlene!« Vater sah aus, als würde er gleich aus seinem Sitz aufspringen und sie ohrfeigen.

»Vater, Mutter, entschuldigt, aber ich ...« Marlene stockte. Sie wusste nicht, was sie sagen sollte. Alle Erklärungen mussten bei ihren Eltern auf taube Ohren stoßen. Sie fühlte sich plötzlich fremd und hilflos. Sie hatte eine andere Welt kennengelernt, und das bedeutete wohl, den Frieden der alten zu verlieren.

Nachdem Marlene und etwas später auch Karl das Wohnzimmer verlassen hatten, begann Gisela heftig zu zittern. Erst konnte sie die Füße nicht still halten, dann bewegten sich die Hände wie von selbst. Sie zitterte wie Espenlaub. Für einen entsetzlichen Moment lang hatte sie den Eindruck, keine Gewalt mehr über ihren Körper zu haben. Sehr viel früher, als Kind, war ihr das manchmal passiert, wenn ihre Großmutter sie mit eisigen Worten gemaßregelt hatte. Niemand hatte sie so treffen können wie Großmutter.

Das Gefühl, ihr niemals zu genügen, hatte Gisela nie

bewältigt. Liebe hatte ihre Großmutter, die ihr doch eine Mutter hatte sein sollen, nie gezeigt.

»Liebe«, pflegte sie zu sagen, »macht einen schwach und hilflos und lässt einen schlechte Dinge tun.«

Liebe war unberechenbar. Früher hatte Gisela das nicht verstanden. Jetzt verstand sie sehr gut, was Großmutter gemeint hatte. Sollte es so sein, stand ihre Tochter davor, ihr zu entgleiten?

Was soll ich tun?

Marlene war nie ein besonders gehorsames Kind gewesen, aber widerspenstig hatte man sie auch nicht nennen können. Und dann plötzlich dieser Tag im Niederwald, als sie so überraschend eigene Wege gegangen war.

Zum ersten Mal hatte Gisela eine Ahnung davon, wovor sich ihre Großmutter immer so gefürchtet hatte. Denn dass sie sich gefürchtet hatte, das verstand Gisela jetzt. Die Unnahbarkeit, die Schärfe, die Kälte des Tonfalls: Die Großmutter, die ihr immer so stark vorgekommen war, war im Grunde doch nur ein zutiefst verunsicherter Mensch gewesen. Gisela erkannte das jetzt, weil sie sich selbst verunsichert fühlte. Nach außen zeigte sie Stärke und Überlegenheit, nach innen war sie das kleine Mädchen, das sich in Elsas Arme flüchtete und die Wärme suchte, die sie in ihrer Kindheit zu oft hatte entbehren müssen.

Großmutter hatte sie beschützen wollen und eingesperrt. Das war ihr Mittel gewesen, aber es hatte die Schwierigkeiten nicht wirklich beseitigt, denn Gisela wusste nun nicht, wie sie ihre Tochter vor den Gefahren bewahren sollte, die sie bedrohten. Sie hatte es versucht, und war offenbar gescheitert. Der Hausarrest hatte Marlene keines Besseren belehrt.

Gisela spürte, wie ihr die Tränen in die Augen stiegen und leise über die Wangen rannen. Sie weinte lautlos, wie sie es immer getan hatte. Das Gefühl der Hilflosigkeit machte sie elend.

Ich verstehe dich, Großmama, jetzt verstehe ich dich.

Zumindest das Zittern ließ endlich nach. Gisela stellte sich an das Salonfenster, das zum Garten hinaus zeigte, während die Tränen weiter aus ihren Augen flossen.

Unter dieser Tanne dort hatte Marlene früher gerne gespielt. Als sie ein kleines Mädchen gewesen war, hatten dort Feen und Elfen gewohnt. Später hatte sich Gregor unter den tief hängenden Ästen versteckt. Gisela fingerte ein Taschentuch aus dem Beutel, der an ihrem Stuhl hing, und betupfte sich Gesicht und die Augen. Noch einmal atmete sie tief durch. Dann klingelte sie nach Dorchen und bestellte einen Melissentee auf ihr Zimmer.

»Sehr wohl, Frau Gellert. War das alles?«

»Ja, danke.«

Gisela wartete, bis Dorchen die Tür hinter sich zugezogen hatte, und stand dann noch einen Moment neben dem Mahagonitisch mit seiner glatten Oberfläche. In Gedanken versunken strich sie mit der flachen Hand über die glatte, spiegelnde Oberfläche. Etwas später klopfte sie leise an Karls Tür und sagte, sie werde sich früh zurückziehen. Karl blickte sie besorgt an.

»Geht es dir gut?«

»Ja, natürlich. Ich bin nur müde. Es war vielleicht ein wenig aufregend heute.«

Er nickte, dann lächelte er aufmunternd.

»Du wirst das schaffen – du bist eine gute Mutter.«

Gisela erinnerte sich, mechanisch genickt zu haben. Dann

war Karl zu ihr gekommen und hatte sie geküsst. Er hatte sie nicht gefragt, ob sie geweint habe. Wahrscheinlich hatte er es nicht gesehen. Er hatte keinen Blick für so etwas.

Gisela, die nun an ihrem Frisiertisch im Schlafzimmer saß, betrachtete sich im Spiegel, während sie sich mit langsamen Strichen durch das immer noch dichte, dunkle Haar bürstete. Eine gute Mutter ... Eine Mutter, wie ich eine hatte ... Eine Mutter, die ich nie werden wollte ... Für einen Moment gab sie sich nur den gleichmäßigen Bewegungen des Bürstens hin, während sie fortfuhr, sich im Spiegel zu mustern.

War es tatsächlich so, dass sie ihrer Großmutter immer ähnlicher sah, je älter sie wurde? Auch etwas von ihrer Unnachgiebigkeit hatte sich in Giselas Mundwinkel gegraben. Ja, so war es, ich sehe Großmama ähnlich und Ottilie unserem Vater, der nach Mamas Tod nur noch selten bei ihnen gewesen war. Sie fragte sich, welche Erinnerungen Ottilie wohl an früher hatte.

Dann zog sie zögernd die oberste Schublade an ihrem Frisiertisch auf. Hier befanden sich, sicher verwahrt, die Dinge, die ihre Großmutter ihr persönlich hinterlassen hatte, ein selbst gebundenes Buch und – zur Aufbewahrung für Ottilie – der Zwilling zu der Kamee, die Gisela selbst jeden Tag trug. Gisela öffnete das Buch und las wie immer ein paar der handschriftlich verfassten Zeilen, hörte aber schnell wieder auf.

Offenbar war es ein Roman. Aber sie wusste einfach nichts damit anzufangen. Sie wusste auch nicht, ob Großmama je darin gelesen hatte. Sie konnte es sich nicht vorstellen.

Sie hatte Großmama nie lesen sehen. Sie hatte Romane

verabscheut. Fantasie, hatte sie zu sagen gepflegt, ist der Pfad ins Verderben. Ihre Enkeltöchter hatte sie angeleitet, nur vernünftige Dinge zu tun: Handarbeiten, Schulaufgaben …

Manchmal hatten Ottilie und sie sich heimlich Geschichten ersonnen, was Großmama keinesfalls wissen durfte. Ob Ottilie wohl auch noch daran dachte? Gisela hatte sich jahrelang verboten, daran zu denken.

Sie starrte im Wechsel das Buch vor sich an und die Kamee. Endlich legte sie alles wieder zurück an Ort und Stelle. Noch wusste sie nicht, was sie damit anfangen sollte.

»Es tut mir wirklich leid, Fräulein Gellert.«

Dorchen, das Hausmädchen, blieb in der Eingangstür zu Marlenes Zimmer stehen, einen Stapel Wäsche im Arm. Marlene drehte sich auf ihrem Schreibtischstuhl sitzend zur Tür und schaute die junge Frau prüfend an.

»Was meinst du, der neuerliche Hausarrest?«

Dorchen gab keine Antwort. Sie wirkte verunsichert, wahrscheinlich empfand sie es bereits als großes Wagnis, so offen mit der Tochter der Herrschaft zu sprechen. Gewiss schickte sich so etwas nicht, fuhr es Marlene durch den Kopf.

»Ja«, fuhr Marlene im nächsten Moment halb zu sich selbst fort, »man kommt sich etwas albern vor, als erwachsene Frau. Bald werde ich volljährig sein. Dann kann ich sogar wählen gehen und über das Schicksal unseres Landes mitbestimmen.«

Marlene wiederholte den letzten Satz stumm bei sich. Sie hatte mit Nora darüber geredet, die bei den kommenden Wahlen bereits zum zweiten Mal wählte. Nora war die erste Frau, die Marlene kannte, die tatsächlich von ihrem Recht Gebrauch machte. Für Mama kam das nicht infrage. Einmal hatten Marlene und sie darüber gesprochen.

»Wir Frauen«, hatte Mama gesagt, »haben noch nie gewählt – und sind wir etwa schlecht damit gefahren?«

Nein, Mama hielt nichts von der *neuen* Frau.

Marlene, die eine Zeit lang nachdenklich in die Ferne geschaute hatte, fokussierte Dorchen jetzt wieder. Das Mädchen stand immer noch reglos in der Tür, was Marlene langsam verwirrte. Dann verstand sie: Dorchen war es nicht gewöhnt, dass Marlene im Zimmer war, während sie ihre Arbeit verrichtete. Während ihres letzten Arrests hatte Dorchen stets die wenigen Minuten abgepasst, in denen Marlene nicht im Zimmer gewesen war. Ja, das musste sie getan haben, denn Marlene hatte sie nie gesehen, und doch war das Zimmer jeden Tag aufgeräumt gewesen. Heute hatte sie das nicht getan.

Um mit mir zu sprechen?

»Komm nur herein«, forderte Marlene das Mädchen freundlich auf. Die atmete sichtlich durch und trat an den Schrank, um die Wäsche einzusortieren. Marlene fiel auf, dass sie Dorchen noch nie bewusst bei der Arbeit zugesehen hatte. Ihre Bewegungen waren sicher, jeder Handgriff saß. Als sie fertig mit dem Einräumen war, schloss sie die Schranktüren sehr vorsichtig und drehte sich zu Marlene um.

»Wünschen Sie noch etwas, Fräulein Marlene?«

Marlene überlegte.

»Gefällt es dir hier?«, fragte sie dann.

»Hier?« Dorchens Hände bewegten sich unruhig, dann faltete sie sie ineinander und knetete sie. Marlene versuchte, sie ermutigend anzulächeln.

»Ja, hier bei uns, die Arbeit und so …« Marlene stockte. Konnte einem eine solche Arbeit gefallen? Wie war das, kaum mehr als ein eigenes Bett zu haben, zu jeder Jahreszeit früh aufstehen zu müssen, im Winter, wenn es eisig kalt war, die Kamine anzuheizen, bevor alle anderen aufstanden? Verstohlen blickte sie auf Dorchens Hände, die rot und rau waren von Waschwasser und Scheuersand.

»Ja, sicher, es gefällt mir.« Dorchens Blick ging in die Ferne, bevor sie Marlene wieder nervös anschaute. »Es geht mir hier sehr gut, Fräulein Marlene. Ihre Eltern sind freundlich, wissen Sie, Ihre Frau Mutter ist sehr zuvorkommend. Ich darf sogar alle vier Wochen nach Hause. Ich vermisse meine Eltern sehr, wissen Sie, Fräulein Marlene.«

»Ja …« Marlene versank in ihren Gedanken. Gewiss, ihre Eltern behandelten ihre Bediensteten freundlicher, als es üblich war, aber seit sie Adrian kannte, fragte sie sich, ob es überhaupt recht war, sich bedienen zu lassen? Wie war das für so junge Mädchen wie Dorchen, von zu Hause getrennt zu sein? In Familien in Stellung gehen zu müssen, wo man sie vielleicht nicht gut behandelte?

Marlene hatte von schlimmen Dingen gehört. Vielleicht hatte sie früher nicht darauf geachtet, und die Eltern waren verstummt, sobald sie Marlene bemerkt hatten, aber jetzt erinnerte sie sich. Natürlich sprach man hinter vorgehaltener Hand darüber. Es waren nur die Mädchen, denen man den »Fehltritt« zur Last legte. Immer wieder hatte sie von Dienstmädchen gehört, die man hatte entlassen müssen.

Wieder dachte Marlene an Adrian und das, was er über diese Sache dachte. Sie hatte wenig von den Abläufen zu Hause erzählt, weil sie sich zu sehr vor ihm geschämt hatte.

Er konnte sehr scharf sein, wenn es, wie er es nannte, um Ausbeutung ging. Sie schaute Dorchen an, die immer noch im Zimmer stand und offenbar darauf wartete, dass Marlene sie entließ.

»Würdest du lieber etwas anderes machen?«, fragte Marlene unvermittelt.

»Etwas anderes?«, echote das Mädchen ratlos.

»Na ja, nicht hier arbeiten, meine ich.«

Dorchen sah erschrocken drein. »Aber nein, Fräulein Gellert, ich habe keine Beschwerden. Keine einzige. Es geht mir wirklich gut hier. Ich habe nichts auszusetzen.« Dorchen sah jetzt unruhig aus. »Ich beschwere mich nicht«, setzte sie noch einmal hinzu.

Marlene hob beschwichtigend die Hände. »Nein, das meinte ich nicht. Aber …« Sie dachte an Nora, die als Tänzerin arbeitete, an die Frauen auf dem Bauamt, von denen ihr Adrian erzählt hatte, an Frauen, die als Sekretärinnen oder Telefonistinnen ihr eigenes Geld verdienten. Sie schaute Dorchen an, die sie immer noch hilflos anblickte, sagte aber nichts weiter. Nein, das war nicht Dorchens Welt, aber sie, Marlene, hatte eine Entscheidung getroffen. Sie würde sich nicht mehr gängeln lassen.

Bis sie die Straße, in der ihr Elternhaus lag, hinter sich gelassen hatte, wagte Marlene kaum zu atmen. Über dem Arm trug sie eine kleine Reisetasche. Sie hatte einen einfachen Rock, Jacke und Bluse gewählt und das Haar seitlich in einen festen Zopf geflochten. Sie ging rasch unter den Bäumen, die hier entlang der Straße standen, aber nicht zu rasch, damit es nicht auffiel, den Kopf etwas gesenkt. Sie war niemand, der spazieren ging, vielleicht jemand, der eine Verabredung hatte, eine Freundin besuchte, jemand, der über wichtige Dinge nachdachte.

Für einen Moment dachte sie an die Freundinnen, die sie zur Schulzeit noch so häufig gesehen hatte. Nachmittage lang hatten sie über Schulaufgaben gebrütet, hatten Tee getrunken und Kekse gegessen, über Mode geredet, Frisuren und darüber, was sie sich vom Leben wünschten.

Marlene runzelte die Stirn. Dabei wusste ich noch gar nicht wirklich, was ich mir wünsche. Ich wusste ja nicht, was es für Möglichkeiten gibt. Nicht, was das Leben wirklich ausmacht.

Mit dem Ende der Schule waren sie auseinandergetrieben worden, wie Wolken von einem Sturm. Ihre beste Freundin Lina hatte bald geheiratet und war mit ihrem Mann nach Hamburg gezogen. Bis auf ein paar Briefe wussten sie nichts mehr voneinander. Esther Kamphaus studierte, wenn an den Gerüchten etwas dran war. Esther hatte damals als Einzige eine Idee davon gehabt, was sie mit ihrem Leben anfangen wollte.

Unwillkürlich blieb Marlene noch einmal stehen und schaute zurück. Von hier aus konnte sie das Haus der Eltern nicht mehr sehen, wenn sie es auch noch erahnen konnte. Dorchens Stimme klang noch in ihrem Kopf. Sie hatte aufgeregt ein wenig weitergeplappert und war dann gegangen. Marlene hatte versucht, sie zu beruhigen. Ob es ihr gelungen war, konnte sie nicht sagen. Dann hatte sie noch eine Weile an ihrem Tisch gesessen und selbstvergessen auf einem Stück Papier gezeichnet. Linien waren zu verschlungenen Ästen mit Blättern geworden. Daneben waren große Blüten entstanden, schließlich hatten sich Kreise ineinander verschlungen. Je länger sie gemalt hatte, desto klarer war sich Marlene geworden über das, was sie zu tun hatte.

Endlich war sie zum Schrank gegangen, hatte die kleine Reisetasche hervorgeholt und Wäschestücke hineingestapelt. Sie war nicht sicher, was und wie viel sie brauchte. Vor dem Urlaub hatte sich immer Dorchen darum gekümmert, aber die wollte Marlene nicht in die Sache mit hineinziehen.

Wenn sie den Weg weitergehen wollte, der sich immer deutlicher vor ihr abzeichnete, musste sie selbst Verantwortung tragen, und dies auch für die kleinsten Dinge, die das Leben ausmachten. Sie musste ihre eigenen Entscheidungen treffen und für diese einstehen, das erkannte sie mit jedem weiteren Schritt, den sie tat. Die wenigen Treffen mit Adrian hatten ihr gezeigt, dass ein anderes Leben möglich war. Ein Leben, in dem ihr nichts abgenommen wurde, in dem sie aber auch lieben konnte, was und wen sie wollte. Ein Leben, für das sie sich lösen musste von Konventionen und Vorschriften. Sie musste sich nur entscheiden, frei zu sein.

»Na, Schwesterchen.«

Marlene fuhr zusammen. Sie hatte tatsächlich nicht auf den Fahrradfahrer hinter sich geachtet, auch wenn sie ihn bereits seit einiger Zeit hinter sich wahrgenommen hatte. Papa und Mama fuhren kein Rad, dass es Gregor sein könnte, war ihr gar nicht in den Sinn gekommen.

»Gregor. Solltest du nicht in der Schule sein?«

»Ich habe mir freigenommen.« Marlenes Bruder grinste breit, wenn auch etwas nervös. »Wohin des Wegs?«

Marlene versuchte, ihn streng anzublicken.

»Du lässt das aber hoffentlich nicht zur Gewohnheit werden.«

»Das Schwänzen?« Gregor stieg von seinem Fahrrad ab und schob es nun neben ihr her. »So wie du das Weglaufen?«

»Ich laufe nicht weg. Ich will meine eigenen Entscheidungen treffen.«

»Und ich weiß eigentlich nicht mehr, was ich in der Schule mache, wenn mir danach doch nichts anderes bevorsteht, als in Papas Firma zu landen.«

Marlene blieb unvermittelt stehen.

»Du willst nicht?«

»Hab ich doch schon gesagt ... Hat man mich je gefragt?«

Die Geschwister starrten sich an. Dann setzte sich Marlene wieder in Bewegung. Sie hatte immer gedacht, dass Gregor zufrieden mit dem Leben war, das vor ihm lag.

»Ich habe dich immer beneidet«, sagte sie nach einer Weile und schaute ihn von der Seite an.

»Gefragt hast du mich aber nicht«, entgegnete Gregor.

»Nein«, gab Marlene zu. »Warum bist du mir gefolgt?«, fragte sie dann.

»Ich wollte wissen, wo du hingehst. Schließlich bist du meine Schwester.« Als sie ihn anschaute, feixte er. »Weißt du, ich habe nie gedacht, dass ich einmal befürchten würde, dich zu vermissen.«

»Wirst du das?«

»Klar. Also, wohin gehst du?«

Gregor schaute sie an. Nicht zum ersten Mal bemerkte Marlene etwas Nachdenkliches in seinem Blick.

»Wirst du mich auch nicht verraten?«

»Traust du mir immer noch nicht?« Er schüttelte den Kopf. »Also, wirklich!«

Marlene zog die Schultern hoch.

»Doch ... Es ist nur so ungewohnt. Wir haben immer viel gestritten.«

»Das haben wir.«

»Du weißt, dass ich mich nicht von dir aufhalten lassen werde?«

Gregor sah jetzt nicht sie an, sondern vor sich auf die Straße. Das Pflaster war staubig und trocken. Der Reifen seines Rades hinterließ ein paar schwache Muster.

»Es ist mein Leben, meine Entscheidung.«

»Klar wie Kloßbrühe.«

Gregor schaute sie immer noch nicht an. Irgendetwas beschäftigte ihn. Marlene biss sich auf die Lippen.

»Ich kann so nicht weiterleben. Es wäre falsch.«

Er nickte nur.

Achtzehntes Kapitel

Kreuznach, August 1855

James hielt die Augen geschlossen, während er das Gesicht gen Himmel reckte. Ein leichter, warmer Wind strich über seine Haut. Er konnte Annes Atmen hören, so nah war sie ihm. Etwas entfernt zwitscherten Vögel, unweit von ihnen gurrten Tauben. Wenn man die Augen öffnete und den Kopf etwas drehte, konnte man das Pärchen ungewöhnlicher hellbeiger Tauben auf einem nahe liegenden Rosskastanienbaum sehen. Irgendwo hatte er solche Tauben schon einmal gesehen, aber es war nicht hier gewesen und auch nicht in England. James setzte sich auf.

»Dieser Ort«, sagte er ruhig, »erinnert mich an die Tage bei Tante Betty, als ich noch ein Junge war. Damals habe ich viele Wochen bei ihr verbracht. Habe ich schon erzählt, dass sie alleinstehend war? Sie hatte immer Zeit für mich. Bei ihr gab es jeden Tag Kuchen und Kekse, und wenn ihre Köchin Süßes buk, durfte ich Teig schlecken, so viel ich wollte. Es war wie das Paradies. Außerdem hatte sie die schönsten Pflanzen – und mehrere Gewächshäuser.«

Er brach ab, wirkte plötzlich nachdenklich.

»Sie haben uns von den Orchideen erzählt«, sagte Anne leise.

Sie war verwirrt, verwirrt, seitdem er sie heute aufgesucht und gebeten hatte, sie auf seinem Spaziergang zu begleiten. Er hatte ernst ausgesehen und gleichzeitig, als wäre er sich über etwas klar geworden. Und obwohl sie kurz darüber nachgedacht hatte, was die Nachbarn wohl denken mochten, hatte sie nicht ablehnen können.

Ich tue ja nichts Böses, hatte sie gedacht, es ist nicht meine Schuld, wenn sie Böses denken.

Sie wartete ab, ob er noch etwas sagen würde. Warum erzählte er ihr das jetzt und überhaupt, warum war er mit einem Mal so vertraut mit ihr? Was hatte das alles zu bedeuten?

Anne strich zum wiederholten Mal den Rock über ihren Knien glatt, spürte das Gras unter den Zehen, denn James hatte sie dazu überredet, die Schuhe auszuziehen. Es war ungewohnt, so ungewohnt, wie allein mit ihm zu sein. Der Boden war immer noch ein wenig feucht von dem Regen, der in den letzten zwei Tagen gefallen war.

»Das Ende des Sommers ist gekommen«, hatte er gesagt, als er plötzlich vor ihrer Tür gestanden hatte.

Hatte er ihr damit sagen wollen, dass er bald abreisen würde? Und was war mit Sophie? Vielleicht hätte sie sich doch nicht dazu überreden lassen sollen, mitzukommen, aber es fühlte sich gut an, hier mit ihm an der Nahe zu sitzen, geschützt unter Bäumen, sodass niemand sie sah.

Nicht zum ersten Mal starrte Anne auf ihre nackten Füße. Sie konnte sich nicht erinnern, wann sie zuletzt den Boden direkt unter ihren Fußsohlen gespürt hatte: Erde, Blätter, kleine Zweige, Steine. Sie schaute auf die Nahe hinaus, die an dieser Stelle über ein paar Steine plätscherte. Etwas weiter den Fluss hinauf saß ein Kormoran und hatte die Flügel ausgebreitet.

»Wissen Sie«, schreckte James' Stimme sie aus den Gedanken, »ich glaube, es ist der Geruch der Brunnen, den der Wind zu uns weht. Er ist eigentümlich wie Meerwasser. Tante Bettys Haus lag in Cornwall nur wenige hundert Meter von der See entfernt, und es kam mir immer so vor, als könnte ich dort freier atmen. Wirklich, es ist dieser Geruch, wie linder, von der See her wehender Wind …« Er deutete nach oben in die Baumkrone, wo eben ein stärkerer Windstoß die Blätter zum Tanzen brachte.

Ich war noch nie am Meer, dachte Anne und sagte es im nächsten Augenblick auch schon. James sah sie fest an.

»Sie sollten einmal hinfahren. Es wird Ihnen gefallen.«

»Warum tun Sie das, James?«

Er hielt inne, und Anne hätte schwören können, dass er für einen Moment erschreckt aussah.

»Ich mag Sie, Anne.« Er holte tief Luft. »Haben Sie das nicht bemerkt?«

Sie wusste nicht, was sie sagen sollte. Zu viele Gedanken huschten durch ihren Kopf, wie Blätter, die der Herbstwind durcheinanderwirbelte.

»Und gleichzeitig weiß ich es nicht«, fuhr James fort. »Warum bin ich zu Ihnen gekommen? Weil ich Sie mag …«

Anne schluckte. »Und warum sind Sie wirklich hier? In Kreuznach, meine ich. Sie haben das bislang keinem von uns gesagt.« James wich ihrem Blick aus. Vorübergehend sah es so aus, als fesselte ihn der Kormoran, dann bemerkte sie, wie er die Schultern hob und wieder senkte, als müsse er den Nacken lockern.

»Sie sind jedenfalls nicht krank«, sprach Anne schneller weiter, unsicher, ob sie nicht zu direkt war. »Sie machen keine Behandlungen, wenn Sie auch ab und an unser Wasser zu sich nehmen.«

»So, das wissen Sie also.«

Anne errötete unter James' forschendem Blick.

»Ich spioniere Ihnen nicht nach, wenn Sie das denken sollten.«

»Nein, das denke ich nicht. So ein Mensch sind Sie nicht.«

Seine Augen kamen ihr jetzt wie ein tiefer See vor, in dem man versinken könnte. Aber er erlaubte ihr keinen Zugang. Sie schluckte, wusste nicht, warum sie sagte, was sie als Nächstes aussprach: »Seien Sie gut zu meiner Schwester.«

James reagierte nicht auf ihre Worte.

»Ich kann Ihnen jetzt nicht sagen, was mich hierher gebracht hat«, sagte er stattdessen, »aber ich bin mir sicher, dass Sie diejenige sind, der ich es als Erstes werde sagen können.« Er machte eine kurze Pause. »Sie sollten wirklich einmal ans Meer fahren. Es wird Ihnen sehr gefallen, das kann ich Ihnen ansehen. Sie sind für das Meer gemacht ...« Er strich eine Haarsträhne aus ihrem Gesicht. »Sie sind wild und sanft zugleich. Man darf Sie nicht unterschätzen.«

Anne wollte aufstehen, aber James ließ es nicht zu. Sie spürte, wie er ihr Gesicht am Kinn sanft zu sich zog.

Das darf nicht sein, fuhr es ihr durch den Kopf, das darf nicht sein. Es wird Sophie verletzen, und ich, ich bin verheiratet, ich ...

Aber sie ließ ihn gewähren. Sie konnte und wollte einfach nicht dagegen angehen. Er küsste sie einmal und noch einmal. Es war wunderbar. Sie hatte so etwas noch nie gespürt, dieses Gefühl von Freiheit, eine Art Dankbarkeit, sich hingeben zu können und sich in diesem Moment nichts versagen zu müssen.

Dann lösten sich ihre Lippen voneinander.

»Sophie«, murmelte sie.

James streichelte Annes Wange. Er wirkte entspannt.

»Was ist mit ihr?«

Anne musste schlucken. Es fiel ihr schwer, ihre Gedanken zu ordnen.

»Ich dachte, Sie lieben sie. Ich dachte, Sie beide werden heiraten.«

Ihre Worte klangen so absurd in ihren Ohren, dass Anne dachte, er müsse lachen, aber er tat es nicht.

»Ich mag Sie beide«, sagte er dann. »Wirklich, ich mag Sie beide sehr, Anne. Wenn ich einfach lieben könnte, dann würde ich Sie lieben, Anne, und nur Sie …«

Als er sie nun ansah, wirkte er verunsichert. Anne versuchte sich zu sammeln und rückte ein winziges bisschen von ihm ab.

»Aber ich bin verheiratet«, sagte sie.

»Genau«, sagte James langsam. »Sie sind verheiratet.«

Sie trennten sich voneinander, noch bevor sie die Brücke über die Nahe erreichten. Anne bog nach rechts ab, um nach Heilkräutern zu suchen, wie sie sagte. James sah ihr noch für einen Augenblick hinterher. Als er hierhergekommen war, hatte er nicht gedacht, jemanden wie die Schwestern kennenzulernen. Als er Sophie damals kurz entschlossen angesprochen hatte, war er von ihrem Liebreiz angetan gewesen, und ja, er hatte sich beweisen wollen, dass er sie für sich gewinnen konnte. Dann hatte sich die Sache anders entwickelt. Anne war aufgetaucht, umsichtig, besorgt um ihre Schwester. Sie hatte ihn berührt, vom ersten Augenblick an. Er hatte sie beobachtet, während er mit Sophie scherzte. Vielleicht würde er den Schwestern eines Tages die ganze Wahrheit über seinen Aufenthalt in Kreuznach erzählen können, vielleicht würde er es müssen, aber noch war es nicht so weit, noch wollte er nicht an dem diffizilen Gleichgewicht rühren. Nein, er fürchtete sich davor.

War das Liebe, was er Anne gegenüber empfand? Doch, vielleicht war es etwas, das dem sehr nahekam. Im Moment war er verwirrt. Er brauchte mehr Zeit. Sich seiner Gefühle klar zu werden war schwieriger, als er gedacht hatte.

Er dachte an die ersten Tage der Trennung von Gordon, an denen ihm das Leben kaum mehr lebenswert erschienen war.

Mamas Arzt hatte von einem Nervenzusammenbruch gesprochen, etwas, was man natürlich nicht öffentlich bekannt machte, aber Mama war sich darüber klar gewesen, dass seine Rückkehr ins elterliche Haus für Gerede sorgen würde. Also hatte sie ihn hierher geschickt, in ihre alte Heimat, wo er sich erholen und erkennen sollte, was das Leben von ihm forderte.

»Lern ein paar hübsche Mädchen kennen, tanz mit ihnen, geh mit ihnen spazieren. Vergiss, was geschehen ist. Genieße noch einmal dein Leben in diesem Sommer, und lern dann deine Pflichten kennen.«

Mama hatte es stets vermieden, den Namen des Mannes auszusprechen, der ihrem Sohn den Kopf verdreht hatte, aber würde er vergessen können, dass Gordon ihm als Erster das Herz gebrochen hatte? Vielleicht war Anne diejenige, die ihn heilen konnte, vielleicht war sie diejenige, die den Mann aus ihm machte, den seine Mutter in ihm sehen wollte.

In jedem Fall hatte er versucht zu tun, was Mama ihm aufgetragen hatte. Er hatte junge Frauen kennengelernt, doch war es recht von ihm, so zu handeln?

Draußen im Flur hörte er jetzt Schritte, jemand kam die Treppe herunter, zögerte vor seiner Tür, ging dann weiter. James trat ans Fenster und sah einen Moment später Henry aus dem Eingang treten. Wie so oft hatte er ein seltsames Gefühl, aber es war gänzlich unmöglich, Henry überallhin zu folgen. In diesem Moment drehte der andere sich um und schaute nach oben zu James' Fenster, der gerade noch zurückweichen konnte. James überlief ein Schauder. Als er nach kurzer Zeit wieder wagte, nach unten zu schauen, war Henry fort. Wo mochte er hingegangen sein? Er hätte es jetzt doch gerne gewusst, aber er hatte den Moment verpasst.

James war nicht schnell genug zurückgewichen, Henry hatte ihn gesehen. Während er nun rascher ausschritt, dachte er an die beiden Preuße-Mädchen. Es dämmerte schon, und die meisten waren auf dem Weg nach Hause. Manchmal wurde er gegrüßt, dann nickte er. Er wusste, dass ihm sein Geld die Türen zu dem Etablissement öffnete, das er heute besuchte. Er kam jetzt zum dritten Mal, und die Wirtin grüßte ihn überschwänglich.

Ohne dass er etwas sagen musste, gesellte sich das gewünschte Mädchen an seine Seite. Sie war braunhaarig und etwas blass, ihre Lippen in recht dunklem Rot geschminkt. Sie hatte natürlich keine Wahl, als ihm zu Gefallen zu sein, aber er stellte sich vor, dass sie ihn wollte.

Ein Mann, den er schon bei seinem ersten Mal hier gesehen hatte, lächelte ihm zu, als er weiter in den Raum hineintrat. Henry mochte ihn nicht. Er hatte etwas Anzügliches, Schmieriges. Über eine Hälfte seines Gesichts zog sich ein Ausschlag. Henry grüßte mit einem Nicken und wollte dem Mädchen sogleich folgen.

»Es gibt kaum schönere Damen, mit denen man den Abend verbringen könnte, nicht wahr?«, sprach ihn der Mann an.

Henry mochte es nicht, wie er das Wort »Damen« aussprach. Es waren Dirnen, nichts Besseres und nichts Schlechteres.

»Ein Korn? Oder trinkt ihr Engländer nur Whisky?«

»Ich ziehe Sherry vor«, erwiderte Henry kühl. Wie weit war er gesunken, dass er sich von solch gewöhnlichen Männern ansprechen lassen musste? Er hasste sein Leben, wie es war. Er hasste alle, die glücklich waren.

Er wandte sich ab und betrachtete das Mädchen, das in der Tür stehen geblieben war. Er bedeutete ihr, vorauszugehen. Sie trug eine Kerze, die den schmalen Gang, von dem links und rechts Zimmertüren abgingen, in ein flackerndes Licht tauchte. Ihre Bewegungen waren schicksalsergeben. Sie öffnete die Tür zu ihrem kleinen Zimmer, in dem lediglich ein Bett und ein Stuhl samt Waschschüssel standen. Der Raum war nicht groß. Er konnte auch nicht geheizt werden, was im Winter sicherlich unangenehm war. Als einziger Schmuck hing ein Kreuz über dem Bett, ein Anblick der Henry zum Lachen reizte.

Er setzte sich auf das Bettzeug aus hellem Leinen, während er dem Mädchen zusah, wie es sich auszog. Sie war schmal, hatte dabei aber üppige Hüften und Brüste. Ihr braunes, lockiges Haar fiel ihr bis zur Taille herab. Er sah, wie sich ihre Lippen beim Auskleiden bewegten, und fragte sich, ob sie betete. Dachte sie, ihr Gott könne sie vor der grausamen Krankheit schützen?

»Stell dich da hin«, verlangte er und deutete auf den Platz vor der Tür, der einzige Ort, an dem sie weit genug von ihm weg stand, um sie genauer zu betrachten. Sie schlug die Augen nieder. Er mochte das. Er mochte es, dass auch ein Mädchen wie sie noch Scham empfinden konnte. Das hatte etwas Absurdes.

Natürlich würde sie wieder das Licht löschen wollen, um die Veränderungen an seinem Körper nicht zu deutlich zu sehen. Wut stieg verlässlich in ihm hoch. Wut über die Krankheit, die ihn zum Aussätzigen machte. Wut darüber, dass ein billiges Mädchen wie sie es wagte, ihm gegenüber Ablehnung zu zeigen. Sie machte eine Bewegung auf die Kerze zu, die sie aus dem Empfangsraum mitgebracht hatte.

»Lass sie stehen«, herrschte er sie an. Sie sollte glücklich sein, dass er eine wie sie anfasste. Er winkte sie zu sich, packte ihr Handgelenk und riss sie zu sich heran, sobald sie nah genug war. Er sah den Schmerz in ihrem Gesicht, Schmerz, wie er ihn selbst empfand. Heute würde sie die Kerze nicht ausmachen. Heute würde sie ihn sehen, als der, zu dem ihn die Krankheit gemacht hatte. Er lachte auf, was das Mädchen sichtlich erschreckte. Es war alles umsonst gewesen: die Suche nach Heilung, das Bemühen, die Gerüchte verstummen zu lassen. Er würde nach England zurückkehren. Niemand würde ihn heiraten. Das Erbe der Familie würde verfallen. Im Grunde seines Herzens war ihm das ganz egal. Vielleicht gehörte er ja wirklich zu jenen, denen die Krankheit das Gehirn zerfraß. Vielleicht würde er bald vor sich hin siechen, zwischen Wutanfällen und Lethargie schwankend.

Er ließ das Mädchen los. Sie stand ganz ruhig und starr. Henrys Mund fühlte sich plötzlich trocken an. Er dachte daran, wie gut ein Whisky jetzt schmecken würde, wie er seine Kehle hinabrann – befanden sich dort auch diese Geschwüre? – und den Magen zum Brennen brachte.

»Herr?«, fragte sie leise.

Er betrachtete sie. Auf ihrem Körper hatte sich Gänsehaut gebildet. Offenbar fror sie, dabei war es auch abends sommerlich warm. Hatte sie Angst? Sollte er sich darüber freuen? Er schlüpfte aus seinem Rock, sah, wie sie unwillkürlich die Schultern hochzog, dabei hatte sie noch gar nichts gesehen. Er warf den Rock auf das Bettende, wickelte das Tuch von seinem Hals, ohne sie dabei aus dem Blick zu lassen. Er meinte ein leises Seufzen zu hören, als sie die roten Flecken an seinem Hals sah.

»Knöpf mir das Hemd auf.«

Sie gehorchte. Jetzt konnte sie es nicht vermeiden, ihn zu berühren. Er sah den Ekel in ihren Augen und hätte für einen Moment gerne geweint. Er hatte immer alles gehabt, alles war ihm zugeflogen. Er war der Erbe eines Namens, eines großen Anwesens, der Erbe von viel Geld. Die Zukunft hatte ausgesehen, als wäre sie nur für ihn gemacht. Dann hatte er sich angesteckt. Er hatte sogar eine Vorstellung, wann das geschehen war: ein Ausflug nach London, bei dem man ihn überredet hatte, eine Dirne aufzusuchen. Ein Etablissement, das ihm unbekannt gewesen war. Er hatte geglaubt, dass nichts passieren würde. Sie war ein ausgesprochen hübsches Mädchen gewesen. Er konnte sich nicht erinnern, je ein schöneres gesehen zu haben.

Wenn er später wieder in seinem Zimmer in der Pension war, würde er den Whisky aus dem Schrank holen und sich betrinken. Es war ein sehr guter Tropfen, einer, der sich weich an die Zunge schmiegte, mit einem Nachgeschmack aus Rauch und Honig.

Henry zog jetzt auch die Hose aus, dann die Unterhose, hörte, wie das Mädchen Luft durch die Zähne zog.

»Bitte, Herr, zwingen Sie mich nicht, bitte, Herr ...«

»Es ist dein Beruf, oder nicht?« Es gefiel ihm, wie kalt seine Stimme klang.

Neunzehntes Kapitel

Frankfurt am Main, Juni 1923

Marlene trug ihr ausgefallenstes Kleid, das an diesem Ort allerdings gewöhnlich wirkte, und versuchte, möglichst unbeeindruckt nach vorne zu sehen. Adrian, Nora und sie waren früh gekommen, als sich noch wenige Zuschauer versammelt hatten, denn Nora, die hier heute auftrat, wollte sich noch etwas vorbereiten. Inzwischen war der Saal voll und schwirrte und vibrierte vor Stimmen, Schritten und Lachen. Und es war so viel geraucht worden, dass man die Bühne nur noch durch Nebelschwaden sah. Von den kleinen, runden Tischen, die im hinteren Bereich aufgebaut waren, stieg Zigaretten- und Pfeifenqualm unaufhörlich zur Decke auf.

Männer und Frauen saßen dort und redeten, lachten, schimpften, küssten einander sogar. Die meisten Männer, aber auch viele Frauen trugen Anzüge, Letztere hatten die Haare mehrheitlich zum Bubikopf schneiden lassen, während die Männer die Haare meist gescheitelt und glatt zu den Seiten gekämmt trugen. Einer erinnerte Marlene an Rudolph Valentino, dessen Bild sie einmal aus einer Illustrierten ausgeschnitten und in einem »Trotzkopf«-Band verborgen hatte. Sie musste ihn einfach anstarren und war froh, dass er es nicht zu bemerken schien.

Hätte Mama gewusst, was ich da vor ihr in einem meiner

Mädchenbücher verberge, fuhr es ihr durch den Kopf, wäre sie darüber sicherlich sehr entsetzt gewesen. Mittlerweile hatte die Tochter Schlimmeres getan, als Rudolph-Valentino-Bilder vor den Eltern zu verbergen.

Ob Papa und Mama wohl nach ihr suchen ließen? Gewiss taten sie das, aber bestimmt bemühte sich Vater auch darum, kein unnötiges Aufsehen zu erregen. Marlene war sich deshalb recht sicher, dass man die Polizei nicht informiert hatte.

Die Frauen, bemerkte sie nun, während sie sich weiter aufmerksam umsah, trugen fast nur sehr leichte, fast durchsichtige Stoffe. Die Kleider boten über ihre Oberteile tiefe Einblicke, wenn nicht von vorne, dann doch von der Seite. Die Augen waren meist dunkel umrandet, die Augenbrauen dünn und gebogen, Lippen leuchteten tiefrot. Die Männer hatten meist Anzüge an. Dazwischen mischten sich auch ein paar wenige einfach gekleidete Burschen, deren Hemdsärmeligkeit im Vergleich umso stärker wirkte.

Marlene war sicher, dass sie der einzige weibliche Gast mit Mädchenzöpfen und einem völlig unauffälligen Kleid war. Immerhin hatte Nora sie heute dazu überredet, sich rote Lippen malen zu lassen, aber Marlene fühlte sich unwohl damit. Nicht nur fühlte sich die Farbe seltsam auf ihrer Haut an, die junge Frau fand auch, dass sie merkwürdig schmeckte. Immer wieder bewegte sie die Zunge unwillkürlich über die Lippen, spürte winzige Farbstückchen abblättern und befürchtete, dass sich die ganze Pracht schon zu einem guten Teil gelöst hatte. Zweifellos sah sie albern aus.

Um sich auf andere Gedanken zu bringen, sah Marlene erneut nach vorne, wo die Bühne für den nächsten Auftritt bereit gemacht wurde. Die in der Nähe der Bühne Wartenden befanden sich, wie immer zwischen den Auftritten, in steter Bewegung. Marlene sah einen Mann, dem rechts und links zwei Frauen an den Armen hingen, eine weitere Frau stand alleine und zog an einer Zigarette mit langer silberner Spitze, während das Licht in ihrem leuchtend roten Haar reflektierte. Zwei Frauen hielten sich eng umschlungen und küssten sich mal in kürzeren, mal in längeren Abständen. Anfangs musste Marlene sich wirklich beherrschen, sie nicht mit offenem Mund anzustarren.

Wieder einmal zupfte sie jetzt an ihrem Kleid herum, jenes, das sie schon zu der Soirée getragen hatte. Nora hatte ihr dazu eine Kette mit einem riesigen Auge daran geliehen, irgendetwas Ägyptisches ... Leider hatte Marlene vor Aufregung nicht zugehört und deshalb vergessen, um wessen Auge es sich handelte.

Sie runzelte die Augenbrauen. Der Lärm um sie war bereits ohrenbetäubend, aber er wurde noch lauter, auch wenn sie das kaum für möglich gehalten hatte. Immer lauter wurde gelacht, geschrien und gesungen. Es war, als schaukelte man sich gegenseitig hoch. Hierher kam man, um zu feiern und alles andere zu vergessen. Alle Schwierigkeiten, alles Leid, alle Last sollten außerhalb dieses Ortes bleiben.

Marlene zog sich noch ein Stück an die Wand zurück. Gewiss war es nicht das erste Mal, dass Adrian und Nora sie auf einen der abendlichen Ausflüge mitnahmen, aber das alles blieb immer noch neu, und sie war doch zu sehr die brave Tochter aus gutem Hause, als dass sie sich vollkommen wohlfühlte. Es war weniger leicht, die eigenen Entscheidungen zu treffen, als sie es sich ausgemalt hatte.

Dass sie weggelaufen war, hatte sie natürlich niemandem gesagt. Für Adrian und Nora war sie erwachsen und hatte die Bevormundung zu Hause einfach nicht mehr ausgehalten. Zu ihrer Erleichterung hatte Adrian zugestimmt, sie einige Tage bei sich und Nora unterschlüpfen zu lassen. Das Angebot, dafür zu zahlen – Marlene hatte den wenigen hochwertigen Schmuck von zu Hause mitgenommen, den sie bislang geschenkt bekommen hatte –, hatte er großzügig abgelehnt. Auch jetzt noch war Marlene erleichtert über den Verlauf des Gesprächs.

Und als würde ich damit rechnen, dass Adrian jeden Tag die Wahrheit herausfindet – was wird er dann tun? – oder Mama und Papa mich ausfindig machen, habe ich meine Tasche immer noch nicht ausgepackt …

Was würde geschehen, wenn Gregor doch kein Stillschweigen bewahrte? Marlene kam nicht dazu, den Gedanken weiterzuführen, denn Nora betrat die Bühne. Im vorderen Bereich gruppierten sich ein paar erwartungsvolle Zuschauer neu. An den Tischen, die weiter von der Bühne weg standen, wurden die Gespräche leiser geführt. An einem Tisch brandete sogar Jubel auf. Dann toste kurz der Beifall.

Offenbar hatte man auf Nora gewartet. Ihr Name, das war Marlene bereits draußen aufgefallen, war in jedem Fall der größte auf dem Plakat draußen am Eingang gewesen. Neben dem Namenszug schwebte eine stilisierte Tänzerin.

Marlene wich etwas zurück und drückte ihren Rücken fester gegen die Wand, vor der sie nun schon den ganzen Abend gestanden hatte, seit Nora und dann auch Adrian sie verlassen hatten, beide mit dem Versprechen, sehr bald zurückzukommen. Vorne betrat Nora die Bühne, gekleidet in ein weißes Gewand, dessen etwa knielanger Rock in Fetzen ihre Beine umspielte. Stark geschminkt, so wie man es aus dem Kino kannte, starrte sie zuerst wild in die Zuschauermenge und begann dann mit den ersten eigenartigen Tanzschritten, die zuerst langsam und geschmeidig, dann immer schneller und heftiger wurden. Erst bewegten sich nur Arme und Beine, dann setzte Nora auch den Kopf ein, warf ihn mal nach vorne, mal nach hinten, sodass ihr das Haar irgendwann wild um den Kopf herumstand. Dazu spielte eine seltsame Musik, mit orientalischen Anklängen, wie Marlene sie noch niemals zuvor gehört hatte. Zu Hause hörte man Wagner, Beethoven, die Strauß-Brüder, auch Chopin und Mendelssohn-Bartholdy, aber niemals so etwas. Sogar die Schlager, die doch in aller Munde waren, und die man die Menschen auf der Straße pfeifen hörte, waren bei ihren Eltern verpönt.

Marlene runzelte die Stirn. Das war also das, was Adrian und Nora als Ausdruckstanz bezeichneten, etwas, das in jedem Fall keineswegs dem Walzer oder ähnlichen Tänzen ähnelte, die ihr bekannt waren; und sie musste auch nicht lange zuschauen, um zu wissen, dass Mama entsetzt sein würde.

Und Papa würde sagen: Sind wir denn hier bei den Hottentoten?

Auch Marlene selbst konnte nicht sagen, ob ihr das Ganze gefiel – faszinierend war es dennoch.

»Und?«

Hugo, einer von Adrians Künstlerfreunden, tauchte wieder neben ihr auf. Marlene hatte ihn schon einmal gesehen, als sie eingetroffen waren, dann war er verschwunden, um ein paar Freunde zu suchen.

Freunde waren es allerdings kaum gewesen, eher Freundinnen, wie sie jetzt feststellte, denn auf einer Wange und auch auf seinem Mund schimmerte roter Lippenstift. Das blonde Haar, das er eben noch glatt nach hinten gekämmt getragen hatte, war zerzaust, eine Haarsträhne tanzte über seiner hohen Stirn. Er strich sie sich mit der ganzen flachen Hand zurück.

Marlene hob die Augenbrauen, sagte aber nichts. Sie wusste nicht viel von ihm. Wie Adrian auch malte er, übte aber darüber hinaus keinen weiteren Beruf aus. Insgeheim fragte sie sich, wie er sein Leben mit dem Verkauf seiner Bilder finanzierte. Leicht konnte es nicht sein, denn er malte nichts Gefälliges, wie er selbst sagte.

Marlene erinnerte sich an ein Bild, das Nora ihr gezeigt hatte. Marlene hatte das Porträt von Nora weder schön noch hässlich gefunden, eher irritierend. Da war etwas an der Darstellung, das sie tatsächlich an Nora erinnerte, zugleich war die echte Nora bei Weitem hübscher. Das Bild zeigte nur eine Seite Noras, und es war nicht die, die Marlene unbedingt gezeigt hätte. Wahrscheinlich würde Nora auch nie so aussehen wie auf dem Bild, zumindest würden noch viele, viele Jahre vergehen, bis es so weit war.

»Ich freue mich, Nora endlich einmal zusehen zu können«, sagte sie unvermittelt. Sie fragte sich, wann und wo Hugo Nora gemalt hatte, und was er Nora und den anderen damit hatte zeigen wollen. Dass das Fleisch vergänglich war, das Äußere nur ein schöner Schein? Also hatte er Müdigkeit in Noras Ausdruck gemalt, Gier, die mit Freundlichkeit kämpfte. In gewisser Weise hatte er Nora gut getroffen, Nora hatte ihr das Bild ja auch gezeigt und sich nicht darüber beschwert.

Würde ich wollen, dass er mich so malt? Dass er zeigt, was ich lieber verborgen wüsste?

»Ich male das, was wirklich ist«, hatte er geantwortet, als Marlene sich höflich nach dem Sinn seines Schaffens erkundigt hatte. »Ich male das, was da ist, wenn das schöne Fleisch abfällt.« Dann hatte er ihr tief in die Augen geblickt. Marlene erinnerte sich noch gut an das amüsierte Funkeln. »Nach dem Sinn hat mich übrigens noch niemand so direkt gefragt.«

Marlene runzelte die Stirn. Was würde ich wohl gerne verborgen wissen wollen, fuhr es ihr durch den Kopf.

»Und, wie gefällt dir Noras Tanz?«, fragte Hugo.

»Ganz gut.« Marlene versuchte unbeeindruckt auszusehen. Auf keinen Fall sollte er bemerken, dass sie so etwas noch nie gesehen hatte.

»Ganz gut?« Hugo lachte, dann schob er sich so dicht neben sie, dass sie seinen Körper spürte. Machte er das absichtlich? Andererseits war hier wirklich nicht mehr Platz, also war es vielleicht keine Absicht …

»Du wohnst jetzt also mit Adrian und Nora zusammen, habe ich gehört. Sag, bist du weggelaufen?«

Marlene spürte Hitze in ihren Wangen aufsteigen und war dankbar für die Dunkelheit.

»Keinesfalls.«

»Wärst nicht die erste.« Hugo zwinkerte ihr zu. Marlene kämpfte gegen das in ihr aufsteigende Unbehagen an.

»Ich bin nicht weggelaufen, ob ich jetzt die Erste wäre oder nicht. Es ist müßig, darüber zu reden. Ich bin erwachsen. Ich kann tun und lassen, was ich will.«

Hugo feixte, doch Marlene hatte keine Zeit, ihm über den Mund zu fahren, so gerne sie es auch getan hätte. Sie kam sich plötzlich wie ein Kleinkind vor. Was hatte sie sich nur dabei gedacht? Aber sie kam nicht dazu, ihre Gedanken zu Ende zu führen. Ein hagerer Mann trat von der Seite heran und schob sich halb zwischen Marlene und ihren Gesprächspartner.

»Gedichte zu verkaufen. Lebensgedichte zu verkaufen. Vom Künstler selbst vorgetragen.«

»Zieh Leine, Burkhard«, stöhnte Hugo. »Und mach ein bisschen Platz, ich liebe dich nicht, mein Süßer, also rück mir bitte nicht auf die Pelle.«

»Lass ihn doch!«, ging Marlene dazwischen, erleichtert, nun nicht mehr alleine mit Hugo zu sein. »Ich möchte gerne etwas hören.«

»Blödsinn, das willst du nicht. Hardy kann noch nicht einmal einen Stift gerade halten, der Säufer. Und seine Gedichte sind mehr als unerträglich. Ich kann dich nur warnen.«

Marlene musterte Burkhard, der in jedem Fall nicht alkoholisiert wirkte, nur müde und abgezehrt, wie so viele hier.

Und wie so viele, denen man tagtäglich begegnet.

Seine Gesichtsfarbe war ungesund bleich, unter den Augen befanden sich dunkle Ringe. Seit er zu ihnen gekommen war und seine Gedichte angepriesen hatte, schwieg er. Er gehörte zu den Anzugträgern, aber Marlene fiel auf, dass sein Anzug alt und schäbig aussah. Auf seinem schmutzig blonden Haar saß eine Schiebermütze.

»Und wenn nicht, so sind seine Gedichte leider doch sterbenslangweilig«, sprach Hugo weiter. Ein Ruck ging durch Burkhards Körper.

»Ich habe mich eben der Sache verschrieben, dem besseren Leben für alle ...«

»Das ist genau der Punkt«, blaffte Hugo wütend zurück. »Die Kunst verschreibt sich keiner *Sache*.«

»Natürlich tut sie das. Sie muss es sogar. In unseren Zeiten ist das die heilige Pflicht des Künstlers.«

Die Wut, die in Burkhards Gesicht aufschien, ließ sein Gesicht noch abgezehrter wirken. Seine Augen wirkten dunkel und riesig und brannten geradezu. Marlene wurde allmählich nervös. Hugo entging das nicht.

»Schwirr ab, Burkhard, du machst der feinen Dame Angst.«

Burkhard warf Marlene einen unergründlichen Blick zu und stopfte seine Gedichte dann zurück in die ausgebeulten Taschen seines Anzugs. Marlene fühlte sich unwohl. Einerseits schämte sie sich dafür, andererseits war sie froh, Hugo an ihrer Seite zu haben.

»Danke«, sagte sie leise, als Burkhard verschwunden war.

»Keine Ursache.« Hugo schaute sie aufmunternd an. »Wir haben alle unser Päckchen zu tragen. Hardy ist eigentlich ein feiner Kerl, aber der Krieg hat ihn krank gemacht. Wie viele von uns. Er war noch ein halbes Kind, als sie ihn an die Front geschickt haben.«

Marlene nickte. Ja, der Krieg … Zu Anfang hatten sie die Soldaten fröhlich und entschlossen in den Kampf ziehen sehen, davon überzeugt, dass alles bald vorüber war, und Gregor hatte jedes Pferd begeistert mit seinem Babygebrabbel begrüßt. Als der Krieg zu Ende war, hatten die Erwachsenen ihre Begeisterung verloren.

Hugo verabschiedete sich wieder von ihr. Vorne auf der Bühne verbeugte Nora sich zu tosendem Applaus. Marlene schweifte ab. In nur wenigen Tagen hatte sie viele Menschen kennengelernt, denen sie sonst nie begegnet wäre:

Künstler, Schriftsteller, solche, die die Politik mieden, und solche, die ihre Arbeit in den Dienst einer politischen Idee stellten. Sie war im Kino gewesen, was ihre Mutter stets abgelehnt hatte. Sie hatte Nächte in Tanzcafés verbracht und schrecklich viel Spaß gehabt.

Nora und sie hatten viel geredet. Wie hatte Nora erkannt, dass sie tanzen wollte, woher kam sie, und konnte sie sagen, dass das Leben, welches sie sich erwählt hatte, für sie das richtige war? So gerne Marlene selbst über ihr Leben entscheiden wollte, so schwer war es doch, sich daran zu gewöhnen.

Nora hatte ihr recht freimütig berichtet. Sie kam aus einem Dorf, von dem sie nicht viel erzählen wollte. Tanzen wollte sie schon als kleines Mädchen, aber erst später verstand sie, dass es möglich war, davon zu leben: »Weißt du, ich war die Tochter wohlhabender Bauern. Tanzen war nicht Teil unseres Lebens. Wir wohnten im größten Haus des Dorfs. Vater hatte eigens einen Steinmetz engagiert, um die Gesichter seiner Familie über dem Hauseingang in Stein meißeln zu lassen, damit wir jeden Tag auf die anderen, weniger Erfolgreichen hinuntergaffen konnten. Ansonsten wollte er nur reicher und reicher werden. Und es allen zeigen. Das war's.«

»Und, was liebst du an der Großstadt?« Marlene beugte sich vor.

»Die Anonymität«, antwortete Nora wie aus der Pistole geschossen. »Du wirst schon noch sehen, Liebes, letztendlich erlaubt es nur die Großstadt uns Frauen, unser Leben zu leben und neue Lebensformen zu entwickeln. Hier kannst du Tänzerin sein, Malerin, Schriftstellerin … Du kannst sein, was du willst, verstehst du? Das geht nirgends sonst.«

Aber was will ich? Wie soll ich mein Leben bestreiten? Wie soll es aussehen?

In der Schule hatte sie vielleicht genügend gelernt, um gepflegte Konversation zu führen und einen Ehemann zu unterhalten, aber wohl nicht mehr. Doch irgendetwas musste ihr bald einfallen, denn ihr Schmuck würde irgendwann eingetauscht werden müssen, und sie konnte Nora und Adrian kaum dauerhaft auf der Tasche liegen.

Sie sah zu Burkhard, der jetzt etwas entfernt von ihrem Platz nach seinem Vortrag vom Stuhl sprang. Schreiben – war das eine Möglichkeit? Es gab Schriftstellerinnen, ja, und sie hatte auch immer gerne Aufsätze geschrieben … Marlenes Blick fiel unwillkürlich auf einen Einarmigen, der sich als Pirat verkleidet hatte. Er sah düster aus, was zu seiner Kleidung passte, aber da war noch eine andere, tiefere Traurigkeit an ihm, jene Traurigkeit, die sie auch an Burkhard bemerkt hatte …

Es ist nicht alles Gold, was glänzt …

Nein, das Leben, das sie sich erwählt hatte, hatte seine Schattenseiten; Menschen, deren Existenz von solcher Unsicherheit, Armut und Hoffnungslosigkeit geprägt war, dass es sie schier auffraß.

»Nein, dieses Mal werde ich ihr gewiss nicht verzeihen. Dieses Mal kommt sie nicht zurück in unser Haus. Unsere liebe Tochter hat ganz recht. Noch ein paar Monate und sie ist volljährig. Dann kann sie ihr eigenes Leben führen und dafür aufkommen. Wenn das ihr Wunsch ist, dann soll sie es doch tun!«, donnerte Karl Gellerts Stimme durch das Haus der Familie im Frankfurter Westend.

Gisela hob den Kopf. Die ganze Zeit über hatte sie ihrem

Mann keine Aufmerksamkeit gezollt, so wie es am besten war, wenn er sich solchermaßen erregte. Nun ließ sie das Buch in ihrer Hand sinken. Ihr Gesichtsausdruck blieb ruhig, wenngleich es in ihr brodelte.

»Karl, natürlich wirst du unsere Tochter hereinlassen, wenn sie vor der Tür steht und um unsere Hilfe bittet. Du liebst sie viel zu sehr.« Gisela lächelte ihren Mann sanft an. »Glaubst du, ich weiß nicht, dass du nach ihr suchen lässt?«

»Ist das falsch?« Karl blieb vor seiner Frau stehen und schaute sie hilflos an. »Sag mir, Gisela, ist das falsch? Sag mir, was soll ich tun?« Karl schüttelte den Kopf. »Wir sollten uns ein solches Verhalten nicht bieten lassen, aber sie ist auch unsere Tochter …«

»Ja, sie ist unsere Tochter«, bekräftigte Gisela. Sie unterdrückte einen Seufzer.

Nach allem, was in letzter Zeit vorgefallen war, konnte sie die Strenge ihrer Großmutter immer besser verstehen. Sie legte das Buch ganz zur Seite und setzte sich auf.

»Wir müssen unser Mädchen auf den rechten Weg zurückbringen, Karl, das ist unsere Aufgabe. Sie ist noch ein Kind, sie kann keine Entscheidungen treffen. Gäbe es bislang auch keinen sichtbaren Beweis dafür, so ist ihr derzeitiges Verhalten gewiss einer. Außerdem«, Gisela hielt kurz inne, »sind wir Frauen nicht dafür gemacht, für uns selbst zu entscheiden.«

Karl lächelte, streckte die Hand nach Giselas Wange aus und tätschelte dann doch nur ihre Hand. »Ich hatte nie den Eindruck, du könntest keine Entscheidungen treffen.«

Gisela lächelte. »Meine beste Entscheidung war, dich zu heiraten.«

Karl fuhr fort, ihren Handrücken zu streicheln.

»Dafür bin ich dir immer noch dankbar.«

Für einen Moment lang sahen sich die Gellerts ruhig an, dann holte Karl tief Luft.

»Aber Marlene ... Ihr Ruf, das Gerede über die geplatzte Verlobung ... Und«, er zögerte unsicher vor den nächsten Worten, »das verlorene Geld ...«

Gisela entzog ihrem Mann die Hand und griff nun ihrerseits nach seiner.

»Wir werden das schaffen, Karl, gemeinsam.«

Karl nickte, dann küsste er sie auf eine Wange.

»Die Arbeit ruft.«

Gisela verschränkte die Hände im Schoß. Sie musste gut nachdenken. Sie wartete noch einen Moment, dann klingelte sie nach Dorchen und schickte nach Gregor.

Wie verabredet stand Gregor vor dem Eingang der Paulskirche, das Päckchen in der linken Hand, und wartete. Es war Samstag, zehn Uhr morgens, und es waren deutlich mehr Leute unterwegs, als er sich vorgestellt hatte. Obgleich er unbeteiligt tun wollte, fiel es Gregor schwer, seine Neugier zu verbergen. Einfache Leute, wie seine Eltern sie nennen würden und wie sie einem hier begegneten, sah er nicht häufig. Hier spielten Kinder Fangen, die offensichtlich den Tag unbeaufsichtigt auf der Straße zubrachten und das taten, wonach ihnen der Sinn stand. Männer standen beieinander und rauchten ihre Zigaretten so lange, bis die Glut ihre Finger fast berührte, sprachen lautstark über Politik, während ein Polizist seine Runden drehte und einen Blick auf sie hatte. Andere Männer und Frauen liefen geschäftig hin und her.

Einkäufe waren zu erledigen. Ein paar junge Burschen lungerten herum und waren vielleicht auf Streit aus. Ein schmaler Mann scheuchte Frau und Kinder vor sich her.

Vielen stand die Verzweiflung ins Gesicht geschrieben. Das Elend berührte Gregor und machte ihm gleichzeitig Angst.

Unwillkürlich fasste er das Päckchen fester. Er hatte seine Überraschung kaum verbergen können, als Mama ihn gestern von Dorchen hatte rufen lassen. Auf dem Weg nach unten in den Salon waren ihm unzählige Gedanken durch den Kopf geschossen.

Was will Mama von mir? Weiß sie, dass ich Marlene an dem Tag gesehen habe, als sie die elterliche Villa verlassen hat, dass ich mit ihr gesprochen habe und im weitesten Sinn vielleicht sogar weiß, wo sie sich aufhält? Was tue ich, wenn sie mich danach fragt?

Aber sie fragte nicht danach. Auf seinen Wunsch hin ließ sie ihm einen warmen Kakao bringen, dann erkundigte sie sich nach der Schule, und Gregor berichtete nach bestem Wissen und Gewissen.

»Marlene hat uns solche Schwierigkeiten bereitet«, erklärte sie, »da habe ich meinen Jungen ganz aus dem Blick verloren.«

Sie hörte ihm zu und machte doch gleichzeitig den Eindruck, als beobachtete sie ihn. Da war etwas in ihrem Gesichtsausdruck, was er an ihr nicht kannte und was ihn verunsicherte.

Nachdem er den Kakao ausgetrunken hatte, sagte sie, er solle kurz warten. Sie ging ins obere Stockwerk und als sie zurückkehrte, gab sie ihm dieses Päckchen.

Er wusste nicht, was sich darin befand. Er fragte sie nicht, und sie sagte es ihm nicht. Sie bat ihn nur darum, vor dem Eingang der Paulskirche zu warten, bis jemand kam, um es abzuholen.

»Weiß Papa davon?«, fragte er sie nach kurzem Überlegen doch. Vielleicht würde er so etwas erfahren. Sie sah ihn erstaunt an.

»Natürlich.«

Dieses eine Wort ließ sofortige Scham in ihm aufsteigen. Er akzeptierte ihre Antwort und fragte sich doch, ob sie die Wahrheit gesagt hatte. Aber war es überhaupt vorstellbar, dass seine Mutter log? Nein, das war unmöglich, ganz unmöglich, andererseits ...

»Gregor Gellert?«

»Ja?«

Gregor war vorübergehend so in Gedanken versunken gewesen, dass er nicht bemerkt hatte, dass sich ihm ein hochgewachsener, hellblonder Mann näherte. Der streckte jetzt ohne Umschweife die Hand nach dem Päckchen aus.

»Ist es das?«

»Ja ...«

Gregor verärgerte die eigene Einsilbigkeit. Auf dem Weg hierher hatte er sich vorgestellt, einige geschickte Fragen zu stellen und so hinter das Geheimnis seines Auftrags zu kommen. Nun wollte ihm einfach nichts einfallen. Er öffnete den Mund. Nichts kam heraus. Der Mann nahm ihm das Päckchen quasi aus der Hand. Gregor versuchte halbherzig, es festzuhalten.

»Ich ...«

»Danke.«

Der Blonde lächelte unergründlich. Gregor ließ das Päckchen unwillkürlich los. Der andere tippte sich mit der rechten Hand gegen die Stirn, wie es Soldaten taten, nickte ihm zu und wandte sich schon halb ab, als Gregor doch seine Stimme wiederfand.

»Was ist drin?«

Der Blonde hob das Päckchen halb hoch.

»Hier?« Er bewegte es hin und her. »Keine Ahnung, ich soll es nur abgeben.«

»Wo?«

»Geht dich das was an?«

Die Stimme des Blonden klang jetzt eine Spur schärfer. Gregor nahm allen Mut zusammen.

»Ja, das geht mich sehr wohl etwas an.« Er räusperte sich, dann fügte er hinzu: »Es geht nämlich um meine Schwester.«

»Um deine Schwester, so?« Der Blonde dachte nach und nannte ihm dann eine Adresse. Wo sich diese Straße befand, wusste Gregor allerdings nicht.

Das erste Treffen mit Burkhard und ein paar anderen Schriftstellern euphorisierte Marlene geradezu. Zuerst hatte sie es kaum gewagt, sich zu Wort zu melden, doch ihre Gedichte waren freundlich aufgenommen worden und für eines hatte sie sogar spontanen Applaus geerntet, wenn auch einer aus der Runde sie später zur Seite genommen und gesagt hatte, dass sie noch viel lernen müsse.

»Und das willst du mir beibringen?«, hatte sie, überrascht über die eigene Keckheit, entgegnet.

Er hatte gegrinst. Marlene war sich alles in allem aber unsicher, ob Gedichte überhaupt die richtige Ausdrucksform waren. Sie liebte Romane.

Außerdem hatte Nora sie vor Jürgen gewarnt, der ihr so freundlich seine Hilfe angeboten hatte.

»Halt dich von ihm fern, der versucht es bei jeder.«

Marlene drückte eine Hand gegen die Kette aus selbst gesammelten Lochsteinen, die Nora ihr geschenkt hatte, so, wie sie es oft tat, wenn sie ihren Gedanken nachhing, während sie mit der Schulter die schwere Haustür aufdrückte. Vorübergehend wünschte sie sich, die gemeinsame Wohnung läge in einem unteren Stockwerk, doch das konnten sie sich nicht leisten. Immerhin hatte sie heute etwas zum gemeinsamen Mittagessen beigesteuert, denn sie hatte tatsächlich eines der Gedichte verkauft, obwohl sie befürchtete, es sei wohl aus reiner Höflichkeit geschehen, oder weil dem Herrn ihre Nasenspitze gefallen hatte.

Nun, was soll's.

Adrian hatte das Brot – sie hatte sich in Naturalien bezahlen lassen –, jedenfalls ohne ein Wort und mit einem Lächeln entgegengenommen. Als Marlene sich wenig später Nora gegenüber unsicher über seine Reaktion zeigte, schüttelte die nur den Kopf: »Warum denn, du hast etwas eingebracht. Sei stolz auf dich.«

Im dritten Stock, vor der Wohnung der Familie Siebert, zuckte Marlene, wie so oft, angesichts des lauten Geschreis zusammen. Eigentlich hoffte sie jeden Tag, sich daran zu gewöhnen, doch leider fürchtete sie sich immer noch. Manchmal trug Frau Siebert auch ein blaues Auge, manchmal waren es blaue Flecke an Armen oder Beinen oder eine aufgeplatzte Lippe. Die Kinder der Familie waren dünn, grau im Gesicht und immer sehr still. Marlene hatte einmal versucht, mit einem der Mädchen zu reden, es war ihr nicht gelungen. Der ältere Junge war der Einzige, der ein wenig aufmuckte, wofür er Schläge bekam, die Gesicht und Körper zeichneten.

Marlene holte tief Luft und nahm die letzten Treppenstufen in Angriff. Oben im Halbdunkel tauchte die Wohnungstür auf. Sie hörte ihren Atem schneller gehen und ärgerte sich nicht zum ersten Mal über diese körperliche Schwäche. Mit einem leisen Seufzer steckte sie den Schlüssel ins Schloss.

Als sie die Tür aufschieben wollte, knisterte etwas unter ihren Füßen. Erstaunt hielt Marlene inne und sah nach unten. Ein kleines Päckchen lag dort, etwa so groß wie ein Frühstücksbrettchen. Sie hob es auf, öffnete die Tür ganz und betrat die stille Wohnung. Kurz entschlossen ging Marlene mit dem Päckchen zum Fenster und betrachtete es.

Für Marlene.

Mutters Schrift war deutlich zu erkennen. Da war ein bestimmter Schwung, der sich auch in den Kanten der Druckbuchstaben nicht verlor. Marlene hatte sich immer gewünscht, diese Schrift nachahmen zu können, ohne Erfolg.

Am Küchentisch angekommen, schlitzte sie mit einem scharfen Messer aus der Schublade das Päckchen auf. Ein kleines Schmuckstück rutschte auf die Tischplatte, eine Kamee, das Profil einer jungen Frau, umrahmt von Zweigen. Ihre Mutter trug eine ähnliche, wie Marlene sofort einfiel. Sie nahm sie nie ab.

Aber diese hier war nicht dieselbe. Am unteren Rand fand sich eine Aufschrift, die Marlene jedoch nicht entziffern konnte. Die junge Frau nahm das Päckchen auf. Da war noch etwas. Mit etwas Mühe holte sie ein schmales Buch hervor, nur ein Bündel Seiten, nicht wirklich viel, mit einem festen Bindfaden zusammengenäht. Der äußere

Einband bestand aus festem Karton, der in Leinen eingeschlagen war. Die Schrift auf dem weißen Stück Papier darauf war nicht mehr zu lesen. Marlene schlug die erste Seite auf: *Eine wahre Geschichte,* stand da. Quer darüber hatte jemand in ungelenken, kindlichen Buchstaben den Namen Ada geschrieben.

Zwanzigstes Kapitel

Kreuznach, September 1855

Auf Sophies Räuspern hin setzte Anne den Punkt hinter den letzten Satz und lehnte sich in ihrem Stuhl zurück. Seit sie denken konnte, liebte sie es zu schreiben. Sie liebte es, ihre Gedanken und Fantasien in Worte zu fassen, sich Geschichten auszudenken und diese weiter und weiter zu spinnen, bis sie ihr ganz eigenes Leben gewannen. Früher hatte sich auch Sophie daran beteiligt; damals hatten die Schwester und sie ganze Königtümer entstehen lassen und Karten komplizierter, fremder Welten erschaffen. Es war ein Spiel gewesen, das sie mal über Stunden, mal über ganze Tage beschäftigt hatte. Sogar bei Tisch, unter den Augen des Vaters und manchmal auch unter denen seiner ahnungslosen Gäste, hatten sie ihr Spiel weitergeführt. In den Fantasiereichen waren Kriege ausgefochten worden, Dynastien waren gegründet worden und untergegangen. Man hatte prächtige Hochzeiten gefeiert und Helden zu Grabe getragen, denen man lange Gesänge widmete, ähnlich denen in der *Ilias* in Vaters Bücherschrank. Sophie und sie waren die Anführerinnen dieser Welten gewesen, Herrscherinnen über ganze Völker mit eigener Kleidung, eigenem Aussehen, eigenen Sitten und Gebräuchen. So ähnelte ein Inselvolk dem der Amazonen, ein anderes hatte unter Wasser gelebt, blaugrün im Hautton und unfähig, Luft zu atmen. Stunde um Stunde hatten Sophie und sie damit zugebracht, sich Detail um Detail auszudenken. Sophie hatte dazu unzählige Zeichnungen angefertigt, denn das Schreiben hatte ihr weniger gelegen als der älteren Schwester; und manchmal hatten sie abends zusammengesessen und sich gemeinsam die Bilder angesehen, während Anne dazu ihre Geschichten vorgelesen hatte.

Als sie von dem gemeinsamen Ausflug mit James an der Nahe zurückgekehrt war, hatte es Anne zum ersten Mal seit Langem wieder gedrängt, zu schreiben. Sie hatte ihre Gefühle in Worte fassen wollen, vielleicht hatte sie sich auch rechtfertigen wollen, aber es war etwas anderes daraus geworden. Vielleicht würde sie sich besser fühlen, wenn die Schwester es las, wenn sie, Anne, schon nicht die rechten Worte für das fand, was geschehen war. Zum ersten Mal in ihrem Leben hatte sie ein Geheimnis vor Sophie: James und sie hatten sich geküsst. Ich will es ihr sagen, aber ich will sie nicht verletzen – außerdem, was ist mit Friedrich, was mit Ada? Es gibt keine Zukunft an James' Seite, das muss auch er verstehen.

Anne drehte sich halb zu ihrer Schwester hin.

»Ich schreibe wieder – willst du es lesen?«

Sophie schüttelte den Kopf, und die Ältere war doch erstaunt über die Erleichterung, die sie spürte. Insgeheim hatte sie wohl gehofft, dass Sophie verneinen würde. Die kam jetzt doch näher. Anne schob die Papiere zusammen, ohne allzu hastig auszusehen, und öffnete die Schublade, um sie dort zu verstauen.

Ich werde es ihr später sagen. Ich werde später mit ihr sprechen.

»Was sagt Friedrich dazu?« Sophie schaute sie neugierig an.

Sie weiß noch, dass ich seinetwegen mit dem Schreiben aufgehört habe, fuhr es Anne durch den Kopf, während sie die Schublade schloss.

»Er weiß es nicht«, antwortete sie, dann fügte sie hinzu: »Ich werde es ihm nicht sagen.«

Sie betrachtete ihre Hände. Nach ihrer Hochzeit hatte sie mit dem Schreiben aufgehört. Irgendwie hatte sie geahnt, dass Friedrich solches Tun nicht gefallen würde, ja, dass er es nicht guthieß, wenn sie ihre Pflichten solchermaßen vernachlässigte. Er war ein nüchterner Mensch. Sophie hatte das nicht gefallen, aber auch sie hatte es akzeptieren müssen, denn die Schwester führte nun ihren eigenen Haushalt.

Und natürlich habe ich auch Zeit gebraucht, mich an die Abläufe in Friedrichs Haus zu gewöhnen und letztendlich die Dinge in die Hand zu nehmen, um die sich bislang Frau Barthels und Vater für mich gekümmert haben, denn als Ehefrau ist es nun einmal meine Aufgabe, den Haushalt zu führen und Mann und später auch Kinder zu versorgen.

Deshalb hatte das Schreiben in den Hintergrund treten müssen, war für eine Zeit sogar vergessen worden, doch nun drängte es Anne wieder, den Stift in die Hand zu nehmen. Zu schreiben hatte ihr immer geholfen, die Dinge besser zu verstehen, vielleicht half es ihr auch, bessere Entscheidungen zu treffen.

Sophie schlenderte an ihr vorbei zum Fenster. Auch in dem einfachen Kleid, das sie heute trug, das Oberteil aus einem blau-grauen Karomuster, der Rock schmucklos blaugrau, sah sie sehr hübsch aus.

»Du wirst es ihm wirklich nicht sagen?«, fragte sie nun

vom Fenster her. Von der kleinen Kammer aus, die Anne ihr eigenes Reich nennen durfte, sah man den prächtigen Walnussbaum im Garten, und Anne und auch Ada hatten schon manche Zeit dort mit der Beobachtung des Eichhörnchens verbracht, das in ihm wohnte. Anne senkte den Blick auf ihre Hände, die immer noch auf dem kleinen Knauf der Schublade ruhten.

»Nein.«

Sie ließ den Knauf los, strich nervös über die Tischplatte. Aber vielleicht würde er sie ja doch verstehen. Immerhin hatte Friedrich ihr einen eigenen Tisch geschenkt, an dem sie ihre Schreibarbeiten erledigen konnte, und damit doch auch ihren eigenen Platz. Auch hatte es niemals Zweifel gegeben, dass sie die Korrespondenz der Familie erledigte. Vielleicht verstand er ihr Bedürfnis zu schreiben ...

Anne schaute zu Sophie und war froh, dass diese ebenfalls in sich versunken aus dem Fenster sah. Es gab so viel, über das sie reden mussten, und doch wusste Anne einfach nicht, wo sie anfangen sollte.

Etwas hat sich verändert zwischen uns, seit James Bennett in unser Leben getreten ist.

Noch jetzt schämte sie sich für das Gefühl des Ertapptwerdens, das sie überkommen hatte, als Sophie heute in die Tür getreten war. Aber auch die Schwester hatte sie unsicher angesehen. Was machte dieser Mann mit ihnen; dieser Mann, der ihnen von der Welt draußen erzählte und die eigene damit größer werden ließ. Dieser Mann, von dem sie so wenig wusste, und der Sie geküsst hatte.

Anne war froh, dass Sophie erst von ihrer Nichte in Beschlag genommen wurde, denn es gab ihr Zeit, sich zu sammeln. Ada wollte Sophie das Eichhörnchen zeigen, und eine Zeit lang sah Anne die beiden draußen spielen. Und doch musste sie ständig an den gemeinsamen Spaziergang mit James denken und daran, wie James und sie einander geküsst hatten. Das schlechte Gewissen kehrte ungebeten zurück und ließ sich selbstverständlich nicht vertreiben.

»Nein, Ada, ich möchte jetzt auch noch mit deiner Mutter sprechen«, rief Sophie irgendwann unten in der Halle. Ada protestierte lautstark, ließ sich dann aber mit dem Versprechen vertrösten, dass die Tante später noch einmal zu ihr kommen würde. Kurz darauf hörte sie Sophies Schritte, dann ihr Räuspern, ein Geräusch, das ihr so vertraut war, dass Anne Sophie mit geschlossenen Augen erkannt hätte.

»Trinken wir etwas?«, fragte sie möglichst unbefangen.

»Gerne.«

Sophie lächelte sie an. Anne fiel es schwer, ihr nicht auszuweichen. Die Jüngere wirkte so unschuldig, so ehrlich, so klar. Und das machte alles nur noch schwerer, denn dieses Mal waren es keine Fantastereien, keine Amazonen, Feen, Elfen oder Nixen, über die Anne schrieb: Heute hatte sie ihre Heldin Cäcilie auf die Suche nach nützlichen Kräutern geschickt, hatte sie nach der Wasserschwertlilie Ausschau halten lassen, deren Blüten gelb färbten, und nach der großblütigen Braunelle, die Farb- und Gerbstoffe enthielt, denn Cäcilie und der geheimnisvolle Roland teilten die Liebe zu den Pflanzen miteinander, wie James und sie es auch taten. Anne wusste, dass es nicht sein sollte, aber sie fühlte sich Cäcilie nahe.

So nahe, als wäre ich es selbst.

Einundzwanzigstes Kapitel

Kreuznach, September 1855

An einem der folgenden Tage wanderten Anne, James und Sophie in der Ebene, zu der sich das Nahetal unterhalb Kreuznachs erweiterte. Sie schritten zwischen sanften Abhängen aus, welche hier auf der einen Seite von den Hügeln Winzenheims und Bretzenheims, auf der anderen Seite von den mit Weinbergen bedeckten Bosenheimer Hügeln und dem mit Getreide und Futterkräutern aller Art bepflanzten Galgenberg begrenzt waren. Über Winzenheim ragte der »hungrige Wolf« auf, mit seinem dürftigen Boden aus Sand und Kies, den die Einheimischen auch Mönchberg nannten.

Das Wetter war gut für einen Ausflug, nicht zu drückend, sodass die jungen Leute rasch vorwärtskamen. Vom Heidenparker Hof aus, den sie bald erreichten, hatte man gewöhnlich eine gute Fernsicht. An manchen Tagen reichte sie bis zum Rhein; heute war es dafür zu diesig.

Anne, Sophie und James nahmen sich auf dem Hof trotzdem ein wenig Zeit für eine kleine Stärkung, saßen danach noch beieinander, um etwas Kraft zu schöpfen. Die Gespräche blieben oberflächlich, was Anne ganz recht war. Immer wieder musste sie an Sophies letzten Besuch denken und an ihre beschämende Erleichterung, als Sophie das Geschriebene nicht lesen wollte, daran, wie sie ihr doch noch die Wahrheit sagen wollte und wie ihr die richtigen Worte im Mund zerfallen waren. Sie wusste auch, dass sie James' Einladung zum Spaziergang hätte ablehnen müssen – wer weiß, vielleicht bleiben uns nur noch wenige Tage, bevor er zurück nach England muss –, aber sie hatte es nicht getan.

Als sie wieder aufbrachen, ließ sie Sophie und James vorauslaufen und folgte selbst langsamer, in Gedanken an Cäcilie und ihre Schwester Agathe versunken. Wie damals, als sie die Geschichten mit Sophie gemeinsam erdacht hatte, musste sie jetzt wieder ständig daran denken. Immer wieder fragte sie sich, was Cäcilie an ihrer Stelle getan hätte, malte sich aus, wie sie hier gemeinsam mit Roland spazieren ging, wie sie gar nichts tun musste, denn alleine durch Cäcilies kluges, tugendhaftes Verhalten fügten sich die Dinge so, wie sie sich fügen mussten.

Anne hob den Kopf und bemerkte, dass James und Sophie schon ein ganzes Stück vorausgegangen waren. Misstrauen keimte in ihr auf, dessen sie sich sofort schämte. War nicht sie diejenige gewesen, die James' Einladung, sich alleine zu treffen, angenommen hatte?

Trotzdem beschleunigte sie ihre Schritte.

Ihr nächstes Ziel war die Eremitage; eine in eine rote Sandsteinwand gehauene, ehemalige Einsiedelei, versteckt in einem Gebüsch von Eichen und Kiefern in der stillen Abgeschiedenheit des Guldenbachtals. Die Umgebung der Eremitage zeichnete sich durch ihren besonderen Reichtum an Pflanzen aus, weshalb Anne sie als Ziel ausgewählt hatte. Über Pflanzen zu sprechen war unverfänglich und brachte sie James näher. Es war etwas, in dem sie sich sicher fühlte.

Ganz gewiss ist Cäcilie auch deshalb eine Laienbotanikerin.
Den Ehrenpreis mit seinen leuchtend blauen Blüten, der hier wuchs, würde ihre Heldin noch heute Abend gegen den Husten einsetzen, an dem ihre Schwester seit einigen Tagen litt.

Annes Blick fiel unwillkürlich auf den Mannsschild mit seinen doldenförmigen, rosafarbenen Blütenständen, den Mama so gerne gemocht hatte. Dunkel erinnerte sie sich an einen Spaziergang, den sie einst mit Vater und Mutter als kleines Mädchen hierher unternommen hatte. Weil Papa ihr kurz vorher die Artussage vorgelesen hatte, war sie sich sicher gewesen, den heiligen Gral hier irgendwo zu finden. Auch später war sie oft gemeinsam mit Vater hergekommen, doch den Zauber des gemeinsamen Besuchs mit Mama hatte sie nie wieder gespürt.

Vorübergehend verschwamm die Wiese rechts des Weges, die die Farbe der violetten und roten Blüten des Wiesensalbeis angenommen hatte, vor ihren Augen. Sophie und James waren ihr mittlerweile weit voraus. Anne konnte die beiden nur noch undeutlich sprechen und lachen hören. Was gesagt wurde, war dabei unmöglich auszumachen, aber sie erkannte zumindest eine männliche und eine weibliche Stimme im Wechsel. Anscheinend unterhielten sich die beiden gut. Papa hatte auch dieses Mal nichts gegen einen Ausflug einzuwenden gehabt, auch nicht, als die zufällig anwesende Eulalie ihre mahnenden Einwände formulierte.

»Ich vertraue meinen Töchtern«, hatte Wilhelm darauf nur geantwortet, »auf Geschwätz gebe ich nichts.«

Anne beschleunigte ihre Schritte nun doch etwas in der Hoffnung, das Duo rasch wieder zum Trio werden zu lassen.

Außerdem bin ich verantwortlich für Sophie …

Aber vielleicht war sie auch nicht ganz ehrlich, vielleicht sollte sie zugeben, dass es sie verrückt machte, die beiden allein miteinander zu wissen.

Er berührt etwas in dir, etwas, das Friedrich nie berührt hat. Ich fühle etwas, was ich nicht fühlen darf, etwas, was mich glücklich und übervoll macht, etwas, das nicht sein darf. Aber wie kann ich mein Leben weiterführen, wenn so etwas nicht sein kann? Wie kann ich der Zukunft entgegenblicken, wenn ich weiß, dass ich so etwas nie wieder spüren werde? Wie kann ich mein Leben weiterführen in dem Wissen, dass ein Mann wie James etwas für mich empfindet?

Die Stimmen der beiden anderen wurden noch deutlicher. Anne verstand jetzt wieder einzelne Worte. Als sie die Einsiedelei endlich erreichte, drehte James sich eben im Kreis. Weder Sophie noch er schienen sie zu bemerken. Anne erinnerte sich, wie sie sich auf dem Weg, noch in der Stadt, untergehakt hatten, wie sie die hochgezogenen Augenbrauen der älteren Dame ignorierten, die ihnen entgegenkam. Anne kannte sie aus dem Kreis, der sich einmal in der Woche bei Tante Eulalie traf. Gewiss würde sie Eulalie über das Gesehene informieren, die würde den Bruder besuchen und ihn erneut zur Rede stellen. Eulalie hatte Angst davor, dass geredet wurde. Für sie gab es nichts Schlimmeres als Gerede.

Vielleicht hat sie ja recht, und ich sollte mich schämen, dachte sie, aber es ist mir gleichgültig. Mit James zusammen zu sein macht mich glücklich, es macht mich glücklicher, als ich in all den Jahren meiner Ehe je war. Habe ich kein Recht auf Glück? Zu lieben und Freude zu empfinden, ist das etwas, für das man sich schämen müsste?

»Welch zauberhafter Ort, der einem so viele Geschichten entlocken will. Ihr beiden habt mir wirklich nicht zu viel versprochen, Sophie«, war James zu hören. »Hören Sie die Vergangenheit auch raunen?« Ein Geräusch – Anne öffnete die Augen –, noch einmal drehte sich der junge Mann um seine eigene Achse, blieb dann stehen und schaute sie an. »Ob es hier wohl Gespenster gibt?«

Anne beobachtete mit einem seltsamen Gefühl, wie ihre Schwester ebenfalls spielerisch schauderte. Es sah aus, als wolle James auf sie zutreten, sie berühren ...

Ich bin diejenige, die ihn geküsst hat.

Anne räusperte sich. James drehte sich als Erster zu ihr hin. Sophie folgte sehr viel langsamer und wich dem Blick der Älteren zuerst aus.

»Da sind Sie ja, Anne. Endlich.«

Es erstaunte sie, wie gut er verbergen konnte, wie es um sie beide stand.

»Schau dir diese Missgunst an«, zischte Sophie in Annes Ohr, während sie sich enger an die ältere Schwester schmiegte. »So will ich niemals werden, ganz gleich wie alt ich einmal bin.«

Nachdem Anne den Kopf zuerst verlegen gesenkt hatte, wagte sie nun doch in das strenge Gesicht der alten Dame zu schauen. Seit ihrem letzten gemeinsamen Ausflug mit James waren einige regnerische Tage vergangen, und Anne konnte es kaum abwarten, den jungen Engländer wiederzusehen. Was hatte sein letzter Blick, der sie so aufgewühlt hatte, dass sie noch später am Abend ständig daran hatte denken müssen, zu bedeuten gehabt?

Unwillkürlich warf Anne einen Blick über die Schulter. Die ältere Dame war nun schon einige Schritte entfernt. Hatte Eulalie doch recht mit ihren Warnungen? Sprach man über sie beide? Dass es nichts zu reden gab, brachte die Gerüchteküche dabei gewiss nicht zum Verstummen, sondern beflügelte die Klatschmäuler erst richtig. Aber auch diejenigen, die sich sonst meist zurückhielten, so hatte Eulalie angedeutet, betrachteten die Freundschaft der beiden Preuße-Mädchen mit dem jungen Herrn Bennett inzwischen zunehmend mit Sorge.

Cäcilie und Roland, fuhr es ihr durch den Kopf, sind über alles Geschwätz erhaben. Cäcilie ist klug und weiß sich in jeder Lage angemessen zu benehmen.

Bin ich nicht klug?

Anne fragte sich, was der Vater wohl von den Entwicklungen mitbekam, und was er darüber dachte. Erst gestern hatte Tante Eulalie den Bruder wieder unüberhörbar zur Rede gestellt. Sophie hatte ihrer Schwester davon berichtet.

Aber gab es wirklich einen Grund, sich zu schämen?

Ja, vielleicht sollte ich mich schämen, aber ich tue es nicht. Es kann nicht falsch sein zu lieben, und wenn es auch nur für ein paar Sommerwochen ist. Wir sind jung. Das Leben noch vor sich zu haben ist etwas Schönes, und plötzlich habe ich wirklich das Gefühl, dass etwas passieren wird ... Es ist doch noch nicht alles zu Ende.

Sie durfte nur nicht daran denken, was danach geschah. Würde sie sich gefangen fühlen, gefangen in einem Leben, in dem ein Tag dem anderen wie ein Ei dem anderen glich?

Und trotzdem werde ich am Ende dieses Sommers in mein altes Leben zurückkehren. Anne spürte, dass sie die Hände zu Fäusten geballt hatte, und lockerte die Finger unauffällig wieder. Ich werde mich den Blicken und dem Getuschel der Nachbarn beugen und hoffen, dass sie irgendwann vergessen, wovon ich zu träumen wagte, vielleicht, wenn der Nächste von etwas zu träumen wagt, über das man sich das Maul zerreißen kann.

Natürlich heißt das auch, dass ich James nicht nach Indien begleiten werde, auch nicht nach Italien, Korsika, Sardinien, Madeira und ganz gewiss nicht nach Afrika, wie wir es uns für einen Augenblick vorstellten. Wir werden keine Pflanzen entdecken, die nach uns benannt werden … Am Ende dieses Sommers werde ich erneut nichts anderes sein als eine gute Mutter und Ehefrau, eine tugendhafte Frau, die sich der Fürsorge für ihre Nächsten hingibt. Und ich werde wieder lernen, damit glücklich zu sein.

Sophie stieß unvermittelt einen leisen Freudenschrei aus und lief schneller. Anne dagegen verzögerte ihre Schritte und musterte James, der an der verabredeten Stelle wartete, als könnte sie ihn so für immer in ihrem Gedächtnis bannen.

Vielleicht werden wir heute auch zum letzten Mal gemeinsam zum Rheingrafenstein gehen.

James hatte vor einigen Tagen den Wunsch geäußert, noch einmal dorthin zu gehen; schließlich sei es der Ort, mit dem sie alle zusammen liebe Erinnerungen verbanden.

Die Zeit, die wir gemeinsam verbringen, erfüllt mein Herz und lässt mich wieder leben, und ich weiß, dass ich noch davon zehren werde, wenn James zurück nach Hause fährt, und ich ihn vielleicht nie wiedersehe. Anne versuchte, den Stich zu ignorieren, der bei diesen Gedanken durch ihr Herz fuhr.

Wie würde das Leben ohne ihn aussehen? Würden Sophie und sie wieder zueinanderfinden? Würde das Gefühl der Schuld schwächer werden, bis man eines Tages bezweifelte, so etwas je gespürt zu haben, genauso wenig wie das Glück, das man dann wohl ebenfalls vergessen musste?

Sie beschleunigte ihre Schritte.

»Anne, liebste Anne«, sagte James, als sie ihm gegenüberstand, hielt sie bei den Unterarmen umfangen und blickte ihr tief in die Augen. Sie wollte es, aber sie konnte sich ihm nicht entziehen. Es war Sophies Stimme, die sie aus ihrem Taumel riss.

»Kommt, lasst uns gehen.« Die Jüngere zog James weiter. »Der Blick von der ›Gans‹ damals war doch einfach wunderbar. Erinnert ihr euch? Ich möchte noch einmal dorthin, ich finde wirklich, es ist einfach *unser* Ort.«

James lachte zustimmend.

Dieses Mal ging es durch das Salinental hinauf; entlang der Nahe und vorbei an duftenden Gradierhäusern, in deren Schatten die jungen Leute für eine Weile frische Luft schnappten. Bald darauf bestaunten sie gemeinsam die hoch aufstrebenden Felswände der »Gans«, dann grüßte auch schon der Rheingrafenstein von ferne.

»Ich werde es vermissen«, sagte James, der immer wieder stehen geblieben war, um den vertrauten Anblick auf sich wirken zu lassen. Anne lauschte dem eigenen schneller gehenden Atem. Sophie hatte sich nach ein paar Blumen abseits des Wegrandes gebückt. James sprach inzwischen häufig vom Ende des Sommers. Sie fragte sich, ob er ihnen sein Geheimnis offenbaren würde, ob sie von der Frau erfuhren, die er heiraten würde.

»Ja«, sagte sie nachdenklich. »Ich würde diesen Anblick gewiss auch vermissen.«

»Er hat etwas Majestätisches«, fuhr James fort. »Eigentlich erwartet man so etwas nicht in der Nähe einer solch ruhigen, kleinen Stadt. Wenn man es zum ersten Mal sieht, ist man überrascht.«

Er lief jetzt langsamer, sein Blick lag eindringlich auf ihr. Anne wusste nicht, was sie sagen sollte, also schwieg sie. Sophie näherte sich, das Haar mit ein paar Blumen geschmückt.

»Kommt, lass uns schneller gehen, sonst wird es noch dunkel.«

Klang ihr Lachen unecht? Jetzt bot Sophie James ihren Arm an, der das Angebot, ohne zu zögern, annahm. Sie gingen schneller, und nach nur kurzer Zeit erhoben sich links bereits die zwei riesigen Felszacken mit der Ruine des Rheingrafenstein, rechts ragten die senkrechten Wände des Rotenfelses in den blauen Himmel, aus der Nähe grüßte die Ebernburg. Niemand war da und so ließen es die Schwestern zu, dass James die Arme um ihre Schultern legte, während sie gemeinsam den prächtigen Anblick genossen. Als er sie beide losließ, verzog Sophie kurz das Gesicht, was dem jungen Mann nicht entging.

»Was ist?«

»Ach, nichts.« Sophie seufzte und fügte dann hinzu: »Na ja, es sind meine neuen Schuhe. Sie schmerzen.«

James' Blick fiel auf das feste Schuhwerk, das die Achtzehnjährige für den heutigen Spaziergang gewählt hatte.

»Tut es sehr weh?«, erkundigte er sich mit besorgtem Gesicht. Als Sophie zögernd nickte, ließ James sich sogleich auf die Knie fallen. Anne runzelte die Augenbrauen, als James ihre Schwester hieß, sich auf einen nahen Felsbrocken zu setzen, den Schuh auszuziehen, um ihr dann in aller Öffentlichkeit die schmerzende Stelle zu massieren.

Nervös schaute sie sich um. Wenn jetzt jemand vorbeikam, würden die Klatschmäuler neues Futter erhalten.

Sollte ich etwas sagen, fragte sich Anne, darf ich zulassen, dass er sie hier solchermaßen berührt?

Doch da half James Sophie auch schon, den Schuh anzuziehen, und Anne schämte sich.

War ich etwa eifersüchtig auf diese unschuldige Berührung?

Sie verstand sich selbst nicht mehr. Was geschah mit ihr? Warum missgönnte sie Sophie die kleinste Berührung?

Sophie hinkte noch etwas, während sie sich auf James' Arm stützte. Doch seine Frage, ob sie weitergehen könne, bejahte sie.

»Mit Ihrer Hilfe, James, schaffe ich alles.«

Wenig später passierten sie Münster am Stein, ließen sich ein zweites Mal von einer leichten Fähre übersetzen und gelangten durch das von Bäumen beschattete Huttental über den bekannten gewundenen Weg hinauf zum Rheingrafenstein.

Oben angekommen, setzte Sophie sich an eine Mauer, um sich auszuruhen und den Fuß noch etwas zu schonen. Anne dagegen musste sich bewegen und entfernte sich. Zuerst war sie alleine, dann hörte sie Schritte hinter sich. Sie drehte sich um. »James ...«

Sie war verwirrt. Warum nahm er in Kauf, dass Sophie sie womöglich beide zusammen sah und misstrauisch wurde? James schien von ihrer Nervosität nichts zu bemerken. Er sah auf das Dörfchen Münster am Stein herunter, dann hinüber zur Ebernburg. Endlich streckte er den Arm aus.

»Ist das nicht ein bezauberndes Bild? Fast wünschte man sich, Stift und Papier dabeizuhaben, um es zu skizzieren. Leider male ich nicht gut, aber ich sehe mir gerne Bilder an.«

»Das tue ich auch.«

»Kennen Sie vielleicht unseren William Turner?«

Anne schüttelte den Kopf. James sah wieder zur Ebernburg hinüber.

»Er war ein englischer Maler, der sich auch einmal hier in dieser Gegend aufgehalten hat, wie ich kürzlich erfahren habe. Ich kenne ein paar seiner Bilder und finde sie wirklich zauberhaft. Es gibt keinen, der Licht besser malen konnte als Mr. Turner.«

»Licht?«

»Ja, er ist ein wahrer Maler des Lichts.«

James räusperte sich, schwieg dann aber. Anne hörte ein Geräusch und sah sich sofort nach Sophie um, doch offenbar hatte sie sich geirrt.

»Sie beide waren doch sicher schon sehr häufig hier, nicht wahr?«, wechselte James kurz darauf das Thema. »Ich hoffe, es langweilt Sie nicht. Wie ich schon sagte, ich werde es wirklich vermissen, wenn ich wieder zu Hause bin.«

»Öfter, ja. Mit Papa.« Anne blickte sich um.

Wenn ich wieder zu Hause bin ...

Jetzt kann ich ihn fragen, wie lange er noch hier ist. Aber sie tat es nicht.

»Das letzte Mal mit Papa ist schon eine Weile her«, sprach sie weiter. »Und nein, ich langweile mich nicht. Es ist schön hier, und es sieht auch immer anders aus: die Pflanzen, das Licht, der Geruch. Es ist immer neu. Immer.«

James nickte. »Ja, es ist wirklich romantisch. Das ist mir schon beim ersten Mal aufgefallen. Man denkt an frühere Zeiten, an alte Recken und eine holde Maid. Fast höre ich das Hufgeklapper, das den Weg hoch auf das Burgtor zukommt. Die Wachen halten nach Feinden Ausschau, die Tochter des Burgherrn sitzt am Fenster ihrer Kemenate und wartet auf ihren Liebsten.«

Romantisch. Anne zögerte, das Wort hörte sich für sie seltsam aus James' Mund an. Aber vielleicht war das auch wieder nur ein Zeichen, dass sie ihn nicht wirklich kannte. Sie wusste nichts über ihn, nichts über sein Leben in England, nichts über seine Familie, bis auf die wenigen Brocken, die er berichtet hatte, und die sie einfach nicht zu einem stimmigen Bild zusammensetzen konnte.

Vielleicht würde ihr das nie gelingen. Vielleicht würde ihr Leben immer der Versuch sein, sich an diesen einen Traum in diesem einen Sommer zu erinnern.

»Sophie ist ein gutes Mädchen.« Anne warf James einen Blick von der Seite zu. »Wir können nicht so weitermachen wie bisher. Ich will sie nicht verletzen.«

James schaute sie an. Anne spürte, wie Rot in ihren Wangen aufstieg.

»Ich«, sie stotterte, »ich bin außerdem verheiratet, und sie ist meine Schwester, und sie liebt Sie, und ...«

»Ja?«

Anne war erstaunt über seine Ruhe. Auch wenn sie das kaum für möglich gehalten hatte, vertiefte sich die Röte auf ihren Wangen noch einmal deutlich spürbar. Sie holte tief Luft.

»Ich muss Sie das jetzt fragen: Gibt es zu Hause jemanden, dem Sie versprochen sind, jemand ...«

Sie spürte plötzlich James' Finger auf ihren Lippen. Er war ihr nah, aber sie hatte sich ihm näher gefühlt an dem Tag, als er ihr erstmals seine Liebe zu den Pflanzen offenbart hatte, und noch viel näher, als sie sich geküsst hatten.

»Ich habe mich jemandem versprochen. Die Eltern ...« Er zuckte mit den Achseln. »Es ist kompliziert. Ich dachte, ich würde hier zu einem Schluss kommen, aber jetzt ist alles noch schwerer ...«

Sie bemerkte erst jetzt, wie dicht sie beieinander standen. Er streifte sie; kurz darauf eine weitere Berührung. Das war doch kein Zufall.

»Du bist sehr schön, Anne«, sagte er mit gesenkter Stimme. »Habe ich dir das damals am Fluss eigentlich gesagt? Ich hoffe es. Du bist immer so ernst, aber sehr schön. Man sollte dir das ganz oft sagen. Ich glaube, man sagt es dir nicht oft genug.«

Anne war verwirrt, wollte ihn abwehren, tat es aber nicht.

Du bist sehr schön. War es nicht wunderbar, so etwas zu hören? Aber ich darf mir so etwas nicht anhören, ich bin verheiratet und ... Was ist, wenn Sophie uns hier sieht? Ich will sie nicht verletzen.

James' Gesicht war jetzt dicht vor ihrem.

»Sophie«, entschlüpfte es Annes Lippen.

»Du bist eine richtige Frau«, sagte James.

Anne wusste nicht, ob er das einfach sagen wollte, oder ob es eine Antwort auf ihre Äußerung war. Sie horchte, dann spürte sie James' Lippen auf den ihren. Es war so wunderbar, wie damals am Fluss.

Als sie zu Sophie zurückkehrten, meinte Anne, man müsste ihr das, was geschehen war, ansehen, doch Sophie schien nichts zu bemerken. Fröhlich sprang sie auf, als sich die beiden Älteren näherten.

»Oh, ich bin wohl etwas eingedöst. Wahrscheinlich habe ich gestern wieder einmal zu lange gelesen ... Ich hoffe sehr, Sie haben nichts gegen Frauen, die lesen«, warf sie James dann mit einem schelmischen Lachen zu.

»Was sollte ich gegen blaustrümpfige Jungfern haben?«, entgegnete der amüsiert.

Sophie lachte. »Ein Blaustrumpf bin ich gewiss nicht. Und mit Wissen prahle ich auch nicht.«

Anne fand, dass sich ihre Schwester plötzlich anhörte, als müsste sie sich für irgendetwas entschuldigen.

»Mein Fuß tut übrigens gar nicht mehr weh«, bemerkte die Jüngere als Nächstes munter. »Gehen wir weiter?«

»Aber natürlich.« James griff nach Sophies Hand und zog sie an seine Seite. »Die ›Gans‹ wartet schließlich auf uns.«

Dieses Mal gingen Sophie und er voraus. Anne folgte ihnen in ihre Gedanken vertieft.

Ich sollte bedauern, was geschehen ist, aber ich tue es nicht. Ich sollte mich schämen, aber ich kann nur denken, dass es wunderbar war, und dass Sophie nie davon erfahren darf. Nur meinem Buch werde ich es anvertrauen, es wird etwas sein zwischen Roland, Cäcilie und Agathe. Und nach diesem Sommer kehrt dann jeder von uns in sein Leben zurück.

Sie wiederholte die letzten Worte bei sich, beschwörend, wie eine Formel. Wieder einmal genossen sie den prachtvollen Fernblick von der »Gans« aus.

James wirkte sehr ruhig. Ob er an das Mädchen in England dachte? Dachte er daran, was eben geschehen war? Warum wirkte er dann so gelassen? Anne konnte an fast nichts anderes denken und war sich gewiss, dass Sophie irgendwann eine Veränderung bemerken musste.

James und Sophie standen dicht nebeneinander. An Sophies Handbewegungen konnte man erkennen, dass die junge Frau etwas erklärte.

Wenig später nahmen sie den Fußweg, der weiter zu den Ökonomiegebäuden des Rheingrafensteins und einem weiteren Schlösschen führte und von da durch ein Wäldchen bergab zum Kuhberg-Tempelchen. Über die Weinberge gelangte man danach bis zum Kurplatz der Badeinsel. James ließ es sich nicht nehmen, Sophie nach Hause zu bringen, und dann auch noch Anne zu ihrem Haus zu begleiten. Auf dem Weg wusste Anne nicht, was sie sagen sollte, und so liefen sie schweigend nebeneinander her. Als sie das Haus der Kastners erreichten, drehte sich James zu ihr.

»Das war ein wunderbarer Tag, Anne.« Er zögerte und senkte seine Stimme: »Und das nicht nur wegen der prächtigen Landschaft, die wirklich ihresgleichen sucht. Danke, dass Sie mir alles gezeigt haben. Die Spaziergänge mit Ihnen und Ihrer Schwester bedeuten mir viel.«

»Nichts zu danken.« Anne senkte den Blick. »Es war ein wirklich schöner Tag«, bestätigte sie dann.

»Ich hoffe, Sie sind mir nicht böse.« James machte eine kurze Pause. »Manchmal trage ich mein Herz zu sehr auf der Zunge, glaube ich, das hat mir schon einigen Ärger eingebracht.«

Anne schaute zu Boden. Sie wusste, dass sie ihn rügen musste – jetzt war die Gelegenheit dazu –, aber es kam einfach kein Wort über ihre Lippen. Den Gartenweg hinauf hörte sie die Haustür klappen, dann näherten sich die schnellen Tapser ihrer Tochter, gefolgt von den schweren Tritten ihres Mannes.

»Friedrich ist schon zu Hause«, sagte sie. Sie war überrascht, und konnte die Unsicherheit in ihrer Stimme nicht verbergen. James lächelte aufmunternd, und während Anne das Herz in der Brust heftig pochte, war sie erstaunt über seine Ruhe. Vielleicht war aber auch einfach nichts passiert. Er hatte ihr Komplimente gemacht. Vielleicht maß sie allem ja einen zu hohen Wert bei. Schließlich kam er aus London und sie aus einem beschaulichen Kurstädtchen. Er wusste mit Menschen umzugehen, denn er hatte schon viele getroffen.

Dann war Friedrich da. Und Ada. Anne konnte nicht weiter nachdenken. Kleine Arme umschlangen ihre Beine. Sie war dankbar, sich zu ihrer Tochter herunterbeugen zu können und das Gesicht in ihren duftenden Haaren zu verbergen.

»Guten Tag, Ada, wie freue ich mich, dich einmal wiederzusehen«, sagte James. »Meine Verehrung, Herr Kastner. Wir hatten erst einmal sehr kurz das Vergnügen, wenn ich richtig liege.« Er verbeugte sich.

»Guten Tag.« Anne fand, dass Friedrichs Stimme reserviert klang, oder bildete sie sich das ein? Anne spürte, wie sich ihre Tochter an sie schmiegte, und hielt den Arm um sie.

»Ist es nicht schön, dass wir uns endlich alle kennenlernen?«, sagte sie dann. Die eigene Stimme war ihr fremd.

Kurz sprachen sie noch miteinander, dann verabschiedete sich James. Anne hatte sich schon abgewandt, um gemeinsam mit ihrer Tochter ins Haus zu gehen, während Friedrich stehen blieb und dem jungen Engländer hinterherschaute.

»Ja, jetzt bin ich sicher«, hörte Anne ihn murmeln, »dass es Fremde gibt, welche die Dienerschaft eines Gasthofes in einer halben Stunde mehr in Anspruch nehmen als andere an einem ganzen Tag.«

Anne blieb stehen. Plötzlich, sie wusste nicht, warum, hatte sie das Bedürfnis, James zu verteidigen. Sie wusste, er brauchte ihre Verteidigung nicht, aber sie konnte die Sache nicht auf sich beruhen lassen. James hatte nichts Unrechtes getan. Er hatte ihr und Sophie lediglich seine Zeit geschenkt. Er machte ihr Leben aufregender. Dafür musste er sich nicht beschimpfen lassen.

»Ich finde«, hörte sie sich sagen, während sie ihrer Tochter übers Haar strich, »dass er ein netter, umgänglicher Mensch ist.« Sie überlegte. »Er ist sehr kultiviert«, fügte sie dann hinzu.

Friedrich drehte sich zu ihr um. »So, ist er das? Nun, ich kann mit Kunst und so etwas eben nichts anfangen, aber ich heile Menschen. Was ist wohl wichtiger?«

»Ich ... Ich wollte euch nicht vergleichen.«

»Wolltest du das nicht?« Friedrich musterte sie. »Dann ist es ja gut.«

Zweiundzwanzigstes Kapitel

Kreuznach, September 1855

»Fräulein Preuße?«

Im ersten, kurzen Moment konnte Sophie die Stimme in ihrem Rücken nicht einordnen. Sie war ihr nicht unbekannt, beileibe nicht, aber zunächst verband die junge Frau einfach kein Gesicht mit dem Tonfall. Irgendetwas ließ sie jedoch aufmerken. Sie drehte sich in die Richtung der Stimme, sah einen schmalen Mann mit einem ebenso schmalen Gesicht, in dem die Augen zu eng nebeneinanderstanden.

»Fräulein Preuße, erinnern Sie sich nicht? Ich bin's, Henry Williams. Der Jahrmarkt, ich habe Sie *gerettet,* wenn ich das so nennen darf ...«

»Oh, Herr Williams, natürlich ... Jetzt schäme ich mich aber.«

Aber er hatte sich doch stark verändert, fiel ihr jetzt auf. Es war nicht so, dass sie ihn auf den zweiten Blick nicht erkannt hätte, aber sein Haar war dünner geworden, und trotz des kräftigen Sonnenscheins trug er einen Seidenschal um den Hals. Er war auch sehr blass.

»Nun, wie freue ich mich, Sie zu sehen, Fräulein Preuße!«

»Ganz meinerseits.« Sophie schaute sich neugierig um. »Sind Sie denn alleine?«

Es war seltsam, doch für einen Moment war ihr, als zöge ein Schatten über Henrys Gesicht. Doch gewiss irrte sie sich, denn gerade verdunkelte auch eine Wolke die Sonne, und es wurde vorübergehend düster in der kleinen Gasse.

Und Henrys Stimme klang ganz unbefangen und freundlich, als er weitersprach. Beinahe schämte Sophie sich des seltsamen Gefühls, das sich ihrer bemächtigen wollte.

»Ja, ganz alleine«, bestätigte er. »Manchmal braucht man das, wenn der Kopf zu voll ist, finde ich. Was bringt Sie hierher, Fräulein Preuße? Kann ich Ihnen behilflich sein?« Er nickte zu dem Beutel hin, den sie in der Linken trug.

»Nein, vielen Dank. Ich habe nur etwas in der Apotheke für Papa besorgt. Es ist nicht schwer, und dann wollte ich noch ein wenig spazieren gehen.«

Sie dachte daran, wie es sie plötzlich gedrängt hatte, nach draußen zu gehen, und wie sie Papa um einen Auftrag angebettelt hatte. Sie musste nachdenken, und in der Bewegung fiel ihr dies leichter.

Henry legte den Kopf schief. Ein Lächeln zeichnete sich auf seinen Zügen ab, vielleicht sollte es verschmitzt aussehen, aber das tat es nicht. Eher war es eine seltsame Grimasse. Sophie musste unwillkürlich an James denken, und wie ungeschickt Henry verglichen mit ihm wirkte. Seine Bewegungen waren linkisch. Er war nicht sonderlich angenehm anzusehen, wobei sie sich alle Mühe gab, ihre Abneigung nicht deutlich zu zeigen. Er konnte ja nichts für sein Aussehen.

»Dann befinden Sie sich jetzt also schon auf dem Weg nach Hause, Fräulein Preuße? Wie schade!«

Sophie erwiderte das verunglückte Lächeln. Henry wirkte nicht sehr zufrieden, bemerkte sie. Sie gab sich einen Ruck: »Ach, ich dachte eigentlich daran, noch ein paar Schritte zu gehen.«

Natürlich überraschte es sie nicht, als Henry bat, sie begleiten zu dürfen. Sie hatte es ihm angesehen. Das Gespräch kam sehr schleppend in Gang.

»Ich weiß wenig über Sie, Herr Williams«, wagte Sophie sich endlich vor. Aus den Augenwinkeln bemerkte sie andere Pärchen, auch ganze Grüppchen, die an ihnen vorüberflanierten. Manchmal taxierte sie ein neugieriger Blick. Sicherlich hatte man nach dem heutigen Tag wieder etwas zu beschwatzen.

»Nun, ich bin Engländer und aus guter, nein, aus sehr guter Familie. Keiner meiner Vorfahren war ein Händler. Die Williams-Männer waren entweder beim Militär oder Richter.«

»Dann entschieden Sie wohl häufig über Leben und Tod?«, entschlüpfte es ihr. Sie wunderte sich darüber, wie er das Wort »Händler« aussprach, beschloss aber, die kleine Attacke gegen James zu überhören. Der junge Mann blickte sie erstaunt an.

»Das stimmt wohl, von dieser Seite habe ich es noch nicht betrachtet«, sagte er dann langsam. »Ja, meine Vorfahren waren wohl vielfach Herren über Leben und Tod.« Er machte eine Pause. »Nach dem Gesetz natürlich.«

»Und Sie?«, erkundigte Sophie sich neugierig.

»Ich weiß noch nicht, welchen Weg ich einschlagen werde.«

Sie hatten das Ufer der Nahe erreicht, ohne dass Sophie hätte sagen können, wie sie so rasch dorthin gekommen waren. Sie waren gelaufen, sie hatten geredet. Wer von ihnen hatte die Richtung gewählt? Wer hatte gelenkt? Sie blieb stehen.

»Ich glaube, Sie würden ein guter Richter werden«, sagte

sie dann. Da war etwas an ihm, das sie plötzlich wieder vorsichtig werden ließ. Ein Lob kam gewiss nicht an der falschen Stelle. Henry sah auf den Fluss hinaus, der nach den Regenfällen etwas mehr Wasser führte.

»Ein Richter? Finden Sie? Als Soldaten können Sie sich mich nicht vorstellen?«

Er versuchte, lustig zu klingen, aber da war mit einem Mal ein Unterton in seiner Stimme, der sie schaudern ließ. Was war nur mit ihm – oder bildete sie sich das alles ein? Las sie zu viel und litt nun unter der überspannten Fantasie, vor der Eulalie sie immer warnte?

»Fräulein Preuße?«

»Entschuldigen Sie, ich … Ich musste an meine Nichte denken.« Sophie deutete eilig auf zwei Kinder, die jetzt in der Nähe mit ihrem Kindermädchen spielten. Sie musste zugeben, sie war erleichtert, nicht mehr alleine mit Herrn Williams zu sein. »Ich möchte auch einmal Kinder haben«, log sie dann.

»Ich bin mir sicher, Sie werden eine wunderbare Mutter.«

»Finden Sie?« Sophie konnte sich über das Lob nicht freuen.

»Gehen wir weiter?«

Sollte sie ablehnen? Doch dann nickte sie. Sicher bildete sie sich ein, dass etwas nicht stimmte. Henry Williams stammte aus guter Familie. Er war James Bennetts Freund. In ihre Gedanken versunken, bemerkte sie gerade noch, dass sie ihren Weg entlang der Nahe fortsetzten.

Die Zahl der Spaziergänger nahm jetzt ab. Bald waren sie wieder alleine. Das ungute Gefühl, das Sophie sich nicht erklären könnte und dessen sie sich fast schämte, kehrte mit Macht zurück. Ihr Mund war plötzlich staubtrocken. Sie blieb abrupt stehen. Sie war weitergegangen, weil sie keine Angst haben wollte, aber jetzt spürte sie ihr Herz schneller klopfen als das einer Maus in der Falle.

»Ich würde jetzt gerne nach Hause gehen, Herr Williams. Papa erwartet mich sicher schon. Würden Sie mich zurück begleiten?«

Henry sagte nichts. Sophie blieb stehen und sah zurück.

»Kommen Sie, lassen Sie uns gehen, sonst laufen wir noch bis Münster am Stein.«

»Dort waren Sie schon öfter mit Mr. Bennett, nicht wahr?«

»Was?«

Henry gab keine Antwort, sondern lief nun selbst ein paar Schritte zurück. Sophie atmete aus. Hatte Sie ihm wirklich misstraut? Was war sie doch für ein albernes Ding.

»Darf ich Ihnen eine Tasse Tee anbieten?«

Henry schwieg immer noch. Worüber dachte er nach?

»Ich vermute, Sie treffen in der Heimat keine Mädchen wie mich?«, versuchte sie ihn aus der Reserve zu locken.

Jetzt sah er sie an. »Nein, tatsächlich nicht, es ist schwer, in unsere Kreise Einlass zu finden.«

Sophie errötete. Was hatte er da gerade gesagt? Dass sie nicht gut genug für ihn war? Offenbar hatte er sie genau beobachtet, denn er blieb jetzt stehen, drehte sich zu ihr und ergriff ihre Hand: »Oh, verzeihen Sie, Fräulein Preuße, ich meine es gewiss nicht so, wie es klingt.«

Sein Griff war sehr fest. Sie mochte das Gefühl seiner Haut auf ihrer nicht und obwohl sie versuchte, ihre Hand zurückzuziehen, wollte es ihr nicht gelingen. Sie erschrak. Er war kräftig, sehr viel kräftiger, als man beim Anblick seiner Gestalt annehmen konnte. Seine Finger wirkten so knochig. Er selbst war so schmal. Sophie versuchte erneut, ihre Hand zurückzuziehen. Ein Blick in sein Gesicht zeigte ihr, dass er ihren Kampf bemerkte. Da war ein Lächeln, das seine Mundwinkel kräuselte, ein Gefühl der Macht, dessen er sich in diesem Moment deutlich bewusst war. Dann ließ er sie plötzlich los. Wie viel Zeit war vergangen? Minuten, Sekunden, ein Wimpernschlag, ein rascher Atemzug?

»Ich würde mich freuen, Sie noch nach Hause zu begleiten und, wenn es Ihr Vater erlaubt, eine Tasse Tee zu trinken«, sagte er in einem sehr freundlichen Tonfall.

Sophie fehlten für einen Augenblick die Worte. Henry sah aus, als wäre nichts geschehen. Hatte Sie sich alles nur eingebildet? War etwas geschehen? Sie spürte noch die Kraft seiner Hände, aber sie konnte nicht mehr sagen, ob er sie wirklich festgehalten hatte. Vielleicht war die Fantasie mit ihr durchgegangen? Je mehr sie darüber nachdachte, desto verwirrter war sie.

Im Haus von Dr. Preuße trank Henry noch eine Tasse Tee, dann verabschiedete er sich. Dr. Preuße begleitete ihn zur Tür, während seine jüngste Tochter sich bereits zurückzog. Einen Augenblick später hörte man das Klavier aus dem Salon. Dr. Preuße schaute nachdenklich in die Richtung, dann schüttelte er, wie zu sich selbst, den Kopf.

»Herr Williams, ich will Ihnen keine Vorhaltungen oder Vorschriften machen. Sie wissen um Ihre Krankheit. Ich hoffe, Sie verhalten sich dementsprechend.«

»Natürlich tue ich das.« Henrys Stimme klang gepresst.

»Frau Spahn war vor einiger Zeit bei mir«, fuhr Dr. Preuße fort.

»Dürfen Sie denn über Patienten sprechen?«, gab sich Henry überrascht.

Noch jetzt reizte die Röte, die in diesem Augenblick in Dr. Preußes Wangen gestiegen war, ihn zu einem leichten Schmunzeln.

»Ich wollte nicht über Frau Spahn sprechen«, hatte der entgegnet, dabei aber ertappt ausgesehen.

Henry dachte wieder an Sophie. Sie war ein wirklich ausgesprochen hübsches Ding, trotzdem hatte sie es zweifelsohne geschafft, ihn zu verärgern. Es hatte sich gut angefühlt, ihre Hand zu packen und nicht mehr loszulassen. Er hatte die Angst in ihren Augen gesehen und dann den Zweifel. Er dachte daran, wie weich sich ihre Haut angefühlt und wie gut sie geduftet hatte. Natürlich war sie anders als die Dirne, die er besuchte und die man ihm zur Verfügung stellte, weil er mehr Geld bezahlte als die anderen. Ja, er gab das Geld inzwischen mit vollen Händen aus, und sein Vater konnte nichts dagegen tun, denn wenn er etwas tat, würde Henry einfach nach London zurückkehren und der Scharade ein Ende setzen. Manchmal dachte er in letzter Zeit darüber nach, die Welt mit einem Tusch zu verlassen. Es gab keine Gerechtigkeit, das hatte er nun gelernt. Er fragte sich, warum er noch kämpfte.

Warum habe ich die kleine Preuße laufen lassen?

Henry runzelte die Stirn. Ja, das hatte er getan. Er hatte Sophie Preuße laufen lassen, und er bezweifelte, dass sie noch einmal mit ihm spazieren gehen würde.

Das war dumm gewesen, aber es war nicht sein letzter Trumpf.

Zurück in seinem Zimmer in der Pension, holte er sein Schreibzeug hervor, schraubte das Tintenfass auf, nahm ein Blatt heraus und die Feder zur Hand. Dann schrieb er einen Satz auf das Papier. Er faltete alles wie einen Brief zusammen, notierte dann Sophie Preußes Namen darauf und verstaute ihn in seiner Rocktasche.

Am frühen Samstagnachmittag tauchte Eulalie im Arbeitszimmer ihres Bruders auf.

»Du musst jetzt endlich etwas tun, Wilhelm«, platzte es aus ihr heraus, noch bevor er sie begrüßen konnte. Der schmale Sonnenschirm in ihrer Hand bewegte sich hektisch. »Die Leute reden, und jetzt auch die, die das gewöhnlich nicht tun.«

Wilhelm nahm den Kneifer von der Nase und schaute seine Schwester an. »Wer redet? Und worüber?«

»Himmel, Wilhelm, das musst du doch mitbekommen. Deine Töchter und dieser – dieser Engländer.«

»Ah.« Wilhelm legte die Schriften zur Seite, mit denen er sich zuletzt beschäftigt hatte, und stützte die Ellenbogen auf den nunmehr freien Platz vor sich. »Setz dich doch bitte, Eulalie.«

»Ich ... Ich ...«

Eulalie verstummte, wollte offenbar ablehnen und folgte der Aufforderung dann doch. Die Geschwister sahen einander in die Augen.

»Du kannst das nicht länger zulassen«, sagte sie dann. »Du trägst Verantwortung für deine Töchter. Du weißt, es sind Frauen, leicht von Gefühlen überwältigt. Annes Ehe ...«

»Was ist mit Annes Ehe?«, merkte Wilhelm auf.

»Nun, ich weiß, dass man inzwischen auch über die Kastners redet. Man sieht die beiden einfach zu selten zusammen. Das war früher schon so, wirst du sagen, hat jetzt aber noch zugenommen, und da fragt man sich eben ... Außerdem hat sie ihn früher öfter ins Hospital begleitet, was sie heute kaum mehr tut ...«

Wilhelm runzelte die Stirn.

»Was fragt man sich, Eulalie? Anne hat sich nichts zuschulden kommen lassen, oder?«

»Nein, aber ...«

»Dann sollen sich diese Waschweiber an ihre eigene Nase fassen.«

Ärger stieg in Wilhelm hoch. Seine Wangen röteten sich. Die Augenbrauen zogen sich wütend zusammen. Eulalie hob beschwichtigend die Hände.

»Wilhelm, es heißt einfach, dass es mit der Ehe der beiden nicht zum Besten steht. Ich habe sogar gehört, dass sich Friedrich womöglich von Anne trennen könnte.«

»Das hast du gehört?« Wilhelm schüttelte den Kopf. »Davon weiß ich nichts. Und meinst du nicht, meine Tochter hätte mir als Erste davon erzählt?«

»Sie ist eine Frau, manche Dinge bespricht man vielleicht nicht mit dem Vater.«

Wilhelm reagierte empört. »Sie hat mir immer vertraut.«

Eulalie zuckte die Achseln. »Ich meine ja nur.« Sie machte eine kurze Pause. »Vielleicht solltest du deine Tochter zumindest fragen.«

»Nein, dafür gibt es keinen Grund.« Wilhelm sah Eulalie eindringlich an. »Warum sollte ich ihr misstrauen? Ich vertraue meinen Töchtern.«

»Du machst einen großen Fehler, Wilhelm.«

»Vielleicht tue ich das.« Wilhelm stand auf. »Und jetzt muss ich dich bitten, mich alleine zu lassen, Eulalie. Ich habe noch zu tun.«

An diesem Abend stand Wilhelm lange am Fenster seines Arbeitszimmers und schaute hinaus. Der letzte Patient war längst gegangen, doch er fand keine Ruhe. Hatte er falsch gehandelt, hatte er sich doch zu wenig um seine Töchter gekümmert? Hatte er wirklich geglaubt, die Rolle einer Mutter übernehmen zu können? Brauchten seine Mädchen eine festere Hand, wie Eulalie gesagt hatte? Die Hand einer Frau? Hätte er wieder heiraten sollen? Möglichkeiten hatte es gegeben, aber keine war gut gewesen als Ersatz für seine geliebte Frau, oder als Mutter für seine Töchter.

Und jetzt? Stimmte das, was Eulalie sagte? Aber warum hatte er nichts davon mitbekommen? Nun, vielleicht hatte er sich für einige Tage zu sehr um Johann Seipel gesorgt, dessen Gesundheitszustand bedenklich war. Lange würde der gute Freund sich nicht mehr gegen die Schwindsucht wehren können.

Es schmerzte Wilhelm, wenn er an den kämpferischen jungen Burschen und den kräftigen Mann von früher dachte. Sieben Jahre in der Fremde, und Johann war nur noch ein Schatten seiner selbst.

Es dunkelte schon, als es überraschend noch einmal an der Tür klopfte. Auf sein »Herein«, schlüpfte Sophie durch die Tür. Wilhelm lächelte seine Jüngste an und breitete die Arme aus. Sophie warf sich ohne Umschweife hinein. Er dachte daran, wie sie heute, begleitet von Henry, nach Hause gekommen war und wie er gehofft hatte, sie nie wieder gemeinsam mit diesem Mann zu sehen. Er wusste, dass es nicht recht war, so zu denken, aber er konnte auch nichts dagegen tun. Er traute Henry Williams nicht.

Wilhelm drückte seine Tochter fest an sich, spürte ihren schmalen Körper – sie hatte sich schon zur Nacht bereit gemacht und trug kein Korsett mehr. Sie war so zart und schmiegte sich jetzt so vertrauensvoll an ihn, wie zu der Zeit, als sie noch ein kleines Mädchen gewesen war.

Es ist alles in Ordnung zwischen uns, dachte Wilhelm, aber irgendetwas bedrückt sie.

»Willst du mir etwas sagen?«, fragte er sie.

»Nein.«

»Geht es dir gut?«

Zuerst dachte er, dass sie für einen Hauch zögerte, dann war er sich sicher, dass er sich das einbildete.

»Ja, alles ist gut, Papa. Ich habe dich nur vermisst. Irgendwie.«

Dreiundzwanzigstes Kapitel

Frankfurt am Main, August 1923

Andreas, Noras »Gefährte«, wie sie ihn nannte, zog die Augenbrauen hoch. Nora hatte ihn vor etwa zwei Wochen in einer Bar kennengelernt. Ihren Worten zufolge war er großzügig gewesen, und er schien gut zu ihnen zu passen.

Jedenfalls war das anfangs so gewesen. Inzwischen hatte sich etwas geändert, erst unmerklich, dann unübersehbar und auch unüberhörbar. Hin und wieder machte sich Hugo über ihn lustig, was schon einmal fast zu einer Schlägerei geführt hatte.

Adrian versuchte, ihn so gut es ging zu ignorieren, während Nora sich zunehmend hin und her gerissen zeigte zwischen ihrer Zuneigung für Andreas und der für ihre Freunde.

Es überraschte Marlene, wie unentschieden die sonst so klare Freundin sein konnte.

»So etwas«, sagte Andreas jetzt mit eisklarer Stimme, »würde ich nicht anziehen.«

Verwirrt blickte Marlene an sich herunter. Sprach er etwa mit ihr? Sie war tagsüber mit Nora unterwegs gewesen, die sie einer guten Bekannten vorgestellt hatte. Trudi verdiente Geld damit, Kleider nach dem neuesten Pariser Chic zu schneidern.

»Vielleicht ist der Franzose unser Erbfeind«, hatte sie mit einer dunklen, rauchigen Stimme gesagt, während sie im Schneidersitz inmitten von Stoffballen saß, »aber er schenkt uns leider immer noch die schönsten Kleider.«

Marlene hatte ihr nur beipflichten können, nachdem sie sich die fertigen Modelle nacheinander angesehen hatte. Einmal so etwas zu tragen, wie wunderbar war ihr das erschienen! Dann hatten Trudi gesagt, dass man vielleicht ins Geschäft kommen könne. Marlene mit ihrer Größe und den klaren Gesichtszügen sei ein Geschenk für jedes Kleid.

Verstohlen sah Marlene zum Spiegel hinüber. So etwas hatte noch nie jemand zu ihr gesagt. Der Vater hatte sich immer über ihre Größe beschwert. Vielleicht war auch Trudis Lob ein Grund dafür gewesen, den letzten Schmuck gegen ein Kleid einzutauschen. Trudi hatte ihr sogar Rabatt gegeben, wenn Marlene nur versprach, überall zu erzählen, wo sie das Stück gefunden habe.

»Es steht dir nämlich knorke«, hatte sie gesagt. Sie hatte lange in Berlin gelebt.

Und nun stand Marlene vor dem Spiegel in der gemeinsamen Wohnung, war sich eben noch wunderschön vorgekommen und zweifelte jetzt. War das Kleid nicht doch zu auffällig?

Unsicher sah sie zu Nora hinüber, die sich auf dem einzigen Sessel der Wohnung räkelte. Die zog leicht genervt die Augenbrauen hoch. Adrian, der sich bislang im Hintergrund gehalten hatte, ging mit entschlossenen Schritten zur Tür.

»Es kommt ja nicht oft vor, aber heute würde ich dem lieben Andreas zustimmen«, rief er ihnen zu, während er bereits den Türgriff packte. »Und jetzt beeilt euch. Es wird spät.«

Marlenes Blick kehrte zum Spiegel zurück. Man konnte sich nicht gut darin sehen. Die Fläche war nach langen Jahren der Nutzung fast blind, dafür hatten sie ihn umsonst bekommen. Sie fühlte sich tief verunsichert. Warum hatte er das gesagt? Sie wollte hinter Adrian herrufen, doch die Tür schlug bereits hinter ihm zu. Wenig später folgte Andreas ihm. Im Türrahmen drehte auch er sich noch einmal um und musterte Marlene abfällig.

»Eine deutsche Frau muss wissen, was sie tut.«

»Was?«

Jetzt war Marlene vollkommen verwirrt. Andreas zog die Tür hinter sich zu und gab keine Antwort. Im Treppenhaus hörte man seine Schritte. Marlene schaute Nora fragend an.

»Eine deutsche Frau? Was soll das denn heißen? Und was soll ich jetzt tun?«

Nora zuckte die Achseln.

»Was du willst – du bist erwachsen.«

»Aber, er hat doch gesagt ... Und warum stimmt Adrian ihm zu?«

Nora lachte trocken, dann rutschte sie nach vorne auf die Sesselkante.

»Nun, der liebe Andreas kämpft immer noch gegen die Franzosen, auch wenn der Krieg nun schon Jahre zurückliegt, und Adrian ...« Sie zuckte die Achseln. »Unser lieber, fortschrittlicher Adrian will eben nicht, dass du anderen Männern gefällst.«

Marlene schluckte. »Aber du trägst doch auch solche Kleider, Nora.«

»Ja, ich, seine Kumpanin, an dir findet er sie aber zu aufreizend.«

Die Freundin lachte trocken, als sie Marlenes ratlosen Gesichtsausdruck sah.

»Adrian war schon immer so, lass dir das gesagt sein, Liebes. Oh ja, er schaut den Frauen gerne hinterher, unser Charmeur, aber sein eigenes Weibchen muss den Rock zehn Zentimeter länger tragen.«

»Dann stolpere ich.« Marlene deutete auf den bereits knöchellangen Rock aus Seidenstoff, dann runzelte sie die Stirn. »Sein Weibchen? Bin ich das denn?«

Nora stand auf und strich sich über die Hose, die sie heute trug. Was hätten Adrian und Andreas wohl bei einem Anzug gesagt, schoss es Marlene durch den Kopf, nicht auszudenken.

»Natürlich bist du sein Weibchen.« Nora schaute amüsiert drein. »Wusstest du das nicht?«

»Nein …«

Nora stellte sich nun auch vor den Spiegel und zupfte kurz an der Jacke aus Samtstoff, bevor sie ihre Schminke kontrollierte.

»Wusstest du«, fragte sie, während sie sich die Lippen blutrot nachzog, »dass man den letzten Krieg auch als das 1789 der Frauen bezeichnet?«

»Als Revolution meinst du?«

»Meine nicht ich, meinen die.« Nora lächelte sich zu. Der Spiegel warf ihr Bild undeutlich zurück. »Schließlich mussten Frauen damals Männerarbeit übernehmen. Die Männer waren ja an der Front, die Frauen hielten im Hinterland stand. Meine Mutter beispielsweise schraubte Granaten zusammen. Aber danach«, Nora beugte sich näher zum Spiegel hin und kontrollierte den Kajal um ihre großen, dunklen Augen, »danach dachten die Männer eben, es ginge jetzt alles auf eins zurück. Wir Frauen gehen an den Herd und ziehen die Kinder groß, der Mann besteht in der großen Welt und führt sein Frauchen manchmal aus, um zu zeigen, was er hat.«

Marlene überlegte. Noras Worte machten sie nachdenklich. Gleichzeitig freute sie sich über Adrians Interesse, sie konnte das nicht verhehlen. Sie hatte ja keine Ahnung gehabt. Ja, sie hatten sich geküsst, aber bislang hatte er ihr gegenüber nicht gesagt, dass er sie wirklich als seine Freundin ansah. Es kam wirklich überraschend.

Wollte ich mich nicht eben noch mit Albert verloben?

Noras Stimme drang wieder in ihre Gedanken. Die Freundin hatte die Kontrolle vor dem Spiegel abgeschlossen und betrachtete Marlene.

»Weißt du, Adrian ist nicht so *frei* und *modern,* wie er immer tut«, sagte sie dann. »Ja, er ist für die Erneuerung. Ja, er liebt es, ungebunden zu sein, und er hasst Konventionen, aber wenn es um Frauenrechte geht ...« Nora schnaubte verächtlich. »Da geht es ihm wie vielen Männern. Eine Frau muss an ihren Ruf denken.«

Nora lachte höhnisch. Marlene fand, dass sie mit einem Mal nicht besonders glücklich wirkte. So hatte sie die Freundin noch nie gesehen.

»Aber du«, setzte Marlene an, »du bist doch ...«

»Frei und ungebunden, meinst du?« Noras Gesicht changierte zwischen Lachen und Traurigkeit. »Ja, aber ich bin auch oft alleine, weil mir eben kein Mann über den Weg traut, und wenn mir einer traut, versucht er auch gleich, mich zu erziehen, und wenn einer der Burschen, mit denen ich die Nacht verbringe, mir mal einen Braten in der Röhre lässt, dann ...« Sie schauderte. »Dann bin ich bestimmt entweder alleine mit dem Kind oder mit der Engelmacherin.«

Das Wort »Engelmacherin« ließ Marlene zusammenzucken. Für einen kurzen Moment sah Nora noch trauriger aus, und Marlene überlegte, ob sie die Freundin in die Arme nehmen sollte, doch die kreuzte die Arme vor der Brust und schaute Marlene abwartend an:

»Und, was machst du? Ziehst du dich um?«

Marlene kehrte vor den Spiegel zurück. Der Rock war lang und schmal. Das Oberteil mit seinen sehr gewagten Schlitzen glitzerte silbermondfarben und passte perfekt zu ihrem Haar, das sie heute zur Seite in einen Zopf geflochten trug. Du siehst wirklich schön aus, dachte sie, es wäre eine Schande, dieses Kleid nicht zu tragen. Sie straffte entschlossen ihre Schultern.

»Wir gehen«, sagte sie fest.

Es war eine seltsame Zeit. Natürlich bekam Marlene mehr von den Weltereignissen mit, seit sie Adrians Leben teilte. Zu Hause war sie, das verstand sie jetzt, weit entfernt gewesen von allem, was das Leben für so viele Menschen ausmachte. Es war sicher gewesen, weich und warm, frei von den Sorgen, die das Leben so vieler bestimmten, aber auch unendlich fern von dem, was das Leben wirklich ausmachen konnte.

Gewiss, Marlene hatte von der Inflation gewusst, aber was dieses Wort bedeutete, hatte nur wenig Platz in ihrem behüteten Dasein gehabt. Wie hatte sie auch ahnen können, dass es Frauen gab, die bereits mittags mit dem Handkarren in die Fabriken zogen, um den Lohn ihrer Männer abzuholen und ihn dann sofort für Lebensmittel auszugeben, weil das Geld so schnell an Wert verlor, dass man es sich unter keinen Umständen leisten konnte zu warten. Sie hatte nicht gewusst, dass die Erste in der Schlange womöglich weniger zahlte, als die Letzte, weil sich in der Zeit des Wartens bereits wieder alles verteuerte. Inzwischen war das Papiergeld so wenig wert, dass man selbst für kleine Einkäufe mehr Geld benötigte, als ein Mensch tragen konnte. Adrian hatte zuletzt galgenhumorig davon gesprochen, dass man das Geld bald verheizen oder als Altpapier verwenden könne, und dann scherzhaft gefragt: »Wie wäre es denn mit einer neuen Tapete im Bad?«

»Oh«, hatte Nora gezwitschert, »aber da werden wir erst die anderen Mieter fragen müssen. Ich bin sicher, irgendjemand hat etwas einzuwenden.«

Sie alle sangen inzwischen lauthals Robert Steidls Schlager »Wir versaufen unser Oma ihr klein Häuschen, und die erste und die zweite Hypothek …«

Wer es sich leisten konnte, lebte jeden Tag, als wäre es der letzte. Es waren jene Glücklichen, die Cafés, Varietés und andere Etablissements besetzten, jene Glücklichen, die Noras Darbietungen besuchten und der kleinen Wohngemeinschaft damit die Bäuche füllten. Der Begriff »Raffkes« kam auf, womit man Menschen meinte, die das Geld hatten, Warenlager anzulegen, um die »gerafften« Konserven, Mehl und Zucker Wochen später für das Tausendfache abzustoßen. Es war die große Zeit der Egoisten. Die einen tanzten auf dem Vulkan, die anderen vergingen in seinem Feuer und seiner Hitze. Marlene fragte sich, ob ihre Eltern wohl auch auf Kosten so vieler anderer auf dem Vulkan tanzten. Wenn Katharina zu Besuch kam, konnte sie eine gewisse Scham nicht verhehlen. Man sah ihr die Armut immer deutlicher an.

»Wenn ich genügend Geld reinbekommen will«, hatte Marlene sie einmal zu Nora sagen hören, »dürfte ich die Beine gar nicht mehr schließen, aber manchmal habe ich das Gefühl, ich bin schon ganz wund da unten, und irgendwann wird mich ein Kerl anstecken, und was wird dann aus meinen Kindern?«

Sie hatte aufgeschluchzt, und Marlene war so schrecklich verunsichert gewesen, dass sie die Treppe wieder nach unten geschlichen war, um auf der Straße zu warten.

Abends saßen Marlene, Adrian und Nora neuerdings mit anderen Freunden als früher in der Eckkneipe. Die Zahl der Künstler nahm ab, die der Politiker und selbst ernannten Weltretter nahm zu, und mancher Künstler wurde zum Politiker, der sich gerne reden hörte. Marlene hörte zu und lernte. Einige verunsicherten sie, in mancher Stimme war viel Hass. Ab und an schauderte es Marlene unwillkürlich. Immer noch diskutierte man hitzig die Frage, wer am letzten Krieg die Schuld trug. Aber war der denn nicht schon so lange her? Sie jedenfalls konnte sich kaum mehr erinnern. Die Ruhrbesetzung hinterließ weiter ihre Spuren. Mit den Flüchtlingen von dort wurde die Wohnungsnot immer größer.

»Der Franzose ist an allem schuld? Quatsch mit Soße«, ließ sich eben ein dunkelhaariger Mann namens Claas Hermann hören, der in der letzten Woche zum ersten Mal da gewesen war. »Das Unglück fing doch viel früher an, schon mit dem verdammten Krieg, den alle so herbeisehnten. Damals gab die liebe Reichsbank Kredit, die Notenpresse wurde angeworfen. Wer seinen Kopf auf den Schultern trägt, *erinnert* sich daran. Die Preise stiegen schon *im* Krieg.«

»Halt dein Schandmaul. Gute Männer haben in diesem Krieg gekämpft«, mischte sich ein magerer Blonder ein. »Sollen sie etwa schuld sein an unserer Lage?«

Der dunkelhaarige Claas rollte mit den Augen.

»Ich sage nichts gegen diese Männer. Ich sage, dass Fehler gemacht wurden. Von unserer Regierung. Von Männern da oben. Es ist gut, dass wir den Krieg verloren haben, sonst müssten wir noch heute vor dem Kaiser buckeln.«

»In jedem Fall ist es eine Meisterleistung, so viel Papier unters Volk zu bringen«, meldete sich ein Dritter zu Wort, der Marlene stets durch seinen nüchternen Witz auffiel. »Hat einer schon einmal daran gedacht, in der Reichsdruckerei zu arbeiten? Ich träume da jeden Abend davon. Da werden doch anscheinend Männer gebraucht, die zupacken können. Ach, Besitzer einer Papierfabrik müsste man sein.«

Marlene musste lachen. Andreas warf ihr einen düsteren Blick zu. Sie wich ihm nicht aus. Sie würde sich gewiss nicht von ihm beeindrucken lassen. Sie konnte lachen über was und über wen sie wollte. Jetzt mischte er sich in das Gespräch ein.

»Wer von euch Schwätzern bedenkt denn die enormen Aufgaben, vor denen der Staat nach dem Krieg stand, der im Übrigen verloren wurde, weil es daheim, im sicheren Nest, Feiglinge gab, die unseren tapferen Soldaten in den Rücken fielen.«

»Unsinn«, Claas schüttelte den Kopf, »der Krieg war einfach verloren. So war das. Ich weiß es, denn ich war dabei. Und wir alle wollten nach Hause, wir alle wollten diese Hölle nur noch hinter uns lassen. Ich finde noch heute keine Worte für dieses Entsetzen.«

Andreas wollte sich nicht beeindrucken lassen.

»Den Krieg verloren durch eigene Schuld, die Wirtschaft am Boden, Millionen Soldaten auf der Straße, und dazu die unverschämten Forderungen der Franzmänner ...« Er schüttelte den Kopf. »Als hätten wir den Krieg alleine entfacht.«

»Zuerst einmal war das Geld ja billig«, sagte Claas nachdenklich, und weil Marlene ihn offenbar fragend ansah, richtete er die nächsten Worte direkt an sie: »Das hatte Vorteile und vermied Unruhen. Faktisch aber wurden große Teile der Bevölkerung enteignet. Nicht die Land- oder die Fabrikbesitzer, nein, nur die kleinen Leute ... Die, die immer bezahlen, wenn alles verloren ist ...« Andreas wurde unruhig. Claas fuhr fort: »Natürlich darf man die Gewinner nicht vergessen. Auf Pump gekauft, heißt heute meist, dass man seiner Schulden bald enthoben ist.«

Wie Alberts Eltern ... Für Marlene war es immer noch ein seltsames Gefühl, etwas, über das geredet wurde, mit dem eigenen Leben zu verbinden. In Zeiten der Inflation tilgte ein Geldschein, wofür einst Millionen geliehen worden waren. Ein Geldschein, für den man zur gleichen Zeit vielleicht noch nicht einmal mehr ein Pfund Butter bekam.

Nein, nichts war mehr wie früher. Man schloss die Augen, verschlief die Nacht, und am Preis hingen neue Nullen. Es war eine Seuche, für die niemand ein Heilmittel wusste. Die einen rangen um ihre Existenz, die Elendsviertel wurden ärmlicher, die Heilsarmee kämpfte, die Quartiere der Hungernden zu versorgen, und manche wurden reich und reicher. So wie Alberts Vater, der seine Waldungen für das Papier der Geldscheine abholzen konnte, so wie die privaten Druckereibesitzer, die zusätzlich für die Reichsbank druckten.

Nun, auch uns geht es noch gut genug, dachte Marlene, wir haben fast jeden Tag zu essen, auch wenn ich manchmal unbeschwerter leben wollte … Wie es wohl den Eltern geht, und Katharina und ihren Kindern? Kurt, Katharinas Mann, war zu ihr zurückgekehrt, doch seine Arbeit brachte kaum etwas ein, auch wenn der Lohn inzwischen täglich ausgezahlt wurde. Katharina war eine derjenigen, die täglich zum Werkstor rannten, um sich das Geld abzuholen und sich dann flugs in die Schlange beim Lebensmittelhändler einzureihen. Abends machte sie weiterhin die Beine breit.

An einem dieser Tage stand Marlene wieder einmal selbst in der Schlange, und zum Ende reichte das Geld nicht, sie alle satt zu machen. Nach dem gemeinsamen Abendessen knurrte ihnen allen schon sehr bald der Magen. Verlegen legte die junge Frau die Hand auf ihren Bauch. Dieses Mal sagte Adrian, der sich vor ein paar Wochen noch über sie lustig gemacht hatte, nichts.

Sie alle hatten Hunger, und das wurde auch in den folgenden Tagen nicht besser. Nora wirkte fast durchscheinend und benötigte doch alle Kraft für ihre Auftritte. Sie lernten, ihr Brot zu essen, als handele es sich um ein Steak. Ja, an manchen Tagen waren ein ganzes Brot und eine dünne Nudelsuppe ein Festessen.

Nora kaute nun schon eine gute Viertelstunde an einer dünnen Scheibe Brot. Ihre riesigen dunklen Augen waren nachdenklich geweitet. Manchmal wirkte sie wie ein zerrupftes Vögelchen auf Marlene und nicht wie die schöne, mitreißende Tänzerin, als die Marlene die Freundin kennengelernt hatte. Auch Marlene biss nochmals vorsichtig in ihre Brotscheibe. Man musste langsam essen, dann hatte man mehr davon, aber wenn man hungrig war, fiel es nicht immer leicht, sich zu zügeln.

Aber ich werde nicht zu meinen Eltern zurückgehen. Niemals.

Der Gedanke kam plötzlich, überraschend, kaum dass Marlene bewusst gewesen war, dass sie darüber nachdachte. Nein, dies war das Leben, das sie gewählt hatte, und sie war fähig, es zu leben, durch alle Unsicherheiten und Krisen hindurch.

Marlene würde nie vergessen, dass es ein Mittwoch war, an dem Adrian erstmals mit Dollars nach Hause kam. In den letzten Wochen hatte er stets versucht, sich in Naturalien bezahlen zu lassen. Seine eigentliche Arbeit brachte wenig ein. Zugleich hatten sie alle begonnen, sich näher mit der amerikanischen Währung zu befassen. Einkäufe ließen sich heute am besten mit dem Blick auf den Kurs des Dollars beurteilen, weshalb manche Leute ihn bereits keine Sekunde mehr aus den Augen ließen. Nora und Marlene wussten auch deshalb nur zu gut, dass diese wenigen Geldscheine in Adrians Hand einen geradezu unglaublichen Wert hatten.

Während sich Nora eine Zigarette anzündete und den Rauch langsam und scheinbar ruhig ein- und ausatmete, konnte Marlene nicht anders, als ihn anzustarren.

»Woher hast du …?«

Adrian warf Nora einen knappen Blick zu. Die schien sich vollkommen auf ihre Zigarette zu konzentrieren, stand dann plötzlich auf, um zu dem kleinen Fenster hinüberzugehen, das der Dachwohnung das einzige Licht spendete. Adrian drehte sich wieder zu Marlene.

»Ich habe ein Bild verkauft«, knurrte er.

Ein Bild? Das musste in jedem Fall das erste Bild seit Wochen sein ... Marlene staunte.

Wer kaufte in diesen Zeiten wohl Bilder? Ein Gewinnler? Einer der Raffkes, die Adrian doch so sehr verabscheute?

Nach kurzem Überlegen erinnerte sie sich an einen gut gekleideten Mann, der Adrian mehrmals angesprochen hatte.

Er hatte sich Kunsthändler genannt, davon gesprochen, dass er Lotterie spiele, denn Adrians Bild gefalle ihm doch sehr, obgleich er nicht wisse, ob er es je gewinnbringend wieder verkaufen könne. Zurück in der Wohnung, hatte Adrian seinem Ärger lautstark Luft gemacht, aber zuletzt hatte er offenbar nicht standhaft bleiben können.

Wie auch ...

Marlene schaute wieder zu Nora, die einen Arm waagerecht gegen die Brust anwinkelte, den Ellenbogen des anderen leicht darauf gestützt, und immer noch zum Fenster hinaus rauchte. Beide Frauen sahen zu, wie Adrian zur hinteren Wand hinüberging, vor der Marlene ihr Matratzenlager aufgeschlagen hatte, und dort das Brett vor der kleinen Höhlung löste, hinter der sie ihre kostbarsten Stücke verwahrten. Eine Zeit lang hatte dort nur Marlenes Schmuck gelegen.

Als er zu ihnen zurückkam, sah man Adrians Gesicht den Ärger immer noch deutlich an.

»Du hast es für uns getan«, sagte Nora, und es war das Erste, was sie sagte, seit Adrian gekommen war. Ihre Zigarette war fast heruntergeraucht. Die rote Glut kam ihren Fingerspitzen schon bedrohlich nahe, aber sie tat nichts, um sich zu schützen. Mit wenigen schnellen Schritten war Adrian bei ihr, lenkte ihre Hand zu dem Aschenbecher, der dort auf der Fensterbank stand.

»Danke«, sagte Nora, und es schien für einen Augenblick, als tauchte sie aus einem Traum auf. Dann schaute sie Adrian an, der nahm sie fest in die Arme. Nora, deren Körper eben noch unter Spannung gestanden hatte, erschlaffte.

»Ich habe es getan, falls es noch schlimmer wird«, sagte Adrian. Es war auch eine Erklärung, die er sich selbst gab, das war deutlich zu bemerken.

Marlene starrte das Holzbrett an, hinter dem sich ihr Schatz verbarg. Ihr Magen knurrte leise, so wie sie es jetzt täglich gewöhnt war. Vorerst würden sie diesen Schein nicht anbrechen: Er war ihre Sicherheit, ihre Reserve, wenn es keine anderen Möglichkeiten mehr gab. Falls es noch schlimmer wurde, wie Adrian gesagt hatte. Der führte Nora zu ihrem Sessel und hieß sie, sich noch etwas auszuruhen. Heute Abend würde sie wieder tanzen müssen. Dann drehte er sich zu Marlene um.

»Vielleicht siehst du in mir einen zukünftigen, erfolgreichen Künstler, vielleicht werden wir eines Tages im Rolls vorfahren und in den feinsten Hotels wohnen. Komm.«

Er winkte sie näher. Einen Augenblick später war Marlene bei ihm. Sie hatten wenig Ruhe für sich in diesen Zeiten, in denen man fast täglich ums Überleben oder zumindest die eigene Würde kämpfte. Adrian legte den Arm um sie. Marlene schmiegte sich an ihn. Er küsste sie.

Anfangs war es ihr noch schwergefallen, Liebkosungen auszutauschen, wenn sich jemand anders im Zimmer befand, aber das hatte sich inzwischen verloren. Die einzigen Zeiten, die sie alleine hatten, waren, wenn sie manchmal am Wochenende spazieren gingen, wenn sie Frankfurt verließen und bei den Bauern ringsherum nach Nahrung suchten, wie man das auch schon in Kriegszeiten gemacht hatte.

Das letzte Mal hatten sie zumindest zwei ganze Rucksäcke voll Brennnesseln nach Hause geschleppt, aus denen sie eine Gemüsesuppe zubereitet hatten. Und eine Bäuerin hatte sich von Adrian anrühren lassen, der sie wohl an ihrem verstorbenen Mann erinnerte, und ihm heimlich – der Sohn, der der neue Bauer war, durfte das nicht sehen – ein Viertelchen Butter geschenkt.

An manchen Tagen fragte Marlene sich, ob man wohl vergessen konnte, wie Milch schmeckte; Milch, die ihr Kindermädchen ihr früher oft genug aufgezwungen hatte und die sie jetzt vermisste. Fleisch hatte sie nicht gegessen, seit sie das Elternhaus verlassen hatte, und an Fisch gab es nur Hering.

Immerhin machte Nora aus ein paar kleinen Äpfeln, die sie in einem Garten hatten auflesen dürfen, einer Zwiebel und zwei schmalen Heringen einen sehr schmackhaften Salat.

Nein, es waren keine leichten Zeiten, aber Marlene fühlte trotzdem, dass es richtig war, hier zu sein.

»Und der Ausländer lebt wie die Made im Speck«, erinnerte sie sich an Andreas' Stimme von einem der verflossenen Abende. Nora hatte ihm immer noch nicht den Laufpass gegeben, obgleich sie sich täglich stritten, oft so lautstark, dass Marlene sich ängstigte.

Aber irgendetwas war da, etwas, das in Noras Gesicht aufleuchtete, wenn Andreas kam und sie in seine Arme nahm. Nora, die immer unter Anspannung stand, wurde ruhig und locker an Andreas' Brust. Ja, da war etwas zwischen den beiden, etwas, das nicht ausgesprochen werden musste, etwas, für das es vielleicht auch keine Worte gab, etwas, das zeigte, dass Andreas und Nora zusammengehörten, so seltsam das klingen mochte.

Und manchmal dachte Marlene, dass Andreas eigentlich

ein netter Kerl war, wenn man sich nur nicht ständig seine politischen Ansichten anhören musste.

Wobei er weiß Gott nicht der Einzige war, der neuerdings darüber zeterte, dass »die Ausländer« mit ihren Fremdwährungen in diesen Zeiten wie die Könige lebten.

»Nur die Zollbestimmungen hindern sie daran, all unsere Waren billig aufzukaufen. Dafür feiern sie eben, saufen feinen Champagner und schlagen sich den Bauch voll, während man selbst nur große Augen machen kann«, hatte einer auf Andreas' Bemerkung hin geschimpft.

Marlene dachte an den Amerikaner, der sie einige Tage zuvor eingeladen hatte. Sie hatten sich kurz unterhalten, Adrian war noch nicht da gewesen. Der Mann erzählte, dass er eine Reise durch Europa mache. Nach einem Besuch in Rom und Paris hatte er Freunde in Köln besucht und war dann mit dem Schiff über den Rhein nach Mainz und schließlich über den Main bis nach Frankfurt gefahren. Marlene erkundigte sich voller Interesse. Der Mann lud sie zu einem Getränk ein und bestellte auf ihren Wunsch hin ein Glas Weißwein.

Als Adrian wenig später aufgetaucht war, hatte er eifersüchtig fast eine Schlägerei mit dem Fremden angezettelt. Marlene konnte ihn gerade noch davon abhalten und sich bei dem Mann entschuldigen. Der zuckte bedauernd die Achseln und verabschiedete sich mit einer Verbeugung von ihr. Sie wünschte ihm eine gute Weiterreise.

Der Wein schmeckte danach schal, aber Marlene trank ihn dennoch. Adrian sollte nicht glauben, dass er sich alles erlauben durfte. Sie war ein eigenständiger Mensch.

»Was wolltest du denn von dem?«, zischte er, als sie zu ihm und den Freunden an den Tisch zurückkehrte. »So ein Fatzke.«

Marlene hob die Augenbrauen. Wenig später echauffierte sich Adrian gemeinsam mit Andreas, über den er sich sonst selbst lustig machte, noch einmal über den »Ami«.

»Es ist nicht die Schuld der Ausländer, es ist die Schuld ihrer Regierungen«, wandte Marlene irgendwann leise ein, als sich Andreas besonders lautstark und ungerecht, wie sie fand, erregte.

»Wo die Not groß ist, sucht man die Schuld bei anderen«, pflichtete ihr Claas bei, »zum Beispiel bei den Ausländern, die angeblich nur ins Land kommen, um billig einzukaufen.«

»Der Saujud' muss es ja wissen«, ätzte Andreas.

Marlene konnte sich nicht erinnern, ihn je so scharf und so bedrohlich erlebt zu haben. Es lief ihr kalt den Rücken herunter.

»Wenigstens, so habe ich gelesen, vergeben die deutschen Botschaften im Ausland ab sofort nur noch in Ausnahmefällen Sichtvermerke für die Einreise«, sagte Andreas dann. Er machte eine Pause, während der er Claas abschätzig anblickte. »Gegen den Feind im eigenen Land, den verlausten Saujuden, müssen wir selbst etwas tun.«

Wieder war da diese eiskalte, erschreckende Wut. Marlene war ratlos. Wovon redete Andreas?

»Gehen wir eine rauchen?«, wandte sie sich an Nora, um sich abzulenken.

Die zuckte die Achseln.

»Eine deutsche Frau raucht nicht«, murrte Andreas.

»Ja, mein Süßer.« Nora küsste ihn auf den Mund, so, wie nur sie es sich erlauben konnte, dann stand sie auf. »Komm, wir gehen und lassen die Männer ein bisschen reden.«

Marlene erhob sich ebenfalls. Adrian zog sie noch einmal

zu sich herunter und küsste sie. Er hatte sich heute Morgen offenbar nicht rasiert. Seine Bartstoppeln kitzelten. Sein Atem schmeckte leicht nach Wein.

Auf dem Weg nach draußen schnorrte Nora erfolgreich zwei Zigaretten bei einem *Freund,* zündete draußen eine an und reichte die andere an Marlene weiter: »Gute Idee von dir, dann spürt man den Hunger nicht so. Ich wusste gar nicht, dass du neuerdings auch rauchst.«

»Ich rauche nicht. Ich wollte nur raus.«

»Ah so.« Nora grinste. Marlene hielt die Zigarette unschlüssig in der Hand und starrte die weiße Strähne an, die sich – sie konnte nicht sagen, wann – in Noras dunklem Haar gebildet hatte. Rot färbte sie es längst nicht mehr. Solche Aufwendungen waren vorerst gestrichen.

»Was hat Andreas eben da drin gemeint? Was hatte das plötzlich alles mit ›den‹ Juden zu tun?«

»Nichts. Es hat nie etwas mit ihnen zu tun.« Nora nahm einen tiefen Zug von ihrer Zigarette und blies den Rauch sorgfältig in Ringen aus. »Claas ist Jude.«

»Jude?« Marlene fiel auf, dass sie noch niemals wissentlich einem Juden begegnet war. In ihrem Elternhaus war man sich uneins, wie man »den Israeliten« zu begegnen habe. Oft sprach man nicht über sie. Vater hatte im letzten Krieg, wenn auch nur kurz, gemeinsam mit einem »von ihnen« Seite an Seite gekämpft – ein mutiger Mann und stolzer Deutscher, dem man das Eiserne Kreuz verliehen hatte, aber man wusste doch wenig von ihnen. Nora zog an ihrer Zigarette und stieß den Rauch dann genüsslich aus.

»Meine Mutter war übrigens auch Jüdin«, sagte sie dann. »Mein Vater, der ja sonst kein Herz hatte, muss sie sehr geliebt haben, denn er hat sie geheiratet, obgleich seine eigene

Mutter der festen Überzeugung war, dass die Juden unseren Herrn ans Kreuz genagelt haben.«

Nora streifte vorsichtig die Asche von der Zigarettenspitze und schaute Marlene abwartend an.

»Und, was sagst du nun? Wusstest du es? Was ich bin, meine ich?«

»Woher sollte ich das denn wissen?«

»Andreas weiß es auch nicht.« Nora zog wieder an der Zigarette.

»Du hast es ihm nicht gesagt?«

»Ich liebe ihn.« Nora legte den Kopf in den Nacken. »Und er liebt mich. Alles andere ist unwichtig.«

»Hm.«

»Bei den Juden gibt übrigens die Mutter ihre Religion an ihre Kinder weiter«, Nora zog wieder an der Zigarette. »Meine jüdische Mamme hieße also, dass ich auch Jüdin bin. Ich weiß allerdings nicht, was ich davon halten soll. Ich bin weder sonderlich religiös noch will ich für das Elend der Welt verantwortlich sein.« Sie lachte heiser. »Für manchen ist der Jud' nämlich an allem schuld. Ist dir auch schon aufgefallen, oder? Das ist mir dann doch zu anstrengend.«

Sie fluchte leise, als die Glut einen Moment später ihre Fingerspitzen erreichte, dann drückte sie die Zigarette an einem Balken aus und ließ sie zu Boden fallen. Marlenes Zigarette verstaute sie dankend in einem Blechschächtelchen in ihrer Anzugtasche. Obwohl der Anzug schmal geschnitten war, schlackerte er inzwischen um ihren schmalen Körper.

Dann kehrten sie an den Tisch zurück. Andreas schnupperte, und auch Adrian sah Marlene vorwurfsvoll an, doch niemand sagte etwas. Am Tisch sprach man mittlerweile über die verweichlichte Jugend, mit der man heute keinen Blumentopf, geschweige denn einen Krieg gewinnen könne.

»Die Jugend muss sich ertüchtigen, wenn Deutschland wieder aus der Asche erstehen will«, sagte Andreas und rückte, um Nora wieder neben sich Platz zu machen. Die schmiegte sich an ihn wie eine Katze und sah zugleich aus, als befände sie sich meilenweit entfernt. Marlene dachte an zu Hause, während Andreas seinen Blick von einem zum anderen am Tisch wandern ließ. Wahrscheinlich sollte seine Haltung Entschlossenheit ausdrücken. Claas, der am Tischende saß, lachte nur: »Nun gut ... Lasst uns im Gleichschritt aufmarschieren; ein stolzes Regiment; lasst die Fanfaren tremolieren! Faltet die Fahnen ent'!« Er erhob sich halb und verbeugte sich. »Ringelnatz«, endete er mit bebender Stimme.

Andreas sah ihn wütend an. Die Auseinandersetzungen zwischen den beiden wurden immer heftiger. Manchmal fürchtete Marlene, dass sie einander eines Tages an die Gurgel gehen würden. Was Adrian anging, war es schwer zu sagen, welche Seite er einnahm. Sie hatte versucht, es herauszufinden, und war doch gescheitert.

»Joachim Ringelnatz, ein hellsichtiger Mann«, setzte Claas hinzu.

»Dir ist nichts heilig«, biss Andreas zurück. »Nichts.«

»Da irrst du dich, mein Lieber, aber ich erkenne das Lächerliche, wo es auftritt« oder um beim Dichter zu bleiben: ›Das Unbeschreibliche zieht uns hinan; der ewig weibliche Turnvater Jahn.‹«

»Schweinetrog-Poesie!« Andreas schüttelte angeekelt den Kopf. »Wir werden das bald nicht mehr zulassen.«

»Wir? Sagt wer?«

»Wer ist wir?«, mischte sich Nora ein. Andreas sah sie giftig an. Marlene wusste von ihr, wie hart, nein, eher verbissen, er in letzter Zeit trainierte: Langstreckenlauf, Mittelstreckenlauf, Weitsprung ... Nora langweilte sich.

»Ein deutscher Mann«, hatte sie ihn gestern nachgeäfft, »muss immer bereit sein.«

Inzwischen verlangte er sogar, dass sie ihn zu Sportfesten begleitete.

»Er kennt die Liste der deutschen Weltrekorde auswendig, demnächst will er sicherlich, dass ich sie im Schlaf herunterbete. Im Sport kommen wir uns näher, sagt er, der Sport macht uns gleich. Es gibt kein oben mehr und kein unten, nur das deutsche Volk und seine Leistungen.«

Marlene schaute zu Nora hinüber, die immer noch, so nahe es ging, bei Andreas saß und sehr müde aussah.

»Pferdesport und Kleinkaliberschießen werden übrigens vom Reichswehrministerium und der Waffenindustrie gefördert. Solche Künste lassen sich ja auch trefflich in einem neuen Krieg einsetzen«, sagte Claas nachdenklich.

»Aber davon redet doch keiner«, wagte Marlene einzuwerfen.

»Nein?« Claas lächelte sie an, traurig, aber nicht abfällig. »Die Menschheit ist noch nie ohne Krieg ausgekommen.«

»Sport als Krieg?« Adrian zuckte die Achseln. »Das ist ja wohl übertrieben.«

»Meinst du?« Claas schaute in die Ferne. »Ich hoffe es sehr.«

Das Geld blieb knapp. An einem der folgenden Tage fühlte Nora sich elend und blieb im Bett. Die Arbeit in der Nacht zuvor hatte sie sehr erschöpft. Marlene kochte der Freundin einen Pfefferminztee und setzte sich dann zu ihr. Unter der groben Wolldecke schien Noras Körper fast zu verschwinden. Ungeschminkt konnte man die Ringe unter Noras Augen deutlich wahrnehmen, die sie gewöhnlich mit weißer Theatergrundierung und dunklem Kajal um die Augen kaschierte.

Manchmal leuchtete in diesen Tagen, wie auch heute, etwas in ihrem Blick auf, das Marlene wehtat.

»Ich tanze übrigens nicht mehr nur«, sagte Nora unvermittelt, als Marlene ihr die Tasse reichte. Marlene schaute sie verständnislos an und schämte sich für ihre Dummheit, als die Freundin zischte: »Ich mache die Beine breit, muss ich noch genauer werden?«

»Das tut mir leid.«

»So, leid tut es dir ...«, höhnte Nora und brach in Tränen aus. Fünf Minuten lang weinte sie fast lautlos, dann begann sie zu schluchzen. Marlene nahm ihr die Tasse aus der Hand und stellte sie auf den Boden, halb unter das Bett, wo sie nicht im Weg war. Dann nahm sie Nora fest in die Arme.

»Es tut mir leid, es tut mir so furchtbar, furchtbar leid.«

»Es ist nicht deine Schuld.«

»Nein, aber ich weiß, wie schlimm es für dich ist.«

Nora schniefte.

»Ich komme mir vor wie ein kleines Mädchen.«

Sie versuchte zu lachen. Es wollte nicht gelingen.

Marlene nahm sie noch einmal fester in die Arme und spürte, wie sich Noras Körper einen Augenblick später entspannte.

Die anderen mochten glauben, dass eine Tänzerin leicht zu haben war, aber so war es nicht. Nora hatte stets nur die Verlockung gespielt, sich aber nie kaufen lassen. Darauf war sie stolz gewesen. Sie hatte Partner gehabt, diese jedoch frei gewählt. Niemand hatte sie bezahlt.

Nora stöhnte leise, machte sich von Marlene los und richtete sich auf: »Ach, es hilft ja nichts. Ich kann hier nicht herumliegen. Ich muss los.«

Ich könnte helfen, dachte Marlene, ich könnte uns allen helfen, wenn ich nur nicht so stolz wäre.

Sie stand auf und trat vom Bett zurück. Nora erhob sich und stand dann vorübergehend reglos neben dem Bett, als sammelte sie ihre Kräfte. Müde lächelte sie Marlene an.

»Wo ist denn der Tee? Ich glaube, etwas Warmes im Magen würde mir doch guttun.«

Marlene bückte sich. Wenn ich mich in mein Elternhaus schleiche, fuhr es ihr durch den Kopf, ich weiß, wann die Mutter aus dem Haus ist, und sich der Vater in Arbeit im Büro vergräbt. Ich kann in die Küche gelangen, ohne dass sie mich bemerken ... Nora stöhnte wieder.

»Warum ist mir nur so schlecht?«, hörte Marlene sie murmeln.

Ich muss es tun, dachte Marlene, ich muss, auch wenn es gefährlich ist.

Vierundzwanzigstes Kapitel

Frankfurt am Main, August 1923

Auf den Straßen in der Nähe der elterlichen Villa begegnete ihr niemand, und Marlene war froh darum. Nach kurzem Überlegen wählte sie den schmalen Weg, der hinten zwischen den Gärten entlangführte, und schlüpfte durch das Gartentor. Auch hier war sie allein. Der Gärtner, so er noch bezahlt wurde, kam immer donnerstags. Das Büro des Vaters ging nach vorne hinaus, sodass sie nicht Gefahr lief, hier hinten von ihm gesehen zu werden.

Trotzdem blieb Marlene für einen Moment stehen, um sich zu sammeln. Sie musste daran denken, wie sie sich hier vor einigen Wochen zum ersten Mal davongeschlichen hatte, in dem hellen Kostüm, dessen Gürtel, Kragen und Ärmelaufschläge ein ägyptisches Muster aufwiesen, die zweifarbigen Lackschuhe in der Hand, und wie sie am frühen Morgen zurückgekommen war.

Damals hat Gregor in meinem Zimmer gewartet.

Marlene starrte das Haus an. Dieses Mal wirkten die Scheiben dunkel, kein Licht fing sich in ihnen, und sie hatte auch nicht den Eindruck, dass jemand sie beobachtete. Es war jetzt halb zehn. Der Vater hatte sich wahrscheinlich gerade zurückgezogen, die Mutter besuchte eine Freundin, die Haushälterin war einkaufen. Vor elf Uhr war niemand in der Küche zu erwarten.

Bis dahin muss ich wieder verschwunden sein.

Mit angehaltenem Atem huschte Marlene auf den Hintereingang zu und drückte die Klinke herunter. Es war immer noch unverschlossen, trotz der zahlreichen Einbrüche, die Tag und Nacht verübt wurden, aber vielleicht war diese Realität noch nicht in dieser ruhigen Villengegend angelangt.

Marlene schlüpfte durch die schmale Tür, zog sie leise hinter sich zu und blieb dann mit dem Rücken daran gelehnt stehen. Zehn Atemzüge, und das Zittern verschwand so weit, dass sie weitergehen konnte.

Es ist mein Elternhaus, versuchte sie sich zu beruhigen, ich habe jedes Recht, hier zu sein.

Noch einmal tief Luft holen und dann zur Treppe huschen. Nach oben in die Stille hineinhorchen. Das Haus wirkte wie ausgestorben, so, wie sie es erwartet hatte. Trotzdem fühlte sie sich verunsichert, fast als dürfte sie hier nicht sein, weil sie einen anderen Weg gewählt hatte.

Marlene schlich behutsam die Stufen hinauf, eine nach der anderen, vermied die, die so laut knarrte, und erreichte die Eingangshalle. Von hier aus führte eine breite Treppe hinauf in den Wohnbereich der Familie. Das geschnitzte Geländer war so breit, dass Gregor und sie früher dahinter Verstecken gespielt hatten, und manchmal hatten sie von dort die Gäste der Eltern beobachtet. Die Tür im Schatten hinter der Treppe führte ins Büro, dorthin, wo Vater jetzt saß und Geschäftspapiere bearbeitete, bevor er sich nach dem Mittagessen in die Firma aufmachte.

Ich vermisse ihn ...

Sie fragte sich, wie es Vaters Firma ging, wie die Auftragslage war und ob er sich immer noch Sorgen machte.

Sie hatte Albert auch heiraten sollen, um die Kapitallage der Firma zu verbessern. Vater hatte das zwar nie explizit ihr gegenüber geäußert, aber sie wusste es.

In die Küche und nicht weiter darüber nachdenken.

Keiner konnte sagen, ob die Haushälterin wirklich erst gegen elf Uhr zurückkehrte. Vielleicht würde es dieser Tage länger dauern, vielleicht auch nicht.

Marlene schob die Küchentür auf und schlüpfte hinein. Es war dämmrig, aber sie konnte es nicht wagen, das Licht anzumachen. Sie öffnete die Tür zur Speisekammer und blieb stumm stehen. Ihr Magen knurrte entsetzlich laut.

Das Paradies ist immer noch hier, nichts hat sich geändert.

Sie nahm den Beutel, den Adrian ihr gegeben hatte, und packte als Erstes die Salami, die verführerisch duftend vor ihrer Nase hing. Dann griff sie nach dem Brot, das, wie sie wusste und wenn sich nichts verändert hatte, gestern frisch gebacken worden war. Ein Hefezopf mit Rosinen gesellte sich hinzu, ein Pfund Butter.

Ich tue es für uns. Nora muss wieder zu Kräften kommen.

Marlene hätte gerne auch Eier mitgenommen, verzichtete aber darauf. Zu groß war die Gefahr, dass sie auf dem Weg zerbrachen. Noch einmal schaute sie sich um, nahm noch ein Stück Käse und biss davon ab, bevor sie es ebenfalls zu den Dingen in ihrem Beutel fügte.

Jetzt nur schnell weg … Ich würde gerne mein Zimmer sehen.

Ein Gedanke in ihrem Kopf, so blitzschnell, so unerwartet. Aber sie durfte nicht darüber nachdenken, wenn sie es tun wollte. Sie musste es tun. Jetzt. Es blieb noch etwas Zeit.

Marlene rannte die Treppe bis zum ersten Absatz hinauf. Sie durfte nicht daran denken, was geschah, wenn ihre Eltern früher auftauchten, oder die Haushälterin … Was sollte sie sagen? Würde sie ihr Tun erklären können, würde sie als Diebin dastehen?

Sie nahm den nächsten Absatz und war im ersten Stockwerk. Mit einem Blick erkannte sie, dass die Tür zu ihrem Zimmer leicht offen stand. Ein heller Lichtstrahl fiel in den Flur, denn zu dieser Zeit stand die Sonne voll auf den Fenstern. Plötzlich, da, ein Schatten.

War jemand in dem Raum?

Marlene war sich sicher, etwas gesehen zu haben. Sie musste an das Päckchen denken, dessen Rätsel sie bislang nicht gelöst hatte. Das neue Leben ließ ihr zu wenig Zeit dafür. Trotzdem hatte sie in dem schmalen Buch gelesen – offenbar eine Erzählung oder ein Roman – und weiter über das Schmuckstück sinniert. Bei eingehender Betrachtung war ihr aufgefallen, dass es aussah, als hätte irgendjemand versucht, einen Namen oder einen Buchstaben auszukratzen.

Wie bei Mama auch, nur, dass man es dort sorgsamer getan hat.

Marlene war sicher, dass das Buch und die Kamee etwas mit Mama zu tun hatten, sie wusste nur nicht, was.

Sie blieb vor der Tür stehen und versuchte durch den Spalt zu erkennen, ob jemand im Zimmer war, aber es war unmöglich.

Es bleibt nichts, ich muss es wagen.

Sie schob die Tür auf, schlüpfte hinein und zog sie, bis auf einen Spalt, wieder hinter sich zu.

Nein, es war niemand da. Sie hatte sich getäuscht. Vielleicht hatte sie ja nur den Schatten einer am Fenster vorüberfliegenden Vogelschar gesehen.

Im Zimmer sah auf den ersten Blick alles so aus, wie sie es zurückgelassen hatte. Das Buch, das sie gelesen hatte, lag noch auf dem Tisch, der alte Kuschelbär auf dem Kopfkissen.

Marlene setzte sich auf ihr Bett, ließ sich dann zur Seite sinken und vergrub die Nase im Bettzeug.

Ich habe diesen Geruch vermisst. Er verheißt Sicherheit.

Sie bemerkte, dass sie den Beutel mit dem Essen noch in der Hand hielt, und setzte ihn auf dem Boden ab. Dann stand sie auf, lief zu ihrem Schreibtisch und öffnete die Schublade, in der ihr Tagebuch lag. Auch das befand sich am selben Ort unverändert da, aber da war noch etwas ... Mit gerunzelten Brauen nahm sie das gefaltete Papier heraus. *Mamas Briefpapier ...*

... Liebe Marlene ...

Das war alles. Es schien so, als wäre Mama mit einem Bogen Papier in ihr Zimmer gekommen und hätte sich daran gemacht, einen Brief zu schreiben – aber sie war nicht über die erste Zeile hinausgekommen. Noch nicht einmal ein Komma oder ein Ausrufezeichen hatte sie gesetzt. Es war, als hätte sie den Brief in einem Moment begonnen und wäre im nächsten wieder unterbrochen worden. Vielleicht hatte jemand sie gerufen.

Vielleicht hat sie aber auch nicht gewusst, was sie schreiben soll.

Marlene liebte ihre Mutter, aber sie konnte nicht sagen, dass sie sich ihr je nahe gefühlt hatte.

Vielleicht früher, überlegte Marlene, als ich jünger war. Sie erinnerte sich dunkel an eine Gisela, die gelacht hatte, an eine Frau, die zwar nie mütterlich gewesen war, die aber mit ihr gespielt und ihr vorgelesen hatte und ihr manchmal vor dem Zubettgehen die Haare kämmte.

Was war geschehen? Nach Urgroßmutters Tod hatten die Dinge sich geändert. Marlene griff nach ihrem Tagebuch, aber da war noch etwas, ein kleiner Gegenstand, in Zeitungspapier gefaltet. Marlene entfaltete das Papier: die

Kamee ihrer Mutter. Marlene hatte Gisela bislang nie ohne dieses Schmuckstück gesehen. Sie untersuchte den Zeitungsartikel. Eine alte Zeitung. Der einzige vollständige Artikel berichtete über einen Unglücksfall; es wurden nur die Initialen der Namen der Beteiligten genannt, sie sagten ihr nichts.

Was hatte das zu bedeuten? Mama musste dieses Stück Zeitung doch bewusst gewählt haben, aber warum?

Im Flur waren mit einem Mal Schritte zu hören, zu nah und zu schnell, um sich in Sicherheit zu bringen, dann öffnete sich die Tür auch schon. Marlene gab einen leisen Schreckensschrei von sich und sank dann auf den Stuhl.

»Elsa.«

»Marlene.«

Die alte Kinderfrau lächelte sie an. Marlene war flau. Sie bemerkte, dass sie sich nur mühsam von ihrer Überraschung erholte.

»Was tust du hier, Elsa?«

Ihr Mund fühlte sich trocken an. Sie schluckte. Elsa lächelte sie an und sah so weich und sanft aus, wie sie immer ausgesehen hatte. Nur dass ihre Haar inzwischen weiß geworden waren. Sie schaute Marlene mitfühlend an, die spürte, wie eine Last von ihr abfiel. Offenbar dachte Elsa nicht daran, Alarm zu schlagen.

»Deine Mutter hat mich gebeten zu kommen«, antwortete sie jetzt. »Sie fühlt sich alleine, und ich bin eine Vertraute.«

Marlene nickte. Natürlich, Elsa hatte sich schon um Mama gekümmert, als diese ein Kind gewesen war, und hatte ihr auch in den ersten Jahren ihrer Ehe zur Seite gestanden. Immer, wenn Mama nicht weiterwusste, hatte sie Elsa zu sich gebeten, und Elsa war gekommen, als wäre Mama noch das kleine Mädchen und sie diejenige, die auf sie aufpassen musste. Sie war wirklich eine enge Vertraute.

Sie hat schon im Haushalt von Urgroßmama gearbeitet.

Marlene spürte, wie ihr Herz ruhiger schlug.

»Wie lange bist du schon hier? Wie geht es Mama?«

»Es geht ihr gut. Sorge dich nicht.«

Elsa kam näher und strich Marlene über den Kopf. Marlene dachte erstmals daran, dass sie noch sehr jung gewesen sein musste, als sie in Urgroßmutters Haushalt zu arbeiten begonnen hatte. Zuerst als Dienstmädchen, dann hatte man ihre Geschicklichkeit im Umgang mit Kindern festgestellt.

»Wie lange bist du hier?«

»Eine Woche jetzt.«

»Das ist lang.«

Elsa zuckte die Achseln. »Ich habe keine eigenen Kinder. Und meine Neffen sind langsam zu alt dafür, sich mit alten Frauen abzugeben, da bleibt nur ihr.«

Wieder lächelte sie Marlene gutmütig an. Die schwieg nachdenklich. Elsa, die offenbar müde wurde, denn sie war nicht mehr die Jüngste, setzte sich auf das Bett.

»Es tut mir leid. Ich werde wirklich alt.«

»Setz dich nur.«

Für eine Weile saßen die beiden Frauen schweigend da. Marlene fragte sich, wie spät es war, ob der Vater bald aus dem Büro kommen würde, wann die Mutter und die Köchin zurückkamen. Elsa räusperte sich.

»Und wie geht es dir, Leni?«

»Es ist nicht leicht.«

Elsas Blick wanderte erstmals zu dem Beutel auf dem Boden, aus dem die Salami herausragte.

»Aber du willst nicht aufgeben.«

»Nein.« Marlene starrte den Beutel ebenfalls an. »Es gibt heutzutage so viel mehr Möglichkeiten. Ich möchte sie ausnutzen. Ich möchte keine Angst davor haben.« Sie machte noch einmal eine Pause. »Wirst du verraten, dass ich hier war?«

Elsa lächelte. »Deiner Mutter wird auffallen, dass du die Sachen aus der Schublade genommen hast.«

»Sie hat sie dort hineingelegt, oder?«, fragte Marlene, obgleich sie es doch wusste. »Sie wollte, dass ich sie finde.«

»Ja.«

»Warum?«

Elsa zuckte die Achseln. »Das weiß ich nicht.«

Marlene deutete auf den Zeitungsartikel.

»Er berichtet aus Kreuznach. Du kommst doch auch aus der Gegend.«

Sie nahm den Artikel zur Hand und hielt ihn Elsa entgegen. Die machte keine Anstalten, ihn zu nehmen. Marlene zog die Hand zurück.

»Was beabsichtigt Mama damit?«

»Ich weiß es nicht, Marlene, wirklich nicht.«

Marlene stand auf und steckte Zeitungsartikel und Kamee in die Tasche ihrer Kostümjacke. Sie dachte an den Brief, den Mama begonnen und nicht beendet hatte. Das alles war rätselhaft, aber sie wusste im Moment einfach nicht, welche Fragen sie stellen sollte.

Natürlich konnte Marlene nicht bleiben, auch wenn sie es gerne getan hätte. Ihr Vater würde zur gewohnten Zeit aus dem Büro kommen, die Mutter zum Mittag zu Hause sein. Ihnen blieben wenige Minuten, dann umarmte sie Elsa fest und merkte, wie ihr die Tränen in die Augen stiegen. Schon der Geruch der alten Frau ließ Erinnerungen an früher in ihr aufsteigen. Die alte Kinderfrau war auch für sie stets eine Vertraute gewesen. Es war Elsa, die sich schließlich energisch von ihr löste.

»Geh jetzt, Marlene.«

Die junge Frau nickte. Elsa ließ nicht erkennen, ob sie Marlenes Entscheidung, das Haus zu verlassen, guthieß, aber sie stellte sich auch nicht dagegen.

»Ich bin dir dankbar, dass du noch einmal gekommen bist, Elsa. Dabei hast du doch deine eigene Familie und willst sicher nicht für eine Frau da sein, die nicht erwachsen werden kann.«

Gisela hatte den Sessel für Elsa vor den Kamin schieben lassen, denn obgleich es Sommer war, kam es ihr in diesem Raum oft kühl vor. Die alte Frau schmiegte sich in ihr Schultertuch. Das Licht des Feuers spielte auf ihrem schneeweißen Haar. Für einen Moment schauten beide Frauen in die Flammen.

»Du bist erwachsen«, sagte Elsa leise, »und du bist mir als Familie genauso lieb wie die meines Bruders.«

Gisela schaute die ältere Frau an.

»Es tut mir leid, du konntest nie eine Familie gründen, weil du für mich da warst ...«

»Ja, Gisela, es stimmt, ich habe auf vieles verzichtet, aber es war auch meine Entscheidung. Das eigene Leben wird leichter, wenn man seine Entscheidungen annimmt.«

Wieder schwiegen die Frauen, dann sagte Gisela leise: »Ich weiß nicht, ob ich mich für mein Leben entschieden habe oder ob man einfach über mich verfügt hat.« Sie schüttelte den Kopf. »In den letzten Wochen habe ich oft gedacht, dass Marlene es richtig macht.« Sie seufzte. »Und dann frage ich mich wieder, was ich falsch gemacht habe? Ich wollte meine Tochter doch nur beschützen, und nun ist sie mir fortgelaufen.«

»Ich weiß nicht, ob wir unsere Kinder überhaupt beschützen, oder ob wir ihnen nur zur Seite stehen können«, sagte Elsa nach einer Weile nachdenklich. »Deine Großmutter hat es mit allen Mitteln versucht, aber an was erinnerst du dich, wenn du an sie zurückdenkst?«

Gisela zögerte. »An eine harte, verbitterte Frau, für die die Fantasie des Teufels war, und die keine Gefühle zeigen konnte.« Nach einer kurzen Pause setzte sie hinzu: »Meinst du, es geht ihr gut? Marlene, meine ich.«

Elsa lächelte. »Ich bin sicher, Marlene geht es gut. Sie ist alt genug, um auf sich selbst aufzupassen. Ich denke, sie versucht nur, die Möglichkeiten auszunutzen, die uns Frauen heute zur Verfügung stehen.«

Gisela schob die Finger ineinander und löste sie wieder, dann ballte sie die Hände zu Fäusten.

»Aber ich weiß nicht, ob wir Frauen dafür gemacht sind.«

Elsa lächelte.

»Warum sollten wir es nicht sein? In jedem Fall werden wir es nur herausfinden, wenn wir es ausprobieren.«

Gisela schüttelte den Kopf.

»Ich kann das nicht.«

»Du nicht, aber Marlene kann es vielleicht. Lass es sie versuchen.«

»Vater findet die moderne Bauweise scheußlich«, wagte sich Marlene leise vor. Adrian drehte sich von der Zeichnung weg, die er auf dem Küchentisch ausgebreitet hatte.

Marlene konnte ihm seine Verärgerung deutlich ansehen. In der heftigen Bewegung fiel ihm eine Haarsträhne ungebärdig in die Stirn. Er runzelte die Augenbrauen, was ihn gleich noch düsterer aussehen ließ.

»Dein Vater kennt ja auch nur euer Viertel und die prächtigen Kaufhäuser auf der Zeil«, sagte er scharf. »Ihr musstet ja nie im Gestank der Altstadt mit ihren offenen Kanälen wohnen, wo es keine ordentlichen Toiletten gibt und oft auch kein fließendes Wasser. Übrigens haben die Leute selbstverständlich auch kein Bad zu Hause, dafür kann man sich ja für zehn Pfennig in den öffentlichen Brausebädern sauber halten. Wenn das Geld reicht. Tuberkulose, Rachitis und Diphtherie gibt es gratis, um nur die häufigsten Krankheiten zu nennen … Tatsächlich können sich die wenigsten gute Wohnungen leisten, auch wenn es sie gäbe, denn sie sind viel zu teuer. Und deshalb lautet die drängendste Frage unserer Zeit: Wie schaffen wir sauberes, gesundes, bezahlbares Wohnen? Hast du dir die Stadt einmal genau angeschaut, Marlene? Ich meine dort, wo es wirklich darauf ankommt?«

»Ja, natürlich.« Marlene straffte die Schultern. »Wir wohnen zusammen, ich besuche dich bei der Arbeit …«

Adrian lächelte erstaunlich sanft, fast, als schäme er sich der Schärfe seines Ausbruchs.

»Ja, da bist du ab und zu, das ist richtig. Von meinem Arbeitsplatz aus ist es ja nur ein Katzensprung, und manchmal gehe ich ein paar Schritte spazieren, und weißt du was? Das Altstadtloch müsste dringend saniert werden, sage ich dir, aber das braucht seine Zeit, und die Liste der Wohnungssuchenden wird zugleich immer länger, auch wegen dem, was im Ruhrgebiet vor sich geht. Also müssen neue Pläne her, neue Häuser.« Er machte eine nachdenkliche Pause. »Eigentlich muss es ein völlig neues Bauen geben.«

Sie schauten einander an, dann wandte sich Adrian wieder der Zeichnung zu. Marlene starrte aus dem Fenster. Vielleicht hatte er recht. Vielleicht hatte sie sich nicht genügend Gedanken gemacht. Zu Hause gab es ein Bad und Personal und, wenn sie nur wollte, warmes Badewasser in der Wanne mit den Löwenfüßen ...

Adrian sprach nun weiter, während er konzentriert zeichnete.

»Ich wünsche mir gesunde und kräftige Menschen für eine neue Zeit, Marlene, niemand, der in Mietskasernen ohne Licht, Luft und sauberes Wasser hausen muss.« Er runzelte die Stirn, während er das Gezeichnete betrachtete. »Habe ich dir erzählt, dass man neuerdings über flache Dächer redet?«

Marlene schüttelte den Kopf.

Adrian erzählte ihr wenig, von seiner Arbeit wusste sie fast nichts. Vorübergehend schweiften ihre Gedanken zu den gotischen Spitzdächern der Frankfurter Altstadt. Mit diesen Dächern vor Augen wirkte ein Flachdach irgendwie irritierend.

Aber Adrian hatte gewiss recht. Die Dinge mussten sich verändern. Marlene wandte den Blick vom Fenster ab, wo es ohnehin nichts zu sehen gab, und betrachtete den jungen Mann.

»Und wir alle arbeiten an diesem Ziel«, fuhr er fort. »Stein auf Stein, Stein auf Stein ... Wir werden Häuser bauen, Häuser für Zehntausende, mit Gärten und frischer Luft für alle, aber besonders für die Kinder. In jeder Wohnung soll es ein Bad, eine Küche und fließendes Wasser geben. Ich weiß, es wird sich eine Lösung finden. Die Frage ist nur, wie lange es noch dauert.«

Marlene räusperte sich. »Das hört sich wunderbar an.«

»Wir brauchen keine schweren Häuser mehr«, fuhr Adrian fort, »keine klobigen, dunklen Möbel. Wir leben in der neuen Zeit, Marlene, in einer Zeit der Veränderung. Neues Bauen, neue Menschen. Verstehst du? Wir sind keine Untertanen mehr, das müssen wir verstehen. Darum geht es.«

Sie nickte langsam. Aber galt das auch für sie? Würde sie wirklich einmal über ihr Leben bestimmen dürfen, und würden ihr kein Vater und kein Ehemann hineinreden? Marlene kamen ihre Gespräche mit Nora in den Sinn.

»Wenn du über dich bestimmen willst, darfst du nie heiraten«, hatte die unlängst gesagt. Marlene hatte lange darüber nachgedacht. War das wirklich die Lösung? Was bedeutete das für Adrian und sie? Für die Küsse, die sie teilten und die Pläne, die daraus erwachsen mochten?

»Wir werden euch neue Küchen entwerfen«, hatte Adrian unlängst halb im Scherz zu ihnen gesagt, »damit die moderne Frau Arbeit und Haushalt leicht unter einen Hut bekommt.«

Nora hatte sogleich gekontert: »Das käme dir wohl recht. Die neue Zeit kommt, für uns Frauen bleibt alles beim Alten.«

Adrian schüttelte den Kopf. »Wir reden doch schon von der modernen Frau, von der Frau mit Mitspracherecht, von der Frau, die ihr Leben rationell planen muss, um genügend Zeit für den Beruf zu haben. Ich weiß nicht, was du jetzt schon wieder hast.«

Nora hatte genervt gelacht.

»Wie wäre es denn, wenn du selbst einmal den Kochlöffel schwingst?«

»Man kann es dir wohl einfach nicht recht machen«, hatte Adrian ärgerlich gemurmelt und kurze Zeit später die Wohnung verlassen. Nora und sie waren zurückgeblieben.

Wenn Adrian sich nicht mit seinen Bauzeichnungen beschäftigte, malte er zum Ausgleich, wie er das Marlene bei ihrer ersten Begegnung erzählt hatte. Heute war solch ein Tag. Heute wollte er sich entspannen. Nachdenklich betrachtete Marlene die Leinwand, auf die Adrian seit dem frühen Morgen blaue, rote und gelbe Dreiecke malte und dann mit feinen schwarzen Pinselstrichen umrahmte.

Gefällt mir das?

Wenn Marlene ehrlich war, wusste sie gar nicht, was das sein sollte.

War das ein Bild? Es hat nichts von einem Bild. Papa würde es Gekritzel nennen.

Adrian drehte sich zu ihr um, den Pinsel in der Rechten, während er mit dem linken Daumennagel Farbe von seiner Handfläche zu entfernen suchte. Er lächelte aufmunternd. Marlene fasste Mut.

»Was stellt das dar?«

»Eine neue Idee.« Adrian betrachtete das Bild. »Ich will nicht wie früher malen, weißt du? Ich will keine Aufträge mehr erfüllen für Menschen, die keinen Sinn für Kunst haben. Also fort mit der alten Malerei, jetzt gilt es zu experimentieren, und zwar in jedem Bereich unseres Lebens.« Er zögerte. »Wie gefällt es dir?«

»Ich weiß nicht.« Marlene zog die Schultern hoch. »Meine Eltern ...«

»Ich frage aber, wie es dir gefällt.«

Marlene schwieg. Nein, ganz ehrlich, sie wusste es nicht. Was auch immer sie gedacht hatte, es war nicht leicht, die Vergangenheit abzuschütteln.

An diesem Abend schützte Marlene Müdigkeit vor und ließ Adrian und Nora alleine losziehen. Sie alle hatten sich an den Lebensmitteln aus dem Haus Gellert gesättigt, fühlten sich kräftiger und waren guter Laune. Vom Fenster aus vergewisserte sich Marlene, dass die beiden das Haus auch wirklich verlassen hatten, und wartete dann noch gute zehn Minuten, um sicherzugehen, dass keiner zurückkehrte.

Dann setzte sie sich an den Küchentisch, das selbst gebundene Buch, den Zeitungsartikel und die beiden Kameen vor sich.

Da es schon dämmrig wurde, zündete sie auch eine der Kerzen an, die sie in letzter Minute ebenfalls von zu Hause mitgenommen hatte.

Ein zweites Mal las sie den Artikel, wurde jedoch nicht schlau daraus. Dann betrachtete sie die Kameen. Eine davon gehörte ihrer Mutter; wo war die andere hergekommen? Gehörten sie zusammen?

Soweit sie das erkannte, zeigten beide Kameen junge Frauen im Profil. Sie überlegte. Mama hatte eine Schwester, vielleicht wollte sie die Kamee aus irgendwelchen Gründen nicht tragen? War es möglich, dass die eine Kamee ihre Mutter zeigte und die andere Ottilie? Nein, dazu sahen sie zu alt aus, wahrscheinlich waren es Erbstücke? Aber von wem hatten die beiden Schwestern die Schmuckstücke geerbt? Und was hatte es mit dem Buch wirklich auf sich? Cäcilie liebt Roland und ist bei allen wohl angesehen, weshalb sie zum Schluss auch ihr Glück erlangt. Agathe dagegen, die so viel Freiheit für sich beansprucht, scheitert. War das die Aussage des kleinen Büchleins? Manchmal hatte Marlene den Eindruck, dass es sich bei Agathe und Cäcilie doch um Facetten ein- und derselben Person handelte ... Aber wer hatte das Buch geschrieben, und hatte er etwas damit bezweckt?

Zumindest bringt er mich zum Nachdenken.

Marlene schüttelte den Kopf.

Ich werde es noch einmal lesen müssen, und zwar von vorne bis hinten.

Sie klappte das Buch auf. Wieder fiel ihr die feine, sehr gleichmäßige Schrift auf: *Cäcilie machte sich alleine auf den Weg zur Brücke. Sie wollte nachdenken, und das konnte sie am besten, wenn sie für sich war. Während sie so lief, entdeckte sie große Mengen der Königskerze und sammelte einige Blüten in ihrem Beutel, um ihren Vorrat an Kräutern aufzufüllen. Der Vater setzte den Tee aus den Blüten gerne zur Schleimlösung ein. Er wirkte aber auch bei Magen- und Darmproblemen, Bronchitis und der Wundheilung. Cäcilie selbst liebte insbesondere den honigartigen Duft.*

Fünfundzwanzigstes Kapitel

Kreuznach, September 1855

Cäcilie aber liebte insbesondere den honigartigen Duft ... Sophie schloss die Augen. Sollte sie sich schämen, in Annes Aufzeichnungen zu lesen? Nein, sie schämte sich nicht, denn offenbar verbarg die Schwester etwas vor ihr. Von einem Moment auf den anderen spürte Sophie eine furchtbare Wut in sich aufsteigen, Wut, wie sie sie als kleines Mädchen zuletzt gespürt hatte, Wut, die sie verzweifeln ließ.

Die Tränen in ihren Augen machten es ihr vorübergehend unmöglich, das Geschriebene weiter zu entziffern. Kaum noch konnte sie den Tisch erkennen, auf dem Annes Buch aufgeschlagen vor ihr lag.

Seitdem Sophie diese Seiten zum letzten Mal gesehen hatte, hatte Anne sie tatsächlich zu einem dünnen Büchlein zusammengenäht und zwischen zwei in Leinen eingeschlagene Pappdeckel gebunden. Früher hatten Anne und sie sich gemeinsam Geschichten ausgedacht – Anne hatte stets die Ruhe gehabt, sie niederzuschreiben –, doch dies hier war etwas anderes, dies hier war die Wahrheit. Die Ältere mochte andere Namen benutzen – Cäcilie, Agathe, Roland –, aber sie schrieb eindeutig über das, was in den letzten Juli- und den ersten Augustwochen geschehen war, sie schrieb über ihre *ménage à trois*.

Erneut füllten sich Sophies Augen mit Tränen. Am liebsten hätte sie das Tintenfass über Annes wohlgeformten Buchstaben ausgeleert. Als kleines Mädchen hatte sie das einmal getan, weil sie sich gewünscht hatte, schreiben zu können wie die ältere Schwester.

Aber sie würde es nicht tun. Noch nicht.

Doch die Wut blieb. Sophie wusste genau, wer diese vernünftige Cäcilie war und wer Agathe, deren Jugend sie zu heftig reagieren ließ, sodass Roland, der zwischen den beiden Frauen hin und her gezogen wurde, sich im Verlauf der Geschichte mehr und mehr Cäcilie zuneigte.

Was bildete Anne sich ein? Glaubte sie, dass es Sophie nicht auffiel, wenn sich die Älteren in Gespräche vertieften, an denen man sie nicht teilnehmen ließ? Da waren all diese Dinge, die ihr jetzt auffielen, nachdem sie die ersten Seiten gelesen hatte, Worte, die ihre Schwester hatte geheim halten wollen.

Sophie sprang auf und ging zum Fenster, wo sie einen Moment lang hinausschaute und sich sammelte. Unten wartete man vermutlich bereits auf sie, nachdem sie nach oben gegangen war, um einen unlängst im Haus der Schwester vergessenen Schal zu holen. Und dann hatte sie an die Seiten gedacht, die Anne ihr damals hatte zeigen wollen. Plötzlich war sie doch neugierig gewesen, hatte die Schublade geöffnet und zu lesen begonnen.

Wieder kämpfte sie gegen die Tränen an. Dabei hatte sie sich so auf diesen Ausflug gefreut. Das Herz war ihr gesprungen und hatte getanzt, als James den Wunsch geäußert hatte, in den nächsten Tagen nach Bingen zu fahren und von dort mit der Fähre nach Rüdesheim überzusetzen. Sie wusste ja selbst, dass der Sommer nicht mehr ewig dauerte.

Wenn Entscheidungen getroffen wurden, dann würden sie vielleicht heute fallen.

»Der Niederwald ist ein ausgezeichneter Ausflug«, hatte James jedenfalls gesagt und diesen Ton angeschlagen, dem man sich nicht verwehren konnte. »Bitte, Dr. Preuße, lassen Sie Ihre Töchter mit mir kommen. Lassen Sie uns gemeinsam Neues entdecken. Ich werde bald abreisen. Es wäre solch eine schöne Erinnerung.«

Vater hatte die Augenbrauen gehoben und nichts gesagt. Auch Friedrich, der seinen Schwiegervater an diesem Morgen kurz gemeinsam mit seiner Frau besucht hatte, schwieg. Ein kurzer Blick zu Anne hatte gezeigt, dass diese die Augen angelegentlich auf ihren alten Stickrahmen gesenkt hielt, den sie, wie so oft, in der Hand hatte. Die Ältere hatte schon immer gerne gestickt.

Als ob sie ihre Finger einfach nicht stillhalten kann.

Durch das Fenster konnte Sophie Ada im Garten spielen sehen. Sie sollte ebenfalls mitkommen.

Sophie erinnerte sich, nach James' Vorschlag zu den beiden Männern hingesehen und den Mund geöffnet zu haben.

Ach, bitte, Vater, hatte es in ihr gerufen, ach, bitte, erlaube es, doch sie hatte nichts gesagt.

Sie hatte einfach gewusst, dass sie ihn nicht bedrängen durfte. Er ließ seinen Töchtern Freiheiten, solange die sie nicht unbedacht einforderten. Abgesehen davon schienen Tante Eulalies tägliche Besuche und ihr Gerede über das Kreuznacher Geschwätz doch langsam Spuren zu hinterlassen. Vater war sich in jedem Fall nicht mehr ganz sicher, was er seinen Töchtern erlauben oder raten sollte.

Aber er hatte zugestimmt, und deshalb war Sophie an

diesem Morgen zu ihrer Schwester gegangen, wo sich die Ausflügler zum Aufbruch versammelten.

Mit zitternden Fingern klappte Sophie das Buch zu und verstaute es wieder in der Schublade. Als sie den Treppenabsatz erreichte, hörte sie unten die fröhliche Stimme ihrer Nichte Ada.

Vielleicht bedeutete ihr Mitkommen ja, dass Anne weniger häufig mit James reden konnte, sie musste sich ja auch um ihre Tochter kümmern – oder es bedeutete, dass die beiden Älteren Sophie mit Ada alleine ließen.

Ada mochte ihre Tante, und gewöhnlich spielte Sophie gerne mit ihr, aber heute … Nein, sie würde sich nicht abschieben lassen. Anne würde ihr blaues Wunder erleben, wenn sie glaubte, dies tun zu können.

Sophie erreichte das Erdgeschoss und steuerte auf den Salon zu, wo die anderen schon warteten. Obgleich sie Annes Ehemann nicht wirklich mochte, bedauerte Sophie, dass er sich aufgrund seiner Arbeit dem Ausflug nicht anschließen wollte. Wäre er dabei, könnte sich Anne ihrer Familie gar nicht entziehen.

Vielleicht sollte ich ihm sagen, dass es besser wäre, wenn er seine Frau im Blick behielte …

Im Eingang zum Salon blieb Sophie noch einmal stehen und ließ alles auf sich wirken. Ada spielte mit der Puppe, die James ihr mitgebracht hatte. Anne saß in ihrem Sessel, während James an ihrer Seite stand und sich zu ihr hinunterbeugte. Sie berührten einander nicht und waren sich doch so nahe. Friedrich schaute abwesend aus und dachte wohl schon an die heutige Arbeit.

Oh, du solltest besser darauf achten, was sich vor deiner Nase abspielt, fuhr es Sophie durch den Kopf.

Sie stand immer noch in der Tür, als Anne auf sie aufmerksam wurde.

»Da bist du ja. Hast du ihn gefunden?«

Für einen Moment musste Sophie überlegen, wovon die Schwester sprach, dann schüttelte sie den Kopf.

»Ach, Kleines«, Anne lachte, »du musst besser auf deine Sachen aufpassen, das habe ich dir schon immer gesagt. Wie oft haben wir früher deine Sachen gesucht.«

Sie lachte noch einmal. Sophie musste sich beherrschen, sie nicht anzufahren.

»Gehen wir?«, fragte James, der von den Spannungen offenbar nichts mitbekam. Anne forderte Ada auf, ihre Puppe zur Seite zu legen, das kleine Mädchen bestand lautstark darauf, sie mitzunehmen, fügte sich dann aber überraschend. Friedrich verabschiedete sich und zog sich in sein Arbeitszimmer zurück. Ada griff, wie diese vermutet hatte, nach Sophies Hand. Anne und James gingen voraus und waren bald in ein Gespräch vertieft.

Ich lasse mich nicht abschieben, dachte Sophie im Rhythmus ihres wütend klopfenden Herzens, ich lasse mich nicht abschieben.

Die königlich preußische Post besorgte die Verbindung nach Bingen beinahe zu jeder Tagesstunde. Es war Adas Schuld, dass es Sophie nicht gelang, sich auf der Fahrt an James' Seite zu setzen. Doch jetzt waren sie da, und Sophie fest entschlossen, sich den Tag nicht verderben zu lassen. James war auf der Fahrt nach Kreuznach schon einmal kurz in Bingen gewesen und schwärmte heute in den höchsten Tönen davon. Er bestand darauf, die Damen vor der Abfahrt der Fähre in die Nähe des Binger Lochs zu führen.

Sophie konnte den Blick nicht von dem jungen Mann nehmen, während er nun den Arm ausstreckte und auf den berühmten Mäuseturm und den Fluss hinaus deutete. Ada zupfte derweil unablässig plappernd an Sophies linkem Ärmel. Ungehalten riss die den Arm schließlich zurück. Ada schob die Unterlippe schmollend vor, sagte aber nichts.

James bemerkte nichts von allem, er sprach einfach weiter. Anne hing geradezu an seinen Lippen.

»Dies, meine Damen, ist also das berühmte Binger Loch mit seinem Strudel. Mittlerweile hat man die Felsen gesprengt, und die Fahrrinne erweitert, um die Gefahr zu bannen, die von dieser Stelle ausging, aber einst war dies ein Ort, der die Schiffer das Zittern lehrte.«

James' Arm sank wieder herab. Sophie zuckte zusammen, als er sich plötzlich zu ihr umdrehte: »Man hat die Gefahr gebannt, so wie man dem Leben heute jede Gefahr zu nehmen versucht«, sagte er mit einem nachdenklichen Tonfall in der Stimme. »Ich finde das bedauerlich.«

»Das finde ich auch«, hörte Sophie sich sagen, bevor sie, wie es ihr schien, noch recht darüber nachdenken konnte.

»Ich finde es gut, wenn man Menschenleben zu schützen sucht«, mischte Anne sich ein. »Wer möchte schon jemanden verlieren?«

»Immer so vernünftig.« James zwinkerte Sophie zu, bevor er mit Anne lachte. Anne wirkte entspannt, anders als früher, wie Sophie bei sich bemerkte.

Offenbar fühlt sie sich sicher.

Sophie drückte die Fingerspitzen der rechten nun so sehr in die Handfläche der linken Hand, dass es schmerzte. Sie hörte das Lachen der beiden. So war es also. Für James war sie ein junges Ding, das er gern um sich hatte. Er nahm sie nicht ernst.

Auch auf der Fähre gelang es ihr nicht, sich an James' Seite zu drängen. Angestrengt versuchte sie mitzubekommen, was James und Anne besprachen, doch Ada, die natürlich neben ihr saß, plapperte lauthals und unablässig, sodass es ihr nicht gelingen wollte.

Erst am anderen Ufer kam sie endlich in James' Nähe, denn Ada klagte, Pipi machen zu müssen … und verlangte nach ihrer Mutter. Anne verschwand mit ihr in einer Gaststätte. Sophie und James standen kurz schweigend nebeneinander.

»Ich freue mich, einmal wieder hier zu sein«, sagte der junge Mann unvermittelt und schaute Sophie von der Seite an. »Ich kann Ihnen nur raten, auch einmal eine Fahrt nach Mainz zu tun.«

»Die Strecke muss sehr schön sein«, erwiderte Sophie leise und in der Hoffnung, seine Aufmerksamkeit halten zu können. Eigentlich hatte sie ihn anfahren wollen, sich darüber beschweren, dass er sie kaum beachte, doch sie wagte es nicht. Und ärgerte sich zugleich über ihre Unsicherheit.

»Es ist wunderbar«, sagte er.

Sophie bemerkte, dass er den Blick nicht von ihr ließ, und fühlte einen warmen Stich in der Nähe ihres Herzens. Rasch blickte sie sich um, erfreut, Anne weiterhin weit und breit nicht entdecken zu können. Dies hier war jetzt ihr Moment, ihre Gelegenheit, sie musste ihm zeigen, dass sie kein kleines Mädchen war.

»Man sagt«, fuhr James fort, »es ist nicht nur die schönste Strecke auf dem Rhein, sondern unstrittig die schönste in Deutschland, vielleicht in ganz Europa.«

»Beschreiben Sie sie mir doch, bitte«, platzte Sophie heraus. »Ach, wie viel würde ich darum geben, alles selbst einmal zu sehen, aber bis es dazu kommt, kann es noch lange dauern ... Vater reist nicht mehr gerne.« Sie sah den jungen Mann bittend an. Der griff nach ihrer Hand.

»Aber gerne doch«, sagte er und schloss vorübergehend die Augen, als könnte er sich so besser erinnern.

Sophie kam nicht umhin, den Schwung seiner Augenbrauen über den schweren Lidern zu bewundern. Als er die Augen wieder öffnete und sich ihre Blicke kurz trafen, schauderte sie.

Wie lange war es her, dass sie einander heimlich geküsst hatten? Wie lange hatte sie davon gezehrt! Es war ihr Geheimnis gewesen. Sie hatte sich vorgestellt, es müsse der Beginn von mehr sein, aber das war es nicht.

Sophie schaute wieder in die Richtung, in der ihre Schwester und ihre Nichte verschwunden waren.

Warum hast du mich nicht mehr geküsst? Sie traute sich nicht, die Worte auszusprechen.

»Man verlässt Mainz«, hörte sie James sagen, »und sieht bald darauf das schöne Schloss Bieberich. In der Mitte des Stromes zieht sich die Biebericher- und Ingelheimer Au, während auf dem linken Ufer, fast in gleicher Linie, das freundliche Mombach grüßt. Hinter Budenheim erstreckt sich ein dichter Wald. Auf Bieberich folgt der Flecken Schierstein. Die Gegend ist fruchtbar und wird deshalb der Obstgarten des Rheingaus genannt.«

»Ach, das würde ich wirklich gerne einmal sehen.«

James zwinkerte ihr zu.

»Da müssen Sie wohl Ihren Vater fragen.«

»Ich würde viel lieber mit Ihnen fahren, James. Allein.«

James zog die Augenbrauen hoch, kam aber nicht dazu zu antworten, denn Anne und Ada kehrten endlich zurück. Trotzdem ließ er es sich nicht nehmen, Sophie ein geheimes, wissendes Lächeln zu schenken. Ein Lächeln, das nur ihnen beiden gehörte.

Der Niederwald, ein schöner Buchenwald, stieg gleich hinter Rüdesheim terrassenförmig an und glich, so fand Anne, einem großen Park. James schlug vor, Esel zu mieten und auf diese Weise die Höhe zu gewinnen. Als Sophie Bedenken äußerte, verzichtete er auf seinen Vorschlag, blieb aber den ganzen Weg über an ihrer Seite. Die Anhöhe lockte mit prachtvollen Aussichten. Schweigend betrachtete Anne den Rhein zu ihren Füßen, die reizend gelegenen Dörfer, Landhäuser, Burgen, Schlösser und Ruinen, die sich gleich einer langen Kette von Bingen nach Bieberich auf beiden Seiten des Stromes hinzogen. Das Wetter war wunderbar und erlaubte einen weiten Blick. Schiffe durchschnitten die Wellen des Flusses, ebenso wie zahlreiche Inseln und Werder.

»An manchen Tagen«, hörte sie einen anderen Ausflügler zu seinen Begleitern sagen, »kann man sogar den aufsteigenden Rauch von Mainz erkennen.«

»Ach, das goldene Mainz, das war einmal …«, entgegnete ein anderer.

Als James zum Binger Loch zeigte, an dem sie eben noch gestanden hatten, folgten beide Frauen seinem ausgestreckten Arm.

»Gehen wir weiter?«, fragte er, als er einen Augenblick später Annes Blick auffing. »Nach meiner Beschreibung«, er zog ein schmales Bündel Papier aus der Tasche, auf dem er sich die heutige Wanderung notiert hatte, »geht es dort entlang.«

Anne löste sich nur schwer von dem wunderbaren Anblick.

»Gehen wir«, stimmte sie trotzdem zu.

Sophie stützte sich auf James' Arm, während sie nun kräftig ausschritten. Ada sprang fröhlich singend voraus, von ihrer Mutter ab und an ermahnt, nicht zu weit fortzulaufen, da man sonst fürchten müsse, sie zu verlieren.

Sie erreichten die künstliche Burgruine auf dem oberen Rossel. James machte die beiden jungen Frauen auf die Schönheiten der Umgebung aufmerksam. Anne bezauberte das freundliche Panorama von Dörfern, Höhen, Mühlen und Weinhügeln bis dorthin, wo sich Kreuznach erahnen ließ.

»Bingen ist römischen Ursprungs«, sagte sie. »Drusus baute dort eines seiner Kastelle, an seiner Stelle, sagt man, steht heute die Ruine Klopp.« Sie kniff die Augen zusammen, um besser sehen zu können. »Die Drususbrücke ließ er wohl auch errichten. Deshalb heißt sie immer noch so, obgleich der Mainzer Erzbischof Willigis die gegenwärtige erbauen ließ.«

James schnalzte mit der Zunge, was Anne unwillkürlich zu ihm blicken ließ. Er lächelte. Sie errötete und wandte sich wieder ab.

Warum bringt er mich immer wieder aus der Fassung?

Anne schwieg auf dem weiteren Stück Weg, ab und an suchte Ada ihre Hand. James und Sophie sprachen jetzt miteinander. Sie wirkten so unbeschwert. Anne war froh, dass ihre Tochter sie wenigstens hin und wieder ablenkte.

Erfrischungen gab es wenig später beim Förster im malerischen Bassenheimer Jagdschloss, wo James sie beiseitenahm und sich entschuldigte.

»Wenn ich Sie vorhin verunsichert habe, tut es mir leid, Anne.«

»Sie haben mich nicht verunsichert«, log sie.

Sophie hatte sich in ihren Stuhl sinken lassen und fächelte sich Luft zu. Ada hielt es selbstverständlich nicht auf ihrem Platz.

Wenig später bat Anne James um seine Notizen und vertiefte sich darin. Etwas entfernt hörte sie Ada juchzen und singen, während die Kleine nach schönen Steinen, Blumen und anderen Dingen suchte, die für sie einen Schatz darstellten. Eine Weile schienen sie alle die Idylle zu genießen. Sogar Sophie wirkte fröhlicher, was Anne freute.

»Gehen wir noch zu der Zauberhöhle?«, fragte James endlich.

»Ja«, ließ sich als Erstes Adas begeisterte Stimme hören. »Eine Zauberhöhle, eine Zauberhöhle ... Wo ist sie denn? Wer wohnt dort? Ist es ein Zauberer? Sind es Hexen?«

»Das werden wir wohl herausfinden müssen«, sagte James und zwinkerte den beiden Älteren zu.

»Oh nein«, piepste Ada, »da fürchte ich mich.«

Aber dann lachte sie wieder aus vollem Hals.

»Es ist eine künstliche Grotte«, sagte Anne, die gerade darüber gelesen hatte.

»Das ist aber dumm«, protestierte Ada. »Ich wollte doch so gerne eine wirkliche Zauberhöhle kennenlernen!«

James beugte sich zu ihr herunter.

»Vielleicht hat deine Mutter ja unrecht.«

Ada schaute ihn aus großen Augen an, dann vergrub sie ihre kleine Hand in seiner großen und ließ ihn auf dem ganzen Weg zu der Höhle nicht mehr los.

Wieder hörte Anne Sophie lachen, und wieder fragte sie sich, ob sie die beiden alleine hätte in die Höhle gehen lassen dürfen. Was mochte dort drinnen geschehen in der Dunkelheit? Hätte sie nicht widersprechen müssen, als sich James von der Schwester hatte mitziehen lassen?

Aber er hat gesagt, dass ich ihm etwas bedeute. Bin ich etwa trotzdem eifersüchtig?

Anne hatte gehofft, dieses Gefühl überwunden zu haben, aber nun war es wieder da, schmerzend wie lauter winzige Nadelstiche. Von irgendwo etwas weiter entfernt drang Adas Stimme zu ihr. Die Kleine hatte sich doch nicht getraut, die Zauberhöhle zu betreten, auch nicht, als Anne ihr versichert hatte, es gebe weder Hexen noch Zauberer.

»Was, wenn du dich irrst, Mama?«

Ja, was, wenn ich mich irre ...

Anne suchte nach ihrer Tochter und fand sie rasch. Eben machte Ada sich daran, ein kleines Haus aus Ästen und Zweigen für die Elfen und Wurzelmännlein zu bauen, von denen der Großvater ihr erzählt hatte und die sie hier überall zu sehen meinte.

»Du musst nur richtig hinschauen, Mama.«

Richtig hinschauen ...

Anne betrachtete erneut das Gebäude, welches sich schlangenförmig über den Waldgrund zog und die künstliche Höhle darstellte. Von drinnen war kein Laut zu hören. Annes Herz trommelte dafür umso lauter. Während sie angestrengt lauschte, wurde ihre Fantasie bunter und bunter ...

Es dauerte vielleicht noch zehn Minuten, bis James und Sophie die Höhle verließen. Anne sah kurz zu James hin, der unverändert wirkte, während die Wangen ihrer Schwester gerötet waren und sich das Haar an einer Seite aus dem Zopf gelöst hatte.

»Es ist wirklich sehr dunkel dort drinnen«, sagte sie, als sie Annes Blick bemerkte. »Fast ein wenig Furcht einflößend. Ich bin gestolpert, James musste mich auffangen.«

Ada hüpfte neugierig näher. Anne sagte nichts.

»Und, wohnt dort drinnen jemand?«, erkundigte sich das Kind, während es ein hübsches blankes Stöckchen in der Hand hielt.

»Wir haben niemanden gesehen«, sagte Sophie und beugte sich zu ihrer Nichte herunter.

»Aber vielleicht etwas gehört?«, fügte James augenzwinkernd hinzu.

Adas Augen wurden groß. »Wirklich? Was?«

»Ich weiß es nicht. Wir haben ja nichts gesehen.« James machte eine dramatische Bewegung mit den Händen. »Und vielleicht war das gut so.«

Sophie schloss Ada, die nun ein wenig verunsichert wirkte, in die Arme. Sie wirkte fröhlicher als zu Anfang der Wanderung.

Als ob sie bekommen hat, was sie wollte, fuhr es Anne durch den Kopf.

Sechsundzwanzigstes Kapitel

Kreuznach, September 1855

»Da ist sie ja. Ich würde mich ja nicht wagen ...«
»Von wem sprechen Sie?«

Die Stimmen der beiden Frauen waren vorübergehend schlechter zu verstehen. Anne schaute sich unwillkürlich um. Eigentlich wusste sie nicht, warum sie ihnen überhaupt zuhörte. Es ging sie ja nichts an, worüber andere sprachen, und sie war selbst nie eine Klatschtante gewesen, dazu hatte der Vater sie nicht erzogen.

Anne wandte sich kurz entschlossen wieder dem Stand und den Waren zu, die sie kaufen wollte. Als sie allerdings die nächsten Worte hörte, konnte sie ein leichtes Zusammenzucken nicht verhindern.

»Von Frau Kastner, von Dr. Preußes Ältester, dort drüben. Pst, jetzt schauen Sie doch nicht so zu ihr hin.«

Die andere Frau murmelte etwas Unverständliches. Offenbar pflichtete ihr die andere bei, denn sie sagte: »Oh ja, der arme Dr. Preuße. Er hat sich immer so aufopferungsvoll um seine Töchter gekümmert.«

»Was macht sie denn hier? Ich würde mich unter diesen Umständen ja nicht aus dem Haus wagen.«

»So sprechen Sie doch, um Gottes willen, endlich leiser«, flüsterte wieder die erste Stimme und fuhr dann gleich darauf selbst etwas lauter fort, als wünschte sie sich im

Grunde doch, dass Anne sie hören würde: »Sie war aber länger nicht auf dem Markt, oder irre ich mich? In der letzten Zeit war nur die Haushälterin hier.« Eine weitere kurze Pause folgte. »Hatte wohl zu viel zu tun«, vollendete die Frauenstimme dann vielsagend.

»Meinen Sie? Ich habe ja gehört ...«

Anne erstaunte die Empörung, die in der Stimme der ersten Frau schwang. Der Rest ging im allgemeinen Lärm des Markttages unter, und es dauerte noch etwas, bevor Anne verstand, dass es die Frauen waren, die am Stand beinahe direkt neben ihr standen, die über sie sprachen.

Zuerst wollte sie sich zu ihnen zu drehen und sie zur Rede zu stellen. Aber so forsch war sie nicht, auch wenn sie sich das schon oft gewünscht hatte. Sie konnte einfach keine schlagfertigen Antworten geben. Sie war vollkommen unfähig dazu. Sie hatte auch nie hervorgestochen, so wie das Sophie mit ihrem Liebreiz und ihrer Leichtigkeit tat. Sophie hatte immer gefallen, schon als sie ein Kleinkind gewesen war. Sonnenschein hatte man sie genannt.

Anne entschied sich, weiter zuzuhören, während sie der Marktfrau gleichzeitig ihre Bestellungen mitteilte und dann vorgab, aufmerksam zuzusehen, wie diese in den Korb geräumt wurden.

Das Gerede war wirklich rasch aufgekommen. James, Sophie und sie hatten doch kaum ein paar gemeinsame Tage miteinander verbracht, wenige Wochen nur, und schon zerriss man sich das Maul. Früher hatte Anne nur geschmunzelt, wenn Tante Eulalie über diese oder jene Frau zu berichten wusste, der Ähnliches widerfahren war – es hatte sie sogar amüsiert –, aber es fühlte sich so viel anders an, wenn über einen selbst gesprochen wurde, wenn man das eigene Leben am Pranger sah.

»Es heißt, ihr Mann wolle sich von ihr scheiden lassen«, war die Stimme der Hauptrednerin jetzt wieder lauter zu verstehen.

Dieses Mal kostete es Anne Mühe, nicht zusammenzuzucken.

Konnte das sein? Stimmte das, oder war es doch bloß Geschwätz? Friedrich hatte nichts in der Richtung verlauten lassen, oder hatte sie es überhört? Aber er hatte doch auch nichts dagegen gehabt, dass sie mit ihrer Schwester und James Bennett gemeinsam spazieren ging. Er hielt nichts von dem jungen Engländer, nannte ihn einen Hallodri und verglich ihn mit jenen Hagestolzen, wie sie auch an Kreuznachs Straßenecken standen und das Neueste aus der Kreuznacher »Szene« kolportierten, aber er hatte ihr den Kontakt nicht verboten.

»Ich sehe ihn mir an und weiß, dass er in seinem Leben noch nichts geschafft hat«, hatte er gestern gesagt, nachdem das Gespräch auf James gekommen war. »Er ist ein Junge, kein Mann, und er wird immer ein Junge bleiben. Ich werde mich nicht mit ihm messen.«

»Das sollst du ja auch nicht.« Anne hatte nach Worten gesucht. »Er ist ein freundlicher Mann. Er interessiert sich für Pflanzen. Er wird nächstes Jahr nach Indien zu seinem Vater reisen und sich der dortigen Pflanzenwelt widmen.«

»So, wird er das?« Friedrich hatte die Augenbrauen gehoben. »Hat er das erzählt? Ich würde sagen, wir wissen alle wenig über ihn.«

»Aber sein Vater ist Kaufmann und führt die Geschäfte derzeit von Indien aus. Das ist die Wahrheit.«

»Ach, Kind.«

Anne mochte es nicht, wenn Friedrich sie »Kind« nannte, aber sie hatte ihren Ärger heruntergeschluckt, um des lieben Friedens willen.

»Von Indien aus ...«, war der fortgefahren. »Ist das nicht seltsam?«

»Warum sollte das seltsam sein?«, gab Anne zurück. Doch jetzt, wo Friedrich es ausgesprochen hatte, hörte es sich wirklich seltsam an. Trotzdem hatte Anne das Bedürfnis gehabt, James weiter zu verteidigen.

»Er kommt aus guter Familie«, hatte sie leise eingewandt.

»Das ist nicht immer von Vorteil«, hatte Friedrich zurückgegeben.

Er ist so wenig zu beeindrucken, schoss es Anne durch den Kopf, vielleicht gefällt mir James deshalb so sehr ... Weil er mich an ein Leben neben den Routinen erinnert, auf die Friedrich solch einen Wert legt. Weil er sich begeistern kann für so vieles, für das auch mein Herz schlägt. Aber ich darf auch Friedrich gegenüber nicht ungerecht sein. Er schätzt und achtet mich, er lässt mir meine Freiheiten ... Aber was hat Friedrich damit gemeint, dass er sich nicht mit ihm messen wird? Hätte ich doch besser zuhören sollen?

»Bitte, Frau Kastner«, sagte die Marktfrau. Es klang laut, wahrscheinlich sprach sie Anne nicht zum ersten Mal an. Die griff errötend nach dem Henkelkorb, während sie sich leicht auf die Zunge biss, um die Gefühle bewältigen zu können, die mit einem Mal in ihr aufstiegen.

Friedrich ist so trocken.

Das war es, was ihr Schwierigkeiten bereitete. Sie hatte

sich gut eingerichtet in ihrem Leben und so lange Zeit nichts vermisst, aber nun war das anders. Seit sie James kannte, wusste sie, dass ein Leben anders aussehen konnte: bunter, freier, unbeschwerter. Ein Leben, in dem man seinen Interessen folgen konnte, ohne dass diese lächerlich gemacht wurden.

Anne senkte den Kopf und wandte sich vom Stand ab. Sie wollte endlich weg von hier, wo man so herzlos über sie und ihre Familie sprach. Doch noch im Umdrehen vernahm Anne etwas, was ihr direkt ins Herz ging: »Aber was wird dann mit ihrer Tochter?«, erkundigte sich die zweite Frau, die sie nun als eine Patientin ihres Vaters erkannte.

»Im Falle einer Trennung wird sie beim Vater bleiben müssen«, sagte die erste. »Eine wie ihre Mutter kann kaum für ein Kind sorgen.«

Nein, Anne spürte, wie sich eine Hand um den Henkel des Korbs krallte, das kann nicht sein. Sie dürfen mir Ada nicht wegnehmen. Das ist unmöglich. Friedrich will sich nicht von mir trennen.

Ada ist mein Herz und meine Seele. Mit Ada habe ich gelernt, was es heißt, immer um etwas zu fürchten. Mit ihr habe ich gelernt, dem Leben und dem Tod näher zu sein.

Aber du hast sie in letzter Zeit auch vernachlässigt, bohrte eine Stimme in ihrem Kopf, du hast weniger mit ihr gespielt, um Zeit für James zu haben.

Anne ging schneller. Sie musste jetzt nach Hause. Sie musste zu Ada.

Friedrich kam heute spät, was Annes Aufregung steigerte.

Den Nachmittag hatte sie noch halbwegs ruhig hinter sich gebracht. Sie hatte Ada in ihrem Zimmer besucht, und dem Kindermädchen freigegeben. Ihre Tochter und sie hatten gemeinsam gemalt, danach waren sie in den Garten hinuntergegangen, wo sie weiter miteinander spielten.

Ada war vielleicht ein wenig überrascht über die ausdauernde Zuwendung ihrer Mutter, war dann aber sehr glücklich.

Zuerst hatte sie sich kaum entscheiden können, was Mama mit ihr spielen sollte. Man hatte den Puppen Tee gekocht und Gebäck aufgetischt. Dann hatten sie Domino gespielt. Ada war es schwergefallen, bei einer Sache zu bleiben. Immer wieder war das kleine Mädchen von einem Spiel zum anderen gehüpft. Dann wieder hatte sie sich ihrer Mutter in die Arme geworfen und sich an sie gekuschelt.

Erneut stieg das schlechte Gewissen in Anne auf. Sie strich ihrer Tochter über den Kopf.

»Hast du mich vermisst, Ada?«

Die Kleine schaute sie fragend an, als wisse sie nicht, wovon die Mutter sprach.

»Ich hatte viel zu tun«, setzte Anne hinzu. Die Lüge fühlte sich wie ein Stein in ihrem Hals an, und im nächsten Moment musste sie heftig schlucken. »Aber das ist jetzt vorbei.«

Ada legte den Kopf schräg und schaute ihre Mutter aus dieser Position aus an. Anne konnte nicht sagen, ob ihre Tochter sie verstanden hatte.

»Ja, Mama«, sagte sie jetzt, nickte noch einmal bekräftigend, wirkte dabei aber nicht allzu betrübt.

Sie ist ein starkes Mädchen, fuhr es Anne durch den Kopf, stärker, als ich es in ihrem Alter war, vielleicht stärker, als ich es je sein werde. Trotzdem muss ich sie beschützen.

Inzwischen lag Ada nach einem Abendessen aus Pfannkuchen – ihrem Lieblingsessen – und mehreren Gute-Nacht-Geschichten im Bett.

Anne dachte daran, wie die Kleine sie eben noch einmal zurückgerufen hatte, als sie schon die Tür hinter sich schließen wollte. Sie hatte sich also wieder zu ihrer Tochter an den Bettrand gesetzt, und die hatte sich zu ihr hochgereckt und eine weiche Wange an das Gesicht ihrer Mutter gedrückt und die dünnen Arme um Annes Hals geschmiegt. Anne war es unmittelbar warm geworden, im Bauch, im Gesicht, ein unendliches Glücksgefühl hatte sie überkommen, gepaart mit so viel Angst, die Tochter zu verlieren.

Danach stand sie noch einen Moment lauschend im Flur vor Adas Zimmer. Ada bewegte sich noch etwas – man hörte ihr Bett knarren, und sie plapperte leise vor sich hin –, dann wurde es schlagartig still.

Anne blieb trotzdem stehen. Sie merkte, wie sich ihr Brustkorb hob und senkte, wie die Aufregung beim Gedanken an Friedrich zunahm. Sie spürte ihren Atem und doch bekam sie nicht genügend Luft.

Niemand darf mir Ada wegnehmen.

Zurück in der Küche, übertrug Anne dem Mädchen die Aufgabe, die Wäsche zu plätten, und übernahm das Kochen selbst. Nun eilte sie abwechselnd zwischen der Pilzcremesuppe auf dem Herd – diejenige, die Friedrich so gerne mochte – und dem Fenster hin und her, doch offenbar wurde ihr Mann weiter auf der Arbeit aufgehalten. Das passierte öfter, denn Friedrich nahm sich Zeit für seine Patienten. Zugegebenermaßen hatte es sie noch nie zuvor so nervös gestimmt wie heute.

Wieder einmal ging Anne raschen Schritts zu dem Fenster, von dem aus man das Eingangstor besonders gut im Blick hatte, doch es tat sich nichts. Nur einen Moment später hörte sie oben ein Geräusch, dann Schritte auf der Treppe ... Ada ...

Anne ging zum Treppenanfang. Die Kleine kam hüpfend die Stufen herunter, und Anne meinte sogar, sie summen zu hören. Ada war oft fröhlich, fiel ihr auf. Sie war ein unbeschwertes Mädchen, das Anne sehr an Sophie erinnerte, als diese klein gewesen war. Anne selbst war immer ernster gewesen.

»Mama?«

»Ja, Ada, was machst du denn schon wieder hier unten?«

Ada blieb am Fuß der Treppe stehen und schien nun unsicher.

»Ich wollte Papa doch noch gute Nacht sagen.« Die Kleine fasste wieder Mut und schaute ihre Mutter fragend an. »Warum stehst du in der dunklen Halle?«

»Ich habe dich gehört.«

»Wo ist Papa? Ist er denn noch nicht da?«

»Nein.« Ada kam näher. Dann stand sie kurz da, drehte sich leicht hin und her, sodass ihr Nachthemd um ihre Beine flatterte, rückte endlich näher. Anne spürte, wie sich ihre Tochter an sie schmiegte. Sanft strich sie ihr über das Haar.

»Komm, geh wieder in dein Bett. Ich sage dir Bescheid, wenn Papa kommt. Ich schicke ihn sofort zu dir. Versprochen.«

»Bestimmt?«

»Bestimmt.«

»Vielleicht habe ich ja auch noch Hunger.«

Ada schaute sie schelmisch von unten herauf an. Da war es wieder, dieses Unbeschwerte, um das Anne ihre Tochter in diesem Moment doppelt beneidete.

»Ada, du hast fünf Pfannkuchen gegessen, du hast gewiss keinen Hunger mehr.« Gespielt streng sah Anne die Kleine an. »Du musst doch platzen!«

Ada kicherte und drückte sich noch enger an den Rock ihrer Mutter. Dann löste sie sich von ihr.

»Nein, vielleicht habe ich wirklich keinen Hunger mehr.« Sie legte den Kopf in den Nacken und schaute zu Anne hoch.

Ihr kleines Gesichtchen war wie ein offenes Buch. Nein, sie hatte keinen Hunger mehr, aber sie wollte auch nicht ins Bett.

»Willst du mein Bild sehen, Mama? Ich habe gestern ein Bild gemalt.«

»Ich habe Suppe auf dem Herd stehen, Kleines. Sie brennt an.«

»Ich kann es holen.«

»Gut, ich …«

Ohne das Ende des Satzes abzuwarten, sprang die Kleine schon wieder die Stufen nach oben. Anne ging zurück in die Küche und begann den Tisch für sich und ihren Mann zu decken. Sie dachte an das Gespräch zwischen den beiden Frauen, das sie auf dem Markt verfolgt hatte. Sie fragte sich, warum es die beiden gar nicht gestört hatte, dass die, über die sie sprachen, direkt neben ihnen stand und womöglich jedes Wort mithörte.

Habe ich meinen Ruf schon verloren, ist alles zu spät?

In diesem Moment wurde die Haustür geöffnet. Anne ließ die Suppenkelle fallen – Suppe spritzte auf die Unterlage – und rannte hinaus in die Halle. Friedrich starrte sie überrascht an, sodass sie sich gleich ganz dumm vorkam. Sie war eine erwachsene Frau. Erwachsene Frauen rannten nicht hinaus in die Halle, wenn die Tür zu hören war.

»Du bist spät«, sagte sie, anstelle von: »Ich freue mich, dich zu sehen.«

Friedrich musterte sie schweigend. Dann nickte er.

»Es gab viel zu tun. Die Patienten verdienen meine volle Aufmerksamkeit. Das ist mir wichtig. Das weißt du doch.«

Er machte eine Pause, die ihr etwas zu lange vorkam, aber sie durfte nicht über jede Kleinigkeit nachdenken, nicht jedes seiner Worte bewerten. Sie holte noch einmal vorsichtig Luft und versuchte, sich Mut zu machen.

»Hattest du einen schönen Tag?«, fragte er.

Anne nickte. Sollte sie es wagen, ihn auf die Gerüchte anzusprechen? Friedrich zog seinen Rock aus und hängte ihn an die Garderobe.

»Ich habe heute übrigens Frau Brandt getroffen«, sagte er, indem er sich wieder zu ihr drehte. »Ihr Mann ist schon seit Längerem bei mir in Behandlung.«

Für einen Moment lang war Anne verwirrt, dann fiel ihr ein, dass es sich um die zweite der beiden Frauen handelte, die sie auf dem Markt hatte reden hören. Was hatte die Frau zu Friedrich gesagt? Warum hatte sie ihn angesprochen? Sie sah ihren Mann fragend an, der ihr Mienenspiel aufmerksam verfolgte.

»Hast du mir etwas zu sagen, Anne?«

Seine Stimme war sanft, der Inhalt seiner Frage, so harmlos sie auch klang, war es nicht. Anne senkte den Blick unwillkürlich, riss den Kopf dann gleich wieder hoch. Sie hatte kein schlechtes Gewissen, und er musste auch nicht glauben, dass sie eines haben sollte. Sie hatte nichts Falsches getan. Es war nicht recht, dass die Leute redeten.

»Du hast nach einem solchen Tag sicher Hunger«, sagte sie zu ihm.

Friedrich sah sie kurz abwartend an, dann nickte er. »Es war tatsächlich ein anstrengender Tag.«

»Ich habe deine Lieblingssuppe gekocht.«

Er lächelte, und es fühlte sich zum ersten Mal wieder echt an. Darum hatte sie ihn geheiratet.

Weil er ein guter Mann ist ...

Zögerlich hakte sie sich bei ihm unter. Von oben war ein empörter Schrei zu hören: »Papa, Papa, du bist endlich da! Mama, du wolltest doch sagen, wenn er kommt.«

Gleich trommelten Adas Schritte die Treppe hinunter, dann flog die Kleine ihrem Vater entgegen. Wahrscheinlich hatte sie in ihrem Zimmer gespielt und das Bild darüber vergessen.

»Papa, ich habe dich so vermisst. Mama wollte, dass ich schon schlafe, aber ich konnte einfach nicht, ohne dich noch einmal gesehen zu haben. Das verstehst du doch, nicht wahr?«

Friedrich hob seine Tochter lachend hoch, die ihm die Arme fest um den Hals legte. Friedrich wirbelte sie einmal im Kreis herum. Das Kind juchzte.

Er ist ein guter Vater, dachte Anne, er ist auch ein guter Ehemann, aber da war jetzt auch etwas in ihr, das mehr wollte, etwas, das glaubte, dass ein Leben mehr ausmachte, als schläfrige Zufriedenheit. Eben hatte sie noch für einen kurzen Moment gedacht, dass es möglich war, James zu vergessen, aber das war es nicht. Es war, als wäre sie an einem steilen Abhang ins Rutschen geraten. Was nun geschah, konnte niemand aufhalten.

Anne fröstelte. Sie hörte Friedrich leise mit Ada reden. Die Kleine antwortete ihm plappernd, aber sie konnte sich nicht auf ihre Worte konzentrieren.

»Sie will noch etwas Suppe«, sagte er.

Anne nickte und entschied sich spontan, ihm einen unsicheren, zu späten Begrüßungskuss auf die Wange zu geben.

Sie gingen gemeinsam in die Küche. Anne tat ihrem Mann und ihrer Tochter Suppe auf. Sie war froh, etwas tun zu können, so konnte sie ihre Verwirrung leichter verbergen. Sie sah zu, wie Ada eher langsam aß und wie Friedrich die Suppe löffelte, so, wie er es immer tat – bedächtig, mit kurzen Pausen dazwischen, schweigend.

Nein, ich kann nicht aufhören, bevor er uns verlässt.

Der Gedanke war so plötzlich und so stark in ihr, dass Anne den Eindruck hatte, man müsse ihn hören, aber weder Ada noch Friedrich zeigten irgendein Anzeichen. Friedrich hörte Ada zu, die ihren Teller inzwischen fast unberührt zurückgeschoben hatte. Anne zwang ein entspanntes Lächeln auf ihre Lippen.

Ich kann nicht einfach damit aufhören, ihn zu sehen.

Ja, etwas wurde immer deutlicher: Den ganzen Tag über hatte sie sich wegen des Geredes gefürchtet, doch jetzt erkannte sie, dass sie die Treffen mit James nicht aufgeben wollte. Auch nicht, wenn man über sie redete. Auch nicht, wenn offenbar sogar Friedrich Bescheid wusste. Weil es nichts Schlimmes an den gemeinsamen Ausflügen mit der Schwester und dem Engländer gab. Weil sie nichts Unschickliches taten. Und weil Jame' Aufenthalt hier ohnehin begrenzt war.

Noch ein paar Wochen und er fährt wieder nach Hause. Dann wird unser Leben in seine alten Bahnen finden müssen.

Der Gedanke schmerzte Anne heftiger, als sie sich das vorgestellt hatte. Sie hatte bisher versucht, nicht daran zu denken, was nach dieser Zeit geschehen würde. Wie würde es sich anfühlen, in sein altes Leben zurückzukehren? Würde James vielleicht im nächsten Sommer zurückkehren? Bislang hatte sie ihn nicht zu fragen gewagt.

Weil ich mich vor der Antwort fürchte.

Anne starrte auf den Löffel in ihrer Hand, der leicht zitterte. Sie hatte sich selbst auch ein wenig Suppe genommen, aber gar nichts gegessen. Sie legte den Löffel rasch in den Teller und verschränkte die Finger im Schoß.

Sophie könnte mit ihm nach England …

Sie musste einen Laut von sich gegeben haben, denn Friedrich hob den Kopf.

»Ist etwas?«

»Nein.« Anne schüttelte den Kopf. Ein solcher Gedanke war absurd. Sie machte sich doch lächerlich. Sie bemühte sich, ihre Hand nicht mehr zittern zu lassen, und hob den Löffel dann doch an die Lippen, schluckte und schmeckte nichts.

Vielleicht kommt er nächstes Jahr wieder. Doch soll mein Leben daraus bestehen, auf James zu warten? Dann würden ab jetzt elf Monate des Jahres in Düsternis liegen. Falls er überhaupt wiederkam. Das konnte nicht sein …

Aber es gab keine andere Möglichkeit. Sie war eine verheiratete Frau. Sie würde niemals ein gemeinsames Leben mit James führen können.

Aber Sophie kann das.

Die Eifersucht war zurück, und es fühlte sich schrecklicher an als zuvor. Mühevoll versuchte Anne, sich auf das Hier und Jetzt zu konzentrieren. Sie hörte, wie Ada befand, nun doch keinen Hunger mehr zu haben. Mit ruhiger Stimme schickte Friedrich die Kleine nach oben.

»Erzählst du mir gleich noch eine Geschichte?«, fragte Ada ihren Vater.

»Aber natürlich.«

Sie sahen Ada hinterher.

»Sie ist ein wunderbares Kind«, sagte Anne.

»Ja, das ist sie.«

Friedrich lächelte, dann rückten seine Augen in die Ferne. Für einen Moment lang sagte keiner von ihnen etwas. Anne versank in Gedanken. Brachte sie sich durch ihr Verhalten in Gefahr? Galt es, vorsichtiger zu sein?

Friedrich räusperte sich.

»Ich werde mich nie von dir scheiden lassen«, sagte er in die Stille hinein. Anne nickte. Sie wusste, dass sie Erleichterung empfinden musste, aber da war noch etwas anderes, etwas, das ihr sagte, dass er sie niemals freilassen würde.

Nachdem sie fertig gegessen und Ada gemeinsam in ihr Zimmer gebracht hatten, zog sich Friedrich noch einmal in sein Arbeitszimmer zurück. Er hatte tatsächlich noch arbeiten wollen, doch als die Tür hinter ihm zufiel, ging er zuerst ans Fenster und sah hinaus. Und dort blieb er dann.

Warum hatte ihn seine Frau nicht gefragt, ob er bei ihr bleiben würde? Sie hatten in den letzten Wochen so wenig Zeit miteinander geteilt. Warum fiel es ihm nur so schwer zu zeigen, wie sehr er sie liebte? Er hatte sie schon geliebt, als sie Emilies Freundin gewesen war und sie einander eigentlich nicht gekannt hatten. Wenn er wusste, dass Anne Emilie besuchen würde, wartete er auf sie. Und dann begegneten sie einander *zufällig* im Flur. Er lachte und tat überrascht, und fragte sie, ob sie seine kleine Schwester besuchen wolle. Nie merkte sie etwas. Er genoss es, wenn sie sein Lachen erwiderte. Dieses Lachen, das nur ihm galt.

Manchmal beobachtete er die beiden Mädchen auch von seinem Zimmerfenster aus, wenn sie Hausaufgaben im Garten machten oder sich einfach miteinander unterhielten. Sie wirkten stets sehr unbeschwert, so, als machten sie sich keine Sorgen um die Zukunft. Sich dazuzusetzen traute er sich nicht, auch wenn er es gerne getan hätte.

Er wusste, dass man Anne gerne übersah, da ihre Schwester doch so schön war, aber für ihn war sie die Schönste. Schön wie eine Madonna in einer katholischen Kirche. Dass er sie einst heiraten würde, das hatte damals in den Sternen gestanden. Unerreichbar für einen jungen Arzt, der sich alles noch aufbauen musste.

Und jetzt darf niemand sie mir wegnehmen. Niemand.

Friedrich schluckte. Seine Augen brannten, er rieb sie sich mit Daumen und Zeigefinger, doch das Brennen ließ nicht nach. Es waren Tränen, die nach draußen drängten und die er sich nicht erlauben konnte. Er durfte nicht weinen. Er musste stark bleiben. Damals, als Emilie gestorben war, hatte er in seinem Schmerz versinken wollen, doch Anne hatte ihn gehalten. Bei ihr hatte er sich ohne Last gefühlt. Bei ihr war der Schmerz des Verlusts erträglich gewesen. Damals waren sie sich nähergekommen, und jetzt sollte er sie verlieren? Das war ganz unmöglich. Er konnte nicht ohne sie leben. Warum hatte sie ihn nur verraten?

Sie waren noch einmal gemeinsam zu Ada gegangen, und Anne beobachtete, wie die Kleine und ihr Vater kurz miteinander sprachen, bevor sie gemeinsam das Zimmer verließen.

»Ich muss noch arbeiten«, sagte er zu ihr, und sie meinte, einen leisen Vorwurf in seiner Stimme zu hören. Sie hatte ihn um ein Gespräch bitten wollen, doch dann schwieg sie. Schon schloss er die Tür hinter sich. Offenbar wollte er alleine sein.

Für einen Moment stand Anne noch im Flur vor Friedrichs Arbeitszimmer. Von drinnen war kein Geräusch zu hören. Sie stellte sich vor, wie er am Schreibtisch saß, die Brille auf der Nasenspitze, die Falte über der Nasenwurzel, die dort entstand, wenn er angestrengt nachdachte. Vor ihm lag ein Stapel Papiere.

Wir müssen reden.

Fast hätte sie die Hand auf die Klinke gelegt, doch dann trat sie von der Tür zurück und ging leise in ihr Zimmer.

Sie dachte daran, dass Friedrich ihr diesen kleinen Ort geschenkt hatte, damit sie sich ihrer Korrespondenz widmen konnte und ihrer Arbeit für die Armenfürsorge. Tatsächlich kannte sie keine verheiratete Frau, die ein eigenes Zimmer hatte. Für einen Moment lang hatte sie dort am Fenster gestanden und in die abendliche Dunkelheit und auf den Walnussbaum hinausgestarrt, bevor sie sich an ihren Schreibtisch setzte.

Sie konnte jetzt nicht schlafen. Früher am Tag war sie müde gewesen. Jetzt fühlte sie sich wieder viel zu wach.

Anne schaute die Korrespondenz auf ihrem Tisch an. Es gab einige Briefe, die sie längst hätte beantworten müssen, aber seit James da war, kam sie zu nichts mehr.

War jetzt die Zeit? Unschlüssig hob sie die Briefe hoch. Sogar eine Einladung war dabei. Anne kontrollierte das Datum, legte dann auch diese noch einmal hin und griff stattdessen nach dem schmalen Buch, zu dem sie die losen Seiten inzwischen gebunden hatte. Zuerst hatte sie widerstehen wollen, hatte sich vorgenommen, Cäcilies, Agathes und Rolands Geschichte nicht weiterzuschreiben, doch jetzt verspürte sie wieder den Drang dazu. Es tat weh, nicht zu schreiben. Also schraubte sie das Tintenfass auf, nahm die Feder zur Hand und tauchte sie ein. Kurz schwebte der Federkiel über dem Deckblatt.

Eine wahre Geschichte ...

Mit der freien Hand schlug sie die erste Seite um. Sie überlegte. Sie formulierte, formulierte um. Sie ließ Cäcilie vor sich erstehen, ihre dunkelhaarige Heldin. Es war ein schöner Tag. Die Sonne brannte hell und ließ Reflexe auf dem Fluss tanzen. Dann schrieb sie: *Fräulein Cäcilie war auch an diesem Tag ausgegangen, um Kräuter zu sammeln.*

Siebenundzwanzigstes Kapitel

Frankfurt am Main, August 1923

Fräulein Cäcilie war auch an diesem Tag ausgegangen, um Kräuter zu sammeln, war der erste Satz in Marlenes Kopf, als sie an diesem Morgen aufwachte. Sie wühlte sich unter der Decke hervor, in die sie sich halb eingewickelt hatte. Sie erinnerte sich daran, dass es ihr irgendwann nachts zu warm gewesen war und sie daraufhin die Beine unter der Decke vorgestreckt hatte.

Irgendetwas ist anders, fuhr es ihr durch den Kopf. Zuerst wusste sie nicht, was es war, dann schaute sie zum Bett hin.

»Nora? Was machst du denn noch hier?«

Marlene setzte sich auf. Das selbst geschriebene Büchlein, in dem sie und Adrian gestern noch gelesen hatten, polterte auf den Boden. Anfangs hatte sie nicht recht hineingefunden, aber nun begann sie die Geschichte von Cäcilie, ihrer jüngeren Schwester Agathe und Roland zunehmend stärker zu fesseln. Und auch Adrian rätselte bereits über die Worte »eine wahre Geschichte« auf dem Titelblatt.

Es mochte seltsam klingen, aber obgleich die Erzählung fast siebzig Jahre alt war, erkannte Marlene sich in ihr wieder. Auch sie liebte, auch sie musste Entscheidungen für ihr Leben treffen, auch sie wollte frei sein, auch sie wollte ihre Gefühle nicht verbergen müssen.

So wie Agathe auch. Wie schwer muss das damals gewesen sein ...

Ein heller Sonnenfleck wanderte über den staubigen Dielenboden. Marlene schaute unwillkürlich auf die Uhr an ihrem Handgelenk und sprang auf.

»Nora, rasch, es ist spät. Wir müssen Brot holen!« Nora gab immer noch keinen Laut von sich. Offenbar war es auch bei ihr spät geworden. Marlene ging zum Herd hinüber, auf dem die Kanne mit frischem, wenn auch dünnem Kaffee wartete, den Adrian wie jeden Tag zubereitet hatte. Sie nahm sich einen Becher, schüttete ihn voll und bedauerte für einen Moment, keinen Zucker aus der elterlichen Vorratskammer genommen zu haben.

Marlene verspürte immer noch Erleichterung, wenn sie daran dachte, dass Elsa gesagt hatte, sie würde Gisela die fehlenden Dinge erklären. Sie hatte sich gleich besser gefühlt.

Nicht mehr wie eine Diebin.

Gemeinsam mit Adrian und Nora hatten sie die Vorräte gut verstaut. Sie hatten sich ein Festmahl gegönnt, mit dem Rest gingen sie sparsam um. Marlene bestrich sich eine Scheibe Brot dünn mit Marmelade, trank im Wechsel einen Schluck Kaffee und aß ein Stück Brot und kaute sehr sorgfältig, so wie es ihr inzwischen in Fleisch und Blut übergegangen war.

Dann wanderte ihr Blick erneut zu Nora. Der Gedanke, dass etwas nicht stimmte, kam sehr plötzlich und krampfte ihr den Magen zusammen.

»Nora?«, fragte sie, diesmal leiser.

Wieder keine Antwort.

Marlene ging zum Bett hinüber. Schritt um Schritt, und

mit jedem Schritt wurde es ihr flauer im Magen. Dann stand sie vor Nora. Die hatte ihr Gesicht halb in den Kissen vergraben. Ihre Stirn war gerunzelt, der Mund wirkte verkrampft.

Die Haare waren schweißnass, als Marlene sie berührte, und klebten an Noras bleicher Haut. Marlene setzte sich, zögerte und streckte die Hand dann erneut aus.

»Nora …« Sie strich der Freundin über das verklebte Haar, streichelte die schmalen Schultern. »Nora, bitte!«

Nora öffnete endlich die Augen, schloss sie aber gleich wieder, begleitet von einem Stöhnen. Marlene fiel mit einem Mal ein dunkler Fleck seitlich auf dem Laken auf. Mit einem unguten Gefühl schlug sie die Bettdecke zur Seite. Nora wimmerte leise.

Blut, schoss es Marlene durch den Kopf, wo kommt das Blut her?

Sie bemerkte erst im nächsten Moment, dass Nora die Augen jetzt nur mühsam offen hielt. Die Freundin flüsterte etwas. Marlene verstand sie nicht. Sie beugte sich vor.

»Bitte«, sagte Nora, »bitte such ihn, bitte, bring ihn zu mir.«

Marlene musste kurz überlegen. »Andreas?«, versicherte sie sich dann.

»Ja.« Noras Antwort war so schwach, dass sie nur schwer zu hören war.

Marlene griff nach ihrer schlaffen Hand und drückte sie.

»Nora, was ist geschehen? Wo ist die Wunde? Ich muss sie mir anschauen!«

»Andreas«, antwortete Nora nur. »Bitte, such ihn. Ich brauche ihn.«

»Ich suche ihn.«

Als Marlene von der Tür aus noch einmal zurückblickte,

waren Noras Augen wieder geschlossen. Marlene eilte die Treppe hinunter. Um diese Zeit war Andreas neuerdings auf dem Paulsplatz anzutreffen, wo er Tages- und Extraausgaben verkaufte, um sein Leben zu fristen.

Was war mit Nora geschehen? Warum blutete sie?

Marlene stemmte die Tür auf und rannte die Straße entlang. Bis zum Paulsplatz waren es von ihnen aus vielleicht eine Viertelstunde. Schon nach kurzer Zeit hörte Marlene den eigenen Atem pfeifend in ihren Ohren. Dazu gesellte sich bald Seitenstechen. Marlene presste eine Hand gegen die schmerzende Stelle.

Auf dem Paulsplatz konnte sie Andreas zuerst nicht ausmachen, dann entdeckte sie ihn, gemeinsam mit ein paar anderen Männern, handfesten, stiernackigen Kerlen. Andreas war der schmalste von ihnen, aber derjenige, der am meisten redete, während die anderen entweder nickten oder »Jawoll, ja« riefen.

Obwohl ihr die Männer nicht Vertrauen erweckend schienen, näherte sich Marlene dem Grüppchen entschlossen. Andreas bemerkte sie als Erster.

»Na, wenn das nicht das Marlenchen ist. Was ist, was willst du hier?«, fragte er.

»Nora«, sagte Marlene nur. »Es geht um Nora.«

Sie hatte mehr sagen wollen, doch es kam nichts heraus, und zu ihrer Überraschung genügte das auch, denn Andreas sah sie von einem Moment auf den anderen besorgt an.

»Ist etwas mit ihr?«

Marlene suchte nach Worten, dann nickte sie nur. So schnell wie sich Andreas von den Männern verabschiedete und schon losgelaufen war, konnte sie kaum reagieren. Er konnte schneller rennen als sie, und ihre Seite schmerzte immer noch von dem vorangegangenen Lauf. Sosehr sie sich auch beeilte, oft sah sie ihn nur noch um die Ecke biegen, während sie sich noch auf der Geraden befand.

Als sie die Haustür erreichte, waren seine Schritte im Treppenhaus bereits nicht mehr zu hören. Auch oben vor der Wohnungstür war es still. Marlene drückte die Tür auf, kam herein und blieb stehen. Andreas saß schon auf dem Bettrand, hielt Nora gegen sich gedrückt und wiegte sie vor und zurück. Jetzt hörte sie ihn leise weinen.

»Andreas?«, fragte sie. »Nora?«

Andreas drehte sich zu ihr hin, das Gesicht von Tränen überströmt. So hatte Marlene ihn noch nie gesehen. Sie schluckte und kam noch näher.

»Was ist mit Nora?«

Er schluckte, schaute sie dann an, als bemerkte er sie erst jetzt wirklich.

»Wir brauchen einen Arzt, Marlene.«

Nora bewegte sich erstmals wieder schwach in seinen Armen. Sie murmelte etwas. Er schaute sie an.

»Doch, ich kenne einen Arzt, Liebes, ich werde ihn holen, mein Schatz, gleich jetzt. Man wird dir helfen.«

»Bleib bei mir.«

»Nein, Nora, wir brauchen einen Arzt.« Er bettete sie zurück in die Kissen. Sie öffnete den Mund, aber es kam nichts heraus. Die Tür schlug hinter Andreas zu. Marlene ging zum Bett hinüber. Nora starrte sie an. Sie wirkte plötzlich wacher.

»Was hast du gemacht, Nora?«

»Ich habe es wegmachen lassen.«

Marlene verstand zuerst nicht, dann weiteten sich ihre Augen.

»Du warst schwanger? Du warst bei einer Engelmacherin?«

Nora schloss die Augen. Tränen liefen über ihre Wangen. Ihr Gesicht glänzte feucht in den Sonnenstrahlen, die durch das Fenster fielen.

»Sie wurde mir empfohlen«, sagte sie sehr schwach. »Sie hat mich operiert. Es hieß, man könne sich danach noch etwas dort ausruhen, aber dieses Mal ging das nicht. Sie musste mich nach Hause schicken, und plötzlich war hier alles voller Blut und ich ...«

Das Blut ... Marlene schämte sich, nicht daran gedacht zu haben, aber sie war überfordert gewesen.

»Blutest du noch?«

»Ich weiß es nicht.« Die wenigen Worte schienen Nora schon alle Kraft zu nehmen. Sie schloss die Augen, der Kopf sank zurück. Sie atmete, kaum hörbar ... Oder atmete sie schon nicht mehr?

»Nora?«, fragte Marlene ängstlich.

»Ja?«

So schwach die Stimme, dass sie fast nicht zu hören war. Plötzlich wünschte Marlene sich Andreas herbei, zum ersten Mal in ihrem Leben. Sie schämte sich, aber sie wollte nicht allein sein mit Nora, nicht allein mit dieser Situation.

Ich muss nachschauen, ob sie noch blutet.

Marlene atmete tief durch. Sie spürte, wie sich ihr Magen zusammenkrampfte. Ihr war plötzlich übel. Ängstlich schaute sie in Noras Gesicht, die seit ihrer letzten Äußerung keinen Laut mehr von sich gegeben hatte.

»Nora?«

Nora öffnete dieses Mal nur die Augen.

»Nora, ich werde nachschauen, ob du noch blutest.«

Nora gab ein schwaches Geräusch von sich. Marlene stand auf.

Für einen Moment schien es, als würde sich das Zimmer um sie drehen. Wirklich, ihr war schlecht vor Angst. Sie beugte sich vor und schlug die Bettdecke zurück, atmete im nächsten Moment erleichtert durch. Das Blut sah aus, als wäre es getrocknet. Offenbar war kein neues hinzugekommen. Sie hörte Nora keuchen.

»Wie sieht es aus?«, fragte die Freundin dann leise.

»Gut.« Vielleicht war es eine halbe Lüge, aber es war auch nicht die Unwahrheit. Nora blutete nicht mehr, das konnte nicht schlecht sein.

Auf der Treppe waren im nächsten Moment eilige Schritte zu hören. Dann flog die Tür auf. Andreas stand im Türrahmen. Er atmete schwer. Als er näher kam, sah Marlene den feinen Schweißfilm auf seinem Gesicht. Er blieb stehen und schaute sie stumm an. Sie sah die Angst in seinem Gesicht, und für einen Moment fühlte sie sich ihm so nahe, wie sie es nie für möglich gehalten hatte.

»Wie geht es ihr?«, fragte er endlich leise.

Marlene trat auf ihn zu. »So weit gut«, sagte sie, um dann leise hinzuzufügen: »Nicht schlechter.«

Andreas warf einen Blick auf das Bett, sah dann wieder in Marlenes Gesicht. »Das ist gut, oder?«

Marlene nickte. Sie wusste es nicht, aber sie wollte auch nicht verneinen. Sie sah an seinen breiten Schultern vorbei, die in diesem Moment sehr gebeugt wirkten.

»Wo ist der Arzt?«

»Er wollte nicht kommen.« Andreas starrte in die Ferne. »Nicht, nachdem ich ihm gesagt habe, worum es geht.«

Seine Stimme wurde bei den letzten Worten brüchig.

Für einen Moment hörte Marlene ihn nur atmen, dann schaute er sie wieder an. Sie hatte ihn noch nie so blass gesehen.

»Warum hat sie das getan?«

»Sie wird keine andere Möglichkeit gesehen haben.«

»Aber ich hätte mich um das Kind gekümmert. Wir hätten es geschafft.« Andreas starrte zu Boden. »Irgendwie.«

Marlene strich über seinen rechten Arm.

»Geh zu ihr.«

»Jetzt?«

»Ja, sie braucht dich.«

Andreas nickte nur.

Marlene sah zu, wie er mit sehr langsamen, schweren Schritten zum Bett hinüberging. Sie hörte ihn sehr leise etwas sagen, was sie allerdings nicht verstand. Marlene stand für einen Moment unschlüssig da. Als sie gerade die Wohnung verlassen wollte, hob Andreas den Kopf.

»Bleib bitte hier.«

»Gut.«

Marlene schaute sich um und suchte dann den Sessel aus. Sie konnte nicht sagen, wie lange sie dort gesessen und sich in den unterschiedlichsten Gedanken verloren hatte. Es war einfach so, dass sie keinen Gedanken halten konnte, dass sie ihr entglitten, sich mit Erinnerungen mischten, von Zeitabschnitten unterbrochen wurden, in denen ihr die Angst vor dem, was geschehen mochte, die Kehle zuschnürte. Sie sah zu Andreas hinüber, der Noras Hand streichelte. Sie hörte Nora sehr schwach etwas sagen. Irgendwann waren wieder Schritte auf der Treppe zu hören, schnell kamen sie näher, dann stand Adrian im Raum.

»Was ist passiert?«

Marlene hielt ihn am Arm fest, bevor er zu Nora hinüberstürzen konnte. Sie umarmte ihn. Er wollte sie wegstoßen, doch dann schien er sich zu besinnen und erwiderte die Berührung.

»Sie war bei der Engelmacherin«, sagte Marlene leise.

»Dann stimmt es ...« Adrian starrte zum Bett herüber. »Hat er sie gezwungen? War er der Grund ...?«

Die Wut ließ Adrian blass werden.

»Nein.«

Marlene spürte, wie sich sein Körper etwas entspannte. Dann ließ er sie los.

»Aber warum? Warum hat sie das getan?«

Marlene zuckte die Achseln.

Andreas blieb die ganze folgende Nacht an Noras Seite sitzen. Als Marlene morgens als Erste aufwachte, sah sie, dass er zum Teil auf dem Stuhl saß und mit dem Oberkörper neben Nora lag. Er hatte sein Gesicht an ihres geschmiegt.

Nora ging es schlechter. Das war nicht zu übersehen.

Im Verlauf des Tages stieg das Fieber. Nora glühte. In den Phasen, in denen sie wach war, schwankte sie zwischen Benommenheit und Desorientierung. Auch Andreas, der in der Nacht zuvor wohl wenig Schlaf bekommen hatte, wirkte blass.

Marlene kochte Adrian und ihm einen Pfefferminztee, schnitt den Rest der Hartwurst in sehr dünne Scheiben und reichte Brot dazu.

Als Marlene sich zu Nora setzte, saßen die Männer schweigend am Tisch. Die Freundin schlief. Marlene wischte ihr das heiße Gesicht mit kühlem Wasser ab. Nora stöhnte leise, öffnete die Augen kurz und schaute Marlene aus glasigen

Augen an. Als sie die Augen wieder schloss, kehrte Marlene an den Tisch zurück.

»Was sollen wir tun?«

Adrian sprang auf. »Ich hole jetzt Claas. Er hat Medizin studiert.«

Andreas öffnete den Mund. »Nein, auf keinen Fall, ich ...«

»Sie stirbt uns sonst, Andreas.«

Andreas schloss den Mund so abrupt, wie er ihn geöffnet hatte. Sein Blick wurde starr, dann ging ein Ruck durch seinen Körper. Er wandte sich ab. Er sah auch nicht auf, als Adrian einige Zeit später mit Claas zurückkam.

Marlene hatte während der Zeit des Wartens wieder an Noras Seite gesessen. Manchmal wirkte Noras Blick ganz klar, manchmal murmelte sie irgendetwas vor sich hin, dann wieder jammerte sie vor Schmerzen. Marlene redete mit ihr, redete auch, als sie nichts mehr zu sagen wusste, plapperte einfach Belanglosigkeiten.

Dann war Claas da, und sie bot Andreas erneut etwas zu trinken an. Noras »Gefährte« war bleich. Er nickte. Also füllte Marlene ihm eine Tasse mit Tee und schob sie zu ihm hinüber. Andreas setzte die Tasse mechanisch an. Sie hörte ihn schlucken. Er bedankte sich, dann sagte Marlene leise: »Sie wird es schaffen, Andreas, sie wird es schaffen.«

Er sah sie nur an. Wie auf ein geheimes Wort hin schauten beide wieder zum Bett hinüber. Claas untersuchte Nora immer noch. Er sah müde aus, nicht glücklich. Irgendwann deckte er sie wieder zu. Marlene zeigte ihm die Wasserschüssel. Sorgfältig wusch er sich die Hände.

»Ich habe mein Studium nicht abgeschlossen«, setzte er an.

»Ich wusste, dass es Unsinn ist, ihn zu holen«, blaffte Andreas heraus. Marlene legte ihm eine Hand auf den Arm. Adrian sagte nichts. Claas runzelte die Stirn.

»Es sieht nicht gut aus«, sprach er weiter. »Sie hat eine schwere Blutvergiftung.«

Adrian, der sich zum Fenster zurückgezogen hatte, drehte sich um.

»Können wir etwas tun?«

»Schwierig.« Die Kerbe über Claas' Nasenwurzel wurde noch tiefer. »Ich fürchte …«

»Nein!«, brüllte Andreas. Das Nein kam ganz tief aus seiner Kehle und ließ den Raum vibrieren.

Achtundzwanzigstes Kapitel

Frankfurt am Main, August 1923

Ich habe mich gefragt, wann du kommen und fragen würdest.«

Gisela, die zuerst aus dem Fenster geschaut hatte, drehte sich zu ihrer Tochter hin. Anders als Dorchen draußen an der Tür wirkte sie nicht erstaunt. Marlene dachte kurz an den Moment zurück, als Dorchen die Tür geöffnet und sie zuerst einmal nur sprachlos angestarrt hatte.

»Das Fräulein«, hatte das Mädchen dann gesagt, »das Fräulein ist wieder da.«

»Guten Tag, Dorchen.« Marlene hatte gelächelt. »Es freut mich, dich zu sehen.«

Sie hatte nicht fragen müssen, wo sich Gisela zu diesem Zeitpunkt befand. Es gab Dinge, die waren unveränderlich, und hierzu gehörte, dass sich ihre Mutter morgens um diese Zeit im Salon aufhielt. Erstaunt war sie allerdings, als sie Gisela am Klavier sitzend vorfand, doch ihre Mutter stand sofort auf und ging zum Fenster, während Marlene stehen blieb. Sie grüßten sich nicht. Dann räusperte sich Marlene, trat ganz ein und zog die Tür hinter sich zu.

»Warum glaubst du zu wissen, aus welchem Grund ich hier bin?«

Gisela hob die Augenbrauen, zuckte mit den Schultern.

»Nein, vielleicht weiß ich es nicht, du hast recht.«

Marlene benötigte einen Moment, um sich zu sammeln.

»Meine beste Freundin ist gestorben«, sagte sie.

Sie sah, wie ihre Mutter schwer atmete, dann sagte Gisela leise: »Das tut mir leid.«

»Ich hatte sie eigentlich gerade erst kennengelernt«, fuhr Marlene fort. »Es gab eine Zeit, da mochte ich sie nicht ... Eine kurze Zeit nur, aber jetzt tut mir sogar das leid ...«

Marlene spürte, wie ihre Unterlippe zu zittern begann, und ärgerte sich darüber. Es war wirklich nur eine kurze Zeit gewesen, in der sie Nora als Konkurrenz gesehen hatte, aber jetzt schämte sie sich dessen. Sie dachte an Noras schmalen Körper unter der Wolldecke, an den Ausdruck auf ihrem Gesicht, als es wirklich vorbei gewesen war. Und sie schaute ihre Mutter an und fühlte immer noch diese Wut in sich.

Ich möchte es ihr nicht leicht machen, dachte sie.

Sie kam näher zum Tisch hin, setzte sich auf einen der Stühle.

»Sie hat ein Kind erwartet, weißt du ... Von dem Mann, den sie liebte.«

Gisela nickte verstehend, sagte aber nichts. Dann öffnete sie die Arme, leicht nur, aber es war lange her, dass Marlene eine solche Geste an ihrer Mutter gesehen hatte. Unwillkürlich runzelte sie die Augenbrauen.

»Setz dich zu mir, Marlene, bitte.«

Marlene zögerte, gab sich dann jedoch einen Ruck. Schweigend saßen Mutter und Tochter nebeneinander.

»Elsa war hier, wie du bestimmt weißt«, sagte Gisela. Ihr Blick glitt in die Ferne. »Wir haben viel miteinander gesprochen, besonders über früher.«

Marlenes Hand wanderte unwillkürlich zu der kantigen

Ausbeulung in ihrer Jackentasche. Gisela folgte der Bewegung.

»Wir haben über Urgroßmutter geredet und über Mama, deine Großmutter«, fuhr sie fort. »Über die Familie eben, über vier Generationen von Frauen. Elsa war an meiner Seite, als ich um dich fürchtete.«

Marlene konnte ihre Wut nicht loslassen.

»In einem halben Jahr bin ich volljährig.«

Gisela lächelte wehmütig. »Ja, aber glaubst du denn, dann habe ich keine Angst mehr um dich?«

Marlene schwieg.

»Ich weiß es nicht«, sagte sie endlich leise.

»Ich werde immer Angst um dich haben, so wie meine Großmutter immer Angst um mich hatte.«

»Urgroßmutter hatte Angst?« Marlene schüttelte ungläubig den Kopf. »Sie wirkte immer so hart.«

Giselas Augen weiteten sich. »Hart? Ja, vielleicht, aber rückblickend war meine Großmutter der ängstlichste Mensch, den ich kannte. Nur habe ich das viel zu spät verstanden.«

»Aber sie war immer so harsch und streng«, platzte Marlene heraus.

»Ja, so wirkte sie wohl.« Giselas Blick wanderte zum Klavier, danach zum Fenster und bewegte sich dann ziellos durch den Raum, bevor er sich wieder auf Marlene richtete. »Wusstest du, dass sie dieses Klavier zu sehr geliebt hat, als dass sie sich davon trennen konnte? Gleichzeitig hat sie es, glaube ich, aber auch gehasst. Es erinnerte sie immer an ihre Schwester, der sie einmal sehr nahe war. Nein, Marlene, tief in ihrem Herzen war Großmutter ängstlich. Ich habe das nicht verstanden, als Kind versteht man das wahrscheinlich nicht, und dann, dann war es zu spät, ich hatte dich, und später Gregor, und führte mein eigenes Leben.«

Marlene beugte sich etwas vor. Die Wut hatte nachgelassen, was sie verwunderte.

»Wovor hatte sie Angst?«

»Vor der Liebe.« Gisela lachte unvermittelt. Dann schaute sie auf Marlenes Jackentasche. »Hast du es gelesen?«

Wortlos legte Marlene das Büchlein vor ihre Mutter auf den Tisch. Gisela neigte leicht den Kopf. Das Licht fiel auf ihr immer noch dunkles Haar und ließ es glänzen. Marlene fiel auf, wie jung sie aussah – und wie entschlossen sie wirkte. Das war neu.

»Hast du es denn gelesen, Mama?«

Gisela nickte.

»Was hat es damit auf sich?«

Gisela streckte die Hände nach dem Buch aus, gab aber immer noch keine Antwort. Ihre Augen weiteten sich. Leise sagte sie etwas, was Marlene beim ersten Mal nicht verstand.

»Entschuldigung?«

»Ich sagte, ich habe es lange Zeit einfach nicht verstanden.«

»Um wen es in der Geschichte geht?«

»Zuerst dachte ich, es sind Fantasiegestalten.«

Marlene bemerkte, wie ihre Mutter ihrem Blick auswich, und hakte nach.

»Fantasiegestalten?«

»Später habe ich verstanden …«, Gisela zögerte, »dass es um deine Großmutter und ihre Schwester geht.«

»Ja, das weiß ich. Und deine Mutter – Ada, meine ich –, was macht ihr Name auf dem Buch?«

»Sie hat ihn einfach so darauf geschrieben, für die Geschichte hatte es keine Bedeutung. Ich nehme an, sie war damals noch klein. Sie wusste nicht, was sie tat.«

Gisela sah in die Ferne.

»Die Kameen stellen Urgroßmutter und ihre Schwester dar, nicht wahr?«, sagte Marlene.

»Ja.« Gisela nickte. »Ottilie sollte damals übrigens die zweite Kamee bekommen, aber sie wollte sie nicht. Urgroßmutter hat sich gewünscht, dass ich sie für Ottilie aufhebe, weil ich die Ältere bin und Verantwortung tragen muss.« Sie atmete tief durch. »Wir haben nicht oft über Großmutter und ihre Schwester gesprochen, oder?«

»Nein, aber ich wusste es trotzdem. Ottilie und du konnten es ja nicht sein.«

»Hast du die Geschichte vollständig gelesen?«

»Natürlich. Es geht um zwei Schwestern.« Marlene dachte nach. »Und es geht darum, dass sich die Liebe manchmal nicht an Regeln und Anstand hält, dass sie Freiheit braucht und manchmal auch ungerecht ist … Wenn man Agathes Haltung einnimmt.«

Gisela lachte leise, ein Laut zwischen Erleichterung und Trauer. Marlene fiel auf, wie lange sie ihre Mutter nicht mehr lachen gehört hatte.

»Ja, darum ging es wohl. Deine Urgroßmutter verliebte sich, als sie etwas älter war als du. Sie hatte Mann und Kind, aber sie verliebte sich. Und ihre Schwester verliebte sich ebenfalls. Frauen hatten damals nicht viel Freiraum. Und dann passierte das Unglück …«

Neunundzwanzigstes Kapitel

Kreuznach, September 1855

James war schon vor dem Morgengrauen wach, verspürte aber keine Müdigkeit, obgleich er fast die ganze Nacht hindurch wach gelegen hatte. Es hatte mit dem vagen Gedanken begonnen, Gordon einen Brief zu schreiben, ein Gedanke, der sich im Verlauf mehrerer Stunden verfestigt hatte. Schließlich hatte er begonnen, Sätze zu formulieren. Wenige waren übrig geblieben, viele hatte er verworfen. Er war einfach kein Mann des geschriebenen Wortes.

Endlich hatte es ihn nicht mehr im Bett gehalten. Als er schließlich am Tisch saß, war der Brief schon im Kopf. Er musste eine Entscheidung treffen, und er hatte sie getroffen. Vielleicht bedeutete diese Entscheidung, dass er nicht mehr nach zu Hause zurückkehren konnte. Das war gut möglich, aber er wusste, dass es die richtige Entscheidung war. Er würde diesen Brief schreiben und mit Anne und Sophie reden.

Lieber Gordon,
ich frage mich, wo Du bist und weiß jetzt endlich, dass ich gerne an Deiner Seite sein möchte – auch, wenn das heißt, dass wir England gemeinsam den Rücken kehren müssen. Aber das macht mir keine Angst mehr, denn mit Dir werde

ich niemals einsam sein, und ich bin lieber an Deiner Seite ohne Heimat, als Dich für immer zu verlieren. Das weiß ich jetzt.

*Auf immer der Deine
James*

James legte die Feder auf das Papier und atmete tief durch. Der Brief war kurz, aber Gordon würde es ihm nachsehen. Dafür würde James ihm auf ihren Reisen die schönsten Pflanzen zeigen, und irgendwann würde er auch von seinem Sommer in Deutschland berichten. Sie hatten keine Geheimnisse voreinander. Er seufzte. Schwerer, das musste er zugeben, war die Aufgabe, die vor ihm lag. Er entschied sich, zuerst mit Sophie zu sprechen und dann mit Anne.

»Liebst du mich denn wirklich nicht?« Sophie fiel es schwer, die Worte auszusprechen und gleichzeitig ihre Tränen zurückzuhalten. Ihre Stimme zitterte und war schwer vor Schmerz. James bemerkte davon offenbar nichts. In jedem Fall schaute er nicht zu ihr hin.

»Natürlich bist du mir lieb, Sophie. Du bist auch ein sehr schönes Mädchen und wirst sicherlich einmal einen guten Mann heiraten, der sich dann sehr glücklich schätzen kann.«

»Ich bin dir lieb?« Sophie blieb abrupt stehen. »Ich bin dir lieb?«, wiederholte sie fassungslos. »Wie meinst du das?« Ihre Stimme versagte. Sie suchte nach Worten. »Hast du ihr das auch gesagt?«

»Wem?«

James blieb stehen. Er wirkte verunsichert, so hatte sie

ihn noch nie gesehen, und doch fühlte sie sich zu verletzt, um seinen Gefühlen nachzuspüren.

»Meiner Schwester.«

James schwieg. Es tat weh, den Schmerz in ihrem Gesicht zu sehen, aber es stand auch nicht in seiner Macht, ihn zu heilen.

Sie ist ein liebreizendes Geschöpf, dachte er, und ich werde mich immer gerne an diesen Sommer zurückerinnern. Aber sie wird jemanden heiraten, sie wird diesen Sommer vergessen ...

Er versuchte weiterzugehen, doch Sophie blieb stehen. Wieder drehte er sich zu ihr hin.

»Sophie, du bist ein wirklich wunderbares, liebenswertes Geschöpf, du wirst ...«

Für einen Moment verlor James sich in Sophies großen, blauen Augen. Was er ihr hatte sagen wollen, zerplatzte in seinem Kopf. Er zittere unmerklich. Er wollte sie nicht verletzen, aber was er jetzt sah, erschreckte ihn. Er hatte nicht gemerkt, wie sehr sie ihn liebte, hatte nicht gemerkt, dass dies für sie keine Sommerliebelei war, an die man sich am Ende mit einem Lächeln erinnerte. Sie hatte sich in ihren Gefühlen verloren, und er konnte ihr nicht helfen. Nicht jetzt. Sie würde Zeit brauchen, nur Zeit konnte ihre Wunden heilen.

Er atmete tief durch, trat einen Schritt näher. Sie wich ihm aus, indem sie sich zur Seite drehte.

»Ich bin glücklich, dich kennengelernt zu haben, Sophie«, sagte er rau. »Ich werde diesen Sommer mit dir nie vergessen.«

Er drehte sie jetzt zu sich, nahm sie sanft beim Kinn, denn sie wollte ihm weiterhin ausweichen.

»Aber meine Tage in Kreuznach gehen ihrem Ende zu, das weißt du doch. Du wusstest es doch immer?«

Er schaute ihr tief in die Augen. Jetzt erwiderte sie seinen Blick, obgleich in ihr alles nach Flucht schrie. Er konnte das sehen.

»Du wusstest es, oder? Du wusstest, dass da nichts sein konnte zwischen uns. Ich wünsche dir alles Gute für die Zukunft. Ich wünsche dir vor allem, dass du einen guten Mann findest und mich bald vergisst.« Er schaute sie fest an. »Du musst mich vergessen, verstehst du?«, wiederholte er eindringlich.

Neue Tränen drängten in Sophies Augen.

»Ich will keinen guten Mann heiraten. Ich will dich, James. Ich liebe dich. Verstehst du das nicht?«

»Aber ich bin nicht der Richtige.«

»Woher willst du das wissen? Du weißt es nicht!«

James streichelte ihr sanft über die Wange. Sophie schlug seine Hand weg.

»Ist es wegen meiner Schwester?«

»Anne? Nein, Sie hat nichts damit zu tun. Nicht wirklich.«

Als James jetzt ihre Wange streichelte, tat er es, wie man ein Kind liebkoste. Sophie wich mit blitzenden Augen zurück.

»Bedeute ich dir denn gar nichts? Die Zauberhöhle? Der Rheingrafenstein? Du hast mich geküsst!«

Ein erinnernder Ausdruck huschte über James Gesicht.

»Und es war wunderschön«, sagte er sanft. »Ich möchte nicht sagen, dass es falsch war, aber ...«

»Dann sag es nicht ...« Sophies Stimme zitterte. »Sag es nicht.«

»Sophie ...«

Er fühlte sich hilflos. Sie holte etwas aus ihrer Rocktasche, einen kleinen, gefalteten Zettel.

»Ist es deswegen?«

»Deswegen?«

»Henry hat mir das geschickt … Ich wollte es nicht glauben … Da steht, du bist ein Sodomit.«

Sie sprach es ungewohnt aus. Er verstand sie zuerst nicht. Dann errötete sie tief.

James schaute sie nachdenklich an.

»Und du weißt, was das ist?«

Sophie nickte. Sie war in Papas Bibliothek gegangen und hatte gesucht, bis ihre Hände staubig waren und die Haare voller Spinnweben, doch sie hatte die Antwort gefunden. James räusperte sich.

»Gut, Sophie, dann ist das so. Ich habe einen Freund, der mir sehr viel bedeutet.«

Sophies Gesichtsröte vertiefte sich noch weiter. »Lüg nicht, ihr tut, unaussprechliche Dinge miteinander.«

»Ich liebe ihn. Ist das etwas Unaussprechliches?«

»So etwas darf aber nicht sein«, stotterte die junge Frau. »Ich habe nachgelesen. Ich weiß, was ihr miteinander tut. Es ist ekelhaft.« Sie schüttelte sich.

Als sie James nun ins Gesicht sah, war da etwas Trauriges.

»Liebe ist also unaussprechlich und ekelhaft?«

»Du hast es vor uns geheim gehalten.«

»Ja, und das tut mir leid. Ich hatte Angst, und ich war gerne mit euch zusammen.«

Sophie öffnete den Mund und schloss ihn wieder unverrichteter Dinge. Offenbar wusste sie nicht, was sie sagen sollte. James streckte die Hand nach ihr aus. Sie zuckte zurück, ließ ihn dann aber doch gewähren.

»Komm, lass uns heute noch einmal alleine zur ›Gans‹ laufen. Ein wenig Bewegung wird unsere Köpfe frei machen. Dann wird es uns besser gehen.«

»Ich will nicht, dass es mir besser geht«, gab Sophie matt zurück. »Ich will dich.«

James reagierte nicht auf ihre Worte.

So wie jetzt würde es auch sein, wenn er nicht mehr da war, fuhr es ihr durch den Kopf. Der gemeinsame Weg verschwamm bald hinter Sophies Tränenschleier. Ab und zu sagte James etwas zu ihr, aber Sophie schaffte es nicht hinzuhören, und natürlich antwortete sie auch nicht. James hatte sie zurückgewiesen, aber er hatte es nicht getan, um sich der Schwester zuzuwenden.

Er ... Er will furchtbare Dinge mit einem Mann tun. Ich verliere ihn ...

Mit dem Ärmel wischte sie sich über die Augen. James schritt jetzt vor ihr aus. Wie leichtfüßig er ging, von nichts beschwert. Es machte sie wütend. Was er gesagt hatte, belastete ihn scheinbar nicht.

Ich bedeute ihm nichts. Ich habe ihm nie etwas bedeutet, ganz gleich, was er sagt.

Sophie dachte wieder daran, wie sie einander in der Höhle geküsst hatten. Wie er sie wie ein wahrer Liebender in die Arme genommen, wie seine Lippen die ihren gesucht hatten.

Ein Abschiedskuss? Nein, das war unmöglich!

Anne konnte nicht sagen, woher das ungute Gefühl kam. Manchmal dachte sie, dass Sophie und sie eine besondere Verbindung hatten, aber vielleicht war es auch die Anspannung, die sie dies fühlen ließ.

»Sie wollten spazieren gehen, vielleicht zum Rheingrafenstein«, sagte Ada in die Stille.

Anne starrte ihre kleine Tochter an.

»Sie sind spazieren gegangen?«

Ada nickte heftig. »Ich habe sie gehört, gestern bei Großvater. Tante Sophie hat ihm vorgeschlagen, spazieren zu gehen, als sie alleine im Garten waren.«

Das Zittern kam zurück, gleichzeitig hätte Anne ihre Tochter vor Erleichterung küssen können. Das Herz klopfte ihr so furchtbar, dass es schwerfiel zu sprechen. Sie wollte schreien oder weinen, aber sie tat es nicht. Sie war so entsetzlich aufgeregt, wie seit Langem nicht mehr – und sie hatte ein furchtbar schlechtes Gefühl.

»Danke, Ada!«, brachte sie hervor und umarmte ihre Tochter dann vorsichtig und doch so fest sie konnte. »Kleine, aufmerksame, wunderbare Ada.«

Ada löste sich von ihrer Mutter und schaute sie fragend an.

»Ist etwas passiert?«

»Nein.« Anne schluckte an den Tränen, die jetzt doch in ihrer Kehle nach oben drängen wollten. »Nein, es ist alles gut. Komm, geh noch ein wenig spielen. Ich schaue gleich wieder nach dir.«

»Ja, Mama.« Ada sprang nach hinten zum Salon, um von dort in den Garten zu gelangen. Anne schaute der Kleinen noch kurz hinterher, dann stürmte sie in Friedrichs Arbeitszimmer. Ihr Mann schaute sie überrascht an. Anne öffnete den Mund, kein Ton kam heraus.

»Wir müssen hinterher«, sagte sie dann. »Meine Schwester und James Bennett, sie sind …«

»Deine Schwester ist mit dem Engländer unterwegs. Willst du mir das sagen?«

»Ja, ich, aber ...«

Anne wusste, was sie sagen musste, aber sie bekam es nicht heraus. Es war, als hätte jemand die Worte dafür aus ihrem Kopf verjagt. Sie verzweifelte. Zeit verging.

»Ich habe ein schlechtes Gefühl, Friedrich.«

Endlich.

Ihr Mann hob die Augenbrauen.

»Warum das denn? Deine Schwester ist mit dem Engländer unterwegs. Es ist nicht das erste Mal. Du weißt doch am besten, ob man ihm trauen kann.«

Da war ein seltsamer Ton in Friedrichs Stimme. Ein misstrauischer Ton, den Anne vorher nie wahrgenommen hatten, zu dem sie ihren Mann noch nicht einmal fähig gehalten hatte.

»Es«, setzte sie an, brach wieder ab. Was sollte sie sagen? Dass sie Dinge beobachtet hatte? Sie hatte nichts beobachtet. Dass sie davon ausging, Sophie könne sich gefährden?

Aber ist das meine Verantwortung? Was, wenn sie ihm zu Willen ist ...? Nein, das klang albern.

Vielleicht bildete sie sich ja auch alles ein.

»Ich ...« Das Stottern war immer noch da. Anne ärgerte sich darüber, was es nicht besser machte. Die Worte waren wie Stolpersteine in ihrem Mund. Friedrich stand auf und kam zu ihr, sah sie prüfend an und strich ihr dann über die Wange, wie einem kleinen Kind.

»Du machst dir unnötig Gedanken, Liebes. Sie werden beide heute Abend zurückkommen. Alles wird sein wie immer.«

Anne öffnete den Mund, um zu widersprechen, und schloss ihn dann wieder unverrichteter Dinge.

Nein, das wird es nicht, dachte sie, aber sie würde ihn nicht davon überzeugen können.

Er will einfach nichts tun. Das ist es.

»Ich werde in der Küche nachsehen und dann ein paar Briefe schreiben«, sagte sie nach einer Weile so ruhig, wie es ihr möglich war. Sie musste langsam sprechen, damit dies gelang.

»Tu das.« Friedrich hob den Kopf und nickte ihr freundlich zu, aber da war auch noch etwas anderes in seinem Blick, etwas, das sie erst seit diesem Sommer kannte, etwas, das sie lange nicht bemerkt hatte. Sie hatten Vertrauen verloren, und es würde schwierig sein, es wieder zurückzugewinnen.

Langsam zog sie die Tür hinter sich zu. Sie wusste, dass sie warten musste. Tatsächlich öffnete sich die Tür zu Friedrichs Arbeitszimmer nach etwa einer halben Stunde noch einmal. Anne bemerkte ihren Mann, als er in der Tür zum Garten auftauchte und etwas länger wortlos zu ihr herübersah. Sie hatte einen kleinen Stapel Korrespondenz neben sich und auch ihren Stickrahmen, ganz als wollte sie sich längere Zeit dort einrichten. Wider Erwarten hatte sich Ada zu ihr gesellt. Sie malte. Friedrich beobachtete sie beide einen Moment lang und zog sich dann zurück.

Anne horchte noch eine Weile, bis sie sicher war, dass er nicht noch einmal herauskommen würde, und stand dann auf. Sie musste sich sagen, dass er nun gewiss nicht mehr kommen würde, damit das Zittern nicht wieder anfing. Sie wusste es natürlich nicht, aber sie hoffte darauf. Für gewöhnlich verließ sie das Haus in seiner Anwesenheit nicht, ohne ihm Bescheid zu geben. Dieses Mal würde sie es tun müssen.

Anne ließ die Briefe und den Stickrahmen auf dem Tisch liegen. Von der Tür aus mochte es so aussehen, als habe sie den Platz kurz verlassen. Dann zog sie die festen Schuhe an, die sie auf dem Weg nach draußen gegriffen hatte.

Als ob ich wüsste, was ich tun muss.

Ada, die völlig vertieft in ihr Malen war, hob den Kopf.

»Was machst du da, Mama?«

»Komm, Ada!«, fordere Anne sie auf.

Die Kleine schüttelte den Kopf.

»Aber Mama, ich male doch.«

Anne ballte die Hände zu Fäusten, um Angst und Unruhe nicht noch mehr Raum zu geben. Sie musste ruhig bleiben. Sie durfte ihre Nervosität nicht zeigen. James und Sophie waren alleine spazieren gegangen, so wie sie es wahrscheinlich nicht zum ersten Mal taten. Wahrscheinlich bildete sie sich wirklich etwas ein, aber wenn nicht ...

Anne holte tief Luft.

»Nimm das Bild mit, zeig es Großvater. Wir besuchen ihn.«

»Ich will aber hier malen.« Die Kleine schob die Unterlippe vor. »Und bei Papa bleiben.«

»Papa hat keine Zeit, das weißt du doch. Er arbeitet. Du kommst jetzt mit, Ada«, sagte Anne von einem Moment auf den anderen in einem solch scharfen Tonfall, dass es Ada sichtlich erschreckte. Am liebsten hätte Anne sie sofort darauf in die Arme genommen. So hatte sie noch nie mit ihrer Tochter gesprochen.

»Papa«, setzte die dennoch noch einmal an. Sie hatte den Mut also nicht verloren. Anne war schon in den letzten

Tagen aufgefallen, dass sich die Kleine enger an ihren Vater klammerte.

Als ob sie wüsste, dass sich etwas verändert hat.

Abends bestand sie darauf, dass er ihr eine Geschichte erzählte oder zumindest einen Gutenachtkuss gab. Ada tat ihr leid. Sie begriff ja nicht, worum es hier ging. Das Kind konnte sich die Veränderungen nicht erklären, aber es spürte sie.

Trotzdem musste Anne sich beherrschen, nicht zu schreien. Vorsichtig ging sie vor ihrer Tochter auf die Knie.

»Es ist alles in Ordnung, Ada, heute Abend sind wir wieder alle zusammen hier.«

Ada schaute sie unsicher an. »Tante Sophie auch?«

»Warum Sophie?« Anne war irritiert. »Sophie wohnt doch bei Papa.«

»Jaaa …« Die Kleine wich dem Blick ihrer Mutter aus, zuckte die Achseln. »Sie war schon lange nicht mehr hier. Früher hat sie uns öfter besucht.«

»Ja«, antwortete Anne langsam, »und das wird wieder so sein. Ich verspreche es dir, Liebes.«

Wie leicht man doch Dinge versprach … Und wer kann schon lieben, wen er will …

Es tat weh, daran zu denken, aber Sophie und sie mussten sich beide damit abfinden, dass dieser Sommer endete.

Aber was hatte Sophie vor? Das ungute Gefühl in Anne verstärkte sich wieder.

»Komm jetzt, Ada«, forderte sie ihre Tochter fest auf, in der Hoffnung, dass diese verstand, dass es keine Widerrede mehr geben würde. Tatsächlich griff die nach ihrem Bild und folgte ihrer Mutter, wenn auch murrend.

Sophies Finger umfassten das Messer in ihrer Tasche. Warum habe ich es dabei, fragte sie sich. Aber nein, sie hatte es nicht geplant. Es war das Messer, das sie zum Pilzesuchen und Kräuterschneiden benutzte. Anne und sie trugen fast immer ein solches bei sich. Sophie umklammerte es für einen Moment fester.

»Kommst du, Kleines? Schaffst du es?«

James sah sie etwas unsicher an, dann wich er ihrem Blick aus. Sie sagte nichts. Er wartete noch einen Moment und ging dann weiter auf die Stelle zu, von der aus man den besten Ausblick auf die Umgebung hatte. Er wirkte nervös.

Ob er über mich gelacht hat, fuhr es Sophie durch den Kopf. Ich bedeute ihm nichts, alles war Lüge, seine Küsse, seine Aufmerksamkeit …

James schaute wieder zu ihr hin.

»Warum bleibst du da stehen? Von hier oben ist der Ausblick doch viel besser. Komm, lass uns an etwas Schönes denken.« Er lächelte, legte den Kopf schief. »Vielleicht ist das unser letzter gemeinsamer Tag. Wir sollten schöne Erinnerungen an ihn haben.«

Sophie brachte keinen Ton heraus, während sich ihre Finger noch fester um den Messergriff schlossen. Sie musste darauf achten, sich nicht an der Klinge zu verletzen. Vater empfahl ihnen stets, die Messer immer gut geschärft zu halten. James lachte sie an. Ganz offenkundig wollte er sie aufmuntern.

Er bemerkt gar nicht, wie unglücklich ich bin.

Sophie zwang sich zu einem Lächeln. Sie dachte an den Abgrund, in den sie damals vom Rheingrafenstein aus geschaut hatte. Und dann hatte er hinter ihr gestanden, und sie hatte seine Wärme gespürt.

So nah am Tod. Und schon damals habe ich ihm nichts bedeutet.

Noch einmal holte sie tief Luft und stieg dann zu ihm, wie er es gewünscht hatte. Sie hatte eine Entscheidung getroffen.

»Bitte, pass auf Ada auf, Papa.«

»Aber ich habe Patienten, Kind. Sag mir doch wenigstens, warum …?«

»Ich kann es dir nicht sagen, aber es ist wichtig. Ich weiß, dass es wichtig ist. Bitte, Papa!«

Hinter ihnen im Behandlungszimmer war ein Geräusch zu hören, womöglich wurden sie belauscht, aber daran konnte Anne jetzt nicht denken. Vater strich ihr über den Arm.

»Es fällt mir ein wenig schwer …«

»Glaub mir, Papa, es ist wichtig.«

Anne schaute ihren Vater flehend an. Er musste ihr einfach glauben. Mehr konnte sie nicht sagen, sie wusste ja selbst nicht mehr. Sie fühlte.

Dr. Preuße zog die buschigen Augenbrauen über der Nasenwurzel zusammen.

»Ich glaube dir ja, Kind, es ist nur …« Er schüttelte den Kopf, dann stand er auf. »In Ordnung, lass Ada hier. Sie kann zu Frau Barthels in die Küche …«

»Sie möchte malen, Vater.«

»Ich gebe ihr einen Stift.«

»Danke.« Anne lächelte ihren Vater an. Vielleicht würde doch alles gut gehen. Dann schaute sie ernst. »Ich bräuchte auch ein wenig Geld, Vater.«

Wilhelms Augenbrauen bewegten sich erneut. Misstrauen tauchte unübersehbar in seinem Ausdruck auf.

»Kannst du deinen Mann nicht mehr fragen?«

Anne schüttelte den Kopf. Wilhelm schaute sie forschend an.

»Es ist wichtig«, beharrte sie. »Du hast mir immer vertrauen können, Vater.«

»Gut, mein Mädchen, ich vertraue dir.«

»Danke.«

»Anne«, rief er ihr noch einmal hinterher, als sie das Haus schon verlassen hatte und den Weg zum Gartentor hinuntereilte. Anne drehte sich zu ihm um. Er lächelte müde und ein wenig traurig. »Mach nichts Dummes.«

»Nein, Papa, das habe ich doch nie getan.«

»Nein, du hast noch nie Dummheiten gemacht«, sagte er, und dann fügte er nachdenklich hinzu, wie um sich noch einmal zu versichern: »Nicht wahr?«

Mit Vaters Geld bezahlte Anne die Droschke nach Münster am Stein, wo sie, wie schon so oft, über die Nahe setzte und den Weg hinauf zum Rheingrafenstein wählte. Sie war froh, niemand Bekannten zu treffen und auch von Fremden in kein Gespräch verwickelt zu werden. Sie folgte, so schnell sie konnte und so schnell sie noch nie gelaufen war, dem Weg nach oben. Doch am Eingang zur Burg kam sie einfach nicht mehr weiter. Die Beine gaben unter ihr nach, als wären es nicht ihre, und sie musste sich einige Minuten ausruhen, um zu Atem zu kommen. Ihre Brust brannte von dem schnellen Anstieg wie Feuer, der Atem schmeckte metallisch, das Herz raste.

Trotzdem versuchte Anne sehr bald wieder aufzustehen, gedrängt von dem schrecklichen Gefühl, das auf dem Weg nicht schwächer geworden war. Irgendetwas war passiert.

Irgendetwas war nicht in Ordnung. Sie musste Sophie und James finden. Unbedingt und so rasch wie möglich. Doch ihre Beine versagten ihr den Dienst.

»Sei mir bitte nicht böse, Sophie.« James schaute sie forschend an. »Vielleicht habe ich falsch gehandelt, ja, aber ich wollte dir niemals wehtun. Ich möchte dich im Herzen behalten, so schön, so unbeschwert, wie du warst. Du bist wie das Leben, Sophie, etwas Schöneres kann man sich nicht vorstellen, und ich weiß, dass ich dich niemals vergessen werde. Niemals ...«

Er schaute ihr tief in die Augen und bannte ihren Blick. Sie standen jetzt so dicht beieinander, dass er ihr Gesicht mit beiden Händen umfassen konnte, und er tat es. Seine Finger waren warm und weich, seidige Haut, die niemals schwerer Arbeit, Wind oder Wetter ausgesetzt gewesen war oder ausgesetzt sein würde. Ein vornehmer Mann, auf den ein gutes Leben wartete.

Mit einem Mann.

Flüchtig sah Sophie das Bild von James in einem köstlich ausgestatteten Raum voller wunderbarer Möbel, wie er den Nachmittagstee zu sich nahm. Und sie sah einen feisten, hässlichen Kerl, der ihn küsste.

Sie würgte. Dann musste sie an Currer Bells Roman denken, den sie nun schon seit Anfang des Sommers nicht mehr in der Hand gehabt hatte. Sie hatte sich einmal vorgestellt, eine Heldin in diesem Roman zu sein, eine von jenen natürlich, für die alles gut ausging. Es gab auch die anderen ...

Ich bin die andere.

Nein, sie war nicht die Heldin, für die alles gut endete. Sie hatte sich geirrt.

Ich werde nie wieder glücklich sein.

»Was tust du da?«, hörte sie ihn plötzlich fragen, und bis er es fragte, hatte sie selbst nicht bemerkt, dass sie sich von ihm wegbewegte.

Ich werde nie wieder glücklich sein.

James griff nach ihr.

»Sophie«, rief er, »tu das nicht.«

Wovon sprach er? Er hielt sie fest, und das machte sie wütend. Sie warf sich gegen ihn, sodass sie beide ins Taumeln gerieten.

»He!« Er konnte sich gerade noch fangen. Für einen Moment stand wirklicher Schrecken in seinen Augen. »Pass doch auf, sonst stürzen wir noch beide ab.«

Er beobachtete Sophie mit einem fragenden Lächeln, sie sah das winzige bisschen Angst in seinem Blick, das geblieben war, dann näherte er sich ihr wieder. Sophie griff in ihre Tasche. Plötzlich hatte sie das Messer in der Hand.

»Sophie …« Die Angst war zurück in seiner Stimme. »Was machst du denn da – leg das Messer weg!«

»Ich … bleib stehen! Komm nicht näher!«

»Leg das Messer weg, Kleines! Was willst du denn damit?«

Er war nervös, das konnte sie hören. Die Angst flatterte wie ein kleiner Vogel in ihm. Er streckte die Hand nach ihr aus. Sie wollte nicht, dass er sie berührte, und wich zurück. Er folgte ihr, sie hielt das Messer weiter fest in der Hand. Gleich würde sie es gegen sich richten. Sie versuchte das Handgelenk zu drehen.

»Sophie«, sagte er beschwörend. Er griff nach ihr. Sie gerieten erneut ins Wanken. Sie stürzten. Jemand schrie.

Auf immer noch zitternden Knien bewegte sich Anne durch die Ruinen des Rheingrafensteins, doch sie fand niemanden. Auch auf ihr leises Rufen antwortete keiner.

Hatte Ada falsch gehört?

Nein, das glaubte sie nicht. Die Kleine war sehr aufmerksam. Viel wahrscheinlicher war es, dass Sophie und James diesen Ort bereits verlassen hatten. Aber wo konnten sie hingegangen sein? Zur »Gans«?

Anne runzelte die Stirn. Was sollte sie anderes tun? Es bot sich an, dort zu suchen, also schlug sie die Richtung ein. Sie konnte schließlich nicht einfach zurückgehen und warten. Sie würde es vor Aufregung ohnehin nicht aushalten, und wenn etwas geschah, dann würde sie sich schuldig fühlen.

Aber es geschieht nichts.

Mehrfach wiederholte sie die vier Worte. Beschwörend, langsam, still bei sich. Dabei ging sie stetig Stück um Stück.

Zuerst ging es noch langsam, doch Schritt um Schritt gewann Anne ihre Kraft zurück. Vielleicht waren es auch Angst und Unruhe, die sie vorantrieben.

Erstmals fiel ihr auf, was für ein schöner Tag es war. Die Sonne schien, Insekten schwirrten in der Luft herum. An den Wegseiten wuchsen Blumen und Kräuter. Ab und an war der Duft, der sie umgab, betörend. Die Sonne brannte warm hernieder, als müsste sie noch einmal ihre ganze Kraft versprühen. Anne bedauerte es, keinen Hut dabeizuhaben, doch während sie sich noch Gedanken um solch belanglose Dinge machte, blieb sie mit einem Mal stehen.

Wie angewurzelt stand sie da, verwirrt über den Anblick dessen, was sie sah und was doch nicht sein konnte:

Sophie ... Sophie stand da vor ihr, hoch aufgerichtet, allein im hellen Sonnenlicht.

Anne stolperte weiter. Aber wo war James? Da ... Jetzt entdeckte sie den Körper zu Sophies Füßen, ein Mann – James? Konnte das sein ...? Anne näherte sich. Langsam, aber sie kam voran. Sie wollte stehen bleiben, aber es musste vorwärtsgehen.

Es sah so aus, als wäre der junge Engländer eingeschlafen. Das ungute Gefühl war auf einen Schlag wieder da. Was hielt Sophie da in der Hand? Was waren das für Flecken auf ihrer Kleidung. War sie gestürzt? War James gestürzt? Hatte er sich verletzt?

»Sophie?«

Die Schwester reagierte nicht. Anne versuchte erneut zu erkennen, was die Jüngere in der locker herabhängenden Rechten hielt.

Ein Messer, sagte es in ihr, bevor es der Verstand begreifen wollte. Dann hatte Anne die Schwester erreicht. Sie griff nach dem Messer, das Sophie nun nicht mehr festhielt, und nahm es ihr ab. Dann warf sie einen Blick auf den jungen Mann zu ihren Füßen.

James' Augen waren geschlossen. Sein Gesicht hatte einen erstaunlich entspannten Ausdruck, der in offensichtlichem Gegensatz zu dem Blut stand, das seitlich seines Kopfes zu einer kleinen Lache geronnen war. Offenbar war er gestürzt und unglücklich aufgekommen. Aber was hatte Sophie mit dem Messer in der Hand gemacht?

Er ist tot.

Anne holte zitternd Atem. Nein, das konnte nicht sein ... Was war hier geschehen? Er war gestürzt und unglücklich aufgekommen. Warum war er gestürzt?

Anne schaute ihre Schwester an, auf deren Kleid sich Blut verschmierte. Ihres oder das von James? Anne spürte, wie sie ein heftiges Zittern überkam. Ich muss träumen. Ich muss mich irren, bitte, lieber Gott, mach, dass das hier nicht wahr ist. Lass es nicht wahr sein.

»Sophie, bist du verletzt?« Annes Mund war trocken. Es war, als klebte der Name der Schwester an ihrer Zunge fest. Übelkeit stieg in ihr hoch. Sie schluckte heftig, fast schmerzhaft. »Sophie«, wiederholte sie. »Bist du verletzt? Was ist geschehen?« Die Jüngere sah sie endlich an.

»Ich wollte sterben, Anne«, sagte sie. Verzweiflung war in ihrer Stimme. »Ich wollte es ... Er wollte mich daran hindern, und dann ...«

Nichts wird mehr so sein wie vor diesem Sommer.

Anne stiegen die Tränen in die Augen.

War es falsch gewesen zu träumen?

Sophie schaute sie an, und zum ersten Mal sah es so aus, als verstünde sie, wo sie sich befand und was geschehen war.

»Ich habe ihn getroffen und wollte ihn zur Rede stellen«, sagte Sophie rau, die Stimme farblos. »Er sollte mir sagen, ob da etwas ist, ob er mich liebt. Ich wollte, dass er mich liebt.«

Anne schluckte. Sie musste plötzlich an ihr Büchlein mit der selbstsüchtigen Geschichte denken, eine Fantasie, aber zu schlecht getarnt, um sie von der Wirklichkeit scheiden zu können. Sophie musste sie gelesen haben. Sophie hatte nicht unterschieden. Anne räusperte sich.

»Du hast es gelesen, aber es ist nur eine Geschichte. Sie war geheim, ich hatte sie nur für mich geschrieben. Ich wollte nicht ...«

»Ach, die Geschichte«, Sophie hob die Hand, »deine geheimen Worte ... Nein, Anne, letztendlich hat er keine von uns geliebt.«

Anne schluckte. »Keine von uns?«

Sophie schüttelte den Kopf. Ihre Stimme bebte, bevor sie die nächsten Worte aussprach: »Er ist ein Sodomit. Ich weiß es von Henry Williams. Zuerst wollte ich es nicht glauben, aber er hat mir die Wahrheit gesagt ... Ich war dumm ...«

Ein Sodomit? Anne fragte nicht, woher die Schwester dieses Wort kannte.

»Ich wollte sterben«, wiederholte die jetzt. »Ich wollte nur sterben.«

Sophie sah den Abhang hinunter. In der Stille, die folgte, hörte Anne das Summen der Insekten überdeutlich. Irgendwo war ein lautes, brummendes Geräusch zu hören, vielleicht ein Rosenkäfer. Sie hatte sich immer über die Lautstärke des kleinen, grün schimmernden Tieres gewundert.

»Und dann habe ich ihn umgebracht«, sagte Sophie ruhig. »Er wollte mich festhalten, da habe ich ihn getötet.

»Es war ein Versehen, Sophie, ein Unfall.«

»Aber es war meine Schuld. Ich war es.«

Die Worte schossen so scharf aus Sophie heraus, dass Anne zusammenzuckte. Sie zögerte, dann wagte sie sich näher an die Jüngere heran. Die wich zurück.

»Fass mich nicht an. Ich bin voller Blut.«

»Warum?«, fragte Anne. »Warum wolltest du sterben?«

Sophie schlang die Arme um den Leib. Sie zitterte jetzt, und Anne hätte ihr gerne geholfen, aber die Schwester ließ es nicht zu. Ihre ganze Haltung hielt Anne auf Abstand.

»Er wollte mich nicht lieben«, sagte sie rau. »Reicht das nicht? Wie soll ich ohne Liebe leben?«

Anne, die ihre Hände zur Schwester hin ausgestreckt hatte, ließ diese sinken. Sophie wich ein paar Schritte von James zurück. Anne behielt sie aufmerksam im Blick. Als sie sich dem Abhang näherte, sprang Anne hinzu und riss sie am Arm zurück. Sophie gab einen leisen Schmerzensschrei von sich.

»Lass mich«, begehrte sie schrill auf. Anne zerrte die Schwester noch einmal zurück. Beide stolperten sie und gingen zu Boden. Sophie schrie verzweifelt auf.

»Lass mich los. Lass mich los.«

»Ich lasse dich nicht los. Sophie, liebste Sophie, ich lasse dich nicht los.«

Sophie sah sie mit einem Mal leer an. Anne befahl ihr, sich hinzusetzen. Dann musterte sie sie aufmerksam. Es war, als wäre mit einem Mal alle Kraft aus der Jüngeren gewichen, und obgleich Anne Sophie kein Versprechen abrang, war sie sich sicher, dass diese sitzen bleiben würde.

Anne atmete tief durch, dann kehrte sie zu James' Leiche zurück. Hatte bei ihrem ersten Blick noch eine Ahnung von Leben auf seinen Zügen gelegen, war nun nichts mehr davon zu sehen. Er wirkte, als wäre er schon lange von ihnen fortgegangen. Seine Schönheit war die einer Wachspuppe.

Ich bin schuld, dachte Anne, ich hätte besser aufpassen müssen. Ich habe doch immer auf Sophie aufgepasst.

Sie schloss kurz die Augen.

Und es tut mir auch leid für dich, James, das hast du nicht verdient. Aber ich war nicht aufmerksam genug …

Sie warf Sophie einen erneuten Blick zu. Die saß immer noch reglos da. Anne straffte die Schultern und drehte sich wieder zu der Leiche. In der Ferne waren Stimmen zu hören. Es war nur eine Frage der Zeit gewesen, bis an diesem schönen Tag Wanderer auftauchten.

James' Leichnam wurde geborgen. Anne konnte sich später nicht erklären, wie sie und Sophie wieder nach Hause kamen. Dort angekommen, war sie so erschöpft, dass sie sich in ihrem alten Kinderzimmer auf ihr Bett legte und über mehrere Stunden hinweg tief und fest schlief.

Doch der Schlaf brachte keine Erholung. Sofort nach dem Aufwachen war alles wieder da, was sie so gerne vergessen wollte. Am liebsten wäre sie in ihrem Zimmer geblieben, aber es klopfte bald. Anne blieb auf ihrem Bett sitzen und rührte sich nicht. Es war früher Abend. Das Korsett, in dem sie eingeschlafen war, drückte ihr schmerzhaft in die Rippen. Sie sah wieder James' leblosen Körper vor sich und Sophies vollkommen leeres Gesicht. Dann der Weg nach Hause, auf dem sie Sophie immer wieder hatte vorwärts zerren müssen. Fast war es gewesen, als hätten Sophies Lebensgeister sie verlassen. Auf Ansprache hatte sie nicht mehr reagiert.

Abwesend führte Anne sich ihre Hände vor ihre Augen, die von Kratzern und Striemen übersät waren. Zwei Fingernägel waren abgebrochen. Sie konnte sich nicht daran erinnern, wann das geschehen war. Sie konnte sich auch nicht daran erinnern, Schmerzen verspürt zu haben. Jetzt aber tat es weh.

Es klopfte wieder, dieses Mal energischer. Sie dachte an die Blutflecken auf Sophies Kleid und daran, wie sie den Fremden erzählt hatte, was geschehen war. Einer war aufgebrochen, um Hilfe zu holen, Hilfe, die zu spät kommen würde.

»Anne?«

Von draußen drang dumpf die Stimme des Vaters zu ihr herein. Er wartete noch einen Moment, dann kam er herein, ohne dass sie ihn darum gebeten hatte. Das Rotgold der Abendsonne erfasste seine Gestalt.

»Friedrich ist da«, sagte er. »Liebes, er macht sich Sorgen um dich ...«

Wilhelm sah sie besorgt an.

Anne nickte langsam.

»Ich komme«, sagte sie laut.

Was will er von mir, fuhr es ihr durch den Kopf, und dann fiel ihr auf, dass sie Friedrich für einen Moment ganz vergessen hatte. Sie hatte ihr ganzes Leben vergessen, denn es würde doch ohnehin nichts mehr sein wie zuvor.

Doch jetzt kam die Erinnerung wieder. Sie war verheiratet. Sie hatte eine Tochter. Sie hatte ein anderes Leben, Menschen für die sie Verantwortung trug. So wie für Sophie.

Was soll ich tun? Wie kann ich ihr helfen? Ich kann ihr nicht helfen ...

Sie dachte an Sophie, die sie als winziges, duftendes Baby in den Armen getragen hatte. Mit Argusaugen hatte sie die Amme überwacht, damit diese dem Kindlein nur nichts Böses antat. Sie war der Schwester doch die Mutter gewesen, die diese nie kennengelernt hatte. Sie hatte versagt.

Anne räusperte sich. »Wie geht es Sophie?«

»Sie hat das Bett noch nicht verlassen. Sie schläft nicht, aber sie spricht kein Wort.« Der Vater machte eine Pause.

»Wie geht es dir, Anne? Würdest du in die Küche kommen, zu Friedrich und mir? Ich habe etwas zu essen vorbereiten lassen.«

Anne wollte sagen, dass sie keinen Hunger habe, doch als sie den besorgten Blick ihres Vaters sah, blieben die Worte in ihrem Mund. Sie nickte und schickte ihn voraus, damit sie sich rasch frisch machen konnte. Wenig später begrüßte sie in der Küche ihren Mann, der sie besorgt in die Arme schloss.

»Wo warst du? Ich habe dich vermisst. Ich bin dir nicht böse, dass du einfach so weggegangen bist. Du hattest Angst um deine Schwester. Das verstehe ich.«

Er sah sie flehend an. Anne dachte daran, wie lange er so etwas nicht gesagt hatte, und wie sehr sie es vermisst hatte. Sie schaute ihn an, nahm das schüttere Haar auf dem Kopf wahr, die runden Eulenaugen hinter der Brille. Er war ein guter Mann, der zu retten versuchte, was sein Leben ausmachte, aber das war unmöglich. Nichts war mehr wie zuvor.

»Es tut mir leid«, sagte sie.

»Es muss dir nicht leidtun.« Er musterte sie liebevoll und etwas unsicher. »Es gab einen Unfall?«

Anne richtete den Blick auf die Teetasse, um sich zu sammeln.

»Ja, ein Unfall«, sagte sie dann. »Sophie war unvorsichtig. Herr Bennett wollte ihr helfen.«

Sie wollte endlich weinen. Sie konnte es nicht.

Zuerst hatte Sophie noch verfolgen können, wie die Zeit verging, dann war es, als würde alles in einem Nebel verschwinden. Sie wusste nicht mehr, wo sie war.

Im Türrahmen stehend bemerkte sie ihren Vater.

Wie lange mochte er dort wohl gestanden haben?

»Geht es dir besser?«, fragte er.

Sophie schüttelte den Kopf. Sie war wieder sein kleines Mädchen, und kleine Kinder sagten die Wahrheit. Sie waren nicht höflich.

Sie ging zurück zu ihrem Bett, das sie eben erst verlassen hatte, und legte sich wieder hinein. Dann drehte sie ihm noch einmal den Kopf zu.

»Wo ist James? Wann kommt er mich besuchen?«

»Bald«, sagte Wilhelm sanft.

Indem er sich rückwärts bewegte, stieß er gegen seine ältere Tochter. Schweigend gingen sie zurück in den Salon.

Anne sah ihren Vater ernst an.

»Ihr Zustand ist unverändert?«

»Sie muss akzeptieren, was sie getan hat.« Wilhelm schüttelte den Kopf. »Ich werde sie wohl in ein Sanatorium bringen. Sie muss sich erholen.«

Er gab einen Klagelaut von sich und krümmte sich für einen Moment zusammen, als täte ihm etwas weh.

»Was ist, Vater? Kann ich etwas tun?«

Wilhelm richtete sich wieder auf und schüttelte den Kopf.

»Ich frage mich, was ich falsch gemacht habe. Ich frage mich, ob Eulalie recht hatte und ich doch noch einmal hätte heiraten sollen. Vielleicht wäre so etwas dann nicht passiert.«

Anne, die auf dem Sofa vor dem Fenster Platz genommen hatte, stand wieder auf. »Du hast nichts falsch gemacht, Vater. Aber ich werde mir nie verzeihen, dass ich zu spät gekommen bin. Ich hätte erkennen müssen ...«

»Was hättest du erkennen müssen?«, fragte er und sah sie an. Seine Augen waren leer.

Anne gab keine Antwort. Sie wusste es nicht. Vielleicht gab es nichts, was sie hätte tun können. Sie spürte Angst in sich aufsteigen, und sie war sicher, dass sie diese Angst nie wieder verlieren würde.

★

Indien, Dezember 1855

»Würdest du es ihm erlauben?«

Ralph, der auf dem Bauch auf der Liege lag, hob den Kopf. Der Diener, der ihn massierte, wich beflissen zurück. John hatte sich aufgerichtet. In all den Jahren, die sie einander kannten, hatte sich sein Gesicht kaum verändert. Immer noch war es übersät von Sommersprossen. In der Sonne musste er stets aufpassen, sich nicht zu verbrennen. Trotzdem minderten die Falten die Jugendlichkeit seines Anblicks keinesfalls.

Ralph schüttelte den Kopf.

»Nein, das würde ich nicht. Es schadet dem Geschäft, wenn über uns geredet wird.«

John lachte. »Aber, wir beide ...«

»Wir leben in Indien. Wir können diskret sein, so weit weg von London. James aber wird dort unsere Geschäfte führen müssen, und die Spencers haben, wie es so ihre Art ist, schon genügend Schmutz aufgewirbelt. Es ist ganz unmöglich.«

Ralph dachte an Kamillas letzten Brief, in dem sie vom Besuch des ehrenwerten Mr. Spencer, Gordon Spencers Vater, berichtet hatte. Er hatte ihn noch nie ausstehen können. In Eton war er eine Klasse über ihm gewesen. Er war der Schlimmste gewesen, wenn Ralph sich alleine gefühlt hatte.

John räusperte sich.

»Ich dachte immer, du willst, dass dein Sohn glücklich ist.«

»Natürlich will ich das.« Ralph setzte sich ganz auf und angelte nach dem Hemd, um es sich nach der vollendeten Massage wieder überzuziehen. In Wirklichkeit hatte er sich nie viele Gedanken um seinen Sohn gemacht. Irgendwie hatte er die Gelegenheit verpasst, den Jungen wirklich kennenzulernen.

»Vielleicht solltest du einmal wieder nach Europa reisen.«

Ralph schüttelte den Kopf.

»Ich werde nie wieder nach Europa reisen, John. Was macht Kalkutta?«

Man sah Johns Gesicht deutlich an, dass ihn die harsche Entgegnung verwirrte, doch bevor Ralph etwas zu seiner Entschuldigung vorbringen konnte, tauchte der Diener mit der Nachmittagspost auf.

»Du entschuldigst?«, fragte Ralph mit einem Lächeln.

John nickte. Er ließ sich wieder bäuchlings auf die Liege sinken, um sich weiter massieren zu lassen. Ralph sah die Briefumschläge durch, entdeckte ein Telegramm und griff als Erstes danach.

»Es ist von meiner Frau«, murmelte er. Einen Moment später flatterte das Telegramm aus seinen Händen. Der Diener hob es eilends auf. Ralph wollte etwas sagen, aber er konnte es nicht. Er holte Luft, so laut, dass John aufmerksam wurde.

»Was ist?«

Ralph starrte ihn an.

»James«, sagte er. »Er ist tot.«

Dreißigstes Kapitel

Syrakus, Dezember 1855

Gordon saß auf den Stufen des Apollon-Tempels in Syrakus und blickte in den Sonnenuntergang. Schimmernd rot und golden ergossen sich die Strahlen der Abendsonne über die Überreste des Tempels. Gegen Mittag war er in Begleitung seines Dieners angekommen. Sie hatten eine Unterkunft ausgemacht, wo sie den Winter verbringen konnten. Im Frühjahr würde er nach England zurückkehren. Er würde James aufsuchen. Sie würden endlich wieder miteinander sprechen, nachdem sie sich so lange nicht gesehen hatten.

Ich liebe ihn.

Gordon dachte daran, dass er auf dem Weg nach Italien kurz mit dem Gedanken gespielt hatte, James aufzusuchen. Nein, es war nicht allzu schwer gewesen herauszufinden, wo er sich aufhielt. Aber dann hatte er sich anders entschieden.

Plötzlich fühlte es sich falsch an.

Aber es war nicht falsch gewesen, suchte er sich zu beruhigen. Dann stellte er sich vor, gemeinsam mit James durch die Überreste des Tempels zu gehen, der dem Gott des Lichts und der Heilung gewidmet war. Das war doch treffend, oder nicht? Brauchten sie nicht alle Heilung? Und würden sie sich nach so langer Zeit rasch wieder vertraut sein? Gordon zweifelte nicht daran. Und dann dachte er an James, an den Tag, als sie Abschied genommen hatten, James' liebes Gesicht, der letzte Kuss, das vertraute Gefühl ...

»Mr. Spencer.« Sein Diener näherte sich. »Mr. Spencer, darf ich Sie stören?«

»Ja, Jenkins.«

»Man erwartet uns, Mr. Spencer. Wir sollten unsere Gastgeber nicht zu lange warten lassen.«

»Nein, das sollten wir nicht, Jenkins.« Gordon schaute noch einmal zur Sonne hin, dann drehte er sich um und ging in die Stadt.

★

Kreuznach, ein halbes Jahr später

Sophie saß mit ihrer alten Kinderfrau, die ihr eigenes Enkelkind mitgebracht hatte, im Garten. Ada, ihre Nichte, hatte ihre Puppen um einen kleinen Tisch gesetzt und fütterte ihnen Grassuppe. Sophie starrte das Mädchen an. Vor ein paar Tagen war sie aus dem Sanatorium gekommen. Es hatte seine Zeit gebraucht, bevor sie aus dem Alptraum aufgewacht war. Eigentlich dauerte er an, und er würde für immer andauern. Morgen würde sie zu Papas Schwester nach Frankfurt ziehen. Sie würde Kreuznach verlassen. Papa hatte gefragt, ob sie Anne sehen wollte. Sie hatte abgelehnt. Sie liebte ihre Schwester, aber die Erinnerung war zu schmerzhaft.

Und wenn ich sie sehe, werde ich mich erinnern müssen.

Papa hatte erzählt, dass Anne zu ihrem Mann zurückgekehrt war. Sie war wieder Ehefrau und Adas Mutter. War sie glücklich? Kam es darauf an? Oder kam es darauf an, sich seinen Gefühlen nicht hinzugeben, wie sie, Sophie, das getan hatte?

Hätte ich ihn nicht geliebt, wäre James noch am Leben.

Sophie schaute zur Seite, wo die Kinderfrau ihre Enkelin aufzustehen hieß, um mit Ada spielen zu gehen. Wenig später verschwanden die beiden Mädchen um die Ecke.

Ada und Elsa standen an einem kleinen Kindertisch. Elsa sah zu, wie Ada das kleine Buch aufklappte, das sie dort auf den Tisch gelegt hatte. Dann nahm sie den Bleistift zur Hand, den sie Großvater stibitzt hatte.

Elsa wagte sich langsam vor.

»Was ist das? Woher hast du das?«

»Ich habe es aus Mamas Zimmer.«

»Darfst du das denn?«

»Sie hat es mir nicht verboten. Ich darf malen.«

Elsa runzelte die Stirn. Ada beugte sich vor und setzte den Stift auf das Papier.

»Was machst du?«

»Ich schreibe meinen Namen.«

Elsa guckte auf das Papier. »Da steht etwas«, sagte sie dann. »Kannst du es lesen?«

»Nein, aber das macht nichts. Mama wird es mir bestimmt bald vorlesen. Sie liest mir oft vor.«

Einunddreißigstes Kapitel

Frankfurt am Main, August 1923

»Wie ist es denn in Kreuznach?«, erkundigte sich Marlene.

Elsa runzelte die Stirn. »Gerade werden viele Häuser gebaut. Große Villen, richtige Paläste für reiche Familien oder für die Offiziere der französischen Besatzung.«

»Ist das Leben schwer?«, fragte Marlene mitfühlend nach.

Elsa schüttelte den Kopf.

»Man muss es nehmen, wie es kommt.«

Marlene beugte sich vor und schenkte der alten Frau Tee nach.

»Mama hat mir von Sophie und Anne erzählt. Anne muss schreckliche Angst vor ihren Gefühlen gehabt haben.«

Elsa nickte.

»Das hat sie. Sie hatte starke Gefühle, wie auch ihre Schwester, und beide hatten nach diesem einen Sommer Angst vor ihnen. Sophie hat übrigens nie geheiratet.«

»Trotzdem hat Anne das Buch, das sie doch so schmerzlich an alles erinnern musste, nicht weggeworfen. Sie hat es aufgehoben.«

»Ja.« Elsa verschränkte die Hände in ihrem Schoß. »Ich weiß nicht, warum sie das getan hat. Vielleicht lag es an Adas Namen auf dem Umschlag. Sie hat ihre Tochter sehr geliebt, weißt du.«

»Der Name, den Ada an dem Tag darauf schrieb, als ihr euch kennengelernt habt?«

»Ja.«

Marlene schenkte sich selbst Tee ein.

»Was war Ada für ein Mensch?«

Elsa überlegte.

»Sie war einfach glücklich«, sagte sie dann. »Bis zu ihrem Tod hatte sie ein gutes Leben, sie hat es sich einfach nicht nehmen lassen. Auch nicht, als sie krank war.« Elsa blickte nachdenklich in die Ferne.

Marlene lehnte sich zurück und trank einen Schluck. Elsas Blick richtete sich wieder auf sie.

»Wirst du jetzt wieder bei deinen Eltern bleiben?«

Marlene antwortete nicht gleich. Sie nahm einen neuen Schluck Tee. »So weit habe ich noch nicht gedacht, aber ich sollte es wohl … Ich werde bald eine erwachsene Frau sein. Ich werde wählen dürfen, und ich muss mir Gedanken darum machen, was ich aus meinem Leben machen will.« Marlene machte eine kurze Pause. »Vielleicht sage ich Papa endlich, wie sehr ich es immer geliebt habe, mit den Stoffmustern in seinem Büro zu hantieren? Vielleicht kann Gregor ihm sagen, dass ihm die Firma nicht zusagt?«

Bevor Marlene weitersprechen konnte, klopfte es, aber das war nicht schlimm. Sie wusste jetzt, was sie aus ihrem Leben machen wollte.

»Herein«, rief sie mit fester Stimme. Dorchen trat ein.

»Sie haben Besuch, Fräulein Marlene.«

Marlene stand auf. »Du entschuldigst mich kurz, Elsa?«

»Natürlich.«

Marlene ging in die Halle. Adrian sah sich ein Gemälde an der Wand an. Er versuchte, unbeeindruckt zu wirken, doch es gelang ihm nicht ganz. Als er Schritte hörte, drehte er sich in die Richtung des Geräuschs. Sie schauten einander an.

»Ich habe dich vermisst, Marlene«, sagte er anstelle einer Begrüßung. Kurz schwieg er, dann räusperte er sich. »Bleibst du bei mir, wenn ich dich frage?«

Diana Verlag

CLAIRE WINTER
Die Schwestern von Sherwood

1948: Die angehende Journalistin Melinda kämpft im Nachkriegsberlin ums tägliche Überleben, als sie von einem anonymen Absender ein rätselhaftes Paket erhält. Die Bilder einer mystischen Moorlandschaft und eine ungewöhnliche Schachfigur führen die junge Frau nach England, zu einem geheimnisvollen alten Herrenhaus. Dort stößt Melinda auf die dramatische Liebesgeschichte zweier Schwestern im letzten Jahrhundert, die sehr viel mehr mit ihrem eigenen Leben zu tun hat, als sie zunächst ahnt ...

»Der Roman ist voller Dramatik und dunkler Intrigen mit einer wunderbar bildhaften Sprache.« *LoveLetter*

978-3-453-35833-1
Auch als E-Book erhältlich

Leseprobe unter diana-verlag.de